MAIS FRIO QUE GELO

Stone Cold Touch
Copyright © 2014 Jennifer L. Armentrout

Tradução © 2023 by Book One
Todos os direitos de tradução reservados e protegidos pela Lei 9.610 de 19/02/1998. Nenhuma parte desta publicação, sem autorização prévia por escrito da editora, poderá ser reproduzida ou transmitida sejam quais forem os meios empregados: eletrônicos, mecânicos, fotográficos, gravação ou quaisquer outros.

Tradução	Iana Araújo
Preparação	Mariana Martino
Revisão	Silvia Yumi FK
	Tainá Fabrin
Arte e projeto gráfico	Francine C. Silva
Capa e diagramação	Renato Klisman | @rkeditorial
Tipografia	Adobe Caslon Pro
Impressão	Plena Print

Dados Internacionais de Catalogação na Publicação (CIP)
Angélica Ilacqua CRB-8/7057

A76m   Armentrout, Jennifer
    Mais frio que gelo / Jennifer Armentrout ; tradução de Iana Araújo. — São Paulo : Inside Books, 2023.
    432 p. (Coleção Dark Elements ; Vol. 2)
    ISBN 978-65-85086-06-6
    Título original: *Stone Cold Touch*
    1. Ficção norte-americana 2. Literatura fantástica I. Título II. Araújo, Iana III. Série

22-6961   CDD 813

JENNIFER L. ARMENTROUT
SÉRIE DARK ELEMENTS

MAIS FRIO QUE GELO

São Paulo
2023

INSIDE BOOKS

*Para aqueles que nunca deixam de acreditar,
que nunca deixam de tentar e que
nunca deixam de ter esperança.*

Capítulo 1

Dez segundos depois que a sra. Cleo meandrou para a sala de biologia, ligou o projetor e desligou as luzes, Bambi decidiu que não estava mais confortável enrolada na minha cintura, naquele momento.

Deslizando pela minha barriga, a tatuagem de cobra demoníaca hiperativa não era muito fã de ficar parada por nenhum período de tempo, especialmente não durante uma aula chata sobre a cadeia alimentar. Eu enrijeci, resistindo à vontade de rir como uma hiena enquanto ela deslizava por entre meus seios e descansava sua cabeça em forma de diamante no meu ombro.

Mais cinco segundos se passaram enquanto Stacey olhava para mim, suas sobrancelhas arqueadas. Eu forcei um sorriso apertado, sabendo que Bambi ainda não tinha terminado. Não. A língua dela saltou para fora, fazendo cócegas na lateral do meu pescoço.

Com uma mão, eu tapei minha boca, sufocando um riso enquanto me contorcia na cadeira.

– Você tá chapada? – Stacey perguntou, baixinho, enquanto ela afastava a franja grossa de seus olhos escuros. – Ou o meu peito esquerdo tá pendurado pra fora dizendo olá para o mundo? Porque, como minha melhor amiga, você tem a obrigação de me dizer.

Mesmo sabendo que o peito dela estava debaixo da camisa – ou pelo menos eu esperava que sim, já que seu suéter com decote em V era bastante generoso –, meu olhar caiu enquanto eu abaixava a mão.

– Seu peito tá seguro. Eu estou só... inquieta.

Ela torceu o nariz para mim antes de voltar a sua atenção para a frente da sala de aula. Respirando fundo, rezei para que Bambi permanecesse onde estava pelo resto da aula. Com ela na minha pele, era como se eu tivesse um quadro intenso de tiques. Contorcer-me a cada cinco segundos não ia ajudar a minha popularidade, ou a falta dela. Felizmente, com o tempo muito mais frio e o Dia de Ação de Graças se aproximando com rapidez, pude me safar usando gola alta e mangas compridas, o que escondia Bambi de vista.

Bem, contanto que ela não decidisse rastejar sobre o meu rosto; algo que ela gostava de fazer sempre que Zayne estava por perto. Ele era um Guardião absolutamente lindo, um membro da raça de criaturas que podiam tomar a aparência humana à vontade, mas cuja verdadeira forma era o que as pessoas chamavam de gárgulas. Os Guardiões eram encarregados de proteger a humanidade, caçando as criaturas que espreitavam a noite... e o dia. Cresci com Zayne e alimentei uma grande paixonite por ele durante anos.

Bambi se remexeu, sua cauda fazendo cócegas na lateral da minha barriga.

Não fazia ideia de como Roth tinha lidado com Bambi rastejando por ele.

A minha respiração ficou presa quando uma dor profunda e implacável me atingiu no peito. Sem pensar, toquei no anel com a pedra rachada – o anel que antes guardara o sangue da minha mãe, *a* Lilith – que pendia no meu colar. Sentir o metal frio entre os meus dedos me acalmava. Não por causa do vínculo familiar, já que eu não reivindicava verdadeiramente uma relação com a minha mãe, mas porque, junto com Bambi, aquela era a minha última e única ligação com Astaroth, Príncipe da Coroa do Inferno, que fizera a coisa mais não-demoníaca que já vi.

Eu me perdi no momento em que te encontrei.

Roth tinha se sacrificado quando foi a pessoa que segurou Paimon, o desgraçado responsável por querer despertar uma raça de demônios especialmente sórdida, em uma armadilha do diabo destinada a enviar seu cativo para o Inferno. Zayne tinha feito as honras de impedir Paimon de escapar, mas Roth... ele tomou o lugar de Zayne.

E agora estava nos poços de chamas.

Inclinando-me para a frente, apoiei meus cotovelos na mesa fria, completamente inconsciente do que a sra. Cleo estava matracando.

Minha garganta queimava com um choro suprimido enquanto eu encarava a cadeira vazia na minha frente, a que costumava pertencer a Roth. Eu fechei os olhos.

Duas semanas – 336 horas, mais ou menos – se passaram desde aquela noite na antiga quadra escolar, e nem um segundo ficou mais fácil. Doía como se tivesse acontecido uma hora atrás, e eu não tinha certeza se daqui a um mês ou mesmo um ano seria diferente.

Uma das coisas mais difíceis foram todas as mentiras. Stacey e Sam fizeram uma centena de perguntas quando Roth não voltou depois da noite em que tínhamos localizado a *Chave Menor de Salomão* (o livro antigo que tinha as respostas para tudo o que a gente precisava saber sobre minha mãe) e fomos pegos por Abbot, o líder do clã de Guardiões em Washington, que tinha me adotado quando eu ainda era uma criança. Acabaram por parar de perguntar, mas era mais um segredo que eu guardava deles, dois dos meus amigos mais próximos.

Apesar da nossa amizade, nenhum deles sabia que eu era metade demônio e metade Guardião. E nenhum deles percebeu que Roth não tinha ficado em casa com mono ou mudado de escola. Mas às vezes era mais fácil pensar nele daquela maneira – convencer a mim mesma de que ele estava em outra escola em vez de onde ele estava.

A queimação se espalhou pelo meu peito, bem como a ardência sutil que estava sempre presente em minhas veias. A necessidade de tomar uma alma, a maldição que minha mãe tinha passado para mim, não diminuíra nem um pouco nas últimas duas semanas. Pelo contrário, parecia aumentar. A capacidade de tirar a alma de qualquer criatura que possuía uma era a razão pela qual eu nunca tinha me aproximado de um garoto antes.

Não até Roth aparecer.

Visto que ele era um demônio, o incômodo problema da alma era uma questão irrelevante. Ele não tinha uma. E, ao contrário de Abbot e de quase todos do clã de Guardiões, até mesmo de Zayne, Roth não se importava com o fato de eu ser miscigenada. Ele tinha... ele me aceitou como eu era.

Esfregando as mãos sobre os meus olhos, eu mordi o interior da minha bochecha. Quando encontrei o meu colar consertado e limpo – o que Petr, um Guardião que calhou ser meu meio-irmão, tinha quebrado quando me atacou – no apartamento de Roth, agarrei-me à esperança de que ele não estivesse nos poços de chamas, afinal de contas. Agarrei-me à esperança de que ele de alguma forma tinha escapado, mas, a cada dia que passava, aquela esperança oscilava como uma vela no meio de um furacão.

Acreditava mais do que tudo neste mundo que, se Roth pudesse ter voltado para mim, já teria voltado, então isso significava que...

Quando meu peito se apertou dolorosamente, abri os olhos e lentamente soltei a respiração que eu estivera segurando. A sala estava um pouco embaçada pela neblina de lágrimas não derramadas. Eu pisquei algumas vezes enquanto me inclinava de volta no meu assento. O que quer que estivesse no projetor de slides não fazia o menor sentido para mim. Algo a ver com o círculo da vida? Não, esse era o *Rei Leão*. Certeza que eu ia reprovar nessa matéria. Imaginando que eu devia pelo menos tentar tomar notas, peguei minha caneta e...

Na frente da sala, as pernas de metal de uma cadeira arranharam o chão, estridentes. Um garoto explodiu de uma cadeira como se alguém tivesse acendido uma fogueira embaixo da sua bunda. Um fraco brilho amarelo o rodeou – sua aura. Eu era a única que conseguia vê-la, mas ela crepitava de maneira errática, piscando. Ver as auras das pessoas – um reflexo de suas almas – não era novidade para mim. Elas eram de todos os tipos de cores, às vezes uma mistura de mais de dois tons, mas eu nunca tinha visto uma oscilar assim antes. Olhei ao redor da sala e a mistura de auras chamejou levemente.

Mas o que diabos era aquilo?

A mão da sra. Cleo estava congelada sobre o projetor enquanto ela franzia a testa.

– Dean McDaniel, o que diabos você está...

Dean virou nos calcanhares, encarando os dois garotos sentados atrás dele. Eles estavam se inclinando para trás em seus assentos, os braços cruzados e os lábios curvados para cima em sorrisinhos idênticos. Dean apertava os lábios em uma linha fina e seu rosto estava vermelho. Minha boca se abriu quando ele plantou uma mão sobre o tampo da mesa branca e, com a outra mão em punho, acertou a mandíbula do garoto atrás dele. O soco carnudo ecoou pela sala de aula, seguido por vários suspiros surpresos.

Minha nossa senhora!

Eu me aprumei enquanto Stacey batia com as mãos na nossa mesa.

— Cacete de asa — ela sussurrou, boquiaberta enquanto o menino que Dean tinha socado escorregava para a esquerda e caía no chão como um saco de batatas.

Eu não conhecia Dean muito bem. Caramba, eu nem tinha certeza se tinha trocado mais do que meia dúzia de palavras com ele durante os meus quatro anos na escola, mas ele era calmo e não se destacava, era alto e esguio, muito parecido com Sam.

Totalmente não o tipo de cara que seria votado como o mais provável a socar outro aluno — muito maior do que ele — até o chão.

— Dean! — gritou a sra. Cleo, seu amplo peito subindo enquanto ela corria para o interruptor, acendendo as luzes. — O que você...?

O outro cara se levantou como uma flecha, as mãos se fechando em punhos enormes nas laterais de seu corpo.

— Qual é o seu problema? — Ele deu a volta na mesa, tirando seu capuz com zíper. — Você tá querendo me encarar?

As coisas sempre ficavam sérias quando roupas começavam a ser removidas.

Dean riu enquanto se movia até o corredor. Cadeiras foram arrastadas à medida que os alunos saíam do caminho.

— Ah, eu estou prestes a te encarar, sim.

— Briga de menino! — Stacey exclamou enquanto ela procurava alguma coisa em sua bolsa, puxando o celular. Vários outros alunos estavam fazendo a mesma coisa. — Preciso demais registrar isso.

— Rapazes! Parem agora mesmo com isso — A sra. Cleo bateu com a mão contra a parede, acertando o interfone que ligava diretamente para a secretaria da escola. Um sinal apitou e ela se virou freneticamente na direção dele. — Preciso do segurança na sala dois-zero-quatro imediatamente!

Dean se lançou contra o adversário, derrubando-o ao chão. Braços se agitavam enquanto eles rolavam sob as pernas de uma mesa próxima. No fundo da sala estávamos seguras, mas Stacey e eu nos levantamos mesmo assim. Um arrepio percorreu sobre a minha pele quando Bambi se deslocou sem aviso prévio, deslizando a cauda pela minha barriga.

Stacey se esticou até ficar na ponta dos pés, aparentemente precisando de um ângulo melhor para a gravação.

— Isso é...

— Bizarro? — eu acrescentei, estremecendo quando o garoto conseguiu um golpe certeiro, empurrando a cabeça de Dean para trás.

Ela arqueou uma sobrancelha para mim.

— Eu ia dizer *incrível*.

— Mas eles estão... — Eu pulei quando a porta da sala de aula se abriu e bateu contra a parede.

Os seguranças invadiram a classe, indo direto para o corpo a corpo. Um cara musculoso envolveu os braços em torno de Dean, puxando-o para longe do outro aluno enquanto a sra. Cleo zumbia pela sala como um beija-flor nervoso, agarrada ao seu colar brega de contas com as duas mãos.

Um segurança de meia-idade se ajoelhou ao lado do rapaz que Dean tinha esmurrado. Só então percebi que o rapaz não tinha se mexido desde que caíra no chão. Um fio de desconforto, que não tinha nada a ver com a forma com que Bambi se movia novamente, formou-se na minha barriga enquanto o guarda se inclinava sobre o aluno caído, colocando a cabeça perto de seu peito.

O segurança se afastou rapidamente, agarrando o rádio em seu ombro. Seu rosto estava tão branco quanto o papel do meu caderno.

— Preciso que enviem um paramédico imediatamente. Eu tenho aqui um adolescente do sexo masculino, de aproximadamente dezessete ou dezoito anos de idade, com contusões visíveis ao longo do crânio. Ele não está respirando.

— Meu Deus — sussurrei, segurando o braço de Stacey.

Um silêncio caiu sobre a sala, sufocando o bate-papo animado. A sra. Cleo parou em sua mesa, sua papada balançando silenciosamente. Stacey respirou fundo enquanto baixava o celular.

Após a chamada urgente, o silêncio foi quebrado quando Dean jogou a cabeça para trás e riu enquanto o outro segurança o arrastava para fora da sala de aula.

Stacey colocou o cabelo preto, que lhe caía na altura dos ombros, para trás das orelhas. Ela não tinha tocado na fatia de pizza no prato ou na lata de refrigerante. Nem eu. Ela provavelmente estava pensando a mesma coisa que eu. O diretor Blunt e o orientador escolar, em quem eu nunca prestei atenção, deram a todos os alunos da turma a opção de ir para casa.

Eu não tinha carona. Morris, o motorista faz-tudo do clã e um cara incrível, ainda estava na lista de proibido-me-dar-carona desde a última vez em que estivemos em um carro juntos, quando um taxista possuído tentou fazer uma rachadinha com nossos veículos. E eu não queria acordar Zayne ou Nicolai – na maioria das vezes, Guardiões de sangue puro dormiam profundamente durante o dia, encasulados em suas duras conchas. E Stacey não queria ficar em casa com seu irmãozinho. Então ali estávamos nós, no refeitório.

Mas nenhuma de nós estava com fome.

– Estou oficialmente traumatizada – disse ela, respirando fundo. – Sério.

– Não é como se o cara tivesse morrido – Sam respondeu com a boca cheia de pizza. Seus óculos de armação de arame escorregavam até a ponta do seu nariz. Cabelos castanhos encaracolados lhe caíam sobre a testa. A alma dele, uma mistura opaca de amarelo e azul, piscava como todas as outras desde aquela manhã, tremeluzindo como se brincasse de esconde-esconde comigo. – Ouvi dizer que ele foi reanimado na ambulância.

– Isso ainda não muda o fato de que vimos alguém levar um soco tão forte na cara que ele *morreu* na nossa frente – ela insistiu, os olhos arregalados. – Ou você não tá entendendo a questão?

Sam engoliu o pedaço de pizza.

– Como você sabe que ele realmente morreu? Só porque um aspirante a policial disse que alguém não tava respirando não significa que é verdade – Ele olhou para o meu prato. – Vai comer isso?

Eu sacudi minha cabeça para ele, meio que perplexa.

– É toda sua – Um segundo depois, ele pegou a pizza com cubinhos de pepperoni do meu prato. O olhar dele encontrou o meu. – Você tá bem? – perguntei.

Ele assentiu enquanto mastigava.

– Foi mal. Eu sei que não estou soando muito empático.

– Cê acha? – Stacy grunhiu secamente.

Uma dor incômoda floresceu atrás dos meus olhos enquanto eu pegava meu refrigerante. Eu precisava de cafeína. Eu também precisava descobrir o que diabos estava acontecendo com as auras humanas que estavam todas esquisitas. A cor da tonalidade em torno de um humano representava que tipo de alma eles estavam carregando: branco era uma alma totalmente pura, tons pastéis eram os mais comuns e geralmente indicavam uma boa alma, e, quanto mais escuras as cores ficavam, mais questionável o status da alma se tornava. E, se um humano não tivesse aquela aura reveladora ao seu redor, isso significava que ele estava no time do Nenhuma Alma.

Ou seja, ele era um demônio.

Eu não estava mais marcando demônios, outra habilidade bacana que eu tinha graças à minha herança miscigenada. Se eu tocasse em um demônio, era o equivalente a colocar um sinal de néon no corpo dele, o que tornava mais fácil para os Guardiões rastreá-los.

Bem, não funcionava em demônios de Status Superior. Pouca coisa funcionava.

Eu não parei por causa do que tinha acontecido com Paimon e, então, ser proibida de marcar. Abbot tinha me liberado do castigo para toda a vida depois da noite na quadra, mas me parecia errado marcar demônios aleatoriamente, especialmente agora que eu sabia que muitos deles podiam ser inofensivos. Quando eu marcava, focava nos demônios Imitadores, uma vez que eles eram perigosos e tinham o hábito de morder as pessoas, e eu deixava os Demonetes em paz.

E, sendo sincera, a mudança na minha rotina de marcação era graças a Roth.

– É só que esses dois idiotas provavelmente estavam mexendo com Dean – Sam continuou enquanto terminava de comer a pizza em um nanossegundo. – As pessoas chegam no limite.

– As pessoas geralmente não têm punhos que podem ser considerados armas letais – retrucou Stacey.

Meu telefone apitou, chamando minha atenção. Inclinando-me, eu o tirei da bolsa. Os cantos dos meus lábios se curvaram em um sorriso quando eu vi que era de Zayne, mesmo que a dor atrás dos meus olhos aumentasse constantemente.

> **Nic tá indo pegar vc. Me encontra na sala de treinamento quando vc chegar em casa.**

Ah, treinar. Meu estômago deu uma cambalhota engraçada, uma reação familiar quando se tratava de treinar com Zayne. Porque em algum momento durante as técnicas de luta e evasão, ele ficava suado e, inevitavelmente, tirava a camisa. E, bem, mesmo que eu estivesse profundamente magoada com a perda de Roth, eu gostava da perspectiva de ver Zayne sem camisa.

E Zayne... ele sempre significou o mundo para mim, e até mais do que isso. Aquilo não tinha mudado. Nunca mudaria. Quando me levaram pela primeira vez para o clã, fiquei aterrorizada e me escondi em um armário. Tinha sido Zayne quem tinha me persuadido a sair, segurando nas suas mãos um urso de pelúcia que eu tinha apelidado de Sr. Melequento. Desde então, eu grudei em Zayne. Bem, até que Roth apareceu. Zayne tinha sido meu único aliado, a única pessoa que sabia o que eu era, e... Meu Deus, ele estava lá para mim quando precisei, foi meu porto seguro nas últimas semanas.

– Então... – Sam prolongou a palavra enquanto eu mandava um "ok" rápido para Zayne e largava meu celular de volta na bolsa. – Você sabia que quando cobras nascem com duas cabeças, elas lutam entre si por comida?

– O quê? – Stacey perguntou, as sobrancelhas franzindo juntas como duas pequenas linhas irritadas.

Ele acenou com a cabeça, sorrindo um pouco.

– Pois é. Como um jogo da morte... contra você mesmo.

Por alguma razão, um pouco da rigidez relaxou na minha postura quando Stacey sufocou uma risada e disse:

– Sua capacidade de saber coisas inúteis nunca deixa de me surpreender.

– É por isso que você me ama.

Stacey piscou, e o calor corou suas bochechas. Ela olhou para mim, como se de alguma forma eu devesse ajudá-la com sua recém-descoberta paixão por Sam. Eu era a última pessoa na face da Terra a ajudar quando se tratava do sexo oposto.

Eu só beijei um garoto em toda a minha vida. E ele tinha sido um demônio.

Então...

Ela riu alto e calorosamente enquanto pegava seu refrigerante.

– Que seja. Eu sou muito descolada pra o amor.

– Na verdade... – Sam parecia estar prestes a explicar algum tipo de fato aleatório sobre o amor quando a dor na minha cabeça explodiu.

Respirando fundo, eu pressionei uma mão sobre os meus olhos e os fechei com força contra a sensação de algo queimando e rasgando. Foi feroz e rápido, passou tão rapidamente quanto havia começado.

– Layla? Você tá bem? – Sam perguntou.

Acenei lentamente com a cabeça enquanto abaixava a mão e abria os olhos.

Sam olhou para mim, mas...

Ele inclinou a cabeça para um lado.

– Você tá um pouco pálida.

Fui tomada pela tontura enquanto eu continuava a olhar para ele.

– Você...

– Eu? Hã? – Franzindo a testa, ele olhou rapidamente para Stacey. – Eu o quê?

Não havia nada em torno de Sam, nem um único traço do azul cor-de-ovo-de-passarinho ou do suave amarelo amanteigado. Meu coração tropeçou enquanto eu me virava em direção a Stacey. O verde fraco de sua aura também havia desaparecido. Isso significava que nem Sam, nem Stacey tinham... não, eles tinham almas. Eu *sabia* que tinham.

– Layla? – Stacey disse, baixinho, tocando meu braço.

Eu girei, analisando o refeitório lotado. Todos pareciam normais, exceto pelo fato de que não havia aura em torno de nenhum deles. Nenhum tom suave de cor. Meu coração disparou e senti o suor salpicar a minha testa. O que estava acontecendo?

Procurando por Eva Hasher, cuja aura já me era bastante familiar, eu a encontrei sentada a algumas mesas atrás da nossa, cercada pelo que Stacey carinhosamente chamava de rebanho das vacas. Ao lado dela estava Gareth, seu namorado ioiô, com o qual ela vivia terminando.

Ele estava inclinado para a frente, os braços dobrados sobre a mesa. Olhando para o nada, seus olhos estavam vermelhos e vidrados. Ele gostava de farrear, mas eu não conseguia me lembrar de alguma vez vê-lo chapado na escola. À sua volta, não havia nada.

Eu desviei meu olhar de volta para Eva. Normalmente, havia uma aura roxa em torno da morena gostosona, o que significava que ela vinha adquirindo status de alma questionável há algum tempo. A necessidade de provar a alma da garota sempre foi grande.

Mas a área ao redor dela também estava vazia.

– Meu Deus – eu sussurrei.

A mão de Stacey apertou meu braço.

– O que tá acontecendo?

Meu olhar se voltou para ela. Ainda sem aura. E depois para Sam. Nada. Eu não conseguia ver uma única alma.

Capítulo 2

O resto da tarde passou no automático. Detestava pensar que Stacey e Sam estavam habituados às minhas mudanças de humor e aos meus atos de desaparecimento, mas era verdade. Nenhum deles me pressionou para falar sobre o meu comportamento estranho.

Quando vi Nicolai à minha espera em frente à escola, eu sabia que as minhas habilidades super especiais de farejar demônios tinham ido para o Inferno. Todos os Guardiões tinham almas puras, de um branco luminoso e bonito que tinha gosto de um pedaço do céu. Mesmo Petr tivera uma alma pura, apesar do fato de que ele era o pior tipo de homem e de que tinha tentado me matar.

Mas Nicolai, um Guardião que eu sabia ser tão bom quanto Zayne, não tinha a sua habitual aura branca hoje. Entrei no Escalade preto, meus olhos arregalados quando fechei a porta atrás de mim.

Ele me lançou uma olhadela rápida. Nicolai raramente sorria desde que tinha perdido sua esposa e seu único filho durante o parto. Eu costumava ser alvo de mais sorrisos do que a maioria, mas não desde a noite em que o clã me apanhou com Roth.

– Você tá bem? – ele perguntou, seus olhos azuis idênticos aos de Zayne. Todos os Guardiões tinham os olhos mais azuis e brilhantes do mundo, que pareciam o céu do verão antes de uma tempestade. Os meus eram da cor do cinza mais pálido, como se tivessem sido alvejados de toda a cor, um produto do sangue demoníaco em mim.

Quando eu não fiz nada além de olhar para ele como uma abestalhada, seu belo rosto se contorceu em uma ligeira carranca.

– Layla?

Eu pisquei como se saísse de um transe e fixei meu olhar nas pessoas que se aglomeravam na calçada. O céu estava nublado por conta da chuva gelada recente e as nuvens pareciam mais cheias de água, mas não havia vestígios de uma alma em vista. Eu balancei a cabeça.

– Eu tô bem.

Não voltamos a falar durante a viagem desnecessariamente longa até ao complexo logo após a ponte. O trânsito era sempre um saco. Quando Morris me levava, não falava nada – ele nunca falava –, mas eu fingia que conversava com ele. Com Nicolai, era constrangedor pacas. Eu me perguntava se ele ainda achava que eu tinha traído o clã ao ajudar Roth a encontrar a *Chave Menor de Salomão*, se ele voltaria a sorrir para mim de novo.

Parecia ter demorado 30 minutos e 10 anos até que o Escalade estacionasse suavemente na frente do complexo. Como de costume, peguei minha bolsa e abri a porta. Eu já tinha feito aquilo tantas vezes que não olhei onde coloquei o pé. Eu sabia que o meio-fio da calçada que levava aos degraus do terraço estaria ali.

Exceto que quando eu pulei para fora do carro, minha bota não encontrou nada além de ar. Perdendo o equilíbrio, eu joguei minhas mãos para frente enquanto caía. Minha mochila caiu para o lado enquanto eu despencava sobre minhas mãos. Sem aviso, Bambi se mexeu, enrolando-se ao longo da minha cintura como se procurasse, de alguma forma, não acabar esmagada caso eu caísse.

Muito prestativa.

Eu consegui me aparar antes de beijar o chão, deslizando sobre a pedra escorregadia e quebrada. A pele das minhas mãos se rasgou, desencadeando pequenas pinicadas de dor.

Nicolai estava fora do Escalade e ao meu lado em tempo recorde, xingando em voz alta.

– Você tá bem, pequena?

– Ai – eu gemi, ficando de joelhos enquanto levantava as mãos lanhadas. Além de me sentir como uma gazela com três patas, eu estava bem. De bochechas ruborizadas, mordi meu lábio para impedir que uma enxurrada de palavrões jorrasse de mim. – Estou bem.

– Tem certeza? – Ele segurou meu braço com uma mão, me ajudando a ficar de pé. Bambi mudou de posição no momento em que Nicolai entrou em contato comigo, e eu a senti rastejar pela lateral do meu pescoço, alcançando minha mandíbula. Nicolai também viu, e puxou a mão. Ele limpou a garganta enquanto fixava os olhos nos meus. – Suas mãos estão arranhadas.

– Elas vão se curar. – E elas se curariam em poucas horas. Com alguma sorte, Bambi rastejaria para algum lugar menos visível até então. Nenhum dos Guardiões gostava de vê-la por uma tonelada de motivos. – O que aconteceu com a calçada?

– Não faço ideia. – Nicolai franziu a testa enquanto olhava para a pedra cinzenta. – Deve ter sido a chuva forte.

– Que esquisito – murmurei, localizando minha mochila em uma poça. Eu suspirei enquanto andava até ela e a ergui do meio da sujeira. Nicolai me seguiu escadaria acima.

– Você tem certeza de que não tá machucada? Posso ver com Jasmine pra ela dar uma olhada nas suas mãos.

Eu não tinha ideia do porquê Jasmine, um membro do clã de Guardiões de Nova Iorque, ainda estar aqui. Não que eu tivesse algum problema com ela. Já Danika, sua irmã mais nova, a linda gárgula de sangue puro que queria fazer bebês com Zayne, era outra história. Mas daí, considerando tudo o que Roth e eu tínhamos compartilhado, eu realmente não tinha o direito de ficar com ciúmes.

Mas a amargura borbulhante estava lá cada vez que eu via a beldade de cabelos escuros. Ter dois pesos e duas medidas era péssimo, mas paciência.

– Sério. Eu tô bem – eu disse, enquanto esperávamos que Geoff, escondido em algum lugar nas profundezas do complexo, destrancasse as portas. – Obviamente não sou muito graciosa.

Nicolai não respondeu e, graças a Jesus Cristinho e aos anjos do Céu, a porta da frente se abriu. Cuidadosa para não pisar em mais um buraco inesperado no chão, eu larguei minha mochila logo na entrada e corri para o andar de cima, em direção ao meu quarto.

Boas notícias. Eu não caí pelas escadas e Bambi tinha decidido sair do meu rosto e agora estava de volta a se enrolar no meu corpo.

O trânsito e o meu tropeção inesperado do lado de fora tinham me atrasado para encontrar com Zayne, mas enquanto eu tirava as botas, não tinha certeza do quão focada no treino eu estaria, considerando que, aparentemente, estava faltando uma conexão no meu cérebro.

Por que eu não conseguia ver almas? E o que isso significava?

Precisava contar para alguém. Eu diria a Zayne, mas não ao pai dele. Eu não confiava mais em Abbot. Não desde que descobri que ele sempre soube quem eram a minha mãe e o meu pai. E eu tinha certeza de que ele também não confiava completamente em mim.

Eu peguei um par de calças de moletom e uma camiseta na minha cômoda e os joguei sobre cama. Andando pelo quarto de meias, desabotoei meu jeans e puxei meu suéter sobre a cabeça. A estática estalou pelos meus cabelos soltos, fazendo com que alguns fios se levantassem ao redor da minha cabeça. Zayne saberia o que fazer. Já que Roth...

A porta do meu quarto se abriu abruptamente e Zayne disparou por ela.

– Nicolai me disse que... *Minha nossa.*

Eu congelei perto da cama, meus olhos se arregalando até atingirem o tamanho de duas naves espaciais. Putz grila. Meu suéter ainda estava enrolado em um braço, mas eu não estava usando nada além do meu sutiã preto e a calça jeans meio desabotoada. Não sei por que a cor do meu sutiã fazia diferença, mas eu fiquei lá, com a boca aberta.

Zayne congelou onde estava, e, assim como com Nicolai, não vi nenhum brilho perolado ao redor dele. Mas no momento eu estava mais preocupada com o que *Zayne* via: eu, de pé na frente dele, usando meu sutiã preto.

Seus lindos olhos azuis estavam arregalados, as pupilas ligeiramente verticais. Seu cabelo loiro ondulado, que ele havia cortado recentemente, ainda era longo o bastante para enquadrar seu rosto bem definido. Seus lábios cheios estavam separados.

Cresci com Zayne ao meu lado por dez anos. Ele era quatro anos mais velho e eu o idolatrava como qualquer irmã mais nova faria, mas nada do que eu sentia por Zayne, pelo menos não nos últimos anos, tinha sido fraternal. Eu o desejava desde que tinha idade suficiente para apreciar o corpão de um homem.

Mas Zayne esteve e sempre estaria fora do meu alcance.

Ele era um Guardião de sangue puro, e embora eu não pudesse ver sua alma agora, eu sabia que ele tinha uma e ela era pura. E mesmo que, no passado, ele não tivesse nenhum problema em ficar super próximo de mim, um relacionamento com qualquer pessoa com uma alma seria muito perigoso, considerando que eu iria transformá-los em um milkshake sabor alma.

E seu pai esperava que ele acasalasse com Danika.

Eca.

Porém, naquele momento, seu potencial futuro de produção de bebês com Danika parecia muito distante deste quarto. Zayne olhava para mim como se nunca tivesse me visto de verdade, e eu honestamente não conseguia pensar em uma única vez em que ele tenha me visto sequer de biquíni, muito menos de sutiã. Tentei não pensar na calcinha de bolinhas vermelhas que estava visível pela abertura da calça jeans.

E então percebi o que ele estava encarando.

Um rubor percorreu pelas minhas bochechas e depois se espalhou na direção do olhar dele, pelo meu pescoço e abaixo. Eu conseguia sentir a cauda de Bambi se contorcendo ao longo da minha coluna. Ela estava enrolada em volta da minha cintura, com o pescoço comprido esticado entre os meus seios. Sua cabeça repousava sobre o volume do meu seio direito, como se ali fosse seu travesseiro pessoal, logo abaixo de onde meu colar pendia.

O olhar de Zayne percorreu o comprimento da tatuagem, e eu me encolhi enquanto o rubor se intensificava. O que ele devia estar pensando ao ver Bambi tão descaradamente em exibição? Um lembrete contundente do quanto eu era diferente dele? Eu não queria saber.

Ele deu um passo à frente e parou novamente enquanto seu olhar me percorria com intensidade suficiente para eu o sentir como uma carícia física. Algo mudou em mim, e o constrangimento se desvaneceu em um calor inebriante. Um peso se instalou no meu peito, e os músculos logo abaixo da minha barriga se contorceram.

Eu sabia que precisava vestir meu suéter de volta ou pelo menos tentar me cobrir, mas havia algo na maneira como ele me olhava que me mantinha imóvel, e eu... eu queria que ele me visse.

Queria que ele visse que eu já não era a garotinha escondida no armário.

– Meu Deus – ele disse, proferindo, enfim, em uma voz que era de um grave profundo e baixo. – Você é linda, Layla. Maravilhosa.

O meu coração deu um salto mortal, mas os meus ouvidos também tinham de estar avariados, porque sei que não foi isso que ele tinha acabado de dizer. No passado, ele havia me chamado de bonita, mas nunca de linda, nunca de maravilhosa. Não com meu cabelo tão pálido que poderia ser considerado branco ou o fato de que eu meio que parecia uma boneca miniatura abestalhada, com meus olhos e boca muito grandes para o meu rosto. Quer dizer, eu não era feinha nem nada, mas eu não era Danika. Ela era toda lustrosa de cabelos pretos, membros longos e graciosos. Ela era deslumbrante.

Eu tinha *acabado* de cair de um carro minutos atrás e poderia tranquilamente me passar por uma pessoa albina a uma certa distância.

– O quê? – eu sussurrei, cruzando meus braços, com o suéter pendurado e tudo, sobre a minha barriga.

Ele balançou a cabeça de um lado para o outro enquanto caminhava na minha direção – não, enquanto me *encurralava*. Cada passo que ele dava estava repleto de propósito e com uma graça inerente da qual um dançarino teria inveja.

– Você é linda – disse ele, os olhos brilhantes, em um luminoso tom de azul. – Acho que nunca te disse isso.

– Nunca disse, mas eu não...

– Não diga que não é linda. – Seu olhar mergulhou mais uma vez para onde a cabeça de Bambi descansava, e o ar escapou por entre os meus lábios separados. Pela primeira vez, o familiar demoníaco não se mexeu. – Porque você é, Layla. Você é linda.

A palavra *obrigada* se formou na ponta da minha língua, porque parecia ser a coisa certa a ser dita, mas o som morreu quando ele levantou uma mão. A alça do meu sutiã tinha escorregado pelo meu braço, e Zayne colocou dois dedos embaixo dela. Sua pele roçou contra a minha, e um belo arrepio percorreu todo o meu corpo.

Uma estranha onda de possessividade me atingiu. Uma necessidade de reivindicá-lo para mim, algo tão profundo e tão forte que fez meus joelhos enfraquecerem e minha respiração ficar presa na garganta. Enquanto ele deslizava a alça para cima pelo meu braço, seus dedos roçaram sobre a minha pele, e o desejo estava tão enraizado que eu sabia ser algo meu, mas alguma coisa naquilo era estranha. Uma voracidade que eu sentira, mas...

Seu olhar colidiu com o meu, e agora suas pupilas estavam completamente verticais. Minha boca secou e, por um segundo, pensei que ele poderia me beijar. Todos os músculos do meu corpo tensionaram, fazendo com que a cauda de Bambi se agitasse pela minha coluna. Mil fantasias – e tive muitas delas quando o assunto era Zayne – não poderiam ter me preparado para esse momento. Zayne... ele significava muito para mim, e antes de Roth...

Roth.

O ar se comprimiu na minha garganta só de pensar no demônio de olhos dourados. A imagem dele se formou com facilidade em minha mente: cabelos escuros como obsidiana, maçãs do rosto altas e angulares, lábios curvados em um sorrisinho esperto que havia me enfurecido e excitado.

Como eu poderia estar aqui com Zayne, querendo que ele me beijasse – porque eu queria isso –, quando eu tinha acabado de perder Roth?

Mas eu nunca realmente tive Roth, e beijar Zayne era impossível.

Com o que parecia ser um grande esforço, ele afastou o olhar de mim e olhou por cima do ombro. Minha nossa senhora, a porta estava aberta. Qualquer um poderia ter passado e me visto ali. Usando meu sutiã preto.

O calor mais uma vez tomou conta do meu rosto enquanto eu dava um passo para trás e colocava meu suéter apressadamente de volta pela cabeça. Eu me virei, alisando com as mãos o meu cabelo arrepiado cheio de estática. Sentia como se meu rosto tivesse tomado sol durante uma tempestade solar, e eu não tinha ideia do que dizer enquanto ajustava meu jeans com os dedos trêmulos.

Zayne limpou a garganta, mas, quando falou, sua voz ainda estava mais profunda e áspera do que o normal.

– Acho que eu provavelmente deveria ter batido antes de entrar, né?

Contando até dez, eu me virei e forcei um dar de ombros casual. Ele ainda estava me encarando como se eu não tivesse colocado um suéter.

– Eu sempre entro no seu quarto sem bater.

– É, mas... – As sobrancelhas dele se ergueram enquanto ele esfregava a mão pelo maxilar. – Desculpa por isso e por, hã... por te encarar.

Agora eu senti como se eu tivesse esmagado meu rosto contra o sol. Enquanto me sentava na beirada da cama, eu mordi meu lábio.

– Tá tudo bem. É só um sutiã, certo? Não é nada demais.

Ele se sentou ao meu lado e inclinou a cabeça na minha direção. Os grossos cílios dourados encobriam seus olhos.

– É, nada demais. – Ele fez uma pausa, e então senti seu olhar se afastar de mim. – Eu vim aqui porque Nicolai disse que você tinha levado um tombo lá fora.

Oh, Deus. Eu tinha esquecido daquela queda humilhante.

– Você tá bem?

Levantei minhas mãos. As palmas estavam arranhadas e rosas.

– Sim. Estou bem, mas o meio-fio não. Você tem ideia do que aconteceu lá?

– Não. – Ele estendeu a mão, pegando minha mão direita. Gentilmente, ele alisou o polegar sobre o machucado. – Não estava assim hoje de manhã quando cheguei da caça. – Seus cílios se ergueram. – Você falou com Jasmine pra que ela desse uma olhada nas suas mãos?

Por mais agradável que tenha sido ele segurando minha mão, eu a removi com um suspiro. Jasmine tinha um talento natural quando se tratava de trabalhar com essas coisas de ervas curativas.

– Estou bem. Você sabe que essas marcas vão sumir até amanhã.

Ele me observou por um segundo e depois se inclinou para trás na minha cama, descansando em um cotovelo.

– Foi por isso que eu vim aqui. Eu achei que você estava mais machucada do que admitia e por causa disso não tinha ido à sala de treino.

Eu me virei em sua direção, observando enquanto ele estendia a mão com o outro braço e agarrava o Sr. Melequento. Ele o colocou entre nós, sentando-o, e eu sorri.

– Nicolai também disse que você estava agindo estranho no carro – acrescentou ele depois de uma pausa.

Os Guardiões eram como velhinhas fofoqueiras no bingo da Igreja, mas de fato tinham motivos para suspeitar de mim. Eu ajustei o cabelo para trás das orelhas.

– Aconteceu uma coisa hoje.

Sua mão grande parou no ursinho de pelúcia e seus olhos encontraram os meus.

– O quê?

Guardando toda a situação do sutiã e de ficar seminua na frente de Zayne para pensar mais tarde, eu me aproximei dele e abaixei minha voz, consciente da porta ainda aberta.

– Eu não sei como ou por que isso aconteceu, mas durante a aula de biologia, minha visão começou a ficar meio esquisita.

As sobrancelhas de Zayne se ergueram.

– Preciso de mais detalhes.

– Eram as almas. Na aula de biologia, notei que as auras pareciam... acender e apagar, daí, durante o almoço, elas desapareceram completamente.

– Completamente?

Eu acenei com a cabeça.

Zayne se sentou em um movimento fluido.

– Você não consegue ver nenhuma alma?

– Não – sussurrei.

– Nem mesmo a minha?

– Eu não consigo ver *nenhuma* alma. – Meu pulso acelerou quando comecei realmente a entender a situação. – De ninguém. É como os demônios. Nada ao redor deles.

Ele dobrou uma perna enquanto se inclinava para mim, sua voz baixa.

– E isso simplesmente aconteceu. Elas estavam piscando e depois não tinha nada?

Eu acenei com a cabeça novamente enquanto meu estômago se revirava em nós.

– Na hora do almoço, eu tive uma dor muito forte atrás dos olhos e os fechei. Quando os abri novamente, todas as auras tinham desaparecido. Sem mais nem menos.

– E nada mais aconteceu? – Quando eu fiz que não com a cabeça, ele esfregou um ponto sobre seu coração. – Você não entrou em contato com... com nenhum demônio?

– Não – respondi rapidamente. – Eu teria te contado imediatamente se tivesse.

Um olhar tenso brilhou em seu rosto por um instante, e senti algo se retorcendo dentro do meu peito. Claro que ele não esperaria que eu contasse imediatamente. Eu menti para ele sobre Roth por dois meses.

– Você não tem razão para acreditar nisso e eu... eu já menti pra você – Eu engoli forte quando ele desviou o olhar. Um músculo se contorceu ao longo do seu maxilar. – E eu sinto muito por isso, mas eu achava...

– Você achava que o que você estava fazendo era certo ao não nos contar sobre ele e sobre a busca pela *Chave Menor* – disse Zayne com tranquilidade, sem pronunciar o nome *dele*. – E eu entendo isso. Estou tentando não usar isso contra você.

Puxando as pernas para cima, eu as coloquei contra o meu peito.

– Eu sei.

Ele olhou para mim, sua expressão suavizando depois de algum tempo.

– Ok. Então nada mais aconteceu? Certo – Ele soltou o ar profundamente enquanto balançava a cabeça. – Eu não sei. Realmente não tem a quem perguntar. Não tem outro...

– Demônio?

– Sim, isso. Não tem outros demônios por perto que fazem o que você faz, então não temos muito com o que trabalhar.

Minha mãe podia ver almas, ou pelo menos foi o que Roth tinha dito. Não era como se eu pudesse perguntar a ela, já que atualmente ela estava acorrentada no Inferno.

– Talvez isso seja apenas temporário – disse ele, estendendo a mão e ajeitando para trás uma mecha de cabelo tão loiro que era praticamente tão branco quanto o meu rosto. – Então não vamos surtar até termos certeza. Certo?

Dei por mim acenando com a cabeça, mas já estava começando a surtar.

– Não vou mais conseguir marcar demônios.

Zayne inclinou a cabeça para o lado.

– Ultimamente você não tem marcado muito, então essa é a última das suas preocupações, Laylabélula.

– Você não vai contar pra Abbot, vai?

– Não se você não quiser – Ele fez uma pausa. – Mas por que você não quer que ele saiba?

Dei de ombros, sem querer falar sobre o pai dele. Zayne o amava e confiava nele.

Ele me observou por alguns momentos e depois se esticou de lado. Oferecendo sua mão, ele sorriu para mim.

— Quer faltar no treino?

O treinamento era importante. Impedia-me de levar uma surra quando me deparava com demônios, mas eu acenei com a cabeça. Pegando sua mão, eu o deixei me puxar para baixo ao lado dele. Nós ficamos ali por algum tempo, eu de costas e Zayne de lado.

Ele segurava a minha mão, com cuidado para não machucar a pele arranhada.

— Como têm sido as ânsias ultimamente?

Eu suspirei.

— Na mesma.

Houve uma pausa.

— Você tem comido normalmente?

De sobrancelhas franzidas, eu inclinei minha cabeça para trás para vê-lo.

— Por que você tá perguntando isso?

Ele não respondeu imediatamente.

— Você tem perdido peso, Layla.

Eu dei de ombros.

— Provavelmente é uma coisa boa.

— Você não precisava perder peso. — Um pequeno sorriso surgiu em seus lábios, mas não alcançou seus olhos. — Eu sei que essas duas últimas semanas foram difíceis pra você.

A pressão apertou o meu peito e uma bola de emoções se formou na minha garganta. As duas últimas semanas tiveram segundos de calor e luz, mas horas intermináveis de escuridão e perda. Eu nunca tinha perdido alguém próximo de mim antes ou de quem eu lembrasse. Eu não sabia como processar o luto ou seguir em frente. Perder Roth era como ver uma porta para uma vida que eu não tinha ousado almejar fechar-se na minha cara.

O que estava acontecendo com ele agora? Ele estava sendo torturado? Ele estava bem, de alguma forma? Eu já tinha considerado essas perguntas tantas vezes que elas eram um eco constante na minha mente.

— Eu sei que você gostava dele — disse Zayne, enlaçando os dedos entre os meus. — Mas não se esqueça de mim. Estou aqui pra você. Eu sempre vou estar.

Minha respiração se enroscou em um soluço.

Ele abaixou a cabeça e, depois de um segundo, seus lábios roçaram contra minha bochecha. Só Zayne, que sabia o que eu podia fazer a alguém com alma, ousaria chegar tão perto.

– Tá bem?

– Tá bem – eu sussurrei, fechando os olhos contra a queimação familiar.– Não vou esquecer.

Capítulo 3

Até o almoço no dia seguinte eu ainda não estava vendo nenhuma alma, mas uma ideia me ocorreu quando eu fingia prestar atenção na aula de Literatura, enquanto o professor ensinava sobre as consequências do amor imprudente em *Romeu e Julieta*.

Eu não tinha visto um demônio em dias e talvez tivesse algo de diferente neles também. Fazia sentido. Mais ou menos. Se os humanos de repente estavam sem suas almas, talvez eu também veria alguma diferença nos demônios, que, para começar, não tinham almas.

Enquanto Stacey organizava seus pedaços de brócolis em um rosto sorridente doentio, enviei uma mensagem rápida para Nicolai dizendo que ele deveria me pegar no Dupont Circle. Ele veria quando acordasse e, como não sabia o que estava acontecendo comigo, não lhe pareceria estranho. Para Zayne, a conversa era outra, mas eu contaria tudo quando chegasse em casa.

— Nenhuma novidade na aula de biologia hoje? — Sam perguntou, espetando seus brócolis com um garfo de plástico.

Stacey balançou a cabeça.

— Não, mas a senhora Cleo não estava lá.

— A pobre mulher provavelmente teve um derrame. — Eu brinquei com meus legumes ao redor da carne misteriosa. — Tivemos um substituto hoje, um tal de senhor Tucker.

Ela sorriu para mim.

— E ele era gostoso e jovem.

— Sério? — perguntou Sam. Antes que ela pudesse responder, ele se inclinou sobre a mesa, passando o polegar ao longo da bochecha dela.

Stacey não se mexeu.

Eu congelei.

Sam sorriu enquanto, mais uma vez, roçava o dedo ao longo do rosto dela.

— Peguei — Ele se sentou.

— Pegou? — Stacey murmurou.

Eu comecei a sorrir.

— Um cílio — ele explicou, seu olhar fixo nela. — Você sabia que os cílios protegem os nossos olhos de poeira?

— Aham — Stacey assentiu com a cabeça.

Ele riu.

— Não sabia, não.

— É — ela sussurrou.

Entendendo o olhar de Sam, eu ri. Eu amava que ele estava finalmente começando a mostrar alguma confiança quando se tratava de Stacey. Era óbvio que pelos últimos dois anos ele estivera apaixonado por ela.

O que me deu outra ideia. Habilidades demoníacas problemáticas à parte, seria bom sair e fazer algo... normal.

— O que vocês vão fazer neste fim de semana?

Stacey piscou enquanto afastava a franja espessa para longe da testa.

— Estou de babá do meu irmãozinho tanto sábado quanto domingo. Por quê?

— Pensei que a gente podia ir ao cinema ou algo assim.

— Estou livre pela maior parte do feriado de Ação de Graças. — Ela deu a Sam um sorriso surpreendentemente tímido. — E você?

Sam brincava com a tampa da garrafa d'água.

— Eu posso qualquer dia. — Seus olhos escuros se voltaram para mim. — Por que você não convida Roth?

Meu coração despencou para a barriga e minha boca se abriu, mas eu não tinha palavras. Bem, aquela oferta de diversão acabou dando uma voadora na minha cara.

Ele olhou para Stacey.

— Hum, eu tô achando que eu disse algo errado. Vocês não estão mais saindo? Eu só pensei que ele estava frequentando outra escola ou coisa do tipo.

Deus, como eu queria que fosse isso.

— Eu não... tenho falado com ele tem um tempo.

Sam se encolheu.

– Ah. Desculpa. – Ele fixou o olhar em seu prato vazio.

Stacey rapidamente reverteu a conversa de volta aos planos para ir ao cinema, e, depois que saímos para nossa próxima aula, ela se encostou no armário ao lado do meu, simpatia beliscando os lábios dela.

– As habilidades sociais de Sam não são assim muito boas, sabe?

Eu funguei enquanto pegava meu livro de História.

– Ele parece estar melhorando.

– Pequenos passos; – Ela riu, mas parou rapidamente. – Eu estava esperando que você me dissesse o que tá acontecendo, mas já esperei o máximo que dava. O que aconteceu com Roth e você, afinal? Vocês estavam super se querendo. Era pra você passar a noite com ele, mas foram pegos e...

– Eu realmente não quero falar sobre isso – eu retruquei, fechando a porta do meu armário. Ao nosso redor, havia movimentação dos outros alunos. Era estranho vê-los sem suas almas cintilantes. Eu alisei minhas mãos pela minha calça preta. – Não estou querendo dizer que não ligo, é só que é...

– Difícil? Muito cedo? Entendi. – Ela inclinou a cabeça para o lado e respirou fundo. – Então sobre Sam...?

Em terreno mais seguro, eu sorri.

– Sim?

– Ok – Ela se inclinou em minha direção. Uma onda de esperança caiu sobre mim, vinda do nada. Foi tão forte que eu recuei. A expectativa desapareceu quando os olhos escuros de Stacey se iluminaram. – Tá bem. Foi só impressão minha ou Sam estava tentando me paquerar?

Eu balancei a cabeça, dissipando a sensação estranha.

– Eu acho que sim.

– Boa ideia essa coisa de cinema. – Ela me alcançou, caminhando ao meu lado. – Fiquei orgulhosa.

– Eu não sei por que você não o convida para sair. – Eu desacelerei à medida que me aproximava da sala de aula de História. – Você nunca teve problema em fazer isso antes.

– Eu sei. – Ela jogou a cabeça para trás e franziu a testa. – Mas ele é diferente. Ele é o Sam. Ele se interessa por coisas como computadores e livros e nerdices.

Eu ri. Sam era um nerd do tipo fofo.

– E você?

Ela suspirou e depois deu um sorriso largo.

– Eu estou interessada nele.

– Então é isso que importa, né?

– Acho que sim. – Olhando para si mesma, ela puxou para baixo a blusa vermelha que usava sob seu casaco longo, expondo o volume de seus seios. – E na aula de Artes, ele vai descobrir que se interessa por peitos. Me deseje sorte.

– Boa sorte. – Eu olhei para o decote dela. – Não que você vá precisar.

Ela piscou.

– Eu sei.

Enquanto Stacey saltitava para longe, eu me virei para entrar na sala e parei. Arqueei as sobrancelhas. Perto dos banheiros, um garoto e uma garota estavam se pegando pra valer. Era tão intenso que eu não conseguia dizer quem eles eram ou onde um começava e o outro terminava. Eles estavam pressionados contra a parede. A garota tinha a perna erguida em torno da cintura do garoto e os quadris dele estavam... Caramba.

Acho que eles estavam prestes a fazer um bebê.

Eles iam ter tantos problemas. Exibição pública de afeto era totalmente fora dos limites. Até andar de mãos dadas era digno de um olhar feio dos funcionários da escola.

Mas... mas o treinador Dinkerton, estimado líder do nosso time de futebol perdedor, passou tranquilo por eles. Nem sequer piscou.

Nem mesmo quando o casal entrou no banheiro feminino.

O que estava acontecendo?

Depois da aula, eu me enterrei mais fundo na minha blusa fina de gola alta enquanto percorria as calçadas lotadas perto do Dupont Circle. Ter levado uma jaqueta teria sido uma boa ideia. A saia jeans e a meia-calça realmente não bloqueavam o vento frio e úmido, mas eu não tinha planejado sair por aí.

À minha volta, as pessoas vagueavam de um lado para o outro. Nenhum deles tinha almas visíveis. Duas horas depois do meu experimento improvisado, eu o declarei como um enorme fracasso. Eu pensei ter visto alguns Demonetes parados perto de um poste telefônico – Demonetes adoravam estragar coisas como eletrônicos, canteiros de obras e fogo –, mas era difícil dizer com certeza. Eles não tinham causado nenhum problema real e não havia nada que os diferenciasse da multidão. Podiam ser apenas humanos esperando para atravessar a rua.

A noite já se arrastava pela cidade, fazendo com que os postes de rua se acendessem, lançando sombras hostis através da mistura de edifícios novos e antigos que se enfileiravam ao longo das ruas.

Segurando minha mochila perto do quadril, eu me apressei em direção ao parque, mantendo-me perto da vitrine das lojas. Detestava admitir, mas a paranoia era um amigo que caminhava ao meu lado. Antes, eu podia confiar na minha capacidade de detectar almas para identificar demônios, e nunca tinha aperfeiçoado o instinto natural que outros Guardiões tinham quando se tratava de farejá-los. Vez ou outra um arrepio estranho dançava na minha nuca, mas eu não sabia dizer se aquilo significava a presença de um demônio ou não. Era mais a sensação que se tem quando alguém está te observando.

Até onde eu sabia, qualquer um por quem eu passei poderia ter sido um demônio Imitador ou de Status Superior em potencial. Talvez eu simplesmente não conseguisse sentir demônios como outros Guardiões. Deus, seria uma droga se esse fosse o caso. Eu precisava descobrir urgentemente se isso era um problema, mas onde eu poderia encontrar um monte de demônios que, com alguma sorte, não tentariam me matar?

Tropecei quando me ocorreu outra ideia incrível.

O prédio de Roth no Palisades. O lugar estava repleto de demônios por todos os lados, mas será que eu poderia voltar lá? Eu poderia enfrentar todas as emoções que seriam trazidas à tona, estando tão perto de onde ele morou? Eu não tinha certeza, mas precisava tentar. Talvez amanhã, depois da escola, eu conseguisse que Zayne fosse comigo. Ele não ficaria feliz, mas faria... por mim.

Ou talvez amanhã eu acordasse vendo almas novamente.

Deus, quantas vezes eu desejei ser normal dentro dos padrões dos Guardiões? E agora que estava mais perto de ser assim, eu estava me dando uma úlcera nervosa e...

A forma surgiu de maneira súbita, nada além de uma sombra espessa saindo do beco, movendo-se muito rápido para que eu sequer conseguisse gritar. Num segundo, eu estava andando pela rua e, no seguinte, estava sendo arrastada para um beco estreito e escuro. Uma explosão de agressividade se acendeu por dentro de mim e depois se dissipou em um terror severo e gelado enquanto o forte aperto me soltava. Eu caí vários metros para trás. Minha mochila bateu em uma lixeira quando eu caí de bunda no chão frio.

Atordoada, olhei para cima através de uma camada de cabelo loiro pálido, vendo dois olhos azuis vibrantes com pupilas verticais me encarando.

– Demônio – ele sibilou, erguendo uma faca irregular em uma mão. – Prepare-se para voltar para o Inferno.

Capítulo 4

Santa Mãe de Deus.

Por um momento, eu não conseguia me mover. Era um Guardião em uma forma *quase* humana, uma que eu nunca tinha visto antes. Eu sabia onde ele planejava colocar aquela faca. Uma facada no coração era como os Guardiões enviavam demônios de volta para o inferno.

Decepar as cabeças dos demônios também funcionava.

O momento de medo paralisante deu lugar ao instinto. Todas as horas de treinamento de formas evasivas entraram em ação. Eu me levantei rapidamente, ignorando a dor no meu traseiro. A lâmina afiada e perversa arqueou pelo ar quando eu desviei para o lado.

– Espere! – eu disse, pulando para trás enquanto ele tentava me acertar. – Eu não sou um demônio.

O Guardião riu de maneira zombeteira. Ele parecia jovem, e seu rosto não me era familiar, o que significava que ele não fazia parte do clã de Washington.

– Você acha que eu sou idiota? Você fede como eles.

Eu fedia? Resistindo ao desejo de cheirar a mim mesma, rodeei a lixeira verde, esperando que pudesse argumentar com ele.

– Sou *parte* demônio. Meu nome é Layla Shaw. Eu moro com...

Ele se jogou para a frente, e eu girei. A faca desceu, rasgando o suéter e cortando a pele do meu braço. Eu gritei enquanto uma dor ardente explodia ao longo das minhas terminações nervosas.

Aconteceu tão rápido que não teve como parar.

O desejo intrínseco de me transformar tomou conta e a minha pele se esticou enquanto Bambi se desenrolava de seu descanso na minha pele.

Ela se espalhou pelo ar, uma massa de pontinhos pretos que pendiam entre mim e o Guardião.

O déjà vu foi um soco no estômago.

Os pontinhos caíram no chão do beco e se entrelaçaram, formando uma massa espessa que subiu pelo ar, tomando a forma de uma cobra.

Nunca tinha visto Bambi tão grande.

Mais alta do que eu e tão larga quanto o Guardião, Bambi sibilou como uma máquina a vapor enquanto se preparava para dar o bote.

O Guardião soltou um palavrão enquanto ele caminhava para o lado, agachando-se. Seu corpo começou a mudar, rasgando a camisa com seu peito largo.

— *Parte* demônio? Você tem um familiar.

— Sim, mas não é o que você tá pensando. — Sangue escorria pelo meu braço enquanto eu tropeçava em direção a Bambi. Meu coração disparou quando ela abriu a boca, revelando presas do tamanho das minhas mãos. Eu olhei para a entrada do beco. A qualquer momento alguém poderia aparecer e, ainda que não fosse muito difícil de explicar o Guardião, a cobra do tamanho de um jipe era outra história. — Por favor. Deixe-me explicar. Eu não sou o inimigo.

— Não é a primeira vez que um demônio tenta isso. — O Guardião circundou Bambi enquanto sua pele escurecia para um cinza profundo.

Bambi atacou, e o Guardião por pouco não conseguia desviar do golpe direto.

— Bambi! Não! — eu comandei. — A cobra recuou mais uma vez, seu poderoso corpo enrolando e tensionando. — Não coma o Guardião! — disse, respirando pesadamente pela dor. — Precisamos nos...

O Guardião se lançou para a frente e girou o corpo por baixo de Bambi enquanto ela se lançava contra ele. Ele se levantou, metade forma humana e metade gárgula. Eu vi a faca balançando no ar. Me ergui do chão, me jogando na direção do homem. Eu me abaixei sob seu braço enquanto ele golpeava para baixo com a faca. Girei, plantando meu pé em suas costas. O Guardião caiu de joelhos.

— Para, por favor — ofeguei, ainda tentando colocar um fim àquela bagunça sem tamanho. — Estamos no mesmo...

O Guardião rodopiou e veio na minha direção mais uma vez. Ele não teve tempo de chegar até mim.

A cobra disparou na direção dele como uma bala, mirando direto na cabeça.

– Bambi!

Tarde demais.

Como uma covarde, apertei os olhos no primeiro grito agudo. Meu estômago se revirou quando uma sucessão repugnante de ruídos de algo sendo mastigado encheu o beco. Eu me virei de costas, encarando a entrada. As pessoas andavam em ambas as direções, não tendo ideia do que estava acontecendo ali.

Houve um som alto de algo sendo engolido e havia uma boa chance de eu vomitar. Olhando para baixo, eu coloquei a mão em torno do meu braço esquerdo e estremeci quando a dor me atravessou. Meu suéter era escuro, disfarçando a ferida, mas o sangue estava pingando na minha mão. Mordendo meu lábio, eu fechei os olhos quando uma onda de tontura tomou conta de mim.

Cacete, eu tinha muita má sorte quando o assunto era becos.

Bambi cutucou meu quadril com o nariz. Respirando fundo, eu a encarei. Sua língua vermelha bifurcada balançava no ar e ela me cutucou novamente. Meu olhar se ergueu para as sombras do beco. Além dos ratos, éramos as duas únicas coisas ali.

– Ai meu Deus – soltei, acariciando a cabeça de Bambi desajeitadamente. – Você realmente comeu um Guardião.

E a minha vida realmente tinha ficado muito mais complicada.

Consegui encontrar um lenço de seda velho no fundo da minha mochila. Usei-o para limpar o sangue da minha mão, e depois o enrolei e o mantive acessível, para o caso de eu começar a pingar sangue nos bancos de couro do carro de Nicolai.

Eu não disse nada a ele, porque o que eu poderia dizer? Um Guardião tentou me matar. Talvez eu esteja sangrando até a morte aqui. Ah, e a propósito, Bambi jantou o dito Guardião. Realmente, aquilo ia ser tão tranquilo quanto entregar-lhe uma tonelada de tijolos embrulhados em dinamite.

Então me concentrei em não desmaiar a partir do momento em que Nicolai chegou. Assim que chegasse em casa, encontraria Zayne e... sabe Deus o que eu faria depois disso.

Eu precisava era do PPTAG: Programa de Proteção à Testemunha de Assassinatos de Guardiões.

Cerrando minha mandíbula com força para não gemer toda vez que passávamos por um buraco, sentia-me meio aérea quando chegamos ao complexo. O corte não poderia ter sido tão profundo. Pelo menos eu esperava que não, mas, cacete, o meu braço esquerdo inteiro parecia ser um pedaço frio de carne.

Eu corri para dentro e derrapei pelo saguão até parar. Pareciam que vozes masculinas graves ecoavam de todos os cantos da casa. Olhei para a sala de estar, desorientada.

Jasmine estava lá, com os braços em volta de um Guardião alto e com cabelos ruivos ondulados e cheios. Ele estava segurando a filha deles, Izzy. A menina de dois anos estava em sua forma humana, mas dois chifres escuros saíam de seus cachos vermelhos e suas asas estavam expostas na parte de trás de sua camisa rosa. Drake, o irmão gêmeo de Izzy, estava brincando pelas pernas do pai, grunhindo a cada pulo que dava.

Dez estava de volta.

O que significava que Jasmine e Danika iam voltar para casa logo, já que os membros do seu clã voltaram e não era mais necessário que ficassem aqui por razões de segurança. Uhull.

Um olhar estranho maculou seus belos traços enquanto seu olhar vasculhava seu entorno. Quando seus olhos pousaram em mim, seus ombros relaxaram um pouco, mas a estranha tensão em seu rosto permaneceu.

— Layla — ele disse, sorrindo enquanto entregava Izzy para Jasmine e se curvava, pegando Drake nos braços e segurando-o perto de seu peitoral forte. — Que bom te ver.

Eu pisquei lentamente quando deixei cair minha mochila ao lado da mesinha no saguão. Ainda segurando o lenço, eu forcei um sorriso.

— E aí. Como... como você tá?

— Bem. Você parece...

Vozes se aproximaram e as portas da biblioteca de Abbot se abriram. Como se estivesse andando por um nevoeiro, eu me virei. Outro Guardião desconhecido apareceu, parando quando me viu. Assim como o cara no beco e o próprio Dez, ele era jovem. Provavelmente com vinte e poucos anos.

– Mas o quê...? – ele disse, procurando algo atrás de si.

Ah, pelo amor de Deus, se ele me apontasse mais uma faca, eu ia desistir da vida.

– Maddox. – Dez deu um passo à frente, segurando Drake enquanto a criança agarrava um punhado do seu cabelo com os dedos gordinhos. – Esta é Layla.

Havia uma camada pesada de advertência na voz de Dez que fez com que Maddox se endireitasse como se aço tivesse sido derramado em sua espinha. Ele assentiu com a cabeça e, em seguida, caminhou em torno de mim, deixando um espaço amplo o suficiente entre nós para que alguém achasse que eu era portadora de algum tipo de doença contagiosa.

– Você viu Tomas? – Maddox perguntou, observando-me pelo canto dos olhos. – Ele tinha ido pra cidade. Ele já voltou?

– Não – disse Dez, erguendo Drake. Atrás dele, Jasmine franziu a testa enquanto me olhava. Eu tinha certeza de que seu instinto de "há um pássaro ferido por perto" havia disparado o alarme. Ela era uma curandeira incrível. Algo de que eu precisava desesperadamente, mas eu precisava ainda mais sair dali. – Tenho certeza de que ele vai voltar logo – concluiu.

Com uma sensação terrível, eu tinha uma ideia muito ruim sobre quem Tomas era... ou costumava ser. Oh, Céus. Eu comecei a deslizar em direção às escadas, mas a risada grave e rouca de Zayne chamou minha atenção.

Ele estava na biblioteca com seu pai e Geoff, nossa gárgula residente das tecnologias e bugigangas. Alguns de nossos outros membros do clã estavam lá. Abbot estava sentado atrás da mesa, girando um charuto entre os dedos. Não estava aceso. Ele nunca fumava, apenas parecia gostar de mexer com eles.

Zayne estava de costas para a porta, ao lado de uma linda Guardiã de cabelos escuros, o tipo de beleza que fazia eu me sentir bem mixuruca em um dia bom. Danika estava se inclinando na direção dele e sorrindo enquanto um dos membros do clã contava uma história.

Eu não sabia que tipo de história. Eu nunca era incluída nas histórias. E as únicas vezes em que estive na biblioteca de Abbot recentemente foram quando eu estava sendo repreendida por uma coisa ou outra.

Meus pés ficaram esquisitos enquanto eu estava parada no corredor.

– Zayne? – Minha voz também soava estranha. O lenço parecia mais úmido.

Virando-se, o sorriso no rosto de Zayne congelou.

– Layla?

Eu sabia que provavelmente parecia que a morte tinha me mastigado e cuspido de volta. Nervosa, eu olhei para Danika, não ousando encarar Abbot.

– P-posso falar com você por um segundo? A sós?

– Claro. Espera só um segundo – Ele se voltou para Danika e depois para o pai, que provavelmente estava lançando-lhe *aquele* olhar. O olhar que dizia *não ouse se afastar de Danika, a futura mamãe dos seus filhos.* – Já volto.

Ela assentiu, mordiscando o lábio.

– Tá tudo bem. Você tá bem? – Essa pergunta foi dirigida a mim, e acho que eu disse algo afirmativo. Passei por onde Dez e o cara novo estavam com Jasmine, sem esperar por Zayne. Se eu não me sentasse, ia acabar caindo.

Com a minha mão boa, eu apertei o corrimão quando comecei a subir as escadas. Zayne logo estava ao meu lado, com a cabeça curvada enquanto falava.

– Você tá bem?

– Hã... – Mais alguns passos. Mais alguns passos. – Não muito – Aproximando-se de mim, ele respirou fundo.

– Sinto cheiro de sangue. Você tá sangrando.

– Mais ou menos – eu guinchei. Quando ele começou a se virar, sem dúvida para avisar a todos, eu acrescentei: – Não diga nada ainda. Por favor.

– Mas...

– *Por favor*.

Zayne soltou um palavrão, mas continuou subindo os degraus.

– Tá muito ruim?

– Hã...

Nós viramos o segundo patamar das escadas e, uma vez fora de vista, Zayne se curvou e me colocou em seus braços. Em outra ocasião, eu teria tido um ataque, mas a questão do "sangramento e dor" me manteve quieta.

– Eu preciso de um pouco de contexto – disse ele, indo direto para o seu quarto, e não para o *meu*. Eu estava um pouco distraída com isso quando ele me pressionou contra o peito e abriu a porta. – Fala comigo, Layla. Estou começando a surtar.

Quando ele fechou a porta, forcei minha língua a trabalhar.

– Acho que fui esfaqueada.

– Você acha? – ele gritou.

Eu me encolhi.

– Ok. Eu fui esfaqueada.

– Meu Deus. – Ele me sentou na beira de sua cama. Atrás dele, a estante que cobria a parede inteira estava transbordando de livros. – Onde? Onde foi? – Mas ele já estava procurando com os olhos e as mãos. Quando ele alcançou a parte superior do meu braço, eu gritei. – Merda – Ele tirou a mão e seus dedos estavam manchados de vermelho. – Por que você não disse nada a Nicolai?

– Não é tão ruim assim, certo? – Olhei para baixo, mas o tecido preto escondia o estrago.

Zayne tirou o lenço encharcado de mim e o deixou cair no chão de madeira.

– Não sei. Preciso tirar a sua blusa – Levantei as sobrancelhas com isso. Ele me lançou um olhar inexpressivo enquanto colocava o cabelo para trás com o antebraço. – E você precisa me dizer como isso aconteceu.

– Eu estava perto do Dupont Circle e... você realmente precisa tirar a minha blusa? – perguntei, enquanto ele pegava a barra do meu suéter.

Zayne olhou para cima, seus olhos azuis brilhando de determinação e sua pele, normalmente dourada, um tom ou dois mais pálida.

– Sim. Tá atrapalhando.

– Mas...

– Eu vi você de sutiã ontem. Lembra? – Quando ele fez aquela observação, não era como se meu argumento em favor da modéstia fosse válido. – Você estava perto do Dupont Circle?

Eu acenei com a cabeça, engolindo saliva com força quando ele levantou meu suéter.

– Eu estava tentando identificar um demônio. Sabe, pra descobrir se eu conseguia ver alguma coisa diferente em torno deles.

– Mas que droga, Layla, você podia ter me chamado. Eu teria ido com você.

O suéter sendo puxado sobre minha cabeça e para fora do meu braço bom escondeu a careta que eu tinha feito.

– Eu não ia enfrentar o demônio.

– É, isso meio que não importa quando um demônio obviamente te enfrentou.

Ele nem sequer olhou para o meu sutiã cor-de-rosa rendado enquanto tirava suavemente a blusa pelo meu braço esquerdo.

Respirei fundo quando ele chegou à ferida.

– Desculpa – ele grunhiu.

– Um demônio não me enfrentou. – A ferida estava com aparência irritada e sangrenta, e eu me forcei a desviar o olhar, concentrando-me na cabeça curvada de Zayne. – Nem sei se vi um.

Ele ficou em silêncio ao tirar o suéter completamente. Estendendo a mão, ele pegou uma colcha, colocando-a na minha frente.

– Então quem fez isso contigo?

Levantei o braço não lesionado, envolvendo os dedos no colar.

– Um Guardião.

Sua cabeça girou na minha direção e sua boca se abriu.

– Um Guardião fez isso?

– Sim. Eu nunca tinha o visto antes – eu disse, respirando fundo enquanto ele gentilmente inspecionava a ferida. – Ele me agarrou quando eu estava indo me encontrar com Nicolai. Não fiz nada para o instigar. Ele apareceu do nada e eu tentei explicar que eu não era uma ameaça, mas ele me atacou.

– Merda. Isso foi uma lâmina de ferro. – A tensão irradiava de Zayne quando ele se afastou, os dedos cobertos com meu sangue. – Você se transformou?

– Eu comecei a me transformar quando ele me acertou com a faca, mas... Bambi saiu da minha pele e... Ai meu Deus, Zayne, eu tentei impedi-la, mas o Guardião não quis ouvir.

Ele parou enquanto seu olhar se encontrava com o meu.

– O que aconteceu com o Guardião?

Eu balancei a cabeça lentamente, não querendo dizer aquilo. Meu estômago se revirou.

– Bambi... comeu ele.

Zayne me encarou.

– *Comeu* ele?

– Todinho. Tipo engoliu de uma vez só. – Uma gargalhada sufocada escapou de mim enquanto eu abaixava meu queixo. Fios de cabelo escorregaram por cima do meu ombro. – Ah meu Deus, isso é tão ruim. Eu acho que foi o Guardião do clã de Nova Iorque. Tomas? O que eles estavam falando lá embaixo. Quantos Guardiões desconhecidos andariam por Washington? E isso significa que Dez o conhece e provavelmente é amigo dele e eu gosto de Dez. Ele sempre foi bom comigo e agora minha cobra demônio de estimação comeu seu amigo e eu...

– Opa, devagar, Laylabélula. Ok? Pode ter sido ele, mas não tem nada que a gente possa fazer sobre isso. Ele te atacou e Bambi defendeu você. Fim da história.

– É – eu murmurei, sabendo que os outros Guardiões não veriam daquela maneira.

– Fique aqui.

Como se eu fosse para algum lugar sangrando e sem camisa.

Zayne desapareceu em seu banheiro e voltou rapidamente com duas toalhas úmidas. Ele limpou o sangue em silêncio e aquilo... ah, aquilo me lembrou de quando Roth tinha me limpado em seu apartamento, o que fez meu peito doer tanto quanto meu braço e toda essa situação ficar umas mil vezes pior.

– Dói quando faço isso?

– Tá ardendo – Vi os músculos se moverem debaixo da camisa dele.

– Onde Bambi tá agora? – ele perguntou, olhando para onde a colcha cobria meu peito e minha barriga.

– Em mim.

Ele arqueou a sobrancelha.

– Ela tá invisível agora?

Eu abri um sorriso.

– Ela tá enrolada em volta da minha perna no momento. Acho que tá se escondendo.

– Talvez ela esteja com dor de barriga.

Soltei uma risada meio histérica e um sorrisinho se abriu nos lábios de Zayne. Nada disso era engraçado, mas se eu não risse, provavelmente começaria a gritar.

– Eu tentei impedi-la. E eu tentei fazer o Guardião entender. Eu juro, Zayne. Ele simplesmente se recusava. Ele disse que eu tenho cheiro de demônio. Eu tenho cheiro de demônio?

Sua boca se abriu e então ele a fechou com rapidez. Jogou a toalha ensanguentada para onde meu suéter estava.

– O corte não está se curando e não vai se curar com uma lâmina de ferro e isso é...

– Perigoso para os demônios. Ótimo. Perfeito – Eu olhei para ele, segurando a colcha sobre o peito com uma mão. – Eu tenho cheiro de demônio?

– Deixa eu falar com Jasmine...

– Não. Ela vai contar pra Abbot, e aquele Guardião provavelmente pertence ao clã de Nova Iorque. Abbot vai me culpar.

– Não, ele não vai.

Uma bola de desconforto se formou na minha barriga.

– Eu pedi a sua ajuda porque confio em você. Você não pode dizer ao seu pai. Por favor.

Os ombros de Zayne ficaram tensos.

– Então deixa eu chamar Danika. Não olha assim pra mim, como se tivesse engolido urina de gato.

– Eca – grunhi.

– Ela não vai dizer nada e ela é tão boa quanto Jasmine quando se trata desse tipo de coisa. – Ele se inclinou, colocando uma mão em cada lado das minhas pernas. – A gente pode confiar em Danika.

Aposto que também parecia que eu tinha engolido xixi de hamster.

Zayne chegou muito perto, pressionando sua testa contra a minha. Eu tentei me afastar, mas ele se aproximou e estava muito perto. Fechei os olhos, fechando a boca enquanto o desejo de... de me alimentar eclipsava a dor e a sensação cortante de pânico.

– Não vou deixar que nada aconteça a você – disse ele, com suas mãos envolvendo meus joelhos. – Vou dar um jeito no seu braço e depois vamos resolver isso. Mas se você confia em mim...

Comecei a desviar o olhar, mas ele colocou os dedos no meu rosto, impedindo-me.

– Zayne.

– Se você confia em mim, então você tem de confiar que será seguro com Danika também – ele continuou. – Eu não consigo fazer isso de costurar seu braço. Não sozinho. Ok? Estou aqui contigo.

Prendendo a respiração, acenei com a cabeça. Eu não tinha certeza se concordei em fazer aquilo para que Zayne se afastasse antes que eu o sugasse ou se estava realmente disposta a depositar minha confiança nas mãos de ninguém menos do que Danika.

Zayne ergueu a cabeça e beijou minha testa, fazendo meu coração dar uma cambalhota.

– Eu já volto.

Demorou cerca de dois minutos para ele voltar com Danika. Durante esse tempo, eu me convenci de que Zayne tinha sido emboscado pelo pai e forçado a contar a verdade. A sensação nauseante de pavor era como ter ingerido comida podre.

Zayne entrou, fechando silenciosamente a porta atrás de Danika. Ela carregava uma bolsinha que parecia ser um kit de costura. Ai, Deus. Eles iam real costurar minha pele. Eu lancei um olhar selvagem para Zayne.

Ele se sentou ao meu lado, absorvendo o meu olhar.

– Eu contei tudo pra ela.

– Eu não vou dizer nada – disse ela, colocando a bolsinha ao meu lado e logo começando a vasculhar dentro seu interior –, só que fico feliz por você estar aqui e que Bambi tenha se alimentado bem. – Boquiaberta, encarei Danika. Ela deu de ombros elegantemente. – Eu não gosto de gente ou de Guardiões que se acham donos da verdade, e, se foi Tomas, então ele seria do tipo que se acha dono da verdade.

– V-você o conhecia?

Acenando com a cabeça, ela se virou para o meu braço e soltou um tipo de cacarejo.

– Isso definitivamente foi lâmina de ferro – ela disse a Zayne. – Tá vendo como as bordas estão meio queimadas?

Minha pele estava queimada?

– Mesmo se ela tivesse se transformado, isso não iria curar. Ela vai ficar bem depois de ser suturada – ela continuou, e, pelo canto do olho, eu vi algo que parecia ser uma linha. – Se ela fosse um demônio de sangue puro...

– Ela não é – disse Zayne, e eu quase ri da observação desnecessária.

– Eu sei – ela respondeu baixinho. – Eu consigo entender por que você não quer que Abbot saiba. Você deve ter ficado tão assustada.

Não conseguia olhar para Danika e, naquele momento, não sabia o que fazer com a sua simpatia. Eu só sabia que ela estava colocando a linha na agulha e que eu estava prestes a perder a cabeça, mas então ela pegou um pote.

– Isso é uma mistura de cânfora e jambu. Vai ajudar a anestesiar a pele, ok?

Apertando os dentes, eu acenei.

Danika espalhou uma gosma mentolada pelo meu braço. Eu me esquivei um pouco quando começou a arder, mas, em segundos, a mistura ficou fria, escorrendo sob a pele e atingindo o músculo. Colocando o frasco de volta na bolsa, ela pegou seus instrumentos de dor inimaginável e olhou para mim. Seu rosto marcado, de maçãs perfeitas, nariz reto e lábios cheios, estava completamente pálido.

Isso não foi muito reconfortante.

– Isso ainda vai doer – ela disse calmamente a Zayne. – Talvez você devesse... segurá-la.

Eu engoli em seco.

Zayne colocou um braço em volta da minha cintura e me guiou para baixo, fazendo eu deitar de lado, e se enroscou em mim, jogando uma perna sobre as minhas. Meus olhos se arregalaram, e, por um momento, eu fiquei muito atordoada com o quão perto ele estava. Roth e eu tínhamos deitado assim depois de...

Ele moveu uma mão para a minha nuca, virando meu rosto contra o seu peito, e envolveu a outra em torno da minha mão do braço ferido.

– Eu consigo sentir seu coração batendo – disse ele, sua voz abafada contra o meu cabelo. – Tente respirar fundo algumas vezes.

Meu coração parecia que ia sair do peito, uma mistura da nossa proximidade e do choque de medo que veio com o toque dos dedos frios de Danika.

– Vou ser rápida – ela prometeu. – Vai literalmente levar apenas alguns segundos.

Fechando os olhos, eu respirei fundo várias vezes.

– Ok. Eu consigo fazer isso. Eu aguento.

– Você consegue – bochecha de Zayne deslizou pela lateral da minha cabeça. – Você é tão forte, Layla. Você consegue fazer isso.

Eu quase acreditei nele.

Quando a agulha perfurou a pele, minhas costas se enrijeceram. O fogo jorrou através da fenda que ela criou, esquentando meu corpo como se eu estivesse tocando em chamas.

– Tá tudo bem – murmurou Zayne, enroscando os dedos pelo meu cabelo. – Vai acabar antes que... – Ele apertou meu rosto contra o peito, abafando o grito que irrompeu da minha garganta.

– Me desculpa – Danika sussurrou, suas mãos tremendo levemente. – Eu queria ter algo mais forte pra te dar, mas Jasmine notaria que estava faltando.

O fogo se moveu pelo meu braço, e eu tentei me afastar, mas Zayne me segurava com firmeza, mantendo o meu braço machucado reto e imóvel. Um enxame vertiginoso de palavrões saiu da minha boca, e Zayne soltou sua risada rouca.

– Eu não fazia ideia que você tinha uma boca suja dessas – disse ele.

– Não estou nem aí. Eu quero que ela pare. Agora. – Eu tentei me afastar, mas o aperto de Zayne se intensificou. – Pare. *Por favor*.

– Não podemos parar, baby. Vai acabar logo. Ela tá quase na metade. – O corpo de Zayne estava rígido, e Bambi começou a deslizar pelo meu quadril. A última coisa que precisávamos era que ela saísse da pele e comesse Danika. Mas a cobra se aquietou. Talvez Zayne estivesse certo e ela estava com dor de estômago. – E então você vai ficar perfeita – ele acrescentou.

– Eu não sou perfeita. – Meu corpo inteiro latejava como uma ferida aberta gigante. Deus, eu era uma covarde. Sem nenhuma tolerância à dor. Mas era verdade que minha pele estava sendo costurada com anestesia mínima. – Eu t-tenho cheiro de demônio.

– Você não tem cheiro de demônio. – Ele parecia prender a respiração enquanto eu gritava em seu peito novamente. – Você tem cheiro de... de frésia.

– Frésia? Eu cheiro a sangue e demônio – sussurrei, rouca, apertando sua mão até que eu senti seus ossos enquanto Danika dava outra volta com a linha. – Desculpa – eu ofeguei.

– Tá tudo bem – Zayne conseguiu se aproximar, colocando seu corpo contra o meu. – Você não cheira a sangue.

Eu gemi enquanto Danika puxava a linha.

– Você é um péssimo mentiroso.

– Terminei – disse ela, soltando uma respiração irregular. – Me desculpa, mesmo.

– T-tá tudo bem. – Eu pressionei meu rosto contra o peito de Zayne, inalando aquele cheiro de hortelã de inverno dele. Meus dedos doíam de tanto apertar sua mão e sua camisa. – O-obrigada.

Ela respirou fundo enquanto enfaixava rapidamente a ferida.

– Você deve descansar por alguns minutos, deixar seu corpo se acalmar, e pode ser uma boa ideia entrar em sono profundo esta noite, só pra que você se sinta melhor mais rápido após perder sangue.

Sono profundo significava se isolar em uma forma de concha para que pudéssemos descansar a um nível celular, mas eu nunca tinha dormido assim. Apesar de que eu provavelmente teria me transformado hoje se Bambi não tivesse feito sua aparição, isso não acontecia desde a noite na quadra e não achava que poderia dormir daquela maneira.

Eu não sabia dizer quanto tempo ficamos ali com Danika sentada na beira da cama. Zayne passava uma mão para cima e para baixo nas minhas costas até que eventualmente os tremores diminuíram e o conteúdo do meu estômago se acalmou um pouco. Ele tirou a perna de cima das minhas.

– Você tá bem? – Zayne perguntou. Quando eu acenei com a cabeça, ele se afastou um pouco, acariciando com uma mão minhas bochechas úmidas. – Quer tentar se sentar?

Ainda sem confiar na minha capacidade para falar, eu acenei novamente. Com a ajuda de Zayne, eu arrumei a colcha sobre mim e me sentei. Fiquei um pouco desequilibrada e manchas escuras nublaram minha visão.

– Eu posso dar a ela alguns analgésicos – disse Danika, com a voz ligeiramente alterada enquanto olhava para suas mãos elegantes e limpava meu sangue. – Jasmine não vai notar isso. – Olhando por cima do ombro, seu olhar pousou onde o braço de Zayne descansava sobre mim. – Posso buscar algo pra você vestir.

– Acho... acho que tem um moletom na minha cama.

Danika saiu e voltou rapidamente com a blusa de moletom e, enquanto ambos desviavam o olhar, vesti a roupa com cuidado sobre o curativo. Quando terminei de subir o zíper, eles me encararam.

– Obrigada – eu disse novamente.

– Como você tá se sentindo? – Danika caminhou para se sentar ao meu lado.

– Acho que não vou vomitar. – Ante ao olhar aliviado dela, eu tentei esconder meu sorriso fraco, mas Zayne viu, e seus olhos se iluminaram. – Isso... foi um saco.

– Você foi bem. – Ela olhou para Zayne. Ele estava na minha frente, com os braços cruzados e semblante sério. – O que fazemos agora?

Meu cérebro parecia um mingau; acho que precisava ingerir açúcar. Muito açúcar. Ajudava com as ânsias. E uma soneca. Talvez duas sonecas. Porque sim. Então eu iria para a cama.

Zayne suspirou pesadamente.

– Eu não sei. Não acho que este é o momento.

– Ela precisa saber. Obviamente.

Com os ouvidos atentos, eu levantei a cabeça, meu olhar saltando entre os dois.

– Saber o quê?

Zayne parecia querer discutir, mas em vez disso ele deu um passo e se sentou ao meu lado.

– Tem uma coisa que senti em você nos últimos dias.

– Certo. – Meu braço queimava com ferocidade, mas o pavor afastava a dor. – Tenho cheiro de demônio?

– Você não tem nenhum cheiro diferente do normal. Aquele... idiota nunca deveria ter dito desse jeito, mas eu senti... – Ele exalou profundamente enquanto esfregava uma mão ao longo do maxilar. – Eu tenho sentido o lado demoníaco mais forte em você.

Meu estômago, já sensível, se revirou.

– Não é muito diferente de sentir outro demônio – disse Danika, torcendo as mãos. – Mas é como se a gente estivesse sentindo um certo tipo de demônio, um de Status Superior.

O ar saiu por completo dos meus pulmões enquanto me virava para Zayne, e a minha voz saiu em um gemido miserável. Os demônios de Status Superior eram os mais poderosos e mais perigosos de todos.

— Prefiro ter cheiro de um demônio normal.

Zayne não disse nada, mas um olhar torturado e pronunciado atravessou seu rosto.

Um segundo se passou. Então um minuto. Eu nem tenho certeza se tinha entendido de verdade. O fato de que eu era percebida por eles como um demônio de Status Superior era a cereja mofada do bolo.

— Por que você não me disse?

— Como eu poderia contar? Você teria pensado o pior e eu não queria jogar isso em cima de você. E isso não importa, porque você é parte Guardião. Você é naturalmente...

Um zumbido baixo reverberou pela casa e escudos de aço fecharam as janelas, fazendo com que Danika e eu pulássemos de susto. Batidas semelhantes soaram quando Zayne se ergueu de supetão. Eu nunca tinha visto as janelas fazerem isso antes, mas sabia o que significava.

Zayne se virou enquanto Danika empalidecia.

— Demônios — disse ele, as mãos se fechando em punhos. — Tem demônios aqui. Fiquem aqui. Vocês duas.

Ele já estava andando porta afora.

Danika e eu trocamos olhares e, nos levantando em comum acordo, seguimos Zayne até o andar de baixo. O que eles me contaram poderia esperar. Para os escudos serem ativados na nossa casa, tínhamos que estar sob ataque.

Dois dos homens do clã estavam de guarda em frente à sala de estar, onde eu sabia que Jasmine deveria estar enclausurada com os bebês. A porta da frente estava aberta, o que me apanhou desprevenida. Ela era reforçada com aço também, mas para a porta estar aberta, como se não houvesse nada a temer? O ar da noite penetrou a casa, trazendo consigo um certo cheiro.

Meu pulso acelerou e minha boca secou.

Maddox bloqueou a entrada e se virou, os olhos se estreitando sobre nós.

— Danika, você precisa se afastar.

— O que tá acontecendo? — ela exigiu saber, enquanto suas pupilas se esticavam verticalmente. — Tem demônios lá fora. Eu os sinto.

— Estamos bem cientes disso. Abbot tá com eles — ele respondeu. — Os homens também. Isso não é da sua conta.

Ao meu lado, Danika enrijeceu.

Eu não sentia porcaria nenhuma, o que respondia *aquela* pergunta de antes, mas aquele cheiro... meu Deus, aquele cheiro. Pelinhos se arrepiaram por todo o meu corpo enquanto eu tropeçava cegamente para a frente.

– Layla. – Danika correu atrás de mim. – Você não deve ir lá pra fora.

Maddox não tentou me impedir enquanto eu me esquivava em torno dele. O cheiro ficou mais forte quando eu saí para o ar frio. Arrepios correram pela minha pele. O aroma doce e almiscarado invadiu minhas narinas. Meu coração sobrecarregado entrou em parafuso e muita emoção, mas *muita mesmo*, se agitou rapidamente dentro de mim.

Eu vi Zayne de pé na entrada da garagem, e, ao lado dele, estava seu pai e Geoff e Dez e os outros, mas foram as formas mais escuras para além deles, perto do gramado que leva à floresta, que fez com que eu me aproximasse. Minhas pernas tremiam enquanto eu pegava velocidade e descia pelos degraus.

Zayne se virou parcialmente, erguendo uma mão como se quisesse me parar ou me pegar. Sua mandíbula estava em uma linha dura e proibitiva.

– Layla...

Eu não parei. Nada neste mundo poderia ter me feito parar. Exaustão e dor foram esquecidas com rapidez. Zayne pisou apenas alguns centímetros para o lado, completamente de frente para mim.

Então eu *o vi*.

As lágrimas arderam no fundo dos meus olhos enquanto meu coração parava no meu peito e depois acelerava. Tudo o que aconteceu de ruim nas últimas duas semanas desapareceram no momento em que os meus olhos se fixaram naquele olhar dourado.

– Roth – sussurrei.

Capítulo 5

Ele era tão altivo e marcante como qualquer príncipe da superfície seria.

E ele estava como da primeira vez em que o vi. Mechas preguiçosas de cabelos pretos como corvo caíam sobre sua testa, roçando nas sobrancelhas arqueadas e igualmente escuras. Suas maçãs do rosto eram largas e altas; os olhos levemente inclinados nos cantos externos eram uma mistura deslumbrante de ouro e âmbar, dando ao seu rosto uma qualidade quase inumana. Aquela boca, com o lábio inferior mais cheio, estava aberta. Uma camiseta preta se esticava sobre um peito que eu sabia ser incrivelmente bem definido e um abdômen que deixava outras barrigas de tanquinho no chinelo. Sua calça jeans pendia baixa em seus quadris, segurada por um cinto cravejado.

A única coisa que faltava era Bambi, e ela estava se remexendo na minha pele, deslizando para cima e para baixo, mas Roth estava *vivo* e ele estava *aqui*.

Seus olhos se arregalaram um pouco. Pode ter sido minha imaginação, mas eu jurei que pude ver o brilho do piercing de metal em sua língua enquanto ele molhava os lábios. Os músculos da sua mandíbula ficaram tensionados quando um olhar indecifrável brotou em seu belo rosto, e eu esqueci de todo mundo ao redor. Meu coração estava tão inflado que senti como se pudesse flutuar até as estrelas.

Alguém disse algo, mas as palavras foram perdidas no bater do meu coração e no sangue correndo através de mim.

Roth deu um passo em minha direção quando seu olhar desviou bruscamente para a minha esquerda. Ele parou, seus olhos exibindo a cor de um âmbar intenso. Uma mão apertou meu braço, logo abaixo do curativo.

Meu passo vacilou quando engoli um grito. Zayne avançou ao mesmo tempo que Roth, mas Abbot inclinou a cabeça para a minha.

– Cuidado, garota. Não importa o que ele fez pela gente, não esqueça que ele ainda é um demônio.

– Na verdade, eu sou um príncipe – Roth o corrigiu com aquela voz grave, rica como chocolate amargo, que enviou uma série de arrepios pela minha espinha. Aquela voz que eu não tinha certeza de que ouviria novamente. – É melhor *você* não esquecer *disso*.

Abbot enrijeceu e sua mão apertou com um pouco mais de força enquanto eu tentava me soltar.

– E também lhe serviria bem soltá-la – ele continuou, levantando um pouco o queixo. – Para que possamos começar a agitar a nossa bandeirinha branca da amizade sem derramar sangue.

– Não que derramar sangue fosse uma coisa tão ruim assim. – Ao lado de Roth, um demônio, que reconheci como um regente infernal, sorriu largamente, exibindo dentes retos e brancos. Cayman era uma espécie de gerente intermediário demoníaco. Não fazia ideia de quem era o terceiro demônio, que estava atrás dos outros dois.

– E você fará bem em lembrar que está na minha propriedade. – Abbot acabou me soltando, e eu teria corrido, mas o olhar que Roth me lançou me dizia para não fazer aquilo.

Confusa, respirei fundo e tentei acalmar meu coração acelerado. Eu queria ignorar seu olhar e me jogar na direção dele. Só para que eu pudesse tocá-lo e ter certeza de que ele era real e estava bem, mas eu não podia esquecer onde eu estava. Metade do meu clã estava ali fora e, embora Roth tivesse se sacrificado – bem, pelo menos foi o que pareceu – pelo bem maior, ninguém ficaria feliz se eu começasse a subir por cima dele feito um macaco-aranha tresloucado.

Mas enquanto olhava para ele e começava a entender que Roth realmente estava *aqui* e que ele estava *bem*, eu não conseguia entender como aquela estava sendo a primeira vez em que eu o via. Melhor ainda, como é que ele tinha saído dos poços de chamas? Teoricamente, eles eram inescapáveis.

Ou por que ele estava aqui.

Abbot parecia se erguer e ficar ainda mais alto.

— E nunca haverá uma "bandeira branca da amizade" entre as nossas espécies.

Roth colocou uma mão sobre o peito.

— Ai, lá se foram todas as minhas esperanças e sonhos de que as nossas espécies dançassem juntas sob um arco-íris.

Uma veia começou a se projetar da testa de Abbot. Ele se virou para mim.

— Você precisa entrar, Layla.

Até parece que eu ia fazer isso, mas, antes que pudesse responder, Roth inclinou a cabeça e disse:

— Não, ela precisa estar aqui. Vim por uma razão, embora a gente tenha se distraído um pouco.

Se distraído do quê? Há quanto tempo Roth estava aqui? Afastando o cabelo para longe do meu rosto, senti como se meu cérebro estivesse correndo em câmera lenta. Olhei para Zayne, mas ele estava focado em Roth como se quisesse chutá-lo de volta para o Inferno. Os cantos da minha boca se viraram para baixo. Eu entendia que Zayne e Roth nunca poderiam ser melhores amigos, mas será que Zayne tinha se esquecido do que Roth fizera por ele?

Maddox tinha saído da casa e se colocou ao lado de um Dez silencioso. Em algum momento, Maddox deve ter se transformado, porque ele estava em sua verdadeira forma. Sua pele era da cor do granito e suas asas alcançavam uma impressionante envergadura de dois metros e meio. De narinas achatadas e olhos amarelos brilhando ferozmente, ele mostrava suas presas.

— Não pode haver uma razão pela qual estamos permitindo que eles fiquem aqui. — Ele se virou para Abbot, mãos com garras se fechando em punhos. — Tomas está desaparecido e aposto que eles têm algo a ver com isso.

Hã...

Bambi se enrolou em volta da minha barriga e depois se esticou, como se estivesse feliz com a lembrança de sua refeição do início da noite.

— Eu não tenho ideia de quem é Tomas — Roth respondeu, seus lábios, que foram selados em minha memória, curvados em um sorriso. — Mas também, vocês, Guardiões, são todos parecidos.

Maddox sibilou.

– Você se acha engraçadinho?

– Não, acho que sou sexy. – O sorriso se alargou, mas não alcançou seus frios olhos cor de ocre. – Também acho que sou hilário.

Dez e o resto dos Guardiões ficaram tensos. Acho que eles pensaram que Roth ficaria intimidado com a quantidade deles ali, mas Roth... bem, quanto mais complicada a situação, mais engraçadinho ele se tornava.

Cayman piscou para mim enquanto gingava para a frente. Minhas sobrancelhas subiram. Tudo isso parecia surreal. Talvez eu tenha perdido muito sangue, desmaiado e tudo isso era apenas algum tipo de sonho bizarro.

– Podemos ir direto ao ponto? – Cayman perguntou corajosamente. – O tempo realmente é importante.

Abbot exalou profundamente, as narinas queimando, mas ele assentiu.

– Temos um grande problema – disse Roth, concentrando-se no líder do clã. O sorriso se desfez lentamente de seu rosto, e um frio escorregou pela minha espinha. – Um Lilin nasceu.

Todos os Guardiões o olharam como se ele tivesse abaixado as calças e feito uma dancinha. Eu o encarei, minha cabeça rapidamente repetindo o que Roth tinha dito. A gente não podia tê-lo ouvido direito. Não tinha como um Lilin – raça de demônios que podia tomar almas com apenas um toque – ter sido criado. Eles eram tão vis que tomar as almas não apenas matava o humano ou Guardião em questão, mas os transformava em espectros vingativos, decididos a causar destruição. Os Guardiões foram criados para remover os Lilin da face da Terra durante os tempos de Eva e daquela maldita maçã.

– Isso é impossível – Zayne rosnou. – Que tipo de merda você está tentando fazer?

Roth moveu seu olhar para ele, sua expressão uma máscara dura.

– Eu não estou tentando fazer nada e, confie em mim, existem mentiras mais interessantes a serem contadas.

– Não pode ser verdade – afirmou Abbot, cruzando seus braços maciços sobre o peito largo. – Sabemos o que é preciso para criar os Lilin e essas coisas não aconteceram. Sem mencionar que Paimon foi interrompido antes que o ritual pudesse ser finalizado.

– Um demônio tentando mentir para nós? – Dez bufou enquanto uma brisa fria agitava seus cabelos. – Que surpresa.

Malícia, do tipo que derrubaria cidades inteiras, queimou dentro dos olhos de Roth. Ele abriu a boca, mas eu dei um passo à frente.

– Como isso é possível? Você... nós sabemos que não é possível.

Roth manteve seu olhar focado em Zayne.

– É possível.

– Como você sabe? – eu exigi.

Um Guardião bufou e murmurou:

– Mal posso esperar pra ouvir esta história.

Ele deu um sorriso de canto de boca.

– Como todos vocês devem saber, se leram o manual "Quando a merda bater no ventilador", há quatro correntes mantendo Lilith no Inferno.

Eu concordei. Sabia que Lilith, minha mãe distante, estava acorrentada no Inferno, mas não via como isso tinha algo a ver com a história.

– Duas das correntes quebraram quando Paimon tentou realizar o ritual, deixando apenas duas correntes presas – continuou ele. – Uma terceira...

– Espere. – Abbot levantou uma mão. – Como exatamente duas correntes quebraram? Paimon foi parado e a inocência de Layla, que era a chave para o ritual, permanece intacta. Então isso não pode ser verdade.

Ai meu Deus...

O papo da inocência de novo. Eu engoli um grunhido enquanto fechava uma mão em volta do meu colar. Para o ritual de despertar dos Lilin ter sido completado, várias coisas precisavam acontecer. O sangue de Lilith deveria ser derramado, e isso tinha vindo do anel que eu ainda usava em volta do meu pescoço. Meu sangue deveria ser tirado e isso também aconteceu, mas as últimas duas coisas eram as mais importantes.

Eu deveria ter levado uma alma e teria que ter perdido minha inocência, no sentido bíblico da coisa. Somente Zayne e Roth sabiam que eu tinha tomado uma alma, e Abbot nunca poderia saber ou ele me mataria. A outra parte? Eu ainda era virgem, então não podia ser...

– Paimon acertou nas coisas do sangue – disse Roth, seguindo minha linha de pensamento. Ele não olhou para mim enquanto falava, mas havia um tom afiado em suas palavras. Minha barriga começou a ficar cheia de nós. – Ela foi cortada. Eu vi.

Como no mundo ele tinha visto a furadinha minúscula durante a luta estava além da minha compreensão.

— Sim. Paimon tirou meu sangue e o derramou, mas... — Aquela noite voltou à tona em uma onda violenta. Depois que Roth e Paimon foram presos e enviados para os poços de chamas, o chão ficou queimado onde eles estiveram e havia um buraco exatamente onde eu estivera amarrada.

As sobrancelhas de Abbot se retesaram. Ele abriu a boca e então lançou um olhar penetrante na minha direção. Eu recuei diante da acusação em seus olhos. Será que ele sabia sobre Petr? Que eu tinha tomado a alma do Guardião em legítima defesa? Eu já conseguia sentir a corda em volta do meu pescoço. Zayne se aproximou de mim, e o ar se esvaiu dos meus pulmões.

— Sua inocência — disse Abbot em uma voz baixa e enganosamente calma. — Você *alegou* que ainda era inocente, Layla.

Alegou?

— Eu não menti pra você.

— Então como as correntes se quebraram? — ele exigiu.

— Agora ele acredita na gente — disse Cayman, balançando a cabeça. — É rápido em duvidar de Layla.

Mesmo que aquela observação na mosca tenha doído, eu ignorei o regente infernal enquanto meu olhar percorria os demônios e Guardiões. Nicolai desviou quando meus olhos encontraram os dele. Dez e Maddox olharam para mim com um olhar de entendimento. Nem conseguia olhar para Zayne para ver se ele também tirava conclusões precipitadas.

A única coisa boa que eu podia ver até agora era que ninguém achava que eu tinha levado uma alma. Em vez disso, eles acreditavam que eu tinha abaixado as calças. Meus lábios se apertaram. Eu estava dividida entre negar o que eles estavam presumindo, e, portanto, revelar o que eu realmente tinha feito, e manter minha boca fechada.

Zayne respirou fundo.

— Layla nos disse que ela é... bem, você sabe o que ela disse. Não temos razões pra duvidar dela, mas temos todas as razões pra não confiar neles.

O alívio que percorreu o meu ser só durou até Roth arquear uma sobrancelha graciosa.

— Considerando que eu tirei o seu traseiro daquela armadilha do diabo e tomei o seu lugar, acho que você deveria ter um pouco mais de fé em mim.

Fechei os olhos. Esta conversa estava prestes a descer a ladeira, e rápido.

– E eu agradeço por isso – Zayne respondeu em um tom entrecortado. – Mas isso não muda o que você é ou o fato de que Layla ainda é...

O calor encheu minhas bochechas.

– Ok. Parem. Todos vocês. Essa fofocada sobre a minha virgindade não é algo que eu quero que continue.

– Somos dois – murmurou Dez.

– Mas eu ainda estava de posse de um hímen da última vez que verifiquei, o que significa que sou virgem. – Minhas mãos se fecharam em punhos ineficazes quando as sobrancelhas de Roth subiram em sua testa. – Então, podemos não falar mais sobre isso?

– Então, se o que você tá dizendo é verdade, o demônio tá mentindo – cuspiu Abbot.

– O demônio? – Roth zombou. – É "Sua Alteza" pra você.

– Tá bem. – Cayman deslizou para a frente, levantando as mãos em uma rendição simulada enquanto os Guardiões mostravam as presas em advertência. – Ninguém tá mentindo, nem o nosso Príncipe da Coroa, nem a nossa preciosa e imaculada Layla. – Eu lhe lancei um olhar feio. Ele sorriu. – Como sempre, o texto em que o ritual foi descrito não entra em detalhes explicando como ou o que é preciso para Layla perder sua inocência.

– Eu adoraria se vocês parassem de dizer isso – murmurei, esfregando minha testa. Eu estava começando a ficar com dor de cabeça. – Não é como se você pudesse simplesmente "perder" a sua inocência ou acidentalmente colocá-la em algum lugar e esquecê-la.

Os olhos de Abbot se estreitaram.

– Bom argumento. – Cayman enfiou as mãos nos bolsos da calça jeans enquanto balançava nos calcanhares das suas botas, e, pelo júbilo em sua expressão, eu tive a horrível sensação de que eu tinha acabado de criar uma armadilha para mim mesma. – A perda da inocência se refere ao pecado carnal, e não é como se você tivesse que consumar o ato pra experimentar o prazer do pecado. Correto?

Meu rosto perdeu toda a cor enquanto minha boca se abria. Ah, eu tinha experimentado prazer com Roth. O sangue voltou todo ao meu rosto enquanto eu relembrava as horas antes de irmos atrás da

Chave Menor. Roth e eu... não tínhamos feito *aquilo*, mas tínhamos feito outras coisas. Bem, ele tinha feito coisas com as mãos que eu apenas... ai meu Deus, eu realmente precisava parar de pensar nisso.

Os cílios impossivelmente longos de Roth baixaram quando o que Cayman disse começou a fazer sentido nas mentes e imaginações de todos os presentes. Um a um, eles olharam para mim como... como se eu tivesse matado um berçário de bebês e depois me banhado alegremente no sangue deles.

— O quê? — eu disse, mudando o peso de um pé para o outro. Olhei para Zayne. Um músculo latejava ao longo de sua mandíbula.

Cayman baixou o queixo.

— Em outras palavras, tudo o que ela precisava fazer era ter um orgasmo.

— Ai meu Deus — eu grunhi, batendo as *mãos* contra o meu rosto em chamas. Preferia estar de volta no beco, prestes a ser cortada em pedacinhos pelo Guardião, do que onde eu estava agora.

— E muito provavelmente não sozinha — acrescentou Cayman. — Além disso, essa é a única explicação.

Alguém me mate agora.

Zayne soltou um palavrão baixinho, e eu pensei ter ouvido a palavra *vagabunda* murmurada por alguém assistindo ao espetáculo atrás de mim, mas eu não conseguia ter certeza porque ninguém reagiu ao murmúrio. Não era preciso ser um gênio para descobrir com quem eu tinha experimentado "o prazer do pecado". Não era como se eu tivesse muitas opções considerando toda essa coisa de "ficar muito perto de alguém com alma".

— Bem... — Roth alongou a vogal. — Isso é constrangedor.

Eu baixei lentamente minhas mãos.

— Você acha?

Ele não olhou para mim.

— Então agora que já resolvemos isso...

— Mas e quanto à tomada da alma? — Nicolai exigiu.

Os pelos se arrepiaram na parte de trás do meu pescoço. A mudança de assunto deveria ter me deixado aliviada, mas, que Inferno, ficou ainda pior.

Roth deu de ombros.

– A *Chave Menor* é um texto antigo, lembra? Isso significa que não é a coisa mais fácil do mundo de ser interpretado. Claramente todos nós entendemos algo errado, apesar da minha inteligência superior. Vocês têm a *Chave Menor*. Vejam se conseguem descobrir o que é.

Os Guardiões pareciam acreditar naquilo, mas Abbot me lançou um olhar que dizia que conversaríamos mais tarde e aquela não era uma conversa que eu gostaria de ter.

– Mas voltando à questão principal, três das correntes quebraram, o que significa que há um Lilin.

Essa conversa de novo.

– Espera aí – eu disse, respirando fundo. – Eu não sabia que as correntes quebrariam se o Lilin fosse criado. – Um desconforto se retorceu nas minhas entranhas enquanto eu olhava para Abbot, Zayne e depois de volta para Roth. – Nenhum... nenhum de vocês me disse isso. Vocês só disseram que se os Lilin fossem despertos, todo mundo ficaria ocupado demais tentando persegui-los pra se preocupar com Lilith.

– Não era necessário lhe dizer – respondeu Abbot com uma voz cortada.

Uma emoção quente e feia substituiu minha ansiedade enquanto eu me virava para o homem que um dia considerei como a coisa mais próxima a um pai que eu tinha. Estava *exausta* das mentiras – sobre o fato de Lilith ser minha mãe, e Elijah, um Guardião que agia como se odiasse minha própria existência, ser, na verdade, meu pai. Abbot tinha escondido tudo isso de mim.

– É sério? Considerando quem ela é pra mim, como não é necessário?

– Bom argumento – reconheceu Roth.

– Você também não me disse – eu respondi. Seus lábios formavam uma linha reta, e eu queria que ele olhasse para mim, que explicasse por que ele manteve aquele detalhe importante para si. Quando ele não o fez, a apreensão criou raízes profundas dentro de mim. – E se a quarta corrente quebrar, então Lilith é libertada?

O terceiro demônio, que estava em silêncio até aquele ponto, balançou a cabeça.

– Lilith não será libertada. O Chefe agora a deixou trancada e tenho certeza de que o Inferno congelaria antes que ela conseguisse sair. – Ele riu de si mesmo, e eu arqueei uma sobrancelha.

Os ombros de Abbot se retesaram.

– Mesmo que Lilith ainda esteja em cativeiro, se existe um Lilin, temos um grande problema em nossas mãos.

– Até agora, deve haver apenas um, porque se houvesse mais, vocês já saberiam. A gente teria uma superpopulação de espectros. Mas até mesmo um único Lilin pode transformar esta cidade em seu *playground* particular de sucção de almas – disse Roth. – Eles podem tomar uma alma com um único toque ou podem mexer com as pessoas, lentamente removendo quem elas são, mudando todo o seu código moral interno. O Lilin poderia mudar um Guardião se conseguisse colocar as mãos em um.

Oh, isso seria ruim. Muito ruim.

– E eles são os únicos que podem controlar espectros – acrescentou Cayman. – Se eles pegarem uma alma completamente, aquele troço vingativo que eles criaram vai responder ao Lilin. É tipo... problema em dobro.

Qualquer criatura que uma vez teve uma alma e depois a perdeu se transformava em um espectro. Eles não iam para o Inferno. Não havia meio-termo. Eles permaneciam na Terra, presos, e o ódio amargurado apodrecia dentro deles. Rapidamente ficavam perigosos e, além disso, eram poderosos, capazes de interagir com os seres humanos em um nível não tão amigável. Às vezes, eles tinham como alvo pessoas que conheceram enquanto estavam vivos. Outras vezes, não discriminavam, indo atrás de qualquer um que cruzasse seu caminho.

– Sabe, com as regras e tal, os Alfas, seus chefões no céuzão, não vão ficar nada felizes – Roth cruzou os braços sobre o peito. – Então precisamos encontrar o Lilin antes que os Alfas decidam intervir. Caso contrário, todos nós estaremos em risco, incluindo os Guardiões.

Os Alfas comandavam as coisas. Anjos. Meus olhos meio-demônio obviamente nunca tinham visto um.

– Por que os Guardiões estariam em risco? – perguntei, confusa.

Foi Cayman quem respondeu:

– Os Alfas não são os maiores fãs dos Guardiões, mesmo que eles os tenham criado. Não é verdade, líder destemido? – Quando Abbot não respondeu, o regente infernal sorriu. – Os Alfas verão a existência de um Lilin como um sinal da incapacidade dos Guardiões de lidar com as coisas, o que os torna inúteis. Como punição, eles vão acabar com os Guardiões, junto com o resto da gente.

Ah meu Deus, os Alfas não brincavam em serviço.

– Então precisamos trabalhar juntos – afirmou Roth.

Maddox riu duramente.

– Trabalhar com demônios. Você tá chapado?

– Como eu disse antes, o Chefe desaprova o uso de drogas durante o trabalho. – A expressão de Roth mudou para seu olhar neutro. – E você terá de superar sua intolerância. Estamos em uma cidade que tem mais de meio milhão de pessoas, e isso sem contar os subúrbios. O tipo de dano que mesmo um único Lilin pode causar é astronômico.

– Então voltamos pra onde a gente estava há dois meses? – disse Zayne. – Só que em vez de um demônio apaixonado, temos um Lilin. Um Lilin que pode tirar uma alma de um ser...

– Espere – Maddox se virou de lado, finalmente tirando os olhos dos demônios. – Se o ritual foi bem-sucedido em fazer nascer um Lilin, então não seria Layla a mãe, de fato? O demônio nasceu de seu sangue.

– Eca. – Engoli o gosto repentino de sangue. – Eu não vou de jeito nenhum chamar o Lilin de filho. Então nenhum de vocês sequer tente jogar essa pra mim.

– O Lilin também nasceu do sangue de Lilith, então... – Roth suspirou, balançando a cabeça. – Não importa, seu renegado celestial.

Maddox rosnou.

– Como é?

Ele ignorou o Guardião.

– Era só o que faltava, termos de lidar com um Lilin ou algo semelhante – murmurou Abbot, principalmente para si mesmo, e eu franzi a testa. O que diabos isso significava? Ele balançou a cabeça. – Temos que encontrar e parar esse Lilin.

– Temos certeza de que Lilith não pode ser libertada? – perguntei, ainda incerta sobre como eu me sentia quando se tratava da minha mãe estar aprisionada no Inferno.

– O Chefe não vai deixar isso acontecer – Roth observou Abbot, sorrindo contidamente.

A tensão era palpável entre eles, e algo me dizia que aquilo era mais profundo do que o fato de serem inimigos.

– O problema é que não sabemos muito sobre os Lilin.

Senti que precisava me sentar.

– Vocês não sabem?

– Não. Pode haver informações na *Chave Menor*, mas... – Roth inclinou a cabeça na direção de Abbot – ...você tá com o livro.

– E permanecerá seguro conosco – respondeu ele.

– Segurança é subjetiva – murmurou Roth.

– A gente já sabe o que a *Chave Menor* tem a dizer sobre os Lilin – disse Nicolai.

– Gostaria de compartilhar? – Roth sorriu. – Porque compartilhar é divertido.

Abbot mudou o peso de pé.

– Não tem nada de novo. Só referências vagas sobre o tempo em que eles governaram a Terra. Nada que a gente já não saiba. Isso é sério – disse Abbot, depois de alguns momentos. – Sério o suficiente pra não atrapalharmos sua investigação nessa questão.

O que significava que os Guardiões não iriam atrás de Roth e do seu grupo, o que era muita coisa. Maddox e os outros Guardiões protestaram feito um bando de macacos, mas Abbot os silenciou com um aceno de mão.

– Como líder do clã de Washington, esta é a minha decisão – disse ele, lançando um olhar feroz sobre todos os outros. – A possibilidade de termos um Lilin na superfície não é algo que podemos permitir. – Ele virou aquele olhar mortal sobre os demônios. – Mas se eu começar a suspeitar que isso é algum tipo de truque, eu vou pessoalmente caçar cada um de vocês.

Roth deu de ombros.

– Tudo o que precisamos é que vocês sejam ainda mais vigilantes quando estiverem... caçando.

– Eu não posso acreditar que estamos entrando em um acordo com demônios – disse Maddox, dando vários passos para trás.

Nem eu, mas um Lilin era problema sério.

– É o que é – disse Abbot, arrastando uma respiração profunda e pesada. – Vamos ficar de olho em qualquer relato suspeito. Nossos contatos dentro dos departamentos de polícia e dos hospitais devem ser úteis neste caso.

Cayman assentiu, concordando, e o fato de estarmos tendo uma conversa bastante civilizada era monumental.

— Também vamos manter nossos ouvidos pela cidade. Um Lilin provavelmente irá procurar outros demônios. Você sabe, pra criar laços e fazer amigos. Com alguma sorte, vai ter um em quem ele confie.

— Bom — disse Abbot, de ombros arqueados. — Mas, por ora, saiam imediatamente da minha propriedade.

Uma névoa de ar saiu por entre meus lábios enquanto meu estômago despencava. Eles não podiam ir embora ainda. De jeito nenhum. Eu dei um passo à frente, ignorando os olhares penetrantes dos Guardiões. Eu não ligava. Eles podiam pegar seus ideais intolerantes e enfiar no...

— Estamos de saída, mas... — Roth finalmente se virou para mim. Nossos olhares colidiram, e foi como um soco no estômago. — Precisamos conversar.

Capítulo 6

Eu quase corri para Roth ali mesmo e joguei meus braços em volta dele, mas um rosnado baixo ressoou atrás de mim. Primeiro pensei que fosse uma reação de Abbot, mas quando percebi que vinha de Zayne, não consegui me mexer.

Roth inclinou a cabeça para o lado, observando-me enquanto um sorriso lento e malandro enfeitava seus lábios.

— Você tá... realmente rosnando pra mim, Pedregulho?

— Estou prestes a fazer muito mais do que rosnar.

Roth riu.

— Isso não mostra muita consideração.

Eu me virei para Zayne e o meu coração saltou para a minha garganta, parando o que eu ia dizer. Ele olhava para Roth de uma forma que eu não conseguia entender, especialmente não depois do que Roth tinha feito por ele, como se... Eu balancei a cabeça.

— Está tudo bem — Abbot interrompeu, surpreendendo-me. — Deixe eles conversarem.

Espera aí. O quê? Ele estava de boa comigo falando com Roth? O apaziguamento de Abbot me colocou em movimento. Meu coração deu outro salto.

Zayne abriu a boca e depois a fechou com rapidez. Nossos olhares se cruzaram por um momento e então ele assentiu com firmeza, resignado.

— Vou esperar por você.

Eu queria dizer a ele que não era necessário, mas a estranheza da declaração roubou minhas palavras. Respirando fundo, me virei para Roth.

— Vamos caminhar? — sugeriu ele.

Havia uma frieza entremeada em suas palavras que me deixou inquieta. Tentei me convencer de que era só porque estávamos rodeados por tantos Guardiões, mas meus joelhos estavam fracos enquanto eu caminhava em direção a ele. Seu cheiro único invadiu meus sentidos, fazendo com que minha pele ruborizasse, apesar do ar gelado. Ele se virou quando cheguei ao seu lado e andamos em direção à trilha apagada que Zayne e eu acabamos marcando no chão ao longo dos muitos anos em que tínhamos andado até a casa da árvore na floresta das proximidades.

Com a pele formigando ao longo da minha nuca, eu olhei por cima do ombro e respirei baixinho. Os Guardiões ainda estavam de guarda em frente ao complexo, mas não vi mais Abbot. Zayne estava sentado na parte inferior dos degraus largos, encostado em uma das grandes colunas de mármore branco. Cayman e o outro demônio haviam ido embora. Era óbvio que não temiam pela segurança de Roth. Ou não se importavam.

Virei a cabeça e perdi o fôlego quando vi o perfil de Roth. Uma quantidade vertiginosa de alívio me atingiu enquanto, mais uma vez, eu entendi que ele estava vivo e estava aqui.

Tantas coisas borbulharam dentro de mim no momento em que passamos pela parede de retenção de pedra desmoronada que cercava o gramado bem cuidado e sob os galhos grossos e nus que sacudiam como ossos secos na brisa. Mas eu não conseguia falar. O nó estava de volta, agora bem no meio da minha garganta.

O pensamento coerente foi desconectado, e dei por mim me movendo em volta dele. Roth parou no meio do caminho enquanto eu fazia o que queria ter feito desde que ele apareceu naquela noite. Como um minifoguete, eu me atirei em cima dele.

Roth cambaleou para trás quando meus braços se entrelaçaram em torno do seu pescoço. No momento em que meu corpo entrou em contato com o dele, a pressão apertou meu peito. Fechei os olhos contra a onda violenta de emoções. Elas estavam tão emaranhadas entre si – alívio e medo, desespero e determinação, um desejo profundo que rivalizava com a ânsia que eu combatia todos os dias, e ansiedade – que eu não conseguia entendê-los, ou entender como eu estava sentindo tanta coisa.

Enquanto eu me aninhava em seu peito, eu podia sentir seu coração batendo rápido e percebi, então, que seus braços estavam soltos em seus lados. Uma nuvem de nervosismo passou por mim enquanto eu levantava minha cabeça, procurando seus olhos na escuridão, mas eles estavam fechados e cílios grossos descansavam no topo das suas maçãs do rosto. Seu rosto estava pálido nas finas lascas do luar que atravessavam os galhos, os lábios retesados em uma linha firme.

Outro arrepio de apreensão percorreu a minha pele. Quando comecei a recuar, para dar voz ao medo que crescia como uma erva daninha no meu estômago, os braços dele *finalmente* me abraçaram. Ele me puxou forte contra ele, nossos corpos pressionados um contra o outro, de uma forma que me lembrou da noite em que encontramos a *Chave Menor*. Os músculos da minha barriga se contraíram quando a mão de Roth subiu pela minha coluna, emaranhando-se nos meus cabelos. Bambi seguiu a carícia, como se ela procurasse se aproximar de seu verdadeiro dono.

Havia tanto calor no abraço que as sombras se afastaram. Eu apertei meus olhos e desfrutei dele. Não sabia o que o seu regresso significava, o que significava para nós, mas naquele momento não importava.

Ele encostou a cabeça na minha e murmurou algo em uma voz profunda e gutural que eu tinha certeza de que não estava nem perto de uma língua humana.

– Você tá machucada – disse ele, com a voz áspera.

Tudo o que eu podia fazer era balançar a cabeça enquanto apertava a parte de trás da camisa dele com as mãos. Eu estava sentindo muitas emoções conflitantes. Algumas delas eram minhas, mas também havia qualquer coisa de distanciamento nelas que eu não conseguia entender muito bem.

Ele deslizou a outra mão para o meu braço. Quando seus dedos escorregaram sob a manga do meu moletom, eu mordi o lábio.

– Seu braço – ele disse, conseguindo dobrar os dedos logo abaixo do meu cotovelo. – Como isso aconteceu?

– Foi um Guardião – respondi, esfregando minha bochecha contra o peito dele feito um gato de barriga cheia, pronto para uma soneca. Um suspiro escapou de mim. – Ele disse que eu cheirava a demônio.

Roth recuou e abaixou o queixo. Sobrancelhas escuras se uniram.

– Um Guardião fez isso? Com ferro?

Eu acenei com a cabeça, mas não era sobre isso que eu queria falar.

– Roth...

– E quanto a Bambi? – ele exigiu, retirando a mão do meu cabelo. – Ela teria protegido você.

– Bambi tá bem – Eu forcei um sorriso, mas suas feições não se suavizaram. – Ela comeu o Guardião.

As sobrancelhas dele se ergueram.

– Bem...

– Pois é. – Eu alonguei a primeira palavra lentamente. Eu sabia que devia perguntar o porquê de os Guardiões de repente me sentirem como um demônio de Status Superior, mas, por pior que aquilo fosse, não estava no topo da minha lista de prioridades. – Eu não sei por onde começar. Como você tá aqui?

Os olhos dourados de Roth ficaram firmes nos meus por um momento, e então ele se afastou. Eu imediatamente lamentei a perda do calor.

– Bem, tem essas coisas chamadas portais e eu encontrei...

– Não era isso que eu queria dizer. – Antes, suas respostas espertinhas me irritavam até o último fio de cabelo, mas agora havia um alívio em me sentir irritada com ele. – Você estava na armadilha do diabo com Paimon. Você foi para os poços.

– Eu fui. – Ele cruzou os braços e deu outro passo para longe de mim. – Não foi divertido, caso você esteja se perguntando.

Eu estremeci.

– Eu não achei que seria, mas não estou entendendo. Ir para os poços é permanente.

Um ombro subiu graciosamente.

– É, mas eu sou o favorito do Chefe e eu fiz o que ele queria: impedir que um Lilin fosse criado. Ou pelo menos a gente achava que sim.

– Então você foi solto por bom comportamento?

– Depois de um dia ou dois. O chefe não estava com pressa, como era de se esperar.

Senti meu coração apertar.

– Mas os poços devem ser... – Minha voz falhou enquanto eu balançava a cabeça.

– Eu não estava de férias, baixinha. Imagine a sua pele sendo esfolada e queimada por 48 horas seguidas – Ele deu de ombros novamente, como se não fosse grande coisa ter sido praticamente queimado vivo, e afastou o cabelo escuro para longe da testa. – Mas poderia ter sido pior. O imbecil do Paimon ainda tá lá.

O que queria dizer que Roth ainda poderia estar lá. Dois dias ali deviam ter sido um Inferno, literalmente, mas se ele tinha sido solto tão rápido...

– Onde você esteve?

Seu olhar se voltou para os galhos nus.

– Por aí.

– Por aí? – As palavras ecoando em descrença.

– Aqui e ali, pra cima e pra baixo. – Um dos lados de seus lábios estava curvado para cima, mas lhe faltava sinceridade. – Dando uma volta.

Eu o encarei.

– Por que você não veio me ver? – Essa pergunta saiu como o hino de toda namorada irritada no mundo, mas o problema com isso era: eu não era namorada dele.

Roth arqueou uma sobrancelha e abriu a boca, mas acabou não dizendo nada. Eu estendi a mão para tocá-lo, mas ele se afastou. Um músculo ondulou ao longo do seu maxilar. O desconforto e a frieza de antes retornaram.

– Eu estive tão preocupada – falei, puxando minha mão de volta para o meu peito. – Eu senti sua falta. Eu fiquei *de luto* por você. Mas tinha esperanças de que você estivesse bem. Isso... – Eu mostrei o colar. A pedra rachada era uma declaração infeliz. – Eu encontrei isso no seu apartamento, no telhado. Você colocou lá, não foi? Depois que você saiu dos poços. Você...

– Coloquei. E daí?

– E daí? – sussurrei, sentindo-me tão vazia quanto um eco. – Por que você faria isso e não viria me ver?

Ele não disse nada.

Algo gélido escorreu pelas minhas veias.

– Você tem ideia de como eu fiquei mal? Eu me senti perdida sem...

– Você não estava perdida sem mim – ele me cortou, seu olhar de repente fixo nos meus mais uma vez. – Você tinha a Zayne.

– Sim, mas essa não é...

– Você tinha a ele – Roth repetiu, respirando fundo. – Por que você acha que eu tomei o lugar dele naquela armadilha? Pra que você pudesse ficar com ele aqui.

Talvez eu estivesse mais lenta do que o normal, mas não estava entendendo para onde aquela conversa estava indo.

– Eu sei que você fez aquilo por mim, e eu nunca vou conseguir expressar o quão verdadeiramente grata eu sou por isso, mas eu não queria perder você. Eu nunca quis. – As palavras continuavam a sair da minha boca no pior caso de diarreia verbal conhecida pelos seres humanos, anjos ou demônios. – Não sei o que a gente tinha, mas tínhamos algo que significava muito pra mim.

Ele me encarou por um momento e uma série de emoções passaram pelo seu belo semblante antes que ele balançasse a cabeça.

– Você passou por muita coisa recentemente. Entendo que você esteja mal, mas, como eu disse, você não precisa de mim.

A frustração ardeu como ácido no meu sangue.

– Roth, eu...

– Não diz isso. – Ele levantou uma mão. – Não diz isso.

– Você nem sabe o que eu ia dizer! – Que Inferno, nem eu sabia o que ia sair da minha boca.

– Eu não quero saber. – Roth passou os dedos pelo cabelo de uma maneira rápida e espasmódica. – É por isso que precisamos conversar. Estou de volta. Eu vou estar por perto por causa do Lilin, mas essa é a única razão pela qual estou aqui. Você entende o que eu quero dizer?

Uma parte do meu cérebro entendia muito bem o que ele estava querendo dizer, mas meu coração era outra história. Suas palavras não faziam sentido para o músculo idiota. As coisas não batiam.

– Não. Não entendo.

Seus cílios abaixaram enquanto ele murmurava um palavrão.

– Olha, quando eu estava aqui em cima antes, com você? Foi... – Ele sacudiu um pouco a cabeça e depois pareceu forçar o resto do que ia dizer. – Foi divertido, baixinha.

– Divertido? – repeti, estupidamente.

Roth balançou a cabeça com firmeza.

– E só. Foi só divertido enquanto estava rolando.

Eu me afastei bruscamente, como se tivesse levado um tapa na cara.

– Não foi *só* divertido pra mim.

– Claro que não foi. – Ele se virou, parecendo inspecionar um tronco de árvore como se ali houvessem as respostas para as questões da vida. – Você não tinha experiência em nada disso. Você nem tinha beijado alguém antes. É natural que você tenha se apegado.

Um pingo de dor ardeu dentro do meu peito.

– Mas não é natural pra você?

– Não. De jeito nenhum. Por várias razões. Muitas delas chatas, mas lógicas. Eu sou o Príncipe da Coroa do Inferno, não sou como o seu Pedregulho.

– Você não é apenas o próximo Príncipe da Coroa! Você é mais do que isso. Então não vamos começar essa conversa fiada de novo. – Roth nunca se viu como outra coisa além de outro príncipe dentre as centenas que vieram antes dele. Ele até ficava um pouco inseguro sobre isso, e eu queria ser mais cuidadosa com esses sentimentos, mas eu estava perdendo o controle, a raiva e a dor dando espaço a um nível de desespero por atenção que era constrangedor. Eu estendi o anel. – Isso prova que foi mais do que só divertido pra você. Você consertou o colar e o deixou lá pra que eu encontrasse.

– E isso prova alguma coisa? – ele perguntou baixinho.

– Sim! – O metal frio machucava a palma da minha mão. – Por que você faria isso se não se importasse?

Seus ombros enrijeceram.

– Eu não disse que não me importava, baixinha.

– Então o que diabos você tá dizendo?

– Estou dizendo que o que a gente fez não vai acontecer de novo. É isso o que quero dizer.

Respirei fundo, mas o ar ficou preso.

– Mas o colar...

Ele se virou para mim tão rapidamente que eu tropecei para trás. Havia algo de sombrio em seu rosto, na forma como sua pele se afinava sobre seus ossos.

– Isso importa por que, Layla? É só um colar idiota.

– Mas que conversa! Você sabia o quanto esse colar era importante pra mim. – Era a única coisa que me ligava à minha mãe, a quem eu realmente era, e ele sabia disso.

– Não importa. – Ele andou para a frente, e eu tive de me forçar a não me afastar. Suas pupilas começaram a dilatar. – Eu não estou interessado em reavivar uma paixão inútil. Isso resume bem o suficiente pra você? Será que entende agora? Eu sou um demônio, Layla. Um sangue-puro que não se envergonha do que a minha espécie é. E você é apenas uma meio-demônio. Você quer ser como seus preciosos Guardiões e o Pedregulho. Você deveria se enojar com a minha presença. Por que você gostaria de estar aqui, e ainda por cima ficar comigo?

A dor se espalhou pelo meu peito, instalando-se em meus ossos.

– Então isso tem sido, o quê? Um jogo pra você? Eu não acredito nisso! – Eu me mantive firme, com a mão que segurava o anel tremendo. – Você quer que eu acredite que você não é nada mais do que um demônio, mas a maneira como você me beijou e o que você disse pra mim antes de ser levado naquela armadilha provam o contrário.

– Você é tão ingênua. Um beijo? Umas palavrinhas sentimentais que eu disse antes de pensar que passaria a eternidade sendo torturado? Você não pode me julgar por alguns lapsos momentâneos, Layla. O que importa é quem eu sou. – Ele estava a meros centímetros de mim, suas mãos se fechando em punhos em seus lados. – Eu sou o Príncipe da Coroa, quer você queira ouvir isso ou não.

– Isso não quer dizer nada – eu protestei, apertando o anel, a prova de que havia algo nele. A evidência de que ele tinha uma consciência... e um coração. – Você tá mentindo e tem de haver uma razão.

Ele virou a cabeça, dessa vez passando ambas as mãos pelos cabelos.

– Você sabe o que eu sou. Eu te *disse*. Eu cobiço coisas bonitas. Eu gosto de pegar coisas que não são minhas. – Então ele olhou para mim e sorriu. O frio naquele olhar fez arrepios dançarem sobre a minha pele. – Você realmente pensou que eu me importava com você, não é? Eu queria você, Layla. Você aliviou meu tédio. Isso é tudo.

Eu cambaleei para trás, querendo impedir que suas palavras significassem qualquer coisa para mim, impedir que doessem, mas não havia como parar aquilo. Em um instante, percebi que deveria ter sido mais esperta. Todo esse tempo, eu deveria ter sido mais esperta. Ele estava certo, afinal de contas. Eu não tinha nenhuma experiência com essas coisas, com caras e relacionamentos. Se eu... se eu fosse importante para Roth, ele teria vindo me ver antes desta noite, porque se fosse o contrário, o apartamento dele teria sido o primeiro lugar aonde eu iria.

E aquilo era deprimente.

– Eu realmente não sei o que estava pensando. Eu geralmente não gosto de virgens. Elas são tão complicadas. Alguém como a sua colega Eva é muito mais divertida e habilidosa nesse departamento. Ela ainda tá indo pra escola? – Ele suspirou, dando de ombros casualmente, mas um músculo latejou ao longo de sua mandíbula. – Como eu disse, eu devia ter percebido que você ia se apegar, baixinha. Erro meu.

Senti o sangue sumir do meu rosto. O uso do termo carinhoso parecia desnecessariamente cruel quando combinado com o que ele estava dizendo.

– Não me chame assim.

– Como quiser. – Roth deu as costas para mim. A curvatura das suas costas estava anormalmente rígida. – Bambi vai ficar com você.

Eu segurei as lágrimas, recusando-me a deixá-las cair.

– Eu não...

– Não me importa se não é isso que você quer. Ela fica com você.

Eu olhei para as costas dele, me sentindo sufocada de dentro para fora.

– Você é um desgraçado.

Ele olhou para mim por cima de um ombro, com uma expressão séria sob o luar.

– Adeus, Layla.

E então ele se foi.

Capítulo 7

Eu não me lembro muito da curta caminhada de volta para a casa. Havia uma dor no meu peito que era quase tão forte quanto o que eu tinha sentido quando vi Roth na armadilha do diabo. Era frio e quente ao mesmo tempo, queimando e congelando por dentro. Um nó se formou na parte de trás da minha garganta e a umidade dos meus olhos aumentava a cada passo.

O que Roth disse tinha feito mais do que apenas doer, e o peso horrível da pressão entre meus seios alertava que algo talvez tenha se partido ali, mesmo que eu não tivesse reconhecido o quão profundo meus sentimentos por ele tinham sido.

Eu geralmente não gosto de virgens.

Deus, será que eu tinha sido tão idiota, que estivesse tão errada sobre ele? Minhas bochechas estavam escaldando enquanto eu revisitava suas palavras. Cada uma delas tinha sido afiada, faladas com a intenção de mutilar, e elas conseguiram. Minhas mãos tremiam enquanto eu cruzava os braços sobre o peito, ignorando a dor dos meus pontos sendo puxados. Mas aquele abraço... o jeito que ele me segurou? Não significou nada para ele? Eu não conseguia aceitar aquilo com facilidade. Ou o fato de que aquelas palavras tortuosas que ele lançou em mim antes da armadilha o levar, palavras que eu tinha guardado dentro de mim, tinham sido ditas com tanto desleixe. Mas talvez eu fosse apenas ingênua. Apegar-me? Ele tinha razão. Eu me apeguei e me abracei ao que sentia. E olha o resultado.

Sob a dor, um tipo diferente de angústia se formava na parte de trás da minha garganta – uma sede ardente criou raízes. Eu conseguia senti-la em cada célula, até mesmo nas extremidades dos meus dentes.

A necessidade de me alimentar aumentou rapidamente e de maneira desenfreada. Minhas emoções estavam uma bagunça, alimentando o desejo proibido.

Com raiva, limpei minhas bochechas quando cheguei na entrada dos carros. Os Guardiões andavam em volta da entrada, nas suas formas verdadeiras e com as asas rentes às costas, mas ninguém me deu atenção enquanto eu passava por eles. Eu não podia ver suas almas, mas conseguia sentir o gosto da sua pureza na ponta da minha língua. Por um momento, deixei-me imaginar como seria sentir aquele calor escorrendo pela minha garganta, aliviando a frieza e a dor que Roth havia deixado para trás. Também não seria difícil. Eles não confiavam em mim, mas também não esperavam que eu atacasse um deles. E uma vez que eu estivesse em posse de uma alma, não haveria como me impedirem e...

Cortei aquele pensamento, horrorizada ao perceber que tinha parado de andar. Estava ali parada, olhando para a cabeça dourada e curvada de Zayne, e com água na boca. A necessidade voraz de seguir em frente com a fantasia me causou cãibras no estômago.

Com os cotovelos apoiados nos joelhos, ele levantou o queixo e, em um segundo estava de pé, as mãos abertas pendendo em seus lados.

– Layla?

– Estou cansada. – Minha voz não parecia certa para mim. Estava muito tensa, muito apertada. Eu não conseguia ficar perto dele, perto de ninguém, agora. – Eu vou... vou pra cama.

O brilho de seu tom de pele desapareceu quando ele se virou. Ele me seguiu pela porta, fechando-a silenciosamente atrás de nós. A luz principal do hall de entrada estava apagada e as pequenas arandelas de parede lançavam um brilho difuso pelo chão. A voz de Jasmine flutuou da sala de estar, e eu acelerei o meu passo. Cada degrau da escada sugava a energia de mim. No momento em que cheguei ao patamar do segundo andar, eu queria me virar e me acoplar a Zayne da pior maneira possível.

Zayne me contornou, bloqueando a porta do quarto.

– Fala comigo.

Lentamente, levantei o olhar e não sei o que Zayne viu no meu rosto, mas ele estendeu uma mão. Eu recuei, evitando seu toque, muito perto de perder o controle e fazer algo pelo que eu nunca poderia me perdoar. Com o coração acelerado, eu balancei a cabeça.

– Eu não quero falar.

Ele inclinou a cabeça para o lado.

– Você não tá bem.

Eu prendi a respiração. Sua mandíbula travou.

– Ele te machucou?

– Não – eu forcei, expirando pelo meu nariz.

– Eu não quero dizer fisicamente. Ele machucou...

– Eu não consigo fazer isso agora. Por favor – eu sussurrei, e seus olhos se arregalaram em compreensão. – Eu preciso ficar sozinha.

As narinas de Zayne se alargaram enquanto ele se afastava. Seu peito se ergueu bruscamente.

– Você precisa de alguma coisa?

Meu estômago estava doendo de tão acelerada que estava a minha pulsação.

– Suco de laranja?

Ele assentiu e rapidamente saiu pelo corredor. Eu entrei no meu quarto, deixando a luz apagada. Não que eu precisasse. Passava tanto tempo aqui que conseguia me mover às cegas. Eu caminhei até as grandes janelas, desejando poder abri-las para deixar o ar fresco da noite entrar, mas elas haviam sido fechadas com pregos durante a minha fase "de castigo pro resto da vida". Acho que Abbot pensou que eu ia criar asas e voar para encontrar com a minha horda de demônios.

Fechando meus olhos, percebi que era o que eu queria fazer. Não a parte de sair com uma horda de demônios, mas sim a de criar asas e voar. Eu quase me transformei hoje mais cedo. Talvez eu pudesse fazer isso de novo. Uma onda de formigamentos se espalhou pela minha pele. A pele ao longo das minhas costas se apertou. Abri os olhos, soltando um hálito lento e baixo. Eu quase conseguia sentir o ar da noite acariciando minha pele. Eu me perguntava o quão alto eu poderia voar e se seria tão bom quanto tomar uma alma.

Abbot ia enlouquecer se eu saísse do complexo hoje à noite, e não seria seguro para mim. Não porque havia qualquer perigo para mim, mas por causa do perigo que eu representava para outras pessoas agora – pessoas inocentes.

A presença de Zayne preencheu o quarto. Eu me virei e, pela primeira vez desde que perdi a capacidade de ver auras, fiquei feliz por não poder ver a dele naquele momento. Ele colocou um copão de suco de laranja em cima da minha mesa, entre os cadernos e o papel da impressora. Ele olhou para mim, a preocupação gravada em seu rosto bonito.

– Se precisar de alguma coisa, me manda uma mensagem ou me liga – Eu acenei com a cabeça. – Promete.

Ele não se aproximou, mas seu olhar nunca deixou o meu.

– Eu prometo – falei, engolindo o nó ainda maior na minha garganta. Às vezes – não, todas as vezes – eu não achava que merecia Zayne. – Obrigada.

Seus cílios caíram sobre os seus olhos brevemente.

– Não me agradeça, Laylabélula. Não por isso. – Seus olhos eram de um profundo tom de azul enquanto se fixavam nos meus novamente. – Você sabe... você sabe que eu faria qualquer coisa por você.

Lágrimas correram para meus olhos enquanto eu acenava cegamente. Seus lábios se curvaram nos cantos, em um pequeno sorriso, e então ele saiu do quarto. Eu fui direto para o suco de laranja, engolindo seu conteúdo enquanto segurava o copo frio. A acidez do líquido aliviou as ânsias e, quando abaixei o copo, um movimento que vi pelo canto do olho chamou a minha atenção. Virei-me, limpando as mãos úmidas na minha saia jeans.

As cortinas brancas ondularam para longe da janela fechada, arrastando-se suavemente no ar vazio.

Ergui as sobrancelhas.

Não havia vento no quarto. O ar-condicionado central não tinha sido ligado. Eu teria ouvido aquela besta gigante sendo acionada e, além disso, estava muito frio lá fora para se ligar o ar.

Quando caminhei em direção à janela, as cortinas voltaram a descer, assentando-se lentamente contra a parede. Tá certo. Isso foi esquisito. Um frio estranho desceu pela minha coluna. Tudo bem. Na verdade, foi um pouco assustador, mas Bambi despertou para a vida, distraindo-me quando ela abriu caminho até a minha perna esquerda. Seu movimento ainda era uma memória dolorosa, mas servia a um propósito diferente agora.

Você aliviou meu tédio.

Eu respirei fundo quando o golpe me atingiu abaixo dos joelhos. Virando-me de costas para a janela, eu abri o zíper do moletom e me despi cuidadosamente. Deixei-o cair no chão. Olhando para o meu braço, estremeci quando vi a mancha escura na bandagem branca. Que noite terrível.

Mordendo o lábio, tirei minhas roupas e me vesti com um par de shorts para dormir. Antes que eu pudesse colocar uma camisa de manga comprida, Bambi saiu da minha pele. Na escuridão, ela não passava de uma sombra quando se reagrupava. Em vez de sair para caçar ou correr de volta para Roth como um animal de estimação esquecido, ela rastejou até a casa de bonecas que Abbot tinha feito para mim quando eu era criança.

Eu tinha quebrado a pobre coitada enquanto estava de castigo e Roth desaparecera. Há cerca de uma semana, ela havia reaparecido no meu quarto com o telhado e os lados consertados. Eu presumi que tinha sido Zayne, mas não sabia por que ele tinha feito isso ou por que eu fiquei aliviada ao ver a casinha de bonecas. Obviamente, eu tinha problemas em desapegar das coisas.

Enrolando-se, Bambi conseguiu encaixar todo o seu corpo de quase dois metros no andar de cima, com a cabeça apoiada na cama em miniatura. Ela parecia... confortável. E parecia esquisito.

Minutos se passaram enquanto eu encarava o familiar demoníaco. Um frio se formou no meu peito, substituindo a terrível ardência. Por que Roth a entregou para mim? Bambi era seu familiar, não meu, e ele sempre pareceu gostar da cobra. Não fazia sentido, mas provavelmente também não importava. Há muito tempo, ele admitira que fazia certas coisas sem qualquer motivo.

E como se viu, eu era apenas uma dessas muitas *coisas*.

Doeu muito quando fui para a cama, deitada sobre o meu braço bom. Nem sequer era tarde quando fechei os olhos, mas parecia uma eternidade desde aquela manhã. Tudo parecia ter mudado em apenas algumas horas.

Eu tinha cheiro de um demônio de Status Superior. Roth estava de volta e relativamente ileso. Um Lilin tinha nascido. Aparentemente um orgasmo era apocalíptico. E Roth... ele nunca se importou comigo.

Eu tinha sido apenas um trabalho para ele. E nada mais.

Minha cabeça doía como se eu tivesse passado a noite batendo-a contra a parede, o que teria sido mais divertido e frutífero do que olhar para o teto, repetindo todos os momentos que Roth e eu compartilhamos. Eu estava procurando por um erro fatal em nosso potencial relacionamento, e esse exercício tinha sido tão produtivo quanto fazer buracos em um balde e tentar transportar água nele.

Roth era um demônio. Um demônio homem.

Um demônio homem que gostava de *cobiçar coisas bonitas*.

E eu era tão inexperiente quanto uma freira, então, é claro, eu dei muito valor ao que ele me disse, à maneira como me olhava, a cada toque e beijo trocados. Eu pensei que tudo significava alguma coisa e a dor era intensa, com gosto de uvas amargas no fundo da minha boca. Estranhamente, por mais que minha garganta e meus olhos queimassem e por todas as lágrimas que se assomavam em mim, elas não caíam. Eu desejava que caíssem. Parecia que haveria algo de purificador no ato.

Quando chegou a hora de me levantar para a aula, eu me aconcheguei sob o edredom pesado e quente. Esperei que alguém viesse e me dissesse para sair da cama, mas tudo o que veio foram os passos de Nicolai na hora em que ele saía para me levar na escola. Ele não abriu a porta para saber como eu estava. Depois de alguns segundos, seus passos desapareceram pelo corredor.

Eu fechei os olhos, sem saber se deveria ficar agradecida que ninguém parecia se importar ou se deveria me sentir magoada com isso. Antes de Roth... antes do clã saber dele e da nossa relação, Abbot ou alguém viria aqui para me arrastar para fora da cama ou pelo menos para se certificar de que o Freddy Krueger não tinha me capturado. Agora? Nem tanto. Mais do que nunca, eu era uma hóspede permanente naquela casa, alguém que tinha prolongado demais sua estadia.

Enquanto eu voltava a adormecer, meu cérebro vagava em todas as direções. Um velho plano ressurgiu, um sobre o qual eu não tinha pensado muito há tempos. Meu olhar sonolento se arrastou para minha mesa. O copo vazio do suco de laranja repousava em cima da pilha de candidaturas para faculdades. Aquela papelada foi quase completamente esquecida e provavelmente era tarde demais para considerar seriamente me inscrever para o próximo semestre, mas talvez fosse aquilo que eu faria.

Dane-se tudo isso: o Lilin, Roth e todos os Guardiões. Eu poderia ir para a faculdade longe daqui e fingir ser... fingir ser o quê? Normal? Eu podia fazer isso. Eu já estava fazendo isso há tanto tempo. Misturar-me entre os seres humanos e fazer de tudo isso uma memória distante. Era uma decisão egoísta, mas não me importei. Eu queria ser egoísta e não queria mais estar aqui, neste corpo, ou presa a esses problemas.

Uma coisa boa é que eu não o veria na escola. Não havia razão para Roth voltar para lá.

Em algum momento eu caí no sono de novo, despertando quando senti a cama se mexer sob um peso súbito e inesperado e a agitação dos lençóis. Desorientada, eu pisquei. Com coração disparado dentro do peito, eu olhei por cima do meu ombro.

Dois olhos cerúleos encontraram os meus.

Capítulo 8

Zayne olhou para mim, momentaneamente obscurecido por seu cabelo loiro. Prendi a respiração enquanto ele se ajustava de lado e puxava as cobertas até a cintura. Meu olhar se voltou para baixo. Ele estava vestindo uma camisa de algodão cinza que se esticava sobre seus ombros. Ele apalpou sob o edredom, encontrando-me no meio do amontoado de cobertores. Com o braço em volta da minha cintura, ele me puxou contra o seu peito. Cada músculo do meu corpo ficou tenso enquanto ele se acomodava atrás de mim, curvando seu corpo ao redor do meu com uma facilidade tão natural que confundia os meus sentidos. Não havia praticamente nada entre nós além das nossas roupas finas de dormir, que não eram um escudo contra o calor que ele irradiava.

E aquele calor... *ah*. Penetrou nos meus músculos, aliviando os nós e todos os pontos doloridos. Em segundos, a rigidez sumiu da minha coluna e voltei a apoiar o rosto no travesseiro. A cama se transformou em uma nuvem e eu senti como se estivesse em um daqueles comerciais bregas de colchão que Stacey e Sam sempre zombavam, mas Zayne tinha o poder de transformar um colchão comum em algo maravilhoso. Fechei os olhos, deixando meu corpo afundar. Nos momentos que se seguiram, não estava pensando em nada e isso foi *ótimo*.

Ele tirou a mão da minha cintura por tempo suficiente para afastar fios do meu cabelo para longe do seu rosto e então eu senti sua respiração quente contra a minha nuca. Uma série de arrepios dançaram sobre a minha pele. Um tipo diferente de aperto se formou na parte inferior da minha barriga enquanto eu me concentrava em respirar normalmente, e não como se eu tivesse acabado de correr para cima e para baixo em arquibancadas.

Fazia muito, muito tempo que Zayne não fazia isso – ir para a minha cama para descansar em vez de fazer seu sono profundo. Não desde que éramos muito, muito mais jovens, quando dividir uma cama era algo inocente e ninguém poderia ter uma ideia errada sobre isso. Choque passou por mim. Em especial depois de ontem à noite, eu não esperava isso dele. Ele sentiu que eu fiquei perto de ceder à ânsia. Na verdade, ele estava em perigo constante quando estava perto de mim. A qualquer momento, eu podia me virar e as nossas bocas estariam a *centímetros* de distância. E seria tão fácil tomar a sua alma.

– Como tá o seu braço? – perguntou Zayne.

Quando ele falou, sua voz ressoou através de mim. Eu limpei minha garganta e depois estremeci com o quão abrasivo soou.

– Tá bem.

– Vamos dar uma olhada depois. – Ele mexeu o braço e sua mão acabou na minha barriga, logo abaixo do meu umbigo. Eu me sobressaltei, surpresa, mas ele não se afastou ou moveu a mão. – Não é por isso que você não foi pra escola, então?

Engolindo um suspiro, abri meus olhos. Na mesa de cabeceira, a luz verde-neon mostrava 9h01. Eu deveria estar a caminho da aula de biologia naquele momento.

– Não.

– Você quer falar sobre isso?

Falar sobre Roth enquanto estava deitada na cama com Zayne era a última coisa que eu queria fazer.

– Não.

O silêncio nos invadiu enquanto o peito de Zayne subia e descia contra minhas costas, em um ritmo profundo e compassado. Por mais relaxada que eu estivesse, meu corpo ainda estava hiper consciente do dele, de cada respiração que ele tomava e de cada pequeno espasmo muscular. No silêncio, um pensamento feio se insinuou. Será que ele se deitou assim com Danika? Eu não tinha o direito à ardência cáustica do ciúme que invadiu meu sangue, mas lá ela estava e era errado, porque eles eram capazes de compartilhar mais do que eu jamais seria capaz com ele.

– Sinto muito – ele disse, falando as palavras tão baixinho que a princípio eu não tinha certeza se ele as tinha proferido.

Fechei os olhos.

– Pelo quê?

Houve outro longo silêncio, e então ele disse:

– Eu sei que você está sofrendo e eu quero matar o desgraçado por isso.

Meu coração se revirou pesadamente. Não havia como esconder nada dele. Zayne me conhecia melhor do que eu gostaria de admitir. Eu não sabia o que dizer. Eu queria estrangular Roth e dar-lhe um pontapé onde iria doer, mas também suspeitava que Zayne queria colocar em prática o seu desejo *de verdade*, e porque eu era uma garota sensível, eu iria chorar se Zayne conseguisse matá-lo.

– Ele é um demônio – disse Zayne. – Não importa que hajam momentos em que realize atos de grande compaixão, porque, no fundo, ele é o que é.

Eu suguei meu lábio inferior.

– Mas isso é o que eu sou.

– Não. – Zayne se levantou um pouco, fazendo com que sua mão se arrastasse pela minha barriga até o meu quadril. – Você não é só um demônio, Layla. Você também é uma Guardiã. Não é como se você não pudesse ser as duas coisas e...

– E? – Virei-me de costas, descansando sobre meus cotovelos, e a mão de Zayne acabou na minha barriga novamente, seus longos dedos alcançando a banda do meu short. Nossos olhares se encontraram. – E o quê?

Ele não respondeu imediatamente. Em vez disso, seu olhar pairou sobre o meu rosto e depois deslizou para baixo, para além do colarinho da minha camisa. O cobertor tinha escorregado para abaixo do meu peito. Ele engoliu em seco quando voltou a se deitar de lado.

– E por que você não pode ter o melhor dos dois mundos? Tipo as melhores qualidades, sabe? – Sua voz estava mais espessa do que o normal quando ele falou.

– Melhores qualidades dos dois mundos? – murmurei lentamente. – Você tá dizendo que demônios têm boas qualidades?

– Você tem. – Suas bochechas ficaram vermelhas, e eu pisquei algumas vezes, mas o rubor demorou a desaparecer. – Você é parte demônio.

Como eu disse naquela noite na sorveteria, a gente não devia ter feito você odiar essa parte de você.

Eu lembrava dele dizendo isso. Aquelas palavras tinham se perdido no que tinha acontecido naquela noite, com Paimon e a armadilha do diabo, mas eu *lembrava*.

– Cada parte de você é boa, até mesmo o lado demônio. – Ele parou. – E eu vi você naquela noite.

Deitada de costas, respirei fundo.

– O que você quer dizer?

Ele se inclinou sobre mim e várias mechas de cabelo deslizaram sobre suas bochechas.

– Quando você se transformou, você não se parecia com a gente, mas também não se parecia com um demônio. Você era uma mistura dos dois.

– Então eu parecia com uma aberração?

– Não. – A mão dele se moveu e seus dedos se dobraram em volta da minha cintura. – Sua pele era preta e cinza, como mármore. Era linda. O melhor dos dois mundos.

Um calor agradável invadiu minhas bochechas e eu lutei para não desviar meu olhar da intensidade do dele.

– Você tem dito muito isso ultimamente.

– O quê?

– "Linda".

Seus lábios se curvaram nos cantos em um pequeno sorriso.

– Tenho.

– Você precisa fazer um exame de cabeça?

Ele revirou os olhos.

– De qualquer forma... – Seu polegar se movia em círculos lentos e ociosos ao longo da parte inferior da minha barriga. Ele parecia não notar o que fazia, mas então ele riu baixinho. – Não faço ideia do que a gente tava falando.

Eu sorri.

– A gente tava falando sobre como eu sou incrível.

– Tá certo. – Ele se ajeitou na cama e parecia estar ainda mais perto do que antes. A parte de cima das suas pernas estavam pressionadas contra os lados das minhas coxas. E seu polegar ainda estava traçando aquele círculo invisível sob o meu umbigo, criando um calor lânguido que era familiar.

– Eu estava pensando – eu disse, enfim, observando-o. Seus olhos estavam fechados e, naquele momento, ele parecia muito mais jovem do que 21 anos.

Houve um momento de silêncio.

– Sobre o quê?

– Sobre preencher as inscrições pra faculdade e tentar ver se consigo entrar via matrícula atrasada.

Um olho se abriu e seu polegar parou. Vários segundos se passaram.

– É por causa dele? – Eu abri a boca. – Você sabe que eu sempre te apoiei no que diz respeito a ir pra faculdade – Ambos os seus olhos estavam abertos agora. – Eu acho que seria ótimo pra você, mas não tome uma decisão tão grande como essa por causa do que você tá sentindo agora.

Eu queria negar a hipótese de que meu súbito interesse em ir para a faculdade tinha algo a ver com Roth, mas seria uma mentira digna de pena. A quem eu estava enganando? Não era como se eu nunca tivesse pensado seriamente em sair daqui e frequentar uma faculdade, mas naquele momento a ideia estava circulando na minha cabeça por todas as razões erradas.

Zayne estava olhando para mim agora, olhos brilhantes como o sol do meio-dia durante o verão. Desassossego me fez estremecer.

– Você...? – Ele respirou fundo, e eu prendi minha respiração. – Você o amava, Layla?

Ai Deus. Meus olhos se arregalaram, e eu podia sentir o calor em minhas bochechas se intensificar. A pergunta me tirou totalmente do eixo.

Ele desviou o olhar e balançou a cabeça.

– Caramba, Laylabélula.

– Não! – Eu deixei escapar, e quando sua cabeça se virou de volta para mim, meu coração pulou para a minha garganta. – Eu não sei o que eu sinto – eu me adiantei, falando a verdade nua e crua. – Eu não sei, Zayne. Eu me importo muito com ele e ele... – Eu sofri com o nó repentino na minha garganta. – Eu não sei.

E eu realmente não sabia.

O amor é uma criatura estranha que pensamos compreender de alguma forma, apenas para descobrir mais tarde que aquilo foi apenas o gosto mais raso da coisa de verdade. E havia tantos tipos diferentes de amor – e disso eu sabia –, e eu não entendia onde Roth se encaixava em tudo isso.

Zayne manteve o contato visual por mais um tempo antes de acenar com a cabeça.

– Ok. Eu entendo isso. – Sua mão deixou minha barriga e, antes que eu pudesse sentir a dor da decepção, ele encontrou minha mão e entrelaçou os dedos nos meus. – Entendo mesmo.

Ele apertou a minha mão e eu retribuí o gesto de maneira diligente, mas eu não tinha certeza de como ele poderia entender qualquer coisa, quando nem eu mesma entendia.

Zayne tinha dormido o dia todo comigo, saindo da minha cama quando os outros Guardiões começaram a se mexer pela casa. Eu o vi sair, minhas bochechas ruborizadas por nenhuma boa razão além de parecer super íntimo vê-lo sair do meu quarto como se a gente... como se tivéssemos feito alguma safadeza.

Eu fiquei na cama depois disso, tentando entender o estranho formigamento no meu peito. Havia um leve sorriso em meus lábios, porque Zayne... bem, ele fez o meu dia, mas depois eu lembrei do que Roth tinha me dito na noite anterior e o sorriso desaparecera como se nunca tivesse estado lá.

Provavelmente precisava me habituar às mudanças de humor.

Só depois do jantar é que decidi esfregar um dia inteiro de sujeira pra fora do meu corpo. Cuidadosamente, removi o curativo, feliz em descobrir que o corte no braço estava curando como o esperado. Eu não precisava mais cobri-lo. O braço ainda estava sensível, mas o sangue de Guardião em mim estava rapidamente desfazendo os danos da lâmina de ferro.

Depois de colocar um pijama limpo, como uma verdadeira eremita, fui até a minha mesa, onde tinha deixado o meu celular. Tinha o deixado no silencioso o dia todo e, quando toquei na tela, não fiquei surpresa ao ver uma série de mensagens de Stacey.

[Cadê vc?]

[Tá matando aula, vagaba?]

Um minuto depois: [Teu armário tá c sdd. Acho q tá doente com herpes?]

Ai meu Deus. Eu ri alto, sorrindo enquanto passava pelas mensagens.

[Nosso prof substituto é gostosão. Tá perdendo.]

[A aula é solitária sem vc.]

[Meus peitos tão com sdd. Q esquisito né?]

Aquilo era notavelmente esquisito e, ao mesmo tempo, nada surpreendente.

[Se pegarem meu celular de mim, a culpa eh tua.]

[Porra Layla, kd vc?!?]

Senti o ar sumindo dos meus pulmões quando li a próxima mensagem e as seguintes.

[Vc n faz ideia d qm acabou d entrar na sala d biologia!!! Roth tá aki!]

[Cacete, pq q vc n tá aki pra presenciar isso?]

[Ok. Ele disse q tava com mono. Sério? As pessoas ainda pegam mononucleose? E quem Carvalhos ele tava beijando?]

Um segundo depois: [Carvalhos? Não, n era Carvalhos. O corretor tá me sabotando.]

Outra mensagem tinha chegado uns quinze minutos depois da última.

[Ele perguntou onde vc tava e eu disse q vc tinha se juntado a um culto. Eu ri mas ele n.]

Enfim, na última mensagem ela me pedia para ligar se eu ainda estivesse viva.

– Mas que diabos? – Joguei meu celular na cama, boquiaberta.

A raiva explodiu dentro de mim como uma porta sendo escancarada e eu a acolhi, pois aquilo era muito melhor do que a maldita dor e a confusão e aquele... aquele sentimento de *perda*.

Roth estava de volta na escola? Isso... isso era inaceitável. Ele não tinha motivo para estar lá. Nenhum, mesmo que ele facilmente se passasse por um garoto de dezoito anos. Não era como se a escola o interessasse de verdade ou que ele fosse caçar muitos Lilin por lá.

E se ele não estivesse lá por causa do Lilin? Ele não tinha perguntado sobre a Eva?

No momento em que essa pergunta entrou em meus pensamentos, soltei um palavrão e me virei, saindo do quarto. Eu não tinha ideia de onde eu estava indo, mas precisava ir a algum lugar. Talvez bater em alguma coisa.

Bater em algo parecia bom.

Porque ele estar lá era *cruel*.

Cheguei ao térreo, passei pela biblioteca e teria continuado a ir para Deus sabe onde em meu pijama de bolinhas quando ouvi o nome *dele*.

Meus pezinhos pararam rapidamente e eu me virei, inclinando minha cabeça em direção à porta semiaberta.

– E quanto a Roth? – Era Dez perguntando.

– Não é preciso dizer que não podemos confiar totalmente nele – respondeu Abbot, e eu quase podia vê-lo na minha mente, sentado atrás da mesa, rolando um charuto entre os dedos. – Precisamos ficar de olho nele.

– Feito – respondeu Nicolai.

Houve uma pausa, e então Abbot disse:

– Nós também precisamos ficar de olho em Layla.

Eu apertei os lábios enquanto minhas mãos se fechavam. Ficar de olho em mim?

A voz dele ficou baixa e depois voltou.

– Vocês sabem com o que podemos estar lidando aqui. Todos vocês. Temos que ser cuidadosos porque se é o que suspeito, temos que de...

Uma onda de vento gelado soprou pelo corredor, agitando meus cabelos úmidos e lançando-os contra o meu rosto. Respirando fundo, atordoada, eu girei quando um som alto de algo se rachando reverberou pelo complexo. O estrondo ecoou como trovão, chacoalhando os quadros com anjos.

Logo à minha frente, as grandes janelas no átrio racharam ao meio. Dei um passo para trás quando o vidro se estilhaçou e depois explodiu.

Capítulo 9

Gritando, eu me virei bruscamente e cobri a cabeça antes que eu fosse atingida pelo vidro. Pequenos fragmentos ricochetearam de mim, inofensivos, indo ao chão e soando como sinos de vento.

— Cacete — eu sussurrei, dando um pulo quando a porta da biblioteca batia contra a parede e os Guardiões apareciam pelo hall.

Abbot foi o primeiro.

— O que diabos aconteceu aqui?

— Eu não sei. — Eu me endireitei e me virei. Três grandes painéis das janelas foram destruídos. — Uau.

— Você tá bem? — perguntou Dez, vindo para o meu lado. Não muito perto, mas o suficiente para que eu pudesse ver que suas pupilas tinham dilatado.

Olhei para baixo. De pés descalços, caminhar seria complicado. Vidro cobria o chão, brilhando como pequenos diamantes na luz do saguão.

— Sim. Nem mesmo um arranhão.

Nicolai e Geoff se aproximaram das janelas arrebentadas. Sendo nosso especialista em segurança, Geoff parecia perturbado quando se inclinou para fora da janela, e por um bom motivo.

— Essas janelas são de vidro reforçado. Seria preciso quase um foguete para quebrá-los e nada ou ninguém tá lá embaixo. Nenhum dos detectores de movimento ou de encanto dispararam.

— Ou aqui dentro. — Nicolai se virou, franzindo a testa. — Não tem nem tijolos, nem nada.

Abbot se virou para mim e a linha rígida que sua mandíbula formou me disse que ele não estava feliz. Meu olhar desceu para suas mãos. Em uma, ele segurava um pequeno frasco de líquido branco leitoso.

– O que aconteceu aqui, Layla? – ele perguntou antes que eu pudesse questionar sobre o que ele segurava.

– Eu não sei. Eu estava andando pelo saguão e as janelas... elas simplesmente quebraram e depois explodiram – Eu sacudi a cabeça e pedaços de vidro caíram do meu cabelo, tilintando no chão de madeira. Ótimo. Levaria uma eternidade para tirar todo o vidro. Eu cuidadosamente dei um passo para o lado.

Abbot arqueou uma sobrancelha.

– Então você não fez nada?

Minha cabeça se ergueu.

– Claro que não! Eu não fiz nada.

– Então como as janelas se quebraram se não há nada aqui que possa ter feito isso?

Eu esqueci o vidro enquanto olhava para Abbot. Um ar gelado entrou pelas janelas, mas aquilo não foi a causa do frio repentino que deslizou pelas minhas costas.

– Não sei, mas estou dizendo a verdade. Não fiz nada.

Geoff nos encarou, cruzando os braços. A covinha em seu queixo tinha desaparecido.

– Layla, não tem nada aqui que quebraria as janelas.

– Mas também não fui eu. – Meu olhar disparou por entre os homens. Nenhum deles, nem mesmo Dez ou Nicolai, tinham expressões que diziam acreditar em mim. – Por que eu iria quebrar as janelas?

Abbot levantou o queixo.

– Por que você estava no corredor?

– Não sei. – A irritação coçava pela minha pele. – Talvez eu estivesse indo pra cozinha ou pra sala de estar. Ou um dos muitos cômodos aqui embaixo?

Seus olhos se estreitaram.

– Não use esse tom comigo, Layla.

– Eu não estou usando tom nenhum! – Minha voz aumentou um pouco. – Você tá me culpando por algo que eu não fiz!

– As janelas não se partiram sozinhas. – O tom de seus olhos queimava em um azul brilhante. – Se foi um acidente, preferia que me você me dissesse a verdade. Sem mais mentiras.

– Sem mais mentiras? Isso é muito bonito vindo de você – retruquei. As palavras saíram da minha boca antes que eu pudesse detê-las, e, bem, era como já ter um pé na cova. – Especialmente quando você tá dizendo pra eles ficarem de olho em mim.

Seu peito subiu em uma respiração profunda enquanto ele se aproximava, elevando-se sobre mim.

– Então você estava aqui espionando quando as janelas foram quebradas?

– Não! – Não exatamente. Pelo menos não era por isso que eu estava aqui a princípio, mas não era esse o ponto. – Eu estava apenas passando e ouvi meu nome. A porta estava aberta. Não era como se vocês estivessem tentando ser discretos.

Dez se aproximou de nós.

– Layla...

Levantando a mão, Abbot silenciou o jovem Guardião.

– O que você ouviu?

Eu cruzei meus braços, em silêncio. Uma teimosia inesperada se apossou de mim. Eu não disse nada, mesmo que só tivesse ouvido uma parte.

Ele baixou a cabeça e o ato parecia simbolizar o quão destemido de mim ele era e, por alguma razão, aquilo me aliviou. Quando ele falou, sua voz era baixa e assustadoramente calma.

– O que você ouviu, Layla?

Juntando minha coragem, eu mantive minha boca fechada e me forcei a encontrar seu olhar.

– Por quê? O que você acha que eu ouvi?

Suas narinas se abriram com uma expiração pesada.

– Garota, eu te criei como um dos meus. Você vai falar comigo com respeito e você vai responder a minha pergunta.

Um tremor de medo atravessou meus músculos. Havia uma grande parte de mim que queria dizer a ele que eu não tinha ouvido muito, que queria fazê-lo feliz, porque ele era a coisa mais próxima que eu tinha de um pai. Sua aprovação era algo que eu buscava constantemente, mas *isso* não era justo e eu não ia ser um capacho para ele.

Ou para qualquer um.

A tensão encheu o átrio e o resto dos Guardiões se remexeu de maneira inquieta.

– Só diz pra ele – falou Nicolai, baixinho.

A determinação fez da minha espinha aço enquanto eu continuava a segurar o olhar de Abbot.

– O que tá acontecendo? – Zayne descia as escadas, três degraus de cada vez. Gotas de água caíam do seu cabelo molhado e pedaços da sua camisa preta colavam em seu corpo. Recém-saído do banho, seu cheiro de hortelã de inverno preencheu o ar. Seu olhar estava fixo em nós e, em seguida, virou-o para as janelas. Suas sobrancelhas subiram. – Pai?

Abbot segurou meu olhar por mais um momento e depois se endireitou, dirigindo-se a seu filho.

– As janelas explodiram magicamente, de acordo com Layla.

– Eu não fiz nada – eu disse, resistindo à vontade de bater o pé e acabar com um sapato de vidro. – As janelas explodiram. Não sei como aconteceu, mas não fui eu.

– Se ela diz que não fez nada, então não fez nada. – Era simples assim para Zayne. Ele acreditava no que eu dizia, e por tudo o que era mais sagrado nesse mundo, ele foi meu herói naquele momento. Seu olhar disparou para o chão. – Caramba, tenha cuidado. Você tá descalça.

Comecei a sorrir ou a me atirar na direção dele, mas Abbot se mexeu. Ele passou por nós.

– Vá para o seu quarto, Layla – Vidro era esmorecido debaixo das suas botas. Quando eu não me mexi, ele parou e o seu olhar raivoso me atravessou. – Agora.

– Eu não fiz nada! – exclamei. – Por que eu tenho que ir...

– Agora! – ele gritou, e eu me sobressaltei novamente.

Zayne pegou no meu braço, me impedindo de pisar em vidro. Ele lançou um olhar para o pai.

Abbot se virou para os Guardiões. Eles começaram a andar em direção a ele, mas ele os parou.

– Apenas Geoff. O resto de vocês estão dispensados.

Geoff trocou olhares com os outros, mas seguiu Abbot até a biblioteca. A porta se fechou atrás deles e o meu sensor de tramoias disparou. Olhei para Nicolai e Dez.

– Eu não fiz nada – falei mais uma vez.

Os dois desviaram o olhar, e o mal-estar dentro de mim se espalhou como um incêndio quando Nicolai deixou o saguão.

Dez suspirou.

– Vou encontrar Morris e falar com ele pra me ajudar com essa bagunça. E com as janelas. – Então ele também foi embora, deixando-me sozinha com Zayne.

– Ele tá de mau humor – Zayne tentou explicar com calma, enquanto me ajudava a andar pelo caminho da destruição. – Ele tem estado assim desde que Ro... os demônios apareceram ontem à noite.

Talvez fosse por essa razão que ele estava agindo como se tivesse sentado em um prego, mas era mais do que isso. Na subida das escadas, eu falei:

– Ele estava na biblioteca com os outros Guardiões. Eu o ouvi dizendo uma coisa.

Zayne estava olhando para o chão.

– Tem certeza de que você não se cortou com todo esse vidro?

– Não. Presta atenção em mim – eu disse, puxando a manga de sua camisa. Zayne olhou para mim, sobrancelhas levantadas. – Ele estava dizendo aos outros Guardiões pra ficarem de olho em mim.

– Certo... – ele falou lentamente.

– Certo? Alô? Ele disse pra eles me *vigiarem*.

Zayne pegou minha mão, levando-me pelas escadas a cima.

– Com... bem, você-sabe-quem de volta, é claro que ele vai querer ter certeza de que você tá segura.

Isso nem tinha passado pela minha cabeça.

– Não foi assim, Zayne. Ele disse outra coisa, mas foi muito baixo pra eu conseguir ouvir. E então ele estava falando sobre algo ser o que ele suspeitava.

– Tipo o quê?

– Eu não sei. – Frustrada, eu puxei minha mão da dele. – Eu não consegui ouvir tudo que diziam e então as cacetas das janelas explodiram.

Eu olhei escadaria abaixo. Vidro brilhava como chuva no chão.

– Eu realmente não fiz isso.

– Eu acredito em você.

Meu olhar encontrou o dele.

– E eu não confio no seu pai.

– Layla – Ele suspirou, recuando. – É óbvio que vocês têm problemas, e eu super entendo isso. Ele escondeu muita coisa de você.

– Não brinca – murmurei.

Ele mudou o peso de pé.

– Mas se ele tá pedindo a qualquer um dos caras pra ficarem de olho em você, é porque tá preocupado contigo.

– E porque ele não confia em mim.

– Isso também – admitiu. – Ei, você tem que entender isso. Você...

– Mentiu. Eu sei. Mas ele contou mais mentiras.

Zayne olhou para mim como se estivesse prestes a explicar como dois erros não faziam um acerto, mas então ele suspirou novamente.

– Vamos lá. Eu peguei um pouco de frango frito do jantar. Tá frio, bem do jeitinho que você gosta.

– Eu tenho que ir pro meu quarto – eu disse, impertinente.

Ele revirou os olhos e depois tentou me agarrar. Eu saltei para trás, e ele sorriu travessamente.

– Começa a andar ou eu vou te carregar.

– Credo, quanto mais você cresce, mais mandão você fica.

Zayne piscou.

– Você ainda não viu nada. Você tem dois segundos.

– Dois segundos? O que aconteceu com o clássico... ei! – gritei quando ele tentou me agarrar novamente. – Tá bem. Vou andar.

Seu sorriso se alargou.

– Sabia que você entenderia do meu jeito.

Eu dei língua, e ele riu, mas acabei seguindo Zayne pelo corredor até o quarto dele. Meu estômago roncava com a perspectiva de frango frito frio, mas minha mente ainda estava no saguão lá embaixo e, por algum motivo, pensei no frasco da substância branca leitosa.

Queria saber o que era.

Borboletas parasitas haviam formado um ninho espinhoso no meu estômago e no momento estavam tentando cavar um buraco para fora de mim. Nunca estive tão nervosa indo para a escola na minha vida.

– Tem certeza que está se sentindo melhor? – Stacey perguntou, andando de um lado para o outro enquanto eu tirava os livros do meu armário. – Você tá com cara de que vai desabar.

– Sim, me sinto ótima. – Eu forcei um sorriso que provavelmente deve ter parecido meio assustador enquanto eu jogava a minha mochila sobre o ombro. Eu quase não sentia mais dor onde o Guardião tinha me cortado, o que me fazia lembrar que Tomas ainda estava desaparecido nesta manhã.

Bambi se esticou ao longo do meu estômago.

Cobra má.

– E aí, tá animada? – Stacey perguntou, entrelaçando o braço no meu.

Senti minha garganta como se tivesse engolido uma bola de pelos.

– Animada com o quê?

– Com Roth – ela respondeu, em um gritinho agudo que fez minhas orelhas doerem. – Com ele ter voltado.

As borboletas mortais começaram a me mastigar por dentro. Entre a perspectiva de voltar para a escola e o que aconteceu nas últimas duas noites, eu mal tinha dormido. Eu secretamente esperava que Zayne dispensasse suas patrulhas atrás de demônios e ficasse comigo, mas ele não tinha feito isso e teria sido super errado se eu pedisse.

– E, por favor, não fique com raiva de mim, porque eu realmente não sei o que aconteceu entre vocês dois, mas ele estava muito gostoso ontem.

Meu coração teve um espasmo. Ótimo. Acho que esperar que ele tivesse um caso bizarro de herpes facial era pedir demais.

– Não muito animada – eu disse finalmente.

Ela ficou em silêncio enquanto andávamos pelo corredor. A estranheza de não ver almas cintilantes se arrastando atrás dos alunos me distraía do meu iminente confronto com Roth.

– Você quer que eu contrate um matador de aluguel? – Ela perguntou finalmente. – Eu não conheço ninguém, mas aposto que Sam ia conseguir encontrar algo na internet.

Eu ri alto.

– Ele provavelmente ia conseguir, mas não. Tá tudo bem.

– Bem, se você mudar de ideia... – Ela deu a volta em mim, abrindo a porta da sala de biologia. Eu já sabia, mesmo antes de entrar, que ele ainda não estava lá. – Amigas em primeiro lugar e tal.

Sorrindo apesar dos meus nervos, sentei-me no fundo da sala. A sra. Cleo ainda não tinha aparecido, e na frente da classe o sr. Tucker estava fazendo o possível para ignorar os olhares de adoração das garotas sentadas na primeira fileira.

Stacey se sentou ao meu lado enquanto eu pegava o meu livro e a sala ficava cheia de alunos. Eu me ocupei escolhendo uma caneta da minha coleção, decidindo por uma roxa que parecia ter tomado um banho de glitter... ou com a Ke$ha.

O cheiro foi a primeira coisa que eu notei. Aquele aroma pecaminosamente sombrio e levemente adocicado provocou os meus sentidos. Meus dedos se apertaram ao redor da caneta à medida que toda a atmosfera da sala mudava. Não com tensão; eu nunca tinha notado isso antes, mas sempre que Roth estava por perto era como se fosse o último dia de aula antes das férias. Aquele sentimento afetado de *quem se importa* o seguia por toda parte.

Os pelos da minha nuca se eriçaram, e eu sabia que ele estava por perto. Não apenas porque Stacey tinha endurecido ao meu lado. Era um sexto sentido que estava consciente dele em um nível intimamente profundo.

Eu não olhei para cima quando ouvi as pernas da cadeira se arrastarem pelo chão em frente à nossa mesa, mas ele estava tão perto e aquela maldita dor pungente passou por mim mais uma vez, prendendo minha garganta e meu peito. Eu não queria me magoar por causa dele, e eu desejava poder avançar para a parte em que a dor lancinante fosse apenas um pequeno aborrecimento.

– Que bom ver que você não entrou pra um culto.

Ao som de sua voz profunda e aveludada, uma série de arrepios se espalhou pela minha pele. Eu respirei fundo e imediatamente me arrependi. Seu cheiro estava em toda parte, e eu conseguia praticamente sentir seu gosto. Contra a minha vontade, minha cabeça se ergueu e meu cérebro pulou pela janela mais próxima.

Roth olhou para mim com aqueles seus olhos cor de âmbar emoldurados por cílios espessos e pretos. Seu cabelo era uma bagunça artística, acariciando os arcos de suas sobrancelhas. Seus lábios cheios não estavam curvados no sorriso que eu pensei que teria acompanhado aquele comentário.

Eu não disse nada e, depois de alguns segundos, seus lábios franziram, e ele se virou, sentando-se. Uma dor se expandiu no meu peito enquanto eu olhava para as suas costas. Sob a camisa azul desbotada que ele usava, seus ombros estavam anormalmente rígidos, e deveria ter me deixado indecentemente satisfeita saber que ele estava desconfortável. Em primeiro lugar, quem diria que um Príncipe da Coroa do Inferno poderia ficar desconfortável? Mas perceber que ele estava assim não fez eu me sentir melhor.

Stacey se esticou e escreveu "matador de aluguel?" no meu caderno.

Eu sorri e balancei a cabeça. Ela deu de ombros e voltou sua atenção para o professor substituto, o sr. Gostosão. Eu tentei me concentrar em quão bonito ele era, com seu cabelo castanho e sorriso jovial, enquanto ele mexia no projetor, mas tudo o que eu conseguia pensar era que Roth estava sentado na minha frente como se não tivesse sido enviado para o Inferno há duas semanas ou compartilhado qualquer coisa de qualquer importância comigo.

Graças a Deus e ao McDonald's perto da escola que hoje era sexta-feira. Pelo menos eu não seria obrigada a suportar mais dois dias vendo Roth e teria uma pausa, porque biologia era a aula mais longa da minha vida, mais até do que História.

Quando o sinal tocou, eu disparei para fora da cadeira como um minifoguete, enfiando meus livros de volta na mochila enquanto saía da sala. Stacey ia logo atrás de mim, e eu gostaria de pensar que ela não ficaria chateada comigo por conta da minha saída precipitada. Vendo Sam no final do corredor, bebendo água de um dos bebedouros, eu soltei um suspiro de alívio quando ele olhou para frente, sorrindo enquanto acenava na minha direção. Fiquei meio que surpresa por ele não ter gotas de água pela camisa, como normalmente teria depois de tentar beber em um dos bebedouros, mas andei diretamente para ele.

Só consegui chegar na metade do caminho.

A porta da sala de química se escancarou, quase me acertando na cara. Eu cambaleei um passo para trás, os olhos se enchendo d'água quando o odor pungente de ovos podres se espalhou pelos corredores.

– De novo não! – outro garoto exclamou, cobrindo a boca com as mãos.

Eu não tinha certeza se ele estava se referindo ao fedor horrível do zumbi que tivemos na sala das caldeiras um mês atrás ou ao que aconteceu com o demônio Raum depois que Roth o transformou em uma nuvem de fumaça fedorenta naquela noite na quadra, mas não importava.

Um professor correu pelo corredor, engasgando-se enquanto sacudia as mãos no rosto. Segundos depois, outra professora saiu da sala de aula. As pontas de seu cabelo loiro estavam torradas, literalmente queimadas e enegrecidas. Pior ainda, suas sobrancelhas tinham desaparecido totalmente. Manchas cinzentas cobriram metade do seu rosto avermelhado.

– Massa – murmurou Roth que, de alguma forma, e provavelmente como resultado das leis do universo, acabou parado ao meu lado. *Droga*. – Isso é o que chamamos de deixar o circo pegar fogo.

Lancei um olhar mordaz em sua direção e depois passei por ele, disposta a inalar qualquer agente cancerígeno que pudesse estar naquela fumaça que saía da sala. Mas ele pegou meu suéter, puxando-me de volta. Eu bati contra o seu peito firme e comecei a me virar, há segundos de enfiar meu punho em seu estômago – porque teria sido *muito* bom –, quando a professora sem sobrancelhas passou pela fumaça.

A mão de Roth deslizou pelas minhas costas.

– Cuidado, baixinha, ela está numa missão.

– *Não* me toque. – Afastando-me dele, ignorei o fulgor de emoção que apertava seus lábios. – E *não* me chame assim – Virei-me a tempo de ver a professora dando um salto em alguém. – Mas o quê...?

Ela atacou o outro professor.

Tipo pulou nas costas dele e o derrubou de joelhos. Bem ali. No meio do corredor, cheio de alunos e de professores. Derrubou-o, tomou impulso em um braço e esmurrou o cara bem entre as pernas.

Capítulo 10

— Estou começando a achar que estamos frequentando a escola mais maluca da América do Norte — disse Stacey no almoço, segurando seu nugget de frango entre duas unhas pintadas de preto. — Quer dizer, tem professor esmurrando o saco dos outros nos corredores.

Sam estremeceu quando deixou cair as suas costeletas de volta na bandeja.

— Sim, foi uma loucura.

Era mais do que uma loucura. Entre a luta na nossa aula de biologia e agora isso em apenas alguns dias, alguma outra coisa tinha que estar acontecendo. E o casal que vi se agarrando no corredor sem interrupção? Eu mordiscava meu nugget, esperando que minhas suspeitas não fossem reais, mas um Lilin supostamente tinha nascido e um dos sinais da sua presença era comportamentos estranhos, certo? Mas se era um Lilin por trás da raiva de Dean, do casal no corredor e da professora hoje, então eram quatro pessoas que estavam perto de se tornarem espectros. O peso daquele possível desastre matou meu apetite.

Olhei por cima do ombro, desejando mais uma vez poder ver as auras. Aqueles afetados pelo Lilin teriam que parecer diferentes, o que restava de suas almas estariam manchadas de alguma forma. Mas eu não via nada e isso significava que eu era praticamente inútil.

Meu estômago afundou quando coloquei o nugget meio comido no prato. Será que minha súbita perda de habilidade poderia ter algo a ver com o Lilin? Isso significaria que eu estava próxima dele.

Não. Não tinha como. Eu saberia se estivesse perto de algo que partilhasse o sangue comigo e com a minha mãe. Tinha que haver outra razão, mas enquanto eu cutucava o nugget pelo prato, meu estômago azedou.

– O que vocês vão fazer depois da escola? – Sam perguntou, e quando olhei em sua direção, ele tinha engolido tudo em seu prato. Aquele garoto e seu apetite tinham que ser lendários. – Eu estava pensando que a gente podia pegar algo pra comer. Nós três.

Eu sorri.

Stacey olhou para mim com olhos esperançosos.

– Eu não estou de babá pro meu irmão hoje, então eu sei que posso. Layla?

Considerando como Abbot agiu ontem à noite, ele provavelmente queria que eu fosse direto para casa hoje. O que significava que aquilo era a última coisa que eu queria fazer.

– Sim, só deixa eu mandar uma mensagem pra Zayne avisando. – Eu não ia mandar mensagem para Nicolai de jeito nenhum. – Acho que não tem problema.

– Você devia chamá-lo pra ir junto! – Ela bateu as mãos feito uma foca descontrolada.

Uma sobrancelha se ergueu por cima dos óculos de Sam e eu quase cortei a ideia, mas acabei pegando meu celular e pensei "por que não?". O pior que podia acontecer era Zayne dizer não. Não seria a primeira vez.

– Vou perguntar.

Stacey lançou um olhar de surpresa para Sam quando enviei a mensagem.

[Stacey e Sam querem ir comer dpois da escola. Vc quer ir junto?]

Eu coloquei o celular na mesa, perto do meu prato, sem esperar uma resposta rápida. Zayne devia estar dormindo agora. Às vezes ele não estava, mas não tinha como saber.

– Você acha que ele vai topar? – Sam perguntou, mexendo com o garfo.

Dei de ombros.

– Provavelmente não.

– Bem, e se ele topar, você não pode pedir pra entrevistá-lo – Stacey apontou sua garrafa de água na direção de Sam. – Ou agir feito um *fanboy*. Vai assustá-lo e ele nunca mais vai sair pra brincar com a gente de novo.

Sam deu uma risadinha.

– Eu não vou agir feito um *fanboy*.

Aquilo era duvidoso. As duas vezes em que Sam esteve perto de Zayne no passado, ele ficou encarando o Guardião em uma admiração descarada. Eu não podia culpá-lo. Os Guardiões não se misturavam muito com os humanos. A maioria nem sabia que algumas das pessoas super comuns que viam nas ruas, em lojas ou restaurantes eram, na verdade, Guardiões.

Stacey sorriu.

– Alguma ideia de onde...

– Eu estou? – Veio uma voz profunda que fez meu coração pular e meu estômago despencar ao mesmo tempo. – Estou bem aqui.

Não. De jeito nenhum que Roth estava sentado na *nossa* mesa. Uma sensação perversa de déjà vu me atingiu direto na cabeça. Foi como da primeira vez em que Roth apareceu na minha vida e eu não podia acreditar que ele estava tendo a audácia de nos procurar no almoço. E aqui estávamos nós novamente.

Meus lábios se apertaram em uma linha fina enquanto ele se sentava ao meu lado sem convite ou resposta. Em vez de ter uma das bandejas laranjas de plástico em mãos, ele carregava um saco do McDonald's. Sua boca se curvou em um sorriso de canto enquanto ele tirava do saco uma pequena embalagem branca.

– Batatinha?

Eu respirei fundo.

– Não.

– Eu aceito. – Sam alcançou por cima da mesa e pegou um punhado das batatas fritas oferecidas. – Ainda bem que você tá de volta. Mononucleose é um saco. Eu peguei quando eu... ai! – Seus olhos se arregalaram quando ele encarou Stacey.

Ela lhe lançou um olhar enviesado.

Sem se incomodar com aquela interação, Roth colocou o pacote de batatas fritas entre nós, perto do meu telefone, e então pegou um *cheeseburger*.

– Sim, mononucleose foi um Inferno. Parecia que eu estava acorrentado a uma cama.

Eu quase me engasguei.

Meu celular vibrou e a resposta de Zayne apareceu na tela. Antes que eu pudesse pegá-lo, Roth tinha o telefone entre seus dedos ágeis.

– "Vou te buscar e a gente vai pra lá". – Ele arqueou uma sobrancelha. – Juntos?

Assomando um coro de palavrões mentais, eu arranquei o celular de suas mãos.

– É falta de educação ler as mensagens dos outros.

– É?

– Sim – respondeu Stacey. – Mas fico feliz em saber que Zayne vai jantar com a gente.

O lábio de Roth se curvou e um segundo se passou.

– Eu também.

Incapaz de me segurar, eu bufei.

Seus olhos se estreitaram na minha direção.

– Jantar? – Sam franziu a testa. – Eu pensei que a gente ia direto depois da escola? E eu estava pensando no restaurante italiano aqui na rua. Não é tanto um jantar...

– Sam – suspirou Stacey.

Roth sorriu então.

– De qualquer forma, voltando pra mim. Estou bem e estou de volta. – Ele me lançou um olhar malicioso que me fez querer socá-lo em vez de ficar chorando no meu travesseiro feito um bebê. – Tenho certeza de que sentiram falta de mim. – Ele deu uma mordida grande no hambúrguer e sorriu de boca cheia. – Muita falta.

Eu não sabia dizer o que aconteceu para minhas emoções mudarem tão rapidamente. A dor que sua rejeição havia deixado para trás se explodiu em raiva, o tipo de raiva monstruosa, de fazer girar a cabeça e vomitar coisa verde. Meu cérebro se desligou. Não estava pensando quando tirei o hambúrguer das mãos dele. Girando a cintura, joguei o hambúrguer no chão atrás de Roth o mais forte que pude. O satisfatório som meleguento que ele fez quando ketchup e maionese foram salpicados pelo chão, como um terrível massacre de hambúrguer, trouxe um sorriso largo para o meu rosto.

Stacey soltou uma explosão de risadas chocadas.

Roth olhou para o hambúrguer e então seu olhar lentamente voltou para o meu. Seus olhos estavam arregalados.

– Mas eu realmente queria aquele hambúrguer.

– Só lamento. – Eu engoli uma risadinha meio louca que queria escapar. – Suas batatas fritas serão as próximas se você não tirar sua bunda da minha presença.

– Oooorra – Stacey murmurou, seu corpo tremendo com um riso agora silencioso.

Ficamos presos em um épico conflito de olhares por alguns momentos, e então seus lábios se contorceram como se ele estivesse tentando não rir. E, bem, aquilo só fez com que a minha raiva aumentasse consideravelmente. Então ele pegou seu saco de batatas fritas.

– Acho que precisamos conversar.

– Não, não precisamos.

Sua mandíbula cerrou.

– Sim, precisamos.

Eu balancei a cabeça.

Roth me encarou, e algo... algo sobre a maneira como ele olhou para mim mudou. Um pouco da rigidez desapareceu de sua expressão.

– Layla.

– Tá bem – respondi, pegando minha mochila enquanto uma ideia realmente estúpida se formava. Talvez ele quisesse se desculpar por ser um idiota. Improvável. Eu me virei para uma Stacey e um Sam muito entretidos. – Me manda uma mensagem com o endereço do lugar que a gente vai se encontrar depois da escola.

– Pode deixar – Ela fez uma pausa. – Não machuque as batatas fritas. Isso seria sacrilégio.

– Não prometo nada – Comecei a andar, sem esperar por Roth, e me senti ridiculamente orgulhosa de mim mesma. A Layla de dois meses atrás não ousaria fazer uma cena, mas eu era uma pessoa diferente hoje em dia.

Eu estava começando a ver isso agora.

Quando passei pelos banheiros do lado de fora do refeitório, a porta do banheiro dos meninos se abriu e Gareth tropeçou para fora, seguido por um bando de jogadores de futebol soltando risadinhas. Risadinhas. Eles cheiravam a fumaça de maconha enquanto iam para a lanchonete.

– Eu mataria por um saco de Cheetos agora – disse Gareth.

Um de seus colegas riu.

– Eu jogaria um bebê na frente de um ônibus por um pão doce.

Nossa. Aquela era uma senhora larica. Todos os caras que andavam com Gareth viviam em festas, mas eles não eram maconheiros. Aquele comportamento era definitivamente esquisito. Eles poderiam estar... infectados também?

Roth me alcançou. Sem mochila da escola. Só ele e suas batatas fritas idiotas.

– Estou surpreso. Vou admitir. Você me surpreendeu.

– Sério? – Eu dei uma risada seca, irritada por ele estar chocado. – Você achou que depois do que você me disse eu ficaria feliz em te ver? Sério mesmo?

Ele colocou uma batatinha frita na boca e mastigou, pensativo, como se realmente tivesse que pensar sobre o assunto.

– Sim. Eu sei que você ficaria feliz.

Parei no meio do corredor, e olhei para ele.

– Você tá louco.

– Não iria tão longe. – Outra batatinha goela abaixo.

– Você tem um senso exagerado de autoestima.

Ele sorriu.

– Eu sou muito valioso, na verdade. Sendo o Príncipe da...

Puxei o saco de batatas da mão dele, virei-me e joguei o que restava delas no lixo. Voltando-me para ele, sorri largamente.

– Isso é o que eu penso sobre o seu valioso Príncipe da Coroa de merda.

Roth deu um grande suspiro.

– Eu sou um menino em crescimento e preciso do meu sustento. Vou morrer de fome agora e vai ser tudo culpa sua.

– Que seja. – Cruzei os braços.

Ele olhou para mim e depois inclinou a cabeça para trás e riu. Eu estremeci, despreparada para o som. Eu tinha esquecido o quão profundo e rico seu riso era, e o quão contagiante era, também. A risada rapidamente desapareceu, substituída por um olhar surpreendentemente sombrio.

– Ah, baixinha, você já tá deixando as coisas mais difíceis pra mim.

– Deixando o que difícil? E não me chame de baixinha.

Ele balançou a cabeça.

— Vamos, precisamos conversar de verdade. Onde não seremos interrompidos. — Ele começou a andar em direção às portas duplas desbotadas e eu sabia para onde ele estava indo: para a *nossa* escadaria. O lugar aonde os alunos não deveriam ir, onde ninguém nunca passava. A escadaria levava até a antiga quadra de esportes e cheirava a mofo, mas tinha sido o nosso lugar antes.

E é por isso que era o último lugar em que eu queria estar, mas Roth já estava seguindo escadaria a baixo. Eu ergui meus ombros e o segui. Nada tinha mudado no patamar estreito da escadaria. A tinta cinza ainda estava descascando dos blocos de cimento. A ferrugem cobria os corrimãos. A poeira flutuava na luz da pequena janela no topo dos degraus. O tempo tinha esquecido aquele lugar.

Roth se virou para mim e apoiou as costas na parede. Ele levantou os braços acima da cabeça e se espreguiçou. Sua camisa de manga comprida subiu, expondo um vislumbre tentador da parte inferior da barriga e a tatuagem de dragão — Tambor. Suas escamas azul e verde eram tão vibrantes quanto antes. Roth uma vez me disse que o dragão só saía se as coisas ficassem ruins rapidamente. Eu não podia imaginar o que Roth achava que era ruim quando ele não tinha usado o dragão na noite em que encontramos Paimon. O dragão estava descansando agora, asas retraídas perto de sua barriga e a cauda desaparecendo sob o cós da calça jeans escura de Roth. Considerando o quão baixo seu jeans pendia, o comprimento da cauda de Tambor que eu podia ver fez com que calor inundasse minhas bochechas.

— Layla... — Eu arrastei meu olhar para cima e suguei o ar rapidamente quando eu vi como seus olhos ocres estavam brilhantes. — Gostou da paisagem?

Minhas mãos se crisparam.

— Não. De jeito nenhum.

— Mentira. — Um sorriso apareceu em seus lábios. — E você ainda é uma péssima mentirosa.

Clamando por paciência, deixei minha mochila cair no chão.

— Por que você tá aqui, Roth?

Ele não respondeu imediatamente.

— Você quer a verdade?

Eu revirei os olhos.

– Não. Eu quero a mentira. O que você acha?

Uma risada suave se seguiu.

– Eu meio que gosto da escola. A gente não tem lugares assim lá embaixo. – Ele deu de ombros. – É tão normal.

Algo apertou no meu peito. Era a mesma razão pela qual eu gostava da escola: era normal e eu conseguia ser normal aqui, mas me recusava a ter qualquer coisa em comum com ele.

– Você não deveria estar aqui.

Ele arqueou uma sobrancelha.

– Por sua causa?

Eu queria gritar que sim, por Deus, sim!

– Porque você estar aqui é inútil.

– Nem tanto. – Ele finalmente abaixou os braços, e eu agradeci silenciosamente a Deus, porque sua barriga não era mais uma grande distração. – Você não pode me dizer que o combate até a morte no corredor agora de manhã não foi esquisito – Eu não disse nada. – E eu duvido que esse tenha sido o primeiro incidente esquisito recentemente, certo? – Seus olhos estavam obscuros enquanto ele me observava.

Parte de mim queria responder que não, porque não queria ver aquele olhar presunçoso dele crescer, mas isso seria idiota. Eu não podia esquecer o problema muito real e muito grande que estávamos enfrentando.

– Algumas coisas aconteceram. Dean, um garoto que nunca fez nada, bateu em outro cara com tanta força que literalmente o matou por alguns segundos. E depois eu vi casais se pegando pra valer...

– Nada de errado com isso – ele respondeu, sorrindo.

Eu estreitei meus olhos.

– Só que temos uma política rígida contra demonstrações públicas de afeto e um professor simplesmente passou por eles e os ignorou, mesmo quando eles entraram no banheiro feminino. – Eu coloquei meu cabelo para trás e então deixei minha mão cair para onde o anel pendia do colar. – Então você acha que o Lilin esteve aqui?

Ele assentiu.

— Faz sentido; afinal, foi criado aqui. É por isso que precisamos conversar. Você deve ser capaz de identificar o Lilin ou pelo menos quaisquer demônios estranhos por aqui.

— Hã... — Eu olhei para longe, retorcendo a correntinha em volta do meu pescoço. Eu não queria contar, mas ele era um demônio e talvez soubesse o que estava acontecendo aqui. — Veja bem, não exatamente.

Se desencostando da parede, ele ficou ereto, toda a atenção focada em mim agora.

— O que você quer dizer?

— Não consigo mais ver auras. Nada. Aconteceu há alguns dias.

Sua cabeça se inclinou para o lado.

— Preciso de mais detalhes.

Eu suspirei.

— As auras estavam meio instáveis no início, oscilantes durante o almoço, e então eu tive essa dor aguda atrás dos meus olhos, e eu não conseguia mais vê-las. Então eu estou virtualmente no escuro. Eu não sinto outros demônios como os Guardiões fazem. Sabe, não com tanta certeza. Eu nunca tive que trabalhar esse sentido.

— Isso é coincidência demais.

— Era o que eu temia — disse, deixando cair o anel. — Eu tinha esperanças de que não tivesse nada a ver com o Lilin.

Roth não respondeu. Seu olhar tremulava sobre mim, sobrancelhas abaixadas, perdido em pensamentos. Sua intensidade era tão forte que fazia eu querer me contorcer.

— Então, como você acha que isso tá interferindo com a minha habilidade? — perguntei quando o silêncio se tornou demais.

— Eu não sei — Roth finalmente desviou o olhar, coçando o cabelo com a mão. — Mas nós vamos ter de encontrar o Lilin do jeito antigo.

— Nós?

Seus cílios abaixaram e o seu olhar recatado era quase ridículo, só que ainda era incrivelmente sexy, o que meio que me fazia odiá-lo.

— Sim. Nós. Você e eu. Nós. Um mais um fazem...

— Não — Levantei uma mão. — Não vamos trabalhar juntos em nada.

— Já não tivemos essa conversa antes? — Ele deu um passo à frente, e eu recuei. — E lembra como aquilo acabou. Formamos a equipe perfeita.

Eu continuei recuando, até que as minhas costas encontraram com a parede fria.

— Isso foi antes de você dizer que eu aliviei o seu tédio.

A ponta da língua de Roth se moveu sobre seus dentes superiores, mostrando a pequena esfera que segurava o piercing no lugar. Em tese, não era o seu único piercing... eu interrompi aquele pensamento. Eu realmente não precisava pensar sobre isso.

— Isso foi uma coisa babaca de se dizer. Eu admito. Costumo... dizer coisas idiotas. Eu sou um idiota.

— Preciso concordar.

Seus cílios se ergueram e ele se moveu tão rápido que eu não consegui acompanhar até que ele estivesse bem na minha frente, totalmente invadindo meu espaço pessoal.

— Eu também não estava falando sério quando falei de Eva.

Algo dentro de mim, algo estúpido que precisava ser esfaqueado até a morte, abriu-se como uma flor vendo o sol pela primeira vez. Eu tentei suprimir aquele sentimento.

— Eu não me importo.

—Você se importa, sim. — Ele abaixou a cabeça, os lábios perigosamente perto dos meus. Eu travei, o ar congelando em meus pulmões. Sua cabeça se inclinou, e meu coração disparou dentro do peito. — Te machucou.

— Por que você se importaria se me machucou ou não?

Roth não disse nada, e meus lábios formigaram de tão intenso que era seu olhar sobre eles. Ele colocou as mãos logo acima dos meus quadris; o toque leve e quase imperceptível. Eu fechei meus dedos em torno de seus pulsos e comecei a remover suas mãos.

— Não — disse ele, a voz baixa.

— Então por quê? — sussurrei, cedendo à pequena faísca de esperança. — Por que você disse tudo aquilo? Se você não queria dizer...

— Não muda em nada. — Ele recuou, movendo-se para alguns metros de distância em um piscar de olhos. — Precisamos ser amigos. Ou pelo menos chegar a um ponto em que você não vai destruir um *fast food* perfeitamente aceitável quando eu abrir a boca.

E, do nada, ele era um Roth diferente. Não era mais o cara que me abraçou semanas atrás ou fez todas aquelas coisas maravilhosas comigo. A pergunta saiu de mim antes que eu pudesse me conter.

– Eu signifiquei alguma coisa pra você?

– Não importa – disse Roth, a voz sem emoção quando se virou para os degraus. Ele parou com a mão no corrimão enferrujado. – Nunca importou, Layla.

Capítulo 11

Foi preciso muito esforço para superar o que Roth tinha dito e terminar o dia. Eu não o entendia, e levaria muito tempo até que eu conseguisse parar de tentar. Ao longo das aulas da tarde, eu estava dividida entre querer encontrar Roth e fazer com seu rosto o que eu tinha feito com o seu hambúrguer ou apenas ficar olhando para ele.

Ser uma garota às vezes era uma porcaria.

Eu me arrastei para fora da escola até a esquina da rua. A visão do velho Impala trouxe um sorriso cansado ao meu rosto. Quase tinha esquecido que Zayne ia sair com a gente para comer. Enquanto eu estivera lidando com Roth, não tinha tido a chance de pensar muito no fato de Zayne ter concordado em sair conosco.

Isso era tão raro.

Decidida a esquecer sobre um certo demônio frouxo nas próximas horas, abri a porta e caí no banco do passageiro. Eu sorri quando tirei minha mochila das costas.

— E aí – falei.

Zayne sorriu. Ele estava usando um boné puxado para baixo, ocultando a parte superior de seu rosto. Alguns caras não conseguiam ficar bem usando boné de beisebol, mas Zayne conseguia e ficava muito bem.

— Pra onde a gente vai?

— Pequena Itália, a duas quadras daqui.

— Beleza. — Ele verificou o espelho lateral e, depois de alguns segundos, guiou o carro para a rua.

— Valeu por ter vindo – eu disse, descansando a cabeça no assento. – Fiquei surpresa de você ter topado.

– Você não devia ter ficado tão surpresa. Eu queria vir. – Ele levantou a mão, puxando suavemente um fio de cabelo solto. – Como foi a escola?

Virei minha cabeça para ele, estudando seu perfil bem definido.

– Nada que eu queira falar agora. – Porque se eu contasse a ele sobre as suspeitas quanto ao Lilin, eu inevitavelmente teria que contar sobre Roth e eu queria aproveitar esse pequeno passeio. – Depois de comermos, eu conto.

Ele olhou para mim e ficou quieto por um momento.

– Preciso me preocupar?

– Não. – Gostava da forma como as pontas do cabelo dele se enrolavam saindo do boné. – O que você fez hoje?

– Dormi. – Ele riu enquanto passávamos pelo restaurante, procurando por uma garagem para estacionar. – A noite passada foi chata. As ruas estavam mortas. Por alguma razão isso me deixa mais cansado no dia seguinte.

– É estranho que estivesse tão morto? – Pensei no Lilin.

– Depende. Se continuar assim, então é. – Depois de uma tirada de sorte por encontrar uma vaga no nível do térreo, ele desligou o motor e se virou para mim quando puxou as chaves da ignição. – Não se mexe – ele disse, e eu obedeci principalmente por curiosidade. Ele estendeu a mão, alisando o polegar ao longo do meu lábio inferior. – Você estava com um fiapo aqui e eu acho...

Suas palavras se perderam, terminando em uma inspiração ofegante. No começo eu não percebi por que e nem o que eu tinha feito, e então a ficha começou a cair: a sensação perturbadora que fez as minhas entranhas se retorcerem em molas apertadas, o olhar dilatado das pupilas dele, a clareza repentina em seus olhos azuis, a forma como o seu peito se ergueu de maneira acentuada e o sabor salgado da sua pele enquanto a minha língua deslizava sobre seu polegar ligeiramente áspero.

Ai, meu Deus. Santo Pai.

Eu estava lambendo o polegar dele. Tipo, lambendo *de verdade* o polegar dele.

E meu corpo respondia ao gosto ilícito e totalmente proibido de sua pele. Um peso se instalou em meu peito e o calor fluiu pelo meu corpo. Ele não se afastou. Parecia que ele estava se inclinando para frente, a parte superior do seu corpo já sobre o câmbio entre nós.

Com o sangue queimando por duas razões muito diferentes, eu me joguei para trás, quebrando o contato entre nós. Minhas bochechas estavam pegando fogo. Meu corpo inteiro estava pegando fogo. Eu não sabia o que dizer ou fazer. Zayne olhou para mim, seu peito subindo e descendo descompassado. Eu não sabia o que ele estava pensando. Eu não queria saber.

Uma vergonha matadora substituiu o calor fervente que transformava minhas entranhas em lava. O que diabos eu estava pensando? Precisando de ar e espaço, eu rapidamente desafivelei o cinto e só faltei me jogar para fora do carro.

Meus olhos ardiam. Não tinha como eu me sentar pra essa janta antecipada depois de fazer o que quer que eu estivesse fazendo. Eu teria que chamar um táxi, ou caminhar até em casa, ou me mudar para o Alasca, ou costurar minha boca...

Quando eu passei pelo capô do Impala, de repente Zayne estava na minha frente. O boné de beisebol estava virado para trás e seus olhos estavam arregalados. Ele com certeza achava que eu era uma aberração. Eu *era* uma aberração. Como uma covarde esquisitona, eu corri para o lado para contorná-lo. Ele bloqueou meu caminho, colocando as mãos nos meus ombros.

– Opa – ele disse baixinho. – Pra onde você tá correndo?

– Eu não sei. – Parecia que minha garganta estava se fechando. Será que eu era alérgica à pele dele? Isso pareceu estúpido. Talvez tenha sido um ataque de pânico. – Precisamos ir. Tipo, imediatamente. Ou podemos ir pra casa, se você quiser. Eu totalmente entendo e eu sinto...

– Ei, não precisa disso tudo. – Suas mãos se fecharam em volta dos meus ombros. – Tá tudo bem.

– Não, não tá. – Minha voz fraquejou. – Eu...

– Tá tudo bem. – Ele me puxou para a frente, e, quando eu resisti, ele puxou com mais força. Acabei com o rosto plantado em seu peito e inalei seu cheiro característico. – Olha, você tá passando por muito estresse e coisas malucas estão acontecendo.

Verdade, mas isso não era absolutamente nenhuma desculpa para lamber o dedo de alguém. Eu fechei meus olhos quando seus braços se fecharam em torno de mim. Ele abaixou o rosto, descansando o queixo em cima da minha cabeça. Só Zayne poderia ser compreensivo assim. Ele era muito perfeito às vezes.

E eu era muito esquisita todas as vezes.

– Eu não sei por que eu fiz isso – eu disse, minha voz abafada. – Eu nem percebi o que eu estava fazendo até... bem, você sabe, e eu sinto muito.

– Pare. – Ele se balançava levemente, o movimento me acalmando. – Não foi...

Eu me afastei um pouco, me aventurando a olhar para ele.

– Não foi o quê? Nojento? Porque eu tenho certeza de que você preferiria que eu não tivesse...

– Você não tem ideia do que eu prefiro ou deixo de preferir. – A maneira como ele disse aquilo não foi desdenhosa. Foi mais como declarar um fato.

Busquei em seu rosto uma resposta para uma pergunta que eu não estava pronta ou disposta a perguntar. Seu olhar encontrou o meu, e eu baixei meus cílios. Sua mão cobriu minha bochecha e uma sensação avassaladora de carinho me preencheu por dentro, junto com algo mais profundo, mais intenso.

Zayne deslizou a mão para longe.

– A gente precisa ir. Seus amigos estão esperando por nós.

Eu acenei com a cabeça, e quando saímos da garagem para o sol poente de novembro, ele girou o boné na cabeça, protegendo os olhos. Não conversamos enquanto caminhávamos o meio quarteirão até o restaurante, e eu não tinha certeza se era por conta da minha cena de lambedora de dedo ou alguma outra coisa.

A bela recepcionista, com idade para estar cursando a faculdade, levou-nos pelo corredor estreito de bancos acolchoados e mesas, passando a maior parte da viagem olhando para Zayne.

– Se você precisar de alguma coisa, por favor, me avise – disse ela diretamente para Zayne quando paramos diante de uma das mesas com bancos acolchoados de encosto alto.

Ele sorriu.

– Pode deixar.

Eu resisti à vontade de revirar os olhos. Stacey e Sam já estavam dentro do restaurante, sentados lado a lado em um banco grande o suficiente para acomodar seis pessoas. Eles eram fofos. Sam com seu cabelo ondulado esfregando as bordas de seus óculos, e Stacey sentada com as mãos juntas sobre a mesa. Eu realmente esperava que o que eles estavam desenvolvendo funcionasse.

E envolvesse mútuos lamber de dedos.

Zayne se sentou primeiro, e Sam se ajeitou, ficando reto. Eu escondi meu sorriso enquanto me sentava ao lado de Zayne.

– Desculpa, estamos um pouco atrasados.

– Tudo bem – disse Stacey. – Estamos beliscando um pãozinho.

– Provavelmente teria sido mais rápido ter andado até aqui – Zayne inclinou-se para trás, abrindo os braços ao longo da almofada cor de vinho atrás de nós –, mas não deixo de jeito nenhum o meu bebê estacionado na rua.

A menção do carro de Zayne despertou o interesse de Sam e ele imediatamente entrou em uma conversa sobre o Impala. Stacey e eu olhávamos para o garoto. Acho que esperávamos que ele começasse a hiperventilar, mas Sam estava conseguindo manter a compostura.

Depois que a garçonete chegou para anotar nossas bebidas, Sam gesticulou com um *breadstick* como se fosse uma varinha, polvilhando alho por toda a toalha quadriculada da mesa.

– Você sabia que a razão pela qual eles decidiram usar um Chevette Impala no seriado *Sobrenatural* foi porque um corpo caberia no porta-malas?

As minhas sobrancelhas se ergueram.

Zayne lidou com isso como um profissional.

– Tenho quase certeza de que dá pra esconder dois corpos no porta-malas.

Sam sorriu, mas então seu olhar se desviou no mesmo segundo em que Zayne endureceu ao meu lado. Houve uma mudança no restaurante, uma alteração do ar em um nível não natural. Ao meu lado, Zayne se esticou, erguendo o pescoço, e eu soube no segundo em que ouvi seu rápido palavrão sussurrado. Eu *sabia*, mesmo que não fizesse sentido.

Em frente a mim, as sobrancelhas de Stacey se arquearam.

– Hã...

Fechei os olhos enquanto o *sentia* parar ao lado da mesa.

– Que curioso encontrar vocês aqui – disse Roth, e humor ácido escorria de cada palavra –, todos juntos.

Quando eu abri meus olhos, ele ainda estava lá. Ele piscou quando nossos olhares se cruzaram, e eu queria fazer o que aquela professora tinha feito de manhã na escola.

– E aí, Roth. – Sam lhe deu um pequeno aceno com a mão. – Você quer se sentar com a gente? Tem espaço mais do que suficiente.

Minha boca se abriu, mas antes que eu pudesse dizer qualquer coisa, Roth deslizou para o assento, ao meu lado. Olhei fixamente para Stacey, que parecia estar precisando de um balde de pipoca.

– Que conveniente que você esteja por aqui – respondeu Zayne. Um de seus braços ainda estava estendido na parte de trás do banco, mas ele se inclinou para frente, apoiando o outro na mesa. – Sendo que a cidade tem, sei lá, alguns milhares de restaurantes.

Os lábios de Roth se curvaram para cima enquanto ele se esticava, cruzando os braços. De alguma forma, presa entre os dois, o banco de repente parecia ficar apertado demais.

– Acho que tenho sorte.

– As chances de ele acidentalmente acabar aqui são bastante pequenas – Sam murmurou para si mesmo, enquanto Stacey se virava lentamente para ele. – Mas aqui é bem no final da rua da escola, então isso aumenta a probabilidade.

Meus olhos se arregalaram. Ai não, salvem os pandas bebês! Eu não tinha contado a Zayne sobre Roth frequentar a escola. Depois de Roth ter sido apanhado na armadilha do diabo e ter desaparecido, eu não tinha achado necessário.

– O que isso tem a ver com qualquer coisa? – perguntou Zayne.

Ninguém na mesa além de Roth sabia o tamanho do problema que aquilo era, e alguém estava prestes a falar, então eu me adiantei, imaginando que seria melhor se viesse de mim.

– Roth estuda com a gente na escola.

O corpo de Zayne travou ao meu lado.

Eu me atrevi a espiá-lo. Ele estava encarando Roth.

– É mesmo? – ele murmurou.

– Vocês não se conhecem? – perguntou Stacey.

Os músculos ao longo do antebraço de Zayne se contraíram.

— Nós nos encontramos uma ou duas vezes.
Roth sorriu largamente.
— Bons tempos.
Ai Deus...
— Você sabe que ele é um Guardião, certo? — Sam sussurrou, inclinando-se para a frente. — Acho que te contamos uma vez no almoço, mas não me lembro.
— Sam! — Stacey sibilou.
Ele franziu a testa.
— O quê?
— Eu não sei — disse ela —, mas parece falta de educação expor isso.
— Não é falta de educação. — Os olhos dourados de Roth brilhavam, cheios de travessura. — Já disse antes, eu acho que é épico.
Zayne sorriu com força enquanto a mão que estava sobre a mesa se fechava em um punho.
— Aposto que acha.
Eu queria bater a cabeça contra a mesa.
— Ah, mas é. Você fica por aí, ajudando a combater o crime e todas essas coisas boas — ele respondeu, e eu suprimi um grunhido. — É *incrível*. Aposto que você deita sua cabecinha... er, não tão pequena assim, no travesseiro todos os dias se sentindo um herói. Espera aí. Você dorme numa cama? Eu ouvi dizer que os Guardiões...
— Você realmente precisa ficar sentado aqui? — Eu interrompi, perdendo a paciência. Incitar Zayne não ia ajudar em nada.
— Bem, *alguém* arruinou meu almoço. — Roth olhou para mim incisivamente. — Então estou com fome.
Sam sorriu.
— É, você meio que deve a ele uma refeição.
Os meus ombros caíram.
Zayne se recostou contra o banco, olhando para frente.
— Isso acabou de ficar super constrangedor — murmurou Stacey, mas seus olhos escuros brilhavam com interesse.
Supreendentemente, não estava tão constrangedor como quando lambi o polegar de Zayne como se fosse... eu nem sabia explicar. Mas o jantar foi doloroso. Roth e Zayne passaram o tempo todo trocando comentários sarcásticos, Sam e Stacey estavam muito ocupados

observando-os como se cada palavra que eles atiravam um no outro fosse uma bola de tênis, e, quando era hora de pedir a conta, eu estava pronta para dar um soco em alguém.

Principalmente em mim mesma.

Naquele momento, Roth estava perguntando a Zayne quanto ele pesava, porque, de acordo com Roth, Zayne era feito de pedra. Enquanto isso eu olhava para a parte de trás do banco, rezando para que nossa conta chegasse logo. Quando Sam voltou do banheiro pela segunda vez, um cliente sentado no barzinho na parte de trás do restaurante caiu do seu banco. Os meus olhos se arregalaram quando Sam olhou por sobre o ombro e depois olhou para mim, com o nariz enrugado. Caramba, eles estavam mandando ver na bebida lá atrás. Devia ter muitos drinques especiais de *happy hour*.

– Eu peso o suficiente – respondeu Zayne. – E você? Parece que pesa vinte quilos se estiver cheio de roupa e encharcado.

Roth bufou.

– Acho que você precisa olhar de novo, ou melhor ainda, examinar seus olhos. Os Guardiões têm doenças oculares degenerativas?

Suspirei enquanto examinava as mesas quase vazias e me sacudia para frente e para trás feito uma idiota. Já tinha ido ao banheiro uma vez, mas estava considerando me esconder lá até sairmos. O restaurante não parecia ser muito movimentado, mas era logo antes da correria do jantar. O concurso de sarcasmos de Zayne e Roth desapareceu para mim enquanto meu olhar deslizava sobre uma mesa ocupada. Algo chamou minha atenção para os dois homens sentados em uma daquelas mesas para casais. Ambos eram um pouco mais velhos do que eu. Parecia que tinham a idade de Zayne. Os dois também tinham cabelo castanho aparados em cortes idênticos, cortado a máquina como o corte dos policiais ou militares. Suas camisas brancas pareciam bem passadas, apesar de não estarem bem ajustadas no cós da calça. Pelo que pude ver, eles estavam usando calças cáquis. Obviamente, não tinha como eu saber se havia algo esquisito nas auras deles, já que eu não podia mais ver almas, mas algo sobre eles prendeu minha atenção.

Minha estranheza podia ter algo a ver com o fato de que eles estavam olhando para a nossa mesa, o olhar de um psicopata que te tinha na mira.

Eu estremeci enquanto meu olhar cruzava com o Cara Cáqui à direita. Sua expressão era neutra, fria até. Parecia um robô.

A mão de Roth pousou na minha coxa, fazendo-me pular.

– O que é que você tá olhando, baixinha?

– Nada. – Fui afastar a mão dele, mas Zayne foi mais rápido.

– Tire as mãos, colega. – Ele praticamente jogou a mão de Roth de volta para ele. – Se você quiser mantê-la presa ao seu corpo.

Roth inclinou a cabeça, sua expressão se acentuando. Uh-oh. Ele abriu a boca para falar, mas a garçonete finalmente chegou com a conta e eu a peguei.

– Todo mundo pronto? – perguntei para Stacey e Sam. Eles pareciam paralisados enquanto acenavam com a cabeça. Zayne rapidamente cuidou da nossa conta, e eu quase empurrei Roth para fora do banco.

Ele se inclinou para baixo, sua respiração quente no meu ouvido, enquanto Zayne deslizava atrás de nós.

– Não saia correndo – ele sussurrou –, nós três precisamos conversar.

Os olhos de Zayne se estreitaram e ele deslizou entre Roth e eu, uma enorme barreira que fez o demônio sorrir como um gato que acabara de ver um rato encurralado no canto de uma sala. Eu fingi que precisava usar o banheiro mais uma vez para fazer Stacey e Sam irem na frente, nos dando privacidade. Imaginei que qualquer conversa que precisássemos ter seria melhor acontecer ali, e não em algum lugar muito remoto, onde os dois caras provavelmente tentariam se matar.

Assim que Stacey e Sam sumiram na entrada do restaurante, Roth tomou o assento onde Stacey se sentou, gesticulando para que nos sentássemos. Suspirei enquanto eu deslizava de volta para o banco. O pouco de espaguete que eu comi não estava muito bem na minha barriga quando eu arrisquei um olhar para a mesa dos dois caras. Eles ainda estavam lá, nos observando.

– Isso precisa ser rápido – disse Zayne. –, porque eu não tenho certeza de quanto mais da sua presença consigo tolerar.

Roth fingiu um beicinho.

– Você é tão mau, Pedregulho. Talvez você tenha algo enfiado na sua bunda que precisa ser removido?

– Roth – eu disse, segurando a borda da mesa. – Para com isso.

– Ele é que começou.

Fiquei boquiaberta.

– Quê? Vocês têm dois anos de idade?

Ele olhou para um Zayne irritadiço e aquele brilho fraco em seus olhos voltou.

– Bem, ele realmente parece que se cagou e precisa trocar as fraldas.

– Já deu. – Zayne começou a se levantar, mas eu coloquei uma mão em seu braço.

– Só para. Por favor? – Quando ele soltou um suspiro e se sentou de volta, eu mantive minha mão em seu braço apenas por segurança. – O que você quer falar, Roth?

O olhar de Roth caiu para onde minha mão estava.

– Ele não sabia que a gente tinha aula juntos.

Eu afastei minha mão, endurecendo.

– Eu acabei não conseguindo falar sobre isso, e eu realmente espero que não seja por isso que você queria conversar.

Ele deu de ombros.

– Eu só acho interessante que você tenha mantido seu melhor amigo de pedra no escuro.

Zayne tamborilou os dedos pela mesa.

– Vá direto ao ponto, Roth.

Inclinando-se para trás no assento, ele era a imagem perfeita da arrogância indolente.

– Há uma razão pra eu estar aqui, além da deliciosa lasanha. É também a razão pela qual voltei pra escola. Embora eu ache o lugar divertidamente normal, tem mais coisa. – Seu olhar deslizou para mim. – Achamos que um Lilin estava ou está na escola.

– Preciso de mais detalhes.

Roth explicou o que tinha acontecido hoje na escola e então eu falei sobre a luta do início da semana.

– Eu realmente nem pensei sobre isso até hoje. Eu estava planejando te contar...

– Depois do jantar? – Zayne perguntou. – Era quando você ia me contar sobre *isso*? – Ele gesticulou para Roth.

Roth bufou.

– Sim – respondi. – Sabe, eu não queria...

– Estragar o jantar? – Ele sorriu para Roth. – É compreensível.

Roth revirou os olhos.

– De qualquer forma, os acontecimentos estranhos na escola não são a única razão. Eu acho que o Lilin vai tentar fazer contato com Layla – ele continuou, me deixando completamente chocada.

– O quê? – Eu exigi. – Você não disse isso antes.

Ele sorriu para mim.

– Você não estava muito de bom humor.

Isso era verdade, mas tanto faz.

– Por que você acha isso?

– O Lilin seria atraído por você – explicou ele, a voz baixa –, afinal, vocês compartilham do mesmo sangue.

Estremeci. Minha árvore genealógica era realmente ferrada. Meu pai era um Guardião que me queria morta. Minha mãe era um super-demônio com quem ninguém se metia e agora havia um Lilin que podia se considerar como uma espécie de meio-irmão. Uhul.

– O Lilin seria perigoso para Layla? – Zayne perguntou, com os ombros se erguendo como se ele estivesse prestes a me colocar nos braços e levantar voo.

Roth balançou a cabeça.

– Eu honestamente não faço ideia.

– Esse não é o nosso maior problema – disse eu, inclinando-me para a frente. – Se o Lilin tá mexendo com as pessoas na escola, então já são quatro pessoas confirmadas. O que vai acontecer com elas?

– Eu não sei se existe uma maneira de impedi-los de perder suas almas e se transformarem em espectros. Pode haver mais do que os quatro que conhecemos. Centenas que estão... infectados por ele – Roth levantou as sobrancelhas. *Infectados* era realmente uma boa maneira de encarar aquilo. – Realmente, não temos como saber se os que estão infectados são os que o Lilin tá tentando levar.

– Levar para onde? – perguntei.

Roth deu de ombros.

– Não se esqueça de que quando os Lilins criam um espectro, eles podem controlá-lo. Eles são as únicas coisas que conseguem controlá-los. Pense no caos. Não só haveria um Lilin solto por aí, mas ele também estaria criando espíritos sórdidos e descontrolados que não gostam nem um pouquinho dos vivos.

De alguma forma, eu tinha esquecido disso.

— A única maneira de sabermos o objetivo final do Lilin é se... — Eu engoli em seco, inquieta.

— É se as pessoas da escola morrerem.

Ele assentiu enquanto seu olhar se deslocava para Zayne.

— Então é por isso que eu estou lá e é por isso que vou continuar por lá. E acho que precisamos fazer uma pequena investigação.

Arqueei uma sobrancelha e, quando ele não continuou, suspirei.

— Detalhes?

— Acho que podemos presumir com segurança que o Dean foi infectado. Precisamos falar com ele.

— Ele foi suspenso sabe-se lá Deus até quando — eu observei.

Roth sorriu maliciosamente.

— Tenho certeza de que consigo o endereço da casa dele sem muito problema.

Não duvidando nem um pouco disso, olhei para Zayne. Ele assentiu lentamente.

— Talvez ele possa nos dizer algo que nos aponte na direção em que precisamos ir.

— Tá vendo? — Os olhos de Roth brilharam. — Sou necessário.

— Eu não iria tão longe — Zayne encontrou o olhar frio e divertido de Roth. — Mas eu prometo isso: se você fizer alguma coisa que machuque Layla ou sequer a faça olhar pra você de forma estranha, eu vou pessoalmente destruí-lo.

Meus olhos saltaram da minha cabeça.

— Ok. Bem, eu acho que esse encontrinho acabou. — Eu cutuquei Zayne com meu braço. — Vamos.

Ele manteve o olhar de Roth por mais um momento e depois se levantou. Virando-se para mim, ele ofereceu sua mão e eu a peguei, deixando-o me ajudar a levantar. Não havia como negar a forte *vibe* protetora que ele emanava, mas ser um protetor sempre foi o papel de Zayne.

— Eu nunca tive a intenção de magoá-la.

Ambos viramos para Roth, que estava de pé. Eu soltei um suspiro suave, mas o lábio de Zayne se curvou para cima.

– Tanto faz, cara. – Ele se inclinou. Ao passo que Zayne era mais largo do que Roth, ele não era tão alto, mas ainda ficou cara a cara com o demônio. – Você pode fazer os seus joguinhos com qualquer outra pessoa, mas você não vai fazer essa merda com ela.

Apertei a mão de Zayne antes que um combate mortal se iniciasse.

– Vamos.

Um músculo se repuxou na mandíbula de Roth enquanto nos virávamos. Eu sabia que ele ainda estava atrás de nós e, quando olhei por cima do ombro, não fiquei surpresa em vê-lo. Mas fiquei surpresa ao ver os dois Caras Cáqui se levantando. Eu franzi a testa.

Os olhos de Roth se estreitaram e então ele seguiu meu olhar. Sua atenção voltou para mim, lábios pressionados em uma linha fina. Era como se ele tivesse entendido o que eu estava pensando: tinha algo de errado com aqueles caras.

Do lado de fora, os postes de luz se acendiam, lançando luz sobre as ruas que escureciam com rapidez. A mão de Zayne se apertou à minha enquanto passávamos por um grupo de pessoas à espera do transporte público. Ele suspirou quando percebeu que Roth ainda estava conosco.

– Sério? Vai levar a gente até o carro?

– Na verdade, acho que vou mesmo. – Roth diminuiu o passo, andando atrás de mim. – Estamos sendo seguidos.

Sob a aba de seu boné, os olhos de Zayne se dilataram enquanto ele olhava por cima do ombro. Ele se virou, acelerando o passo.

– Dois homens humanos?

– Sim – respondeu Roth.

Eu queria tanto olhar para trás, mas achei que seria um pouco óbvio demais.

– Alguma ideia de quem eles são?

– Nenhuma. Talvez eles queiram pegar o seu número de telefone – respondeu Roth. – Entrar pro seu fã-clube.

Ele uma vez disse que seria o presidente do meu fã-clube, o que era uma coisa muito idiota de se dizer, mas meu coração se apertou um pouco com aquela declaração, porque não tinha significado nada. Inalei o ar fresco.

– O que fazemos?

– Seu carro tá na garagem, certo? – ele disse para Zayne. Quando eu lhe lancei um olhar questionador sobre o meu ombro, ele piscou. – Eu estava seguindo vocês.

– Ótimo. – A mão de Zayne escorregou da minha e se aninhou no meio das minhas costas. – Então você é um demônio *e* um perseguidor. Incrível.

– Que esperto, Pedregulho – Roth riu com o rosnado baixo que emana de Zayne. – Vamos ver se eles nos seguem. Qual é o pior que poderiam fazer? São só seres humanos.

Eu não queria me alongar no fato de que os humanos eram capazes de fazer coisas bastante horrorosas. Eu não pude evitar. Pensei na última vez em que Roth e eu estávamos num estacionamento subterrâneo com aqueles demônios Torturadores que queriam jogar bola com as nossas cabeças. Assim como em becos, eu não tinha muitas experiências positivas em estacionamentos.

Dobramos a esquina e minha respiração estava formando pequenas nuvens nebulosas. Quando finalmente olhei para trás, para além de Roth, meu nariz estava gelado. Havia várias pessoas atrás de nós, e os dois homens jovens estavam lá, a parte de trás de suas camisas batendo contra o vento. Um brilho de algo metálico alojado na cintura de um deles foi refletido; estava parcialmente escondido pela camisa. Meu coração deu um pulo.

– Acho que um deles tem uma arma.

– Meu Deus – Zayne murmurou.

Roth deu uma gargalhada.

– Se eles tentarem nos assaltar, eu realmente vou rir.

– Só você riria disso – respondi, enrugando o nariz. Eu não queria adicionar assalto à minha lista de coisas ruins que aconteceram esta semana.

– O que tem? – ele disse quando chegamos à entrada do estacionamento. – Eles escolheram as pessoas erradas pra assaltar, se for o caso.

O estacionamento estava silencioso e as luzes de teto lançavam feixes amarelados e opacos sobre o capô dos carros e as manchas do chão de cimento queimado. Nada sobre o lugar me deu aquela sensação de boas-vindas de "nada de ruim está prestes a acontecer aqui".

No primeiro corredor de carros, passos ecoaram atrás de nós. Roth parou quando Zayne se virou, movendo-se para ficar na minha frente. Ele tirou o boné e o entregou para mim. Eu me perguntava o que ele esperava que eu fizesse com o boné. Cuidar para não sujar?

Um dos jovens avançou, não o que eu tinha visto com o que parecia ser uma arma. Sob a pouca luz, suas feições pareciam encavadas, fundas, como se ele não tivesse comido uma boa refeição há algum tempo.

Roth cruzou os braços, fazendo com que sua camisa se esticasse firmemente ao longo das suas costas.

– E aí, meus parças?

Eu revirei os olhos.

O Cara Cáqui na frente colocou a mão para trás, procurando algo, e meu coração parou. Roth descruzou os braços e Zayne começou a se agachar, pronto para o bote. O cara pegou algo preto e retangular, que definitivamente não era uma arma. Ele o levantou na frente dele como se fosse um escudo, segurando-o em um aperto firme que fazia os nós dos seus dedos ficarem brancos.

Roth riu alto e profundamente.

– Você tá de brincadeira comigo.

O Cara Cáqui tinha uma Bíblia na mão direita.

– Nós sabemos o que vocês três são – disse ele, a voz firme enquanto seu olhar se movia de Zayne para Roth, e então para onde eu estava espiando atrás de Zayne. – Um erro de Deus, um demônio do Inferno e algo muito pior.

Capítulo 12

Minhas sobrancelhas se ergueram até quase o topo da testa. Como diabos eu era a pior coisa entre nós três? Não que eu devesse estar prestando atenção nisso. Era um baita problema que esse humano soubesse sobre Zayne, e ainda mais chocante era que ele sabia que Roth era um demônio, considerando que todos os seres humanos deviam ser mantidos no escuro quando se trata da existência de demônios.

— Fiquei ofendida — eu resmunguei.

— A prostituta não deve falar na presença do texto sagrado — o cara cuspiu.

— Como é que é? — gritei, saindo de trás de Zayne, que me segurou pela cintura. — Você tá me chamando de prostituta?

O homem segurou a Bíblia na minha direção.

— Você é filha de uma. Isso não faz de você a mesma coisa?

— Pera lá — Roth deu um passo à frente, mãos se fechando em punhos em seus lados. — Isso é muito grosseiro e meio irônico, sabe, você usar palavras como *prostituta* enquanto segura uma Bíblia.

— E isso vem de um demônio? — cuspiu o outro homem. — Você é o flagelo da Terra, uma pestilência sobre o povo.

— Eu teria que concordar — Zayne murmurou baixinho.

O olhar selvagem do Cara da Bíblia se voltou para ele.

— E você! Você não é melhor do que eles. Disfarçando-se de nossos protetores enquanto se associam com o inimigo. Falsos profetas!

— A Igreja dos Filhos de Deus — eu disse, quando enfim entendi o que estava acontecendo. A raiva tinha gosto de pimenta na minha língua. A memória de todos aqueles malditos panfletos anti-Guardiões que preenchiam os postes da cidade dançou na minha frente. — Vocês são os fanáticos que não sabem de nada.

— Sabemos mais do que você imagina — anunciou o Cara da Bíblia, com orgulho. Ele fez uma expressão de desdém quando olhou para Roth. — Nós sempre soubemos da sua existência, e é nosso objetivo revelar os Guardiões como o que eles realmente são.

— Curioso — murmurou Roth, ficando um passo mais perto. O Cara da Bíblia recuou enquanto um pouco da sua arrogância rachava como gelo. — Como você sabe sobre nós?

— Temos os nossos meios — respondeu o outro homem. Ao seu lado, seus dedos se contorceram.

Zayne respirou fundo.

— Nós não somos demônios. É a coisa mais oposta...

— Você está com dois deles — ele respondeu enquanto piscava várias vezes. — Mentiras escapam da sua língua bifurcada.

Apesar de nunca ter estado perto da língua de Zayne, sabia que não era bifurcada.

— Você não sabe nada sobre os Guardiões — eu disse, na esperança de trazer uma dose de realidade para o mundo dele. — Do contrário, você saberia que eles estão ajudando a humanidade. E que não há nada a temer...

— Cala a boca, prostituta de Satanás.

Minha boca se escancarou e minha cabeça estava prestes a girar no melhor estilo *Exorcista*. Dei um passo à frente enquanto Roth estalava o pescoço, indicando que estava pronto para encerrar aquela conversa.

— Diga isso mais uma vez e eu vou te dar motivo pra sentir medo. — Eu não tinha ideia de onde aquelas palavras vieram, porque, mesmo com o treinamento de Zayne, eu não era realmente uma lutadora, e eu não era durona, mas meus lábios se curvaram em um sorriso frio e apertado. — Isso é uma promessa.

Senti o olhar de Zayne, o choque e a incerteza, porque eu duvidava que ele já tivesse me ouvido soar tão ameaçadora antes, mas racionalizar com fanáticos era tão frutífero quanto fazer uma lobotomia. Duas vezes. A raiva fervente, a indignação fermentando bem dentro de mim alimentavam a coragem. Talvez aquela não fosse a melhor combinação, mas eu me agarrei a ela. Minha pele formigava e a parte de trás da minha garganta queimava. Bambi se mexia na minha pele, sua cauda sacudindo ao longo da parte inferior das minhas costas. Aposto que a alma deles tinha gosto de suco de morango aguado — almas maculadas.

– Há alguma razão pra vocês terem nos seguido, além de pregar bobagens hipócritas? – As bochechas do Cara da Bíblia ficaram vermelhas. – Eu duvido – continuei, antes que ele pudesse falar. – Eu duvido que haja uma única coisa inteligente que qualquer um de vocês dois tenha a dizer.

– Layla – Zayne avisou suavemente, ficando ao meu lado.

– Você deveria ter sido sacrificada no momento em que saiu do útero – disse o Cara da Bíblia, e a sinceridade em sua voz foi surpreendente. – Você é uma atrocidade.

Qualquer controle que eu tinha foi esticado até o limite e arrebentado como um elástico puxado demais. Eu me movi mais rápido do que jamais consegui. Avançando, arranquei a Bíblia grossa das mãos do homem. Joguei meu braço para trás e então o desci com força, e o som do que devia ser o tapa bíblico mais incrível na Terra ecoou pela garagem.

A risada surpresa de Roth me sacudiu até o âmago.

– Cacete. Isso é que é ser servido. No sentido bíblico.

O choque passou por mim como mil abelhas confusas. Quando o homem tropeçou para trás, sangue escorreu pelo corte no canto da sua boca. Ele virou olhos selvagens para mim enquanto levantava uma mão trêmula para a boca. Meu olhar caiu para a Bíblia que eu segurava. A borda de cima estava mais escura, suja. A inspiração suave de Zayne me abalou e eu deixei cair a Bíblia, esperando que ela me queimasse.

Foi tudo muito rápido.

O outro cara se jogou para a frente, o rosto vermelho em uma máscara de ódio, contorcido em algo tão feio que fiquei sem fôlego. Ele colocou a mão direita embaixo da camisa, e lembrei de ter visto o brilho de algo metálico mais cedo. Roth xingou quando a arma apareceu na mão do homem, mas em vez de apontar para mim, ele apontou para Zayne.

– Não! – eu gritei.

Zayne rodopiou, e meu coração pulou na minha garganta. Eu me lancei em cima dele enquanto um som explodia. Antes que eu pudesse chegar ao seu lado, Zayne se transformou. Sua camisa se rasgou no meio e a pele cinza escuro apareceu. Algo passou pelo meu ombro e a bala encontrou seu alvo, atingindo Zayne no peito. Ele cambaleou para trás.

Houve um borrão de movimento à minha esquerda enquanto um grito congelava na minha garganta. O silêncio foi quebrado por um ganido agudo seguido por ossos se quebrando, então um som de algo cartilaginoso e pele cedendo. O Cara da Bíblia girou em seu calcanhar, disparando como se o próprio Diabo estivesse correndo atrás dele. Eu não me importava. Ele podia correr.

Eu cheguei ao lado de Zayne, colocando minha mão sobre seu peito. Ele estava olhando para si mesmo, rapidamente voltando para sua forma humana, a pele ficando rosada.

– Ah, meu Deus...

– Estou bem – disse ele, mas eu mal compreendia aquelas palavras. Com o coração disparado, eu passei uma mão trêmula sobre o peito dele, procurando pelo calor e umidade do sangue. Eu não parei até que ele agarrou meu pulso, empurrando minha mão para longe. – Layla, eu estou bem. Olhe.

– Como você pode estar bem? – Minha voz estava espessa com lágrimas, afiada pelo medo. – Você acabou de ser baleado no peito.

Ele sorriu quando eu levantei meu olhar para o seu rosto.

– Olhe. A bala ricocheteou. Eu me transformei a tempo. Tem só um hematoma. Nada mais.

– Ricocheteou? – Quando ele assentiu, olhei para baixo e vi a bala caída no chão. A borda arredondada foi achatada, como se tivesse batido em algo impenetrável, o que tinha acontecido. Meu cérebro foi lento para processar aquilo, e eu devia ter sabido desde o início. Zayne tinha se transformado. Uma bala não romperia a pele de um Guardião.

Eu me lancei contra ele, envolvendo meus braços em torno de seu pescoço e me agarrando a ele como plástico filme. Meu coração ainda batia de forma doentia porque, por alguns segundos horríveis, eu acreditara que a bala tinha atingido o alvo e, em forma humana, um Guardião não sobreviveria a um tiro no coração.

A risada de Zayne era trêmula enquanto ele gentilmente soltava meus braços do seu pescoço.

– Você vai me estrangular, Laylabélula.

– Desculpa. – Eu me forcei a dar um passo para trás. Tentando me controlar, eu me virei, respirando fundo. Mas o ar me faltou.

Roth estava nos observando, um olhar distante gravado em suas feições, mas não foi ele que chamou a minha atenção, que me molhou como um balde de água gelada. No chão, alguns metros atrás de Roth, estava o homem que atirou em Zayne.

Ou o que sobrou dele.

O braço direito do homem estava torcido em um ângulo bizarro, como o de uma daquelas marionetes assustadoras. Vermelho manchava a parte da frente da camisa branca, e a arma... Meu Deus, a arma estava *enfiada* da barriga do homem, com o cabo para fora. Tentei respirar outra vez, mas meus pulmões estavam falhando.

Ele ainda estava vivo. Eu não sabia como, mas seu peito subia em respirações rápidas, afiadas e rasas. Seus olhos escuros estavam arregalados e correndo da esquerda para a direita. Os dedos dele se contraíam no braço bom.

Meus pés se moveram por conta própria. Eu parei perto da poça de sangue que se espalhava rapidamente. Ele respirou rápido e, quando abriu a boca, sangue escorreu.

– Está tudo... acabado... Nós sabemos o que tá acontecendo... – Seus olhos castanhos perderam o foco quando o sangue vazou de sua boca em um fluxo constante. – Sabemos sobre o Lilin...

O homem estremeceu uma vez e então não havia nada, nem um murmúrio final, nem uma respiração profunda. A inspiração irregular simplesmente parou quando a vida saiu dele. Embora ele tivesse tentado atirar em Zayne e provavelmente quisesse matá-lo e a todos nós, ver uma vida chegar ao fim – uma vida humana – não era algo que eu gostaria ou mesmo sabia como processar.

Pressionei a palma da mão contra minha boca enquanto tropeçava para trás. Uma mão me segurou, mas eu não conseguia desviar o olhar do homem jovem. Em segundos, sua pele empalideceu, assumindo a palidez da morte. A vida se foi tão rapidamente. Acabou. Desse jeito. O homem estava morto e havia uma boa chance de ter sido minha culpa. Eles poderiam ter ido embora se eu não os tivesse hostilizado.

– Oh Deus – eu sussurrei.

Alguém me puxou para trás e fez eu me virar. Dedos quentes afastaram o cabelo das minhas bochechas enquanto eu me esforçava para ver o homem no chão.

– Layla.

Meus olhos encontraram um par de olhos cor de âmbar. Roth e eu estávamos tão perto – perto demais. Suas mãos me seguravam no lugar, cobrindo minhas bochechas, e seus quadris estavam pressionados contra a minha barriga.

– Tinha que acontecer. Ele estava apontando a arma pra você e você não teria se transformado rápido o suficiente. Ele teria te matado.

– Eu sei. – Eu sabia, mas o cara estava *morto*.

– E você precisa parar de olhar pra ele. Nada de bom vai sair disso – Seus cílios se ergueram, fixando o olhar sobre o meu ombro. – Você precisa tirar ela daqui. Eu cuido do corpo.

Eu não queria saber como ele ia cuidar disso, e eu queria não ser tão covarde, tão facilmente afetada por um cadáver, mas minhas mãos estavam tremendo enquanto seus dedos deslizavam para longe do meu rosto. Os olhos de Roth encontraram os meus por mais um segundo e então Zayne estava lá, afastando-me da visão horrível.

Quando ele me levou de volta ao Impala, eu olhei por cima do meu ombro. Não para o corpo. As sombras pareciam ter se espalhado pelo estacionamento, tornando-se mais espessas e quase palpáveis. Estávamos a poucos metros de distância, mas Roth já tinha desaparecido nas sombras.

– Sinto muito – eu disse, e não tinha certeza com quem eu me desculpava, mas o silêncio foi a única resposta.

A viagem para casa foi silenciosa, e enquanto Zayne foi informar seu pai sobre a situação com os caras da Igreja dos Filhos de Deus, eu me retirei para o meu quarto. Devia ter participado da conversa quando ele foi falar com Abbot, mas depois de ontem à noite, duvidava que o fato de estar na mesma sala que ele fosse ajudar o meu estado de espírito.

Eu estava desconfortável na minha própria pele. Bambi continuava se movendo, tentando se acomodar. Queria que ela relaxasse na casinha de bonecas, mas ela não ia a lugar algum.

Amarrando meu cabelo para cima em um nó bagunçado, eu andei por todo o quarto. Toda vez que eu fechava os olhos, via o homem no chão sujo do estacionamento e ouvia as suas palavras. Eles sabiam, a Igreja sabia sobre o Lilin. Como eles sabiam estava além da minha compreensão. A mesma coisa com saberem sobre Roth. Como eles sabiam sobre demônios em geral?

Eu esfreguei minhas mãos enquanto passava pela frente da minha cama mais uma vez. Eu ainda não podia acreditar que eu tinha acertado o homem na cara com uma Bíblia. Aquilo foi horrível. Talvez não completamente desnecessário, mas minha mão teria sido uma escolha melhor. Por outro lado, se eu tivesse mantido a calma, talvez ninguém tivesse morrido. Isso estava nas minhas mãos e eu nem sequer sabia por que o tinha feito. Sim, eu estava com o rosto cheio de raiva, mas geralmente eu não era a agressora.

E normalmente eu não lambia os dedos das pessoas.

Era algo que Roth faria. Algo que ele fez comigo, quando lambeu as migalhas de um biscoito amanteigado.

Roth.

Algo apertado preencheu meu peito.

Aff.

Gemendo, parei e me sentei na beira da cama, de costas para a porta. Tinha esquecido de toda aquela coisa de "lamber o dedo de Zayne" depois de ver alguém morrer. Tinha sido melhor assim. Jogando-me na cama, olhei para o teto. Às vezes parecia que algum tipo de entidade desconhecida estava invadindo o meu corpo. Eu esfreguei minhas mãos no rosto, sentindo como se precisasse de uma limpeza corporal.

Uma batida na porta do meu quarto me forçou a levantar. Virando-me, eu limpei a garganta.

– Pois não?

Quando a porta se abriu e Danika apareceu, minhas sobrancelhas se ergueram. Ela mudou seu peso de um pé para o outro.

– Eu só queria saber – Pausando, ela olhou por cima do ombro – ...sobre o seu braço?

Droga. Eu esqueci disso também.

– Nem dói mais.

– Era o que eu queria ouvir – Ela hesitou enquanto mordiscava o lábio inferior. – Posso? – Ela gesticulou em direção à cama.

Ok. Isso era estranho, mas eu já tinha tido tanta coisa estranha acontecendo na minha vida recentemente, que eu estava interessada em ver onde isso ia dar. Eu cruzei as pernas.

– Claro.

Seu sorriso era tímido quando ela fechou a porta e navegou pelo quarto, sentando-se ao meu lado. Para alguém tão alta quanto ela, você pensaria que ela seria menos graciosa. Não. A garota andava sobre a água e a água provavelmente gostava.

– Posso dar uma olhada no teu braço?

– Sim. – Eu alcancei a barra do meu suéter e o tirei.

Por baixo eu usava uma camiseta, o que lhe dava fácil acesso. O corte no meu braço não passava de uma marca cor-de-rosa. A pele estava enrugada e isso provavelmente nunca mudaria, mas era melhor do que morrer.

– Os pontos caíram hoje de manhã.

– Parece perfeito. – Ela ergueu o olhar enquanto ajustava um fio do cabelo escuro. Um momento se passou enquanto eu esperava que ela se levantasse, mas a mulher permaneceu. – Eu ouvi o que aconteceu com aqueles membros da Igreja.

Desviei o olhar, perguntando-me se Zayne tinha dito ao pai que eu meio que tinha instigado a violência.

– É.

– Abbot tá preocupado – ela disse baixinho. – Ele não entende como eles sabiam o que aquele... Roth era ou sobre o Lilin. – Houve uma pausa quando ela dobrou uma perna incrivelmente longa sobre a outra. – Isso não é um problema que ele realmente quer se preocupar agora. Mas acho que quando chove, troveja, não é?

Estava mais para quando chove, há um furacão enorme.

– É.

Danika mexia numa pulseira de prata no pulso.

– Não sei se você ficou sabendo ou não, mas não vamos voltar pra Nova Iorque. Não com o Lilin à solta. Abbot quer toda a força de trabalho que conseguir unificar.

Uhul. Mal conseguia conter a minha animação.

– E com Tomas ainda desaparecido, Dez e os caras estão bastante certos de que algo aconteceu com ele.

Eu enrijeci, distraidamente esfregando o local no meu peito onde a cabeça de Bambi estava descansando.

Seus olhos se arregalaram.

– Eu prometi a você e a Zayne que eu não ia dizer nada, e não vou dizer – ela insistiu, seus olhos tão azuis e brilhantes quanto os de Zayne. – Ninguém nem acha que você ou... como se chama?

– Bambi – eu disse. – Aliás, eu não escolhi esse nome.

Suas sobrancelhas se ergueram.

– Ninguém acha que você ou Bambi tiveram algo a ver com isso.

– Bom saber. – Meu olhar se fixou na porta fechada. Isso era realmente... estranho. Eu estava meio tentada a encontrar Jasmine e deixar a filha dela mastigar meu dedo do pé. – Zayne ainda tá com Abbot?

– Sim. Todos os machos estão enfurnados na biblioteca. Ninguém realmente sabe como lidar com o pessoal da Igreja sem piorar as coisas, mas... Não acho que isso seja o que mais preocupa Zayne.

– Não? – perguntei.

Ela balançou a cabeça quando olhei para ela.

– Ele não está muito feliz com... Roth na sua escola. Nem Abbot.

– Obviamente – Eu suspirei, descruzando minhas pernas. Meus pés nem sequer tocaram o chão. Eu era um *troll* sentada ao lado dela. – Ele é um demônio, então é claro que estão com raiva.

– Duvido que seja a única razão pela qual Zayne não esteja feliz com Roth na escola contigo.

Franzi a testa.

– Que outra razão ele poderia ter?

Suas sobrancelhas se arquearam enquanto ela olhava para mim.

– Você realmente não sabe? – Quando eu balancei minha cabeça, ela riu baixinho. Havia qualquer coisa de triste no som. – Às vezes, Layla, você é tão desligada que eu quero arrancar seus cabelos.

Eu me engasguei com uma gargalhada.

– Como assim?

Danika não respondeu imediatamente e depois respirou fundo.

– Tá bem. Vamos ser honestas uma com a outra. Você não gosta de mim.

Minha boca se abriu e eu senti minhas bochechas esquentarem. Eu estava prestes a negar, mas o olhar que ela me lançou dizia que não havia motivo para isso.

– Bem... isto é muito constrangedor.

– Sim. – Ela assentiu, os ombros magros subindo. – Todo mundo no clã, ambos os nossos clãs, espera que Zayne e eu acasalemos, e eu não recusaria essa oferta. Acho que você sabe que eu... gosto de Zayne.

– Eu diria que *gostar* não é uma palavra forte o suficiente.

Ela sorriu com aquilo.

– Ele é... bem, você sabe o que ele é. Eu também sei que você gosta dele e que *gostar* também não é uma palavra forte o suficiente pra você.

Não disse nada, porque aquela era uma conversa da qual eu não queria participar.

– De qualquer forma, já que vou ficar aqui por um tempo, eu queria esclarecer as coisas entre nós. Eu gosto de você, Layla. – Ela deu de ombros. – Espero que possamos ser amigas, e não quero que você se preocupe comigo e com Zayne.

Parte de mim queria dizer que não me preocupava, mas, aparentemente, eu era tão transparente quanto uma janela. Respirando fundo, decidi que precisava ser mulher.

– Eu sei que nem sempre fui... agradável com você, e você sempre foi legal comigo. E eu sinto muito por isso. – Uau. Essa foi provavelmente a sequência mais madura de palavras que eu já disse a Danika. Eu merecia um biscoito do tamanho da minha mão. – Já aceitei que você e Zayne vão acabar juntos. – E aquelas palavras eram um comprimido amargo, mas que eu precisava engolir. – Vocês são perfeitos um para o outro. Vocês dois são lindos e você é realmente legal e inteligente. E eu sei Zayne...

– Para – disse ela, erguendo uma mão. – Zayne gosta de mim e eu concordo. Seríamos perfeitos juntos, mas isso nunca vai acontecer.

Eu olhei para ela, confusa.

– Por que não?

– Porque ele não me quer. Ele não tá apaixonado por mim e isso é óbvio pra todo mundo, menos pra você – disse ela, e seu olhar caiu. Cílios grossos esconderam seus olhos. – Zayne quer *você*. E ele tá apaixonado por *você*.

Capítulo 13

Estava começando a me arrepender de ter deixado Danika se aproximar do meu braço com uma agulha. Claramente, havia grandes chances de que ela usava drogas.

Zayne me queria? Ele me amava? Claro, eu sabia que Zayne se importava profundamente comigo, mas *apaixonado* por mim? Isso era uma área totalmente diferente.

Eu não podia acreditar nisso, não quando havia tantas razões pelas quais ele não estaria apaixonado por mim, que ele não *poderia* estar. Além do fato de que todos em seu clã esperavam que Zayne acasalasse com Danika ou outra Guardiã adequada para produzir bebês gárgulas, ele não podia nem me beijar. Sim, isso não significava que ele não podia chegar perto de mim e nós... poderíamos fazer *outras* coisas, mas era muito perigoso.

Pensar naquelas coisas que envolviam os nossos lábios não se tocarem me manteve acordada a maior parte da noite de sábado. Mesmo com minha experiência limitada quando se tratava dessas outras *coisas*, minha vasta imaginação estava me dando muitas ideias. Ideias que envolviam mãos e dedos e outras partes do corpo...

Ai Céus.

Eu me virei de barriga para baixo e gemi no meu travesseiro. Eu não tinha visto muito de Zayne durante o dia e talvez fosse porque eu estava evitando-o, mas depois do que Danika disse – e, apesar de eu não acreditar muito nela –, havia uma boa chance de eu começar a dar risadinhas feito uma hiena se me deixassem sozinha com ele.

E isso era ridículo.

Eu era uma ridícula.

Mas a ideia de experimentar qualquer uma dessas coisas com Zayne deixava minha cabeça girando e fazia minha pulsação acelerar por todo o meu corpo. Tentando ficar confortável, dobrei uma perna, mas não ajudou. Eu afastei os cobertores, chutando-os até o pé da cama, mas ainda sentia a pele muito apertada, como se não houvesse espaço entre meus ossos e minha carne.

Eu deitei de costas. Colocando uma mão sobre a minha barriga, não fiquei surpresa ao descobrir que a pele estava quente, e então um pequeno nó se formou, deixando-me frustrada... e confusa. Os meus pensamentos estavam todos emaranhados, porque quando sentia esse calor nas minhas veias, também pensava em Roth e em tudo o que compartilhamos entre nós. E quando pensava em Zayne dessa forma, sentia que estava fazendo algo errado, o que era uma estupidez, porque como Roth deixou bem claro, não havia nada entre nós.

Sentindo muito calor e muito nervosismo para conseguir dormir, eu saí da cama por volta das três da manhã. Puxando um par de meias felpudas que deveriam ir até os joelhos mas na verdade chegavam às minhas coxas, peguei um suéter pesado e o vesti por cima da minha camiseta e do short de dormir.

Com o cabelo uma bagunça e sendo um desastre de moda ambulante, eu saí do meu quarto e desci as escadas. Àquela hora da noite, a maior parte da casa estaria morta. Jasmine e Danika estariam dormindo ou teriam ido para algum lugar com os gêmeos. Só Geoff estaria por perto, monitorando as câmaras, e lá fora haveria guardas só para o caso de alguma loucura acontecer. Mas em geral, eu teria a casa só para mim.

O ar fresco aliviou um pouco do calor enquanto eu descia as escadas, as laterais do meu suéter desabotoado batendo atrás de mim como asas esvoaçantes.

Meus pés dentro das meias não fizeram barulho enquanto eu caminhava pela cozinha e pegava uma garrafinha de suco de laranja. Comecei a fechar a porta da geladeira quando voltei a abri-la e peguei o que sobrava da massa de biscoito amanteigado.

Pegando minhas guloseimas e segurando-as contra o peito, comecei a andar em direção às áreas comuns, mas desviei em direção à biblioteca. Usando o quadril, abri a pesada porta de madeira. Larguei a massa e o suco de laranja na mesa e depois acendi a luminária antiga. Um brilho suave preencheu a grande sala.

Eu respirei profundamente, inalando o cheiro almiscarado de livros antigos. Eu tinha passado muitas noites e dias nesta biblioteca quando era mais nova, e quando examinei as inúmeros fileiras de livros, percebi que tinha lido quase todos eles. Houve muitos dias e noites solitários. Ainda havia.

Quebrando um pedaço de massa, eu contornei a mesa e comecei a examinar as lombadas dos livros, não procurando por nada em particular, mas como eu estava em algum lugar entre o entediada-o-suficiente-para-ler e preferia-ficar-na-cama-me-remoendo, algo prendeu minha atenção.

Métodos e práticas de ervas e seu impacto sobre demônios e Guardiões.

Não era exatamente uma leitura leve para dormir ou o tipo de livro que você encontraria em uma biblioteca humana, mas eu pensei no frasco que vi com Abbot e a minha curiosidade acabou por me vencer. Puxando-o para fora, eu me virei e o coloquei na mesa enquanto mastigava a massa crua. A maior parte do livro tinha sido escrita à mão, ervas listadas em ordem alfabética e acompanhadas por ilustrações.

Nem dez minutos depois, o espaço atrás dos meus olhos começou a doer. Havia ervas demais no mundo e muitas que eram ingredientes em poções branco-leitosas.

Levantei meu olhar enquanto pegava meu suco e dava um gole, amando a maneira como ele formigava na minha garganta. Uma ideia tomou forma. Não uma ideia inteligente, mas algo intrigante.

Abbot estava fora pelo resto da noite, assim como a maioria dos Guardiões. Geoff estava em casa, então era um risco, mas... eu estava entediada e curiosa.

O escritório que Abbot usava ficava ao fundo do corredor. Eu conseguia entrar lá pela porta que havia na biblioteca. Ela se abria para uma pequena sala de estar que ninguém nunca usava e, através dessa sala, eu poderia entrar no escritório sem usar o saguão, que certamente estava sendo monitorado. Mas a sala de estar? Provavelmente não.

Soltando o suco, eu dei a volta na mesa, meus pés escorregando ao longo do piso de madeira. Entrei pela porta da sala de estar, aliviada por encontrá-la vazia e escura, e antes de me dar tempo para desistir, tentei a maçaneta na porta de Abbot.

Estava destrancada.

Segurei a respiração enquanto virava a maçaneta. A porta rangeu como ossos velhos enquanto eu a empurrava. Havia uma luminária em sua mesa, com uma cúpula de cerâmica verde que lançava uma pequena faixa de luz sobre a mesa e o chão.

O escritório tinha o cheiro de Abbot – sabonete, ar livre e um leve vestígio dos charutos com os quais ele brincava. Um caroço se formou na minha garganta enquanto eu dava passadas leves em direção a sua grande mesa de carvalho. Eu podia contar em uma mão quantas vezes o Guardião tinha me abraçado, mas quando o fazia, seus abraços eram sempre calorosos e maravilhosos.

Sentia falta deles.

Engolindo o caroço, decidi atacar a mesa primeiro. Havia um monte de lugares onde ele poderia ter escondido o que eu estava procurando: as prateleiras ao longo das paredes de trás, as caixas que certamente estariam trancadas e uma dúzia de pequenos cubículos aqui e ali.

As primeiras gavetas não tinham nada que me interessasse – papéis e correspondências da polícia e do governo, e-mails de outros líderes do clã. A segunda gaveta estava cheia de canetas, do tipo que me fazia querer levar algumas, e a terceira tinha mais blocos de anotações do que Deus precisava.

A quarta gaveta – a gaveta de baixo – foi onde eu tirei a sorte grande. Literalmente.

Acolchoados em uma toalha grossa e escura, dezenas de frasquinhos rolaram inofensivamente enquanto eu puxava a gaveta para fora o máximo que conseguia. Ajoelhada, peguei um que parecia que tinha suco de toranja e, em seguida, coloquei-o de volta no lugar, cuidadosamente bisbilhotando até encontrar o que parecia familiar. Levantei o frasco com cuidado, observando o líquido leitoso escorregar enquanto eu ficava de pé.

Virando o frasco, eu franzi a testa enquanto lia o rabisco no fundo.

– Sanguinária?

– O que você tá fazendo?

Eu guinchei e quase deixei cair o frasquinho. Virando-me, eu o segurei contra o peito enquanto eu soltava um suspiro de alívio.

– Zayne.

Ele estava parado na porta que eu tinha entrado, vestindo um par de calças escuras e uma camisa preta. Mesmo que estivesse bastante frio lá fora, a temperatura do corpo de um Guardião de sangue puro era mais alta do que a dos humanos ou da minha. Ele cruzou os braços e arqueou as sobrancelhas.

– Você quase me matou de susto. – Com o coração disparado, só conseguia pensar no frasco da minha mão. Zayne não entenderia por que eu estava bisbilhotando no escritório de Abbot, por mais inofensivo que fosse. Quando ele só ficou me encarando, tentei uma distração enquanto eu abaixava minhas mãos. – O que você tá fazendo de volta tão cedo?

– O que você tá fazendo no escritório do meu pai?

Enruguei o nariz.

– Nada.

– Nada?

Mãos agora escondidas atrás da mesa, eu deslizei o frasco na palma de uma delas. Eu teria que deixá-lo cair e rezar para o Dalai Lama que ele não quebrasse, ou fingir um desmaio e colocá-lo de volta. Nenhuma dessas opções me enchia de confiança.

– Nadinha.

– Tá certo...

Minhas bochechas começaram a esquentar, e eu fiquei agradecida pela iluminação fraca do escritório.

– Você não me disse por que voltou tão cedo.

– E você não me disse o que realmente tá fazendo aqui.

Desloquei meu peso de um pé para o outro, preparando-me para largar o frasco de volta na gaveta em que o tinha encontrado. Tudo o que eu precisava era do nome e tinha conseguido isso.

– Eu não conseguia dormir, então eu estava... ai!

Zayne se moveu incrivelmente rápido, parecendo desaparecer no batente da porta apenas para reaparecer bem na minha frente. Antes que eu pudesse deixar o frasco cair, ele fechou uma mão em volta do meu pulso.

– O que é isso? – ele perguntou enquanto levantava meu braço.

Meus dedos apertaram o frasco.
– Hã...
Ele inclinou a cabeça para o lado e suspirou.
– Layla.
Eu tentei me livrar do seu aperto, mas quando isso não funcionou, eu também suspirei.
– Tá bem. Vi Abbot com esse frasco há uns dias, e queria saber o que era. Era isso que eu estava procurando.
– Às três da manhã?
– Eu não conseguia dormir e estava na biblioteca quando tive a ideia. – Eu puxei meu braço novamente. – Eu não estava aqui tirando cópia dos segredos dos Guardiões ou matando bebês. Olha. – Eu mexi meus dedos até que ele pudesse ver a etiqueta manuscrita do frasco. – Eu não estou mentindo.
Seu olhar baixou e ele franziu a testa.
– Sanguinária?
– Você sabe o que é? – Se ele soubesse, melhor para mim, porque seria muito melhor que ele simplesmente explicasse do que ter de pesquisar naquele livro empoeirado de novo.
– Sim – Ele soltou meu braço e tirou o frasco dos meus dedos rapidamente, como um gato. – Você não deveria estar mexendo com isso.
– Por quê?
Com muito cuidado, ele colocou o frasco de volta na gaveta e a fechou. Em pé, ele me lançou um longo olhar.
– Vamos.
Teimosamente, meus pés colaram no chão.
– Me conta o que você sabe.
Zayne contornou a mesa e continuou.
– Layla, venha antes que alguém volte, veja você aqui e surte.
Ele tinha razão, e mesmo que eu estivesse sentindo uma vontade infantil de retrucar, eu a ignorei e o segui de volta para a biblioteca. Passando por ele, fui direto para a mesa enquanto ele fechava a porta.
Os meus olhos se arregalaram quando vi o suco de laranja, o livro e... a embalagem de massa de biscoito vazia. Eu me virei para Zayne.
– Você comeu minha massa de biscoito!
Um pequeno sorriso se abriu nos lábios dele.

– Talvez.

Eu suspirei enquanto pegava a garrafa de suco.

– Isso é tão errado.

Ele caminhou até a mesa e colocou as palmas das mãos na borda, inclinando-se para que ficássemos olho a olho.

– Vou comprar mais amanhã de manhã pra você.

– É bom mesmo – eu disse, parecendo mal-humorada e impertinente. E eu estava sentindo essas coisas porque ele estava perto, e só conseguia pensar no que Danika tinha dito e todas aquelas safadezas que eu estava imaginando e que me tiraram da cama. Eu me afastei da mesa.

Uma sobrancelha se ergueu enquanto ele me observava atravessar a sala.

– Você tá de péssimo humor.

Dei de ombros enquanto olhava para ele sobre a garrafa. Caindo no sofá parcialmente oculto pelas sombras, coloquei meu suco na mesinha lateral.

– Você vai me contar sobre a sanguinária?

– É só uma erva.

Peguei uma almofada e a coloquei sobre o meu colo.

– Isso eu imaginei.

– Na verdade, é bem perigosa. – Ele foi até o sofá, sentou-se e tirou suas botas e meias. Recostando-se contra o outro braço do sofá, ele se esticou da melhor maneira que podia, o que significava que me deixou com o pequeno espaço em que eu estava sentada. – Não tem muito efeito sobre demônios, só os deixa meio sonolentos. Mas pode matar um humano e nocautear e paralisar um Guardião por um tempo.

Meu coração apertou.

– Por que Abbot teria algo assim?

– Não sei. O frasco parecia antigo. Assim como muitos daqueles frasquinhos na gaveta. Ele pode ter guardado para um Guardião que fique fora de controle. Tipo com Elijah quando... – A frase morreu, e ele baixou o olhar.

Eu endureci um pouco enquanto meus dedos se apertavam na almofada. Foi a primeira vez que Zayne usou o nome do meu pai. Meu pai ausente. O Guardião que tinha dormido com Lilith, e que, depois de descobrir que tinha sido pai de uma criança, tentou fazer com que a criança fosse morta. Várias vezes. E eu era a criança. Abbot o tinha impedido quando eu era pequena e eu conseguia entender como a sanguinária podia ser útil.

– Enfim – disse Zayne, observando-me. – Vim pra casa mais cedo porque não tinha muita coisa acontecendo. E encontrei com Roth.

Um movimento tortuoso espremeu meu estômago.

– Encontrou?

Ele assentiu com a cabeça.

– Ele estava no meio das suas tarefas noturnas de perseguição, eu acho. Me encontrou perto de Foggy Bottom e queria saber como Abbot reagiu à história da porcaria da Igreja dos Filhos de Deus.

Eu me forcei a manter uma expressão neutra. Roth poderia facilmente ter mandado uma mensagem para mim ou me ligado para saber sobre isso. Mas não sei por que esperaria isso dele.

– É bom ver que vocês não tentaram matar um ao outro.

– Não diria que foi a conversa mais agradável do mundo. – Zayne se mexeu no sofá ao meu lado, cutucando minha coxa com o pé. Eu olhei para ele, minhas sobrancelhas levantadas. – O que tá acontecendo com você? – ele perguntou, afastando uma mecha de cabelo loiro da testa.

Segurando a almofada contra o peito, eu balancei a cabeça.

– Nada.

Ele se inclinou contra o braço do sofá, preguiçosamente apertando a nuca com uma mão. Os músculos sob sua camisa fina ficaram mais evidentes com o movimento.

– Algo tá te incomodando.

Às vezes eu realmente odiava que Zayne conseguisse me ler com tanta facilidade. Que quando ele olhava para mim, como estava fazendo naquele momento, eu sentisse como se ele pudesse descobrir todos os meus segredos só pelo olhar. Mas isso não significava que eu estava pronta para compartilhar nada agora.

Zayne suspirou.

– Você me evitou o dia todo hoje.

– Eu não.

– Você sim. – Ele fechou os olhos, dando um encolher de ombros. – Tem algo acontecendo contigo.

Enrolando um longo fio de cabelo em um dedo, eu fiz uma careta para Zayne mesmo que ele não conseguisse ver.

– Eu não estava te evitando. – Mentira deslavada. – Isso é apenas a sua insegurança falando.

Um olho se abriu.

– Como é?

– Você me ouviu – eu disse, tentando esconder meu sorriso. – Eu não estava te ignorando. Eu estava muito ocupada hoje.

O outro olho se abriu enquanto ele abaixava o braço, colocando-o na parte de trás do sofá. Eu tinha toda a atenção dele agora.

– Você não fez porcaria nenhuma hoje, só ficou no seu quarto e depois ficou olhando pra Izzy enquanto ela tentava morder teus pés. – Meus olhos se estreitaram. – Por que não conseguiu dormir?

Eu continuei enrolando meu cabelo em uma corda gigante.

– Eu só não consegui.

Alguns minutos de silêncio se passaram.

– Na verdade, estou feliz que você não esteja dormindo. Tem algo que eu quero falar com você. Tem a ver com Roth – Ele disse o nome do demônio como se fosse uma nova IST.

– Precisamos mesmo falar sobre ele?

– Sim. – Ele franziu a testa. – Para de mexer com seu cabelo.

Meus dedos se acalmaram e eu deixei minha mão cair, devolvendo sua carranca.

– O que tem Roth?

– Eu não confio nele. Não só porque ele é um demônio, mas por causa do que... bem, o que ele pode ou não significar pra você. – Ele ainda não havia desviado o olhar do meu rosto. – Ele... não importa. Eu sei que você vai vê-lo na escola, mas não quero que você saia por aí com ele sozinha.

Meu olhar se aguçou sobre ele. A frustração que eu senti mais cedo estava de volta, picando minha pele e fazendo Bambi ficar irrequieta.

– Ah é, porque era exatamente isso o que eu estava planejando fazer.

– Olha, eu não estou dizendo que você faria isso, mas eu sei que você vai querer saber mais sobre o Lilin e eu não quero você sozinha com ele.

Eu abri a boca para falar.

– Só porque eu não quero ver você se machucando ainda mais – ele acrescentou, e o que eu poderia realmente responder a isso? Poderia ser mais do que isso? Só Deus sabia o que Roth e Zayne tinham conversado, e agora que Zayne sabia tudo o que tinha acontecido entre mim e Roth, eu não conseguia imaginar o que ele estava pensando.

Por baixo dos meus cílios, vi Zayne se esticar fluidamente, como um gato de barriga cheia. Ele me protegia muito, mas isso não significava que estivesse com ciúmes ou apaixonado por mim.

– Além disso, tem outra razão pra eu ter voltado mais cedo – ele murmurou preguiçosamente. – Eu tinha certeza de que você sentia minha falta.

– Improvável. – Eu joguei a pequena almofada na cabeça dele. Um segundo antes de bater no seu rosto, ele a pegou no ar. – De jeito nenhum.

Ele apoiou a almofada atrás do pescoço, me olhando.

– Péssima mentirosa. – Zayne não tinha noção do quão próximo suas palavras ecoavam as de Roth, e não era eu quem iria contar isso a ele.

– Eu não estou mentindo.

Seus lábios se contorceram como se ele quisesse sorrir.

– Aham.

Eu me inclinei para frente, derrubando suas pernas do sofá. Seus pés bateram contra o chão. Ele as ergueu de volta.

– Não seja malcriada, Laylabélula.

Olhando para longe, eu inspirei profundamente, desconfortável com a inquietação que estava sentindo.

– Não me chame assim. Eu não sou mais uma garotinha.

– Acredite, eu sei que você não é.

Eu me virei para ele, prestes a dizer algo sarcástico, mas as palavras ficaram presas na minha língua. Ele não estava brincando. Cacete, ele estava falando sério. E *aquele* olhar, a maneira como seus olhos estavam nebulosos e sua boca estava entreaberta, remetia a algo que eu não estava acostumada, mas que tinha visto nele no dia em que ele entrou no meu quarto quando eu estava me despindo.

Olhamos um para o outro em silêncio. Nada e tudo mudou entre nós em um instante. Uma tensão espessa pairava no ar, assentando sobre mim como um cobertor muito quente. Seus olhos brilhavam como duas safiras na luz fraca, provocando-me um arrepio, embora eu me sentisse ficando vermelha novamente.

Ele se ergueu um pouco e, mais uma vez, pensei no que Danika tinha dito.

Eu queria sair dali.

E foi isso que eu fiz. Ficando em pé rapidamente, eu passei as mãos sobre meu cabelo, esperando que ele não notasse como elas tremiam.

– Toda essa conversa me cansou. Vou pra cama. Boa noite.

Zayne ergueu uma sobrancelha para mim e permaneceu no sofá.

Eu praticamente corri da biblioteca e subi as escadas. O que diabos tinha acontecido ali? Eu não sabia, mas reconheci a sensação pesada e sem fôlego no meu peito. Tinha que ser a falta de sono e a minha imaginação hiperativa.

Uma vez dentro do quarto, tirei o casaco e as meias, forçando minha mente a se esvaziar. Não foi fácil. Enquanto eu puxava as cobertas, a porta do meu quarto se abriu, fazendo-me dar um gritinho.

Ainda descalço, Zayne entrou pela porta, cruzando os braços em seu peito. E se eu estivesse nua? Minhas bochechas ficaram vermelhas quando percebi que a camiseta fina que eu usava não escondia muita coisa.

Lutando para não cruzar meus braços sobre meus seios, eu me mantive imóvel.

– O que você quer agora?

– Nada. – Ele foi até a minha cama e se jogou, esticando o corpo. Ele deu tapinhas no lugar ao lado dele. – Vem cá.

– Zayne...? – Eu me mexi desconfortavelmente, querendo ao mesmo tempo fugir do quarto e pular na cama ao lado dele. – Você tá sendo irritante hoje à noite.

– Você é irritante todas as noites – Ele deu tapinhas na cama mais uma vez, uma mecha de cabelo caindo sobre seus olhos. – Para de agir tão estranha, Layla.

Como era eu que estava agindo estranho? Então tá. Talvez eu estivesse sendo um pouco nervosa. Ele se deitando na minha cama como se fosse a dele não era novidade. Quer dizer, ele dormiu ali apenas alguns dias atrás.

Mas tudo parecia diferente depois do que Danika disse.

– Você vem? – ele murmurou, observando-me. Respirando fundo, eu subi na cama. Ele se deitou de lado, sua perna roçando contra a minha. – Short bonito.

Claro que ele notaria meus shorts da Hello Kitty.

– Será que você pode não falar nada?

Ele riu.

– Você tá mesmo bem de mal humor hoje. É por causa da massa de biscoito amanteigado?

Virei-me de lado, ficando de frente para ele. Havia pouco espaço entre nós e fechei a boca, mas a coisa mais estranha aconteceu quando nossos olhos se encontraram. Perdi o fôlego enquanto olhava para aquele rosto que eu conhecia como a palma da minha mão. Eu podia fechar os olhos e ainda conhecer cada uma de suas expressões, exceto aquela que ele tinha agora. Esta era algo novo, totalmente desconhecido.

E foi assustador, incrivelmente aterrorizante, porque eu nunca tinha considerado seriamente que Zayne pudesse retribuir qualquer um dos meus sentimentos nada normais por ele. Foi assustador por causa do que eu *queria* fazer com ele, o que eu *poderia* fazer com ele. E mais, tinha Roth e a sensação estúpida e irracional de que eu estava fazendo algo errado. Ele praticamente se sacrificou por mim... e depois me disse que nada do que ele tinha dito ou feito importava quando se tratava de mim.

Deitando de costas, olhei para o teto. Meu peito se mexia em respirações curtas e descompassadas. O cheiro dele invadia meus sentidos. Meus dedos descansavam sobre a minha barriga, contraindo-se.

– O que tá acontecendo, Laylabélula? – ele perguntou.

– Nada – sussurrei.

– Conversa fiada. – Zayne se mexeu de repente, levantando-se com um braço de uma maneira tão rápida que o ar deixou meus pulmões em uma arfada de susto. Ele olhava para mim, os lábios entreabertos como se estivesse prestes a falar, mas ele parecia perder a noção do que ia dizer. Tudo bem. Também não fazia ideia do que estávamos falando.

Havia apenas meros centímetros separando nossos corpos. Estávamos tão perto que as pontas de seu cabelo roçavam minhas bochechas. Seu olhar caiu no decote da minha blusa. Estava puxado para baixo, revelando mais do que o que eu deveria estar confortável. A cabeça de Bambi estava descansando no volume do meu seio direito. De novo.

– Ela realmente gosta de colocar a cabeça aí, né? – A voz de Zayne era áspera.

– Acho que é macio pra ela. – No momento em que aquelas palavras saíram da minha boca, eu queria me chutar no meu peito macio.

– Credo – eu grunhi. – Às vezes eu preciso...

Zayne colocou um dedo no meu queixo, silenciando-me. Aquele leve toque carregava uma enxurrada de sensações: fome, necessidade, um anseio tão intenso que me abalou até o âmago.

– Faz sentido. – Fazendo uma pausa, ele engoliu em seco enquanto seu olhar traçava o detalhe da tatuagem demoníaca. – Aposto que é um lugar... macio.

Aquela conversa era... caramba. Realmente sem palavras.

– Por que você fica com esse colar? – ele perguntou, tocando levemente a corrente.

Foi uma luta para conseguir falar.

– Eu... eu não sei.

Suas feições se fecharam por um momento e então ele pareceu se libertar do que quer que estivesse sentindo. A verdade sobre o porquê de eu guardar o colar não tinha nada a ver com minha mãe, mas então sua mão se moveu, deslizando um dedo pelo meio do meu pescoço, sobre a elevação da minha clavícula e depois direto para onde Bambi descansava, parando um mero centímetro de sua cabeça.

Ah meu Deus.

Meu coração batia tão rápido no meu peito que parecia um beija-flor prestes a levantar voo. Um peso se instalou no meu peito, a pressão era forte, mas agradável. Então seu dedo se moveu novamente, deslizando pelo contorno da cabeça de Bambi.

Ela se moveu ligeiramente, virando-se para o toque como um animal de estimação buscando mais carinho. Eu puxei o ar enquanto molhava meu lábio inferior. Devia ficar mais chocada por ele estar me tocando tão intimamente ou por estar tocando Bambi? Ou que Bambi não estava saindo da minha pele e tentando comê-lo? Realmente não importava, porque cada terminação nervosa do meu corpo formigava.

Ele traçou as escamas delicadas ao redor das narinas de Bambi, e, quando eu estremeci, seu olhar se ergueu, prendendo o meu. Havia tanto calor e intensidade naqueles olhos de cobalto que não havia dúvidas sobre o que significava.

Era como o olhar da noite em que Zayne me viu de sutiã.

Um lado de seus lábios se curvou para cima, e meu coração pulou no meu peito. Seu olhar se voltou para onde Bambi descansava, para onde seu dedo estava ociosamente traçando as escamas em movimentos suaves.

— Não é como eu pensei que seria. A pele tá só ligeiramente elevada, mas realmente é como uma tatuagem.

Com a boca seca, fechei os olhos enquanto o dedo dele se movia sobre a cabeça da cobra, aproximando-se da rendinha que decorava a bainha da minha blusa. Eu não usava nada por baixo, e ele estava tão, tão perto.

— Ela gosta disso? — ele perguntou, sua respiração quente no espaço entre nossos lábios.

Acenei com a cabeça, deduzindo que sim, porque ela não estava tentando matá-lo.

— E você?

A pergunta passou por mim com a força de um furacão destrutivo. Meus olhos se abriram rapidamente e minha respiração veio em intervalos curtos. Ele ainda estava tão perto, seu cabelo fazendo cócegas em minhas bochechas e seu dedo se arrastando mais para baixo, seguindo a curva de Bambi, sob a renda da minha blusa.

Seus cílios se levantaram novamente e seu olhar colidiu com o meu. Eu não tinha ideia de como acabamos aqui. Sua mão parou e ele esperou, e não havia como negar a força motriz por trás da pergunta. Se eu dissesse não, ele se afastaria. E se eu dissesse que sim, então... eu não conseguia nem pensar nas possibilidades.

Se eu dissesse que sim, tudo mudaria. Mudaria de maneiras que eu não poderia nem imaginar, de um jeito que eu realmente nunca acreditei que poderia acontecer entre nós. Meu coração batia muito rápido, e um tipo estranho de calor se acumulava no fundo do meu corpo.

— Sim. — A palavra mal era um sussurro, mas Zayne me ouviu.

Ele inalou bruscamente enquanto movia a mão para a alça fina da minha blusa. Seus olhos nunca deixaram os meus.

— Posso ver o resto dela?

Meu ritmo cardíaco entrou em velocidade máxima. Eu estava sonhando? Eu caí das escadas e quebrei a cabeça? Parecia mais provável do que isso estar acontecendo. Ver o resto de Bambi significava ver o resto de *mim*. Ou pelo menos metade do resto de mim.

Abri a boca, mas nada saiu. Meu olhar se concentrou no contorno de sua boca, fixando-se na maneira como seus lábios se abriam, e eu não pude deixar de me perguntar como seria tocá-los, qual seria o gosto.

Só na parte mais distante da minha mente é que eu percebi que queria provar Zayne, e não a alma dele.

Bambi sacudiu a cauda ao longo da minha cintura, como se estivesse impaciente com tudo isso e querendo ser exibida. Incapaz de encontrar coragem para falar, acenei com a cabeça novamente.

O olhar febril de Zayne desceu enquanto ele deslizava a alça pelo meu ombro. A blusa estava tão frouxa e era tão fina que não foi preciso o menor esforço para movê-la. Em segundos, as alças acabaram nos meus pulsos, o material se juntando onde minhas mãos se uniam sobre a minha barriga.

Senti seu olhar enquanto ele se embebedava nos detalhes de Bambi e do resto de mim – cada pedacinho exposto. Foi como uma carícia enquanto seu olhar percorria pelo longo e elegante trecho do pescoço da cobra entre os meus seios até a maneira como ela se enroscava logo abaixo da minha caixa torácica.

– Layla – ele falou, rouco, e o som fez meus dedos dos pés se dobrarem.

Eu parei de respirar quando a sua mão seguiu o caminho de Bambi, e o desejo e a fome que eu estava sentindo aumentaram até que cada parte do meu corpo parecia um fio elétrico. Tudo fora daquele quarto deixou de existir – cada problema, preocupação ou questão. Tudo desapareceu enquanto sua mão se movia novamente e as minhas costas se arqueavam para fora da cama. Um som ofegante me escapou, misturando-se com a respiração irregular de Zayne.

Seu toque era leve, reverente, enquanto explorava as formas do meu corpo. Ele fazia isso com tanta delicadeza que foi como se fosse sua primeira vez, embora eu soubesse, pelo menos achasse, que não poderia ser o caso. Com sua aparência e sua personalidade, deve ter havido momentos em que ele estava caçando e tinha conhecido alguma garota.

Mas isso não importava quando ele se mexeu para baixo, sua cabeça descendo para perto de onde a cabeça de Bambi descansava. Havia uma boa chance de que isso pudesse dar terrivelmente errado, mas minhas mãos se fecharam em punhos e eu mordi o lábio com tanta força que um gosto metálico encheu minha boca ao primeiro toque suave de seus lábios contra...

A porta do quarto se abriu, batendo na parede com uma força que sacudiu o cômodo como um trovão. Zayne saltou de mim para o chão em segundos. Ele rodopiou e eu me sentei, puxando minha camisa para cima com o coração na garganta. Estávamos tão encrencados, e íamos ter tantos problemas.

Mas quando levantei o olhar, não havia ninguém na porta, nada do lado de fora exceto o longo e escuro corredor e todas as sombras da noite.

Zayne atravessou o quarto, agarrando a lateral da porta e olhando para o corredor. Enquanto ele se endireitava e a fechava, balançou a cabeça.

– Não tem nada aqui.

Eu estremeci quando uma brisa fria, quase congelante, soprou na minha pele. Eu olhei pelo quarto, não vendo nada fora do comum.

– Isso é... – Eu limpei minha garganta. – Isso é tão esquisito.

Zayne passou os dedos pelo cabelo – dedos que tinham acabado de me tocar. Ele se virou para mim, com o peito subindo e descendo pesadamente. Começou então a dar um passo em minha direção, mas parou. A maneira como ele olhou para mim... todo o meu corpo estava enrubescido.

– Eu... eu acho que devo ir embora.

Eu não queria isso. Queria que ele voltasse para mim, mas não seria inteligente e a coisa mais esperta seria deixá-lo sair do quarto. Puxando o cobertor, eu me forcei a concordar com a cabeça.

Zayne olhou para mim por mais um momento e depois engoliu em seco antes de se virar e silenciosamente sair do quarto. Fiquei onde estava quando a fria realidade da situação voltou. Não importava o que eu sentia por ele ou ele por mim, investir em qualquer coisa com Zayne era perigoso.

E nunca seria possível.

Capítulo 14

— Sabia!

Olhei para Stacey enquanto ela olhava para o espelhinho preso à porta do seu armário e penteava a franja com os dedos. A necessidade de falar com alguém sobre o que tinha acontecido com Zayne me levou a praticamente me jogar em cima de Stacey na segunda-feira de manhã. Contei-lhe tudo o mais silenciosamente e o mais rápido possível, começando por Danika e terminando com toda a maravilha do peito nu. Menos a parte da tatuagem.

— Como você sabia?

Ela me lançou um olhar sabichão.

— Bem, a maneira como ele tratou Roth. Era bastante óbvio que o cara não tá nem um pouco interessado em te ver com qualquer outra pessoa.

Eu saí do caminho de uma garota correndo pelo corredor.

— Ele só não gosta de Roth.

Stacey revirou os olhos.

— E faz sentido que ele tenha finalmente tentado algo. Ele tem concorrência.

Meus lábios formaram um O. Eu realmente não tinha pensado nisso dessa maneira. Será que, por causa de Roth, Zayne estava finalmente me vendo como algo além da menininha escondida no armário? Ou ele sempre me viu de forma diferente, mas só estava agindo agora porque achava que tinha outro cara no páreo?

Eu disse a mim mesma que isso não tinha importância porque não poderíamos ficar juntos. Abbot teria um derrame e a gente sequer poderia se beijar, mas, mesmo assim, aquilo ocupou os meus pensamentos quando começamos a andar para a aula de biologia.

– Não deveria ser tão difícil pra você acreditar que Zayne tá a fim de você. Você é uma garota muito bonita, Layla. Do tipo que os caras...

– Não diga do tipo que os caras querem colocar no bolso, porque isso é muito esquisito.

Stacey riu enquanto me dava um empurrãozinho com seu quadril.

– Ok. Só estou dizendo que essa coisa com Zayne não é complicada. Não é como se Danika estivesse armando pra você ou algo assim, e Zayne... – Ela abaixou a voz. – ...ele te *tocou* de uma maneira totalmente não platônica. É simples. Vai fundo.

Vai fundo.

Eu balancei a cabeça mesmo quando meu coração começou a disparar.

– É complicado.

– Não, não é. – Parando em frente à porta da sala, seus olhos se arregalaram. – Eu tenho a ideia mais perfeita da história das ideias.

Eu arqueei uma sobrancelha. Vindo de Stacey, isso era meio assustador e provavelmente envolvia risco de cadeia.

– O que é?

– Sabe como você armou pra mim e Sam no feriado de Ação de Graças, com a ida ao cinema? – Seus olhos brilharam de emoção. – Você devia convidar Zayne e deixar claro que é um encontro.

– Um encontro? – falou uma voz arrastada e grave. A gente se virou para ver Roth sorrindo para nós. – Que fofo. Quem vai pagar a pipoca?

Irritação espetou a minha pele enquanto eu olhava para seus zombeteiros olhos cor de âmbar. O fato de eu não ter reparado que ele estava perto era prova do quão desnorteada eu estava. Droga, eu estava tão fora de mim que estava usando palavras como *desnorteada*.

– Ouvir a conversa dos outros é falta de educação.

Ele deu de ombros.

– Bloquear a porta da sala também é falta de educação.

– Que seja. – Virei-me, pronta para deixar Stacey entrar, quando ele me parou.

– Na verdade, eu queria roubá-la por um segundo – disse ele, olhando para Stacey, que estava no impulso de lhe lançar um olhar atravessado muito assustador. – Se é que você não se importa?

Stacey cruzou os braços.

– Duvido que ela queira ser roubada por você.

— A verdade nua e crua — eu disse, sorrindo com força.

— Acho que ela vai mudar de ideia. — Roth olhou para mim cheio de urgência. — É *importante*.

O que significava o Lilin, ou um demônio, ou Guardião, ou outra coisa com a qual eu realmente não queria lidar. Suspirei enquanto caminhava para o lado. Stacey me encarou boquiaberta, e eu fiz uma careta.

— Tá tudo bem.

Ela estreitou os olhos em Roth.

— Não me faça te odiar mais ainda.

As sobrancelhas de Roth subiram quando ela entrou na aula de biologia.

— O que você disse a ela sobre mim?

Eu dei de ombros.

— Na verdade, eu não disse muita coisa. Ela deve ter juntado dois e dois por conta própria e ter concluído que você é um idiota.

Seu olhar deslizou de volta para mim e ele sorriu.

— Ai, baixinha.

— Aham, como se isso realmente te incomodasse. — Olhei pela janelinha na porta que levava à sala. O sr. Tucker já estava em sua mesa — será que a sra. Cleo não ia voltar? — e a gente só tinha um minuto, no máximo, antes do sinal dos atrasados. — O que você queria?

Pescando algo em seu bolso, ele tirou um fino pedacinho de papel amarelo, sacudindo-o na minha frente.

— Adivinha o que eu descobri?

— Claramente não foi uma personalidade melhor — observei.

— Ha. Que engraçado. — Ele esfregou a lateral do papel no meu nariz e sorriu quando eu o afastei com um tapa. — Eu consegui o endereço da casa de Dean.

— Ah. Uau. Isso foi rápido.

— Foi.

Eu não queria perguntar como ele tinha conseguido. Tinha certeza de que envolvia ele deslizando para o escritório da diretoria e fazendo algo desagradável. Eu levantei uma mão para pegar o papel com o endereço, mas ele o puxou do meu alcance. Eu franzi a testa.

— Eu preciso do endereço pra que Zayne e eu possamos ir lá.

– Você e o Pedregulho? – Roth riu enquanto colocava o papel de volta no bolso.

Meus olhos se estreitaram.

– Sim.

– Você acha que vocês vão se divertir sem mim? Pense de novo. Vamos fazer um ménage. – Ele sorriu perversamente quando revirei os olhos. – Hoje. Depois da escola. Você e seu ficante gárgula podem me encontrar lá fora.

Eu queria dizer não, mas ele piscou para mim e deu uma batidinha no bolso quando se virou e entrou na sala.

Isto ia ser muito divertido.

Desde o momento em que Roth entrou no banco de trás do Impala, eu sabia que esta pequena viagem improvisada acabaria mal. Mesmo que os dois concordassem que precisávamos trabalhar juntos, ninguém iria facilitar.

Não era como se fosse esperado que eles dessem as mãos e cantassem "Kumbaya" juntos.

Já havia constrangimento entre mim e Zayne. Adicionar Roth nessa situação só a tornava umas dez vezes mais dolorosa. Se Zayne achou que eu o estava ignorando no sábado, não havia dúvidas de que eu o tinha evitado no domingo. Eu sequer sabia como olhar para ele sem que cada centímetro quadrado do meu corpo corasse.

– Temos mais três quarteirões até lá. Ele mora em uma daquelas casas antigas – disse Roth, com um braço apoiado na parte de trás dos nossos assentos. – Mas isso é se você conseguir, sei lá, dirigir a uma velocidade que não nos leve o resto do *ano* pra chegar lá.

– Cala a boca – Zayne respondeu.

– Só estou falando – ele continuou. – Tenho certeza de que o cara que Dean socou até desmaiar consegue andar mais rápido do que você tá dirigindo.

– Cala a boca – eu disse.

Eu vi seu olhar estreito no espelho retrovisor e sorri largamente para ele. Ele se sentou para trás, uma pontada de petulância tomando conta de suas feições. Roth permaneceu quieto pelo resto da viagem.

Zayne encontrou a casa e conseguimos espremer o carro em uma vaga de estacionamento algumas casas à frente.

Folhas marrons e douradas balançavam suavemente na brisa enquanto caminhávamos pela calçada. Os degraus que levavam à varanda eram desgastados e rachados, assim como a fachada da casa.

Zayne deu a volta em Roth e pegou a aldrava de ferro, ignorando o olhar descontente que o príncipe enviou em sua direção.

– Para com isso – murmurei para Roth enquanto a porta se abria.

Uma mulher mais velha apareceu. Seu cabelo ruivo grosso estava amarrado para trás, mas várias mechas mais curtas estavam soltas por todo o topo de sua cabeça. Linhas finas cercavam seus olhos castanhos e seus lábios rosa pálido. Ela parecia cansada, abatida, na verdade, e enquanto seu olhar se movia entre Zayne e Roth e depois de volta, ela passou uma mão sobre seu suéter de malha cinza.

– Posso... posso ajudá-los? – ela perguntou, finalmente fixando os olhos cansados em mim.

– Sim. Somos... amigos de Dean e queríamos ver se a gente podia falar um pouco com ele – eu respondi.

Ela dobrou as mãos sobre as bordas do suéter, puxando-as para perto de seu corpo.

– Dean não pode ver ninguém agora. Lamento, mas terão de voltar quando ele não estiver de castigo pelo resto da vida.

– Veja bem, isso é um problema pra gente – Roth respondeu com suavidade enquanto tirava Zayne do caminho. No momento em que a sra. McDaniel fixou os olhos em Roth, as linhas tensas de seu rosto relaxaram. Quando ele falou novamente, sua voz era tão suave quanto chocolate quente. – Precisamos falar com Dean. Agora.

Zayne endureceu quando olhou para Roth, mas não disse nada, porque a menos que estivéssemos planejando invadir a casa, um pouco de persuasão demoníaca era necessário.

E funcionou.

Balançando a cabeça lentamente, ela se afastou e, quando voltou a falar, sua voz era suave e retraída.

– Ele tá no andar de cima. O segundo quarto à esquerda. Gostariam de algo pra beber? Biscoitos?

Roth abriu a boca para responder, mas eu avancei.

– Não. Isso não será necessário.

A expressão do demônio desabou.

A sra. McDaniel acenou com a cabeça mais uma vez e depois se virou, andando suavemente por uma porta, cantarolando *Paradise City* baixinho.

Meu estômago despencou para algum lugar perto dos meus joelhos com a melodia familiar. Não ouvia Roth cantarolar aquela música desde que tinha voltado e, por um momento, tudo o que eu conseguia fazer era olhar para ele.

– Eu realmente teria gostado de um biscoito – murmurou Roth, subindo as escadas dois degraus de cada vez.

Zayne revirou os olhos.

– Que pena.

Voltando à realidade, eu segui os rapazes pelas escadas. O corredor era estreito e mal iluminado. Papel de parede bege e velho se descascava ao longo da moldura branca. Quando nos aproximamos da segunda porta à esquerda, uma sensação de incerteza se ondulou ao longo da minha coluna e uma pressão estranha circundou meu pescoço, sufocante. Havia um certo peso no ar, como um cobertor de lã sufocante em um dia quente de verão. Olhei para Zayne e percebi por seus ombros tensos que ele sentia o mesmo.

A sensação era da presença do mal, o mais puro mal. Não havia outra maneira de descrever aquilo.

Quando Roth abriu a porta sem sequer se incomodar em bater, a sensação aumentou. A parte Guardiã em mim estava ansiosa para fugir deste fedor ou eliminá-lo, mas a parte demônio? Estava curiosa.

Os dois rapazes pararam na minha frente, bloqueando minha visão do quarto. Eu tive que espreitar em torno de Zayne para ver alguma coisa. O quarto era uma contradição gigante. Metade era arrumada. Livros empilhados ordenadamente, papéis organizados em pastas que davam a impressão de que alguém tinha se empolgado demais com a etiquetadora. Uma banqueta estava posicionada diante de um telescópio apontado para a janela. O outro lado do quarto parecia como se um furacão o tivesse atravessado. Havia roupas espalhadas pelo chão. Embalagens de comida chinesa consumidas pela metade estavam jogadas ao acaso em uma poltrona redonda. Uma pilha de garrafas de Mountain Dew chegava quase à beirada da cama.

E na cama estava Dean McDaniel.

Ele estava deitado de costas, usando apenas suas meias lisas e calção azul. Fones de ouvido cobriam suas orelhas e seus pés se moviam ao som de uma batida que não podíamos ouvir.

Dean estava ciente de nós. Seu olhar com pálpebras pesadas deslizou em nossa direção e, em seguida, de volta ao teto, descartando definitivamente nossa presença. Segui o olhar dele e ofeguei.

Haviam... caramba, desenhos de círculos com estrelas através deles. Linhas que se juntavam para formar figuras que eu tinha visto na *Chave Menor de Salomão*.

Roth olhou para o teto por um momento e depois caminhou até a cama. Ele tirou os fones de ouvido da cabeça de Dean.

— Nos ignorar é muito mal-educado.

O menino na cama – o mesmo menino que sempre andava quieto e abria as portas para outros alunos – sorriu enquanto cruzava os braços atrás da cabeça.

— Tenho cara de quem se importa?

— Tenho cara de quem não vai arrancar sua cabeça fora? – respondeu Roth.

— Opa – eu disse, lançando-lhe olhar. – Isso não tá ajudando.

Dean olhou para mim e se sentou. Ele colocou a mão entre as pernas e fez uma coisa que fez as minhas orelhas queimarem.

— Você é mais do que bem-vinda a ficar aqui, gatinha. Mas esses dois babacas podem pegar a estrada.

Minha boca se abriu.

— Ok. Pode começar o arrancar de cabeças.

Roth abriu um sorrisinho.

— A gente não se conhece. – Zayne deu um passo em direção à beira da cama, aparentemente tentando ser a voz da razão. – Meu nome é...

— Eu sei o que você é. – Dean se deitou de costas. – *Magnam de cælo, et tu super despectus*.

— E agora ele fala latim? – Isso não estava dando em nada. – O que ele disse?

Roth riu.

— Algo que não vai deixar o Pedregulho feliz.

— E eu sei por que vocês estão aqui. Não vão conseguir merda nenhuma de mim. Então já sabem onde é a porta — Ele olhou para mim. — Mas, como eu disse, você pode...

— Termine essa frase, e você vai ficar mancando pelo resto da vida — eu avisei, e Zayne sorriu. Enquanto olhava para Dean, tentei ver o garoto quieto da escola, mas ele me encarava como um homem de 45 anos que tinha bebido demais. — Você ainda tá aí, Dean?

— Acho que sabemos a resposta pra isso — disse Roth, ajoelhando-se ao lado da cama. Dean voltou sua atenção para ele. — Seja lá qual for o pedacinho de humanidade que resta nele, eu com certeza não consigo ver.

Eu não podia acreditar nisso. A ideia de que esse garoto seria lentamente despojado da sua alma me enojava. Talvez tenha sido perto demais da minha realidade. Eu não tinha certeza, mas não queria acreditar que era impossível. Eu fui para a frente de Zayne.

— Você sabe quem fez isso com você?

Dean ficou parado por um momento e então saltou da cama, tão rápido que não passou de um borrão por um instante. Eu não tinha certeza se ele estava vindo na minha direção ou não, mas Zayne o interceptou, pegando o garoto pelo ombro. Um empurrão forte e Dean caiu de bunda na cama.

— Tente isso de novo e você não vai gostar do que vai acontecer.

Dean inspirou o ar de uma maneira irregular e, em seguida, um grande tremor percorreu o seu corpo, agitando sua estrutura franzina. Ele se deitou de lado, colocando os joelhos sob o queixo. Seu corpo inteiro tremia como se alguém estivesse sacudindo a cama.

— É constante — disse ele, levantando as mãos para cobrir os ouvidos.

O meu pulso acelerou.

— O que é constante?

— Aquela *coisa*. Eu ouço aquela *coisa* o tempo todo — Seus dedos se emaranharam em seu cabelo. — Nunca para. Nunca me dá uma trégua.

— Que coisa? — perguntou Zayne.

O rosto do garoto se contorceu e suas bochechas empalideceram.

— Aquela *coisa* não para nunca.

— Acho que ele tá sofrendo. — Procurei ajuda em Zayne. — O que a gente pode fazer?

As sobrancelhas de Zayne se ergueram.

– Ele não tá possuído. Dá pra saber olhando pros olhos dele.

– O problema dele é que ele já perdeu uma boa parte da alma e isso provavelmente deve ser como levar um tiro. – Balançando a cabeça, Roth se levantou fluidamente. – Dean, precisamos que você nos diga o que aconteceu com você.

– Eu não entendo – ele gemeu.

Ele ainda estava se balançando de um jeito que me fazia querer pegá-lo no colo e segurá-lo, apesar de seu comportamento anterior. Roth fez a pergunta de novo e Zayne a repetiu. Nenhum deles obteve uma resposta coerente.

Eu me aproximei da cama.

– Quando começou, Dean?

A princípio, Dean não respondeu, mas então, disse:

– Dias e dias atrás.

Roth olhou para mim e acenou com a cabeça para que eu continuasse.

– Onde isso começou? Na escola?

– Sim – Dean grunhiu. – Começou lá.

Zayne se afastou, ficando ao meu lado.

– Alguém fez isso começar? – perguntei.

O balançar de Dean diminuiu quando ele abaixou as mãos, revelando um olhar sombrio. Eu me remexi, desconfortável com ele olhando fixamente na minha direção. Ele me encarava como se eu já devesse saber a resposta, mas isso não fazia o menor sentido.

Quando ele não respondeu, Roth colocou uma mão em seu ombro nu. Dean se contorceu na cama como se tivesse sido marcado com um atiçador em brasa. Sua boca se abriu e ele uivou alto, como um animal ferido.

– O que você fez? – exigiu Zayne.

Roth puxou a mão de volta.

– Eu não fiz porcaria nenhuma.

Eu me virei quando a porta do quarto se abriu. A mãe de Dean entrou, obviamente já fora de qualquer que fosse o transe em que Roth a tinha colocado.

– O que vocês estão fazendo? O que fizeram com meu filho?

— Merda — Roth murmurou enquanto se dirigia para a mãe de Dean. Apertando o rosto dela entre as mãos, ele parou a avalanche de perguntas. — Shh, tá tudo bem. Seu filho tá bem.

A Sra. McDaniel tremeu.

— Não, ele não está — ela sussurrou, o som quebradiço da sua voz apertando meu coração. — Ele é um bom menino, mas ele não tá bem. Ele não tá nada bem.

— Estamos aqui pra ajudar — eu disse, aliviada ao perceber que Dean tinha parado de uivar.

Roth enrijeceu, mas manteve o olhar fixo nela.

— Tá tudo bem. Você só precisa descer e preparar o jantar. Cachorro-quente seria ótimo.

Depois de um momento tenso, a sra. McDaniel se afastou e saiu do quarto, mais uma vez cantarolando a canção de Roth. Soltando a respiração que eu estava prendendo, voltei-me para Dean. Ele estava segurando seus fones de ouvido.

— Dean...

— Vão embora — Dean disse, e quando não nos movemos, ele levantou os olhos e um frio se espalhou pela minha pele. Havia algo vazio em seu olhar. — Vão embora.

Zayne se manteve firme.

— Precisamos...

— Vão embora! — Dean estava de pé e ele levantou o braço, jogando os fones de ouvido direto na cabeça de Roth. — Saiam daqui!

A mão de Roth se ergueu, pegando os fones de ouvido antes que o atingissem no nariz. O plástico foi esmagado em seu punho e depois jogado no chão.

— Eu realmente odeio quando as pessoas jogam coisas na minha cara.

O garoto não parecia se importar. Ele se voltou para Zayne e o atacou. Zayne deve ter visto algo no olhar do garoto porque ele se transformou. A camisa se rasgou das costas ao peito. A pele de granito substituiu a carne humana. Asas se abriram, parecendo ocupar todo o quarto. Zayne pegou Dean e o girou, encaixando um bíceps enorme sob seu pescoço.

Dean enlouqueceu. Chutou e arranhou o ar enquanto chiava um fluxo constante de latim.

– Exibido – disse Roth, revirando os olhos. – Como se você precisasse se transformar pra isso.

Zayne o ignorou enquanto os músculos de seus braços flexionavam sob o pescoço de Dean, cortando o som desumano que emanava do garoto. Rapidamente, Dean se acalmou, seus braços e pernas relaxando. Ele acabou apagando.

Voltando para sua forma humana depois de colocar Dean na cama com cuidado, Zayne olhou para sua camisa esfarrapada.

– Desculpa, mas acho que não íamos tirar muita coisa dele depois disso.

– A gente não conseguiu tirar muito dele de qualquer maneira – Roth respondeu, curvando os lábios enquanto olhava para o garoto inconsciente. – Tudo o que ele fez foi confirmar que entrou em contato com o Lilin na escola.

– Isso já é alguma coisa, certo? – eu disse.

Nenhum dos dois respondeu. Quando saímos da casa dos McDaniels, não pude deixar de me sentir um pouco derrotada. Não sabia o que esperava ao vir aqui, mas não pensei que veria Dean daquele jeito. Nenhum de nós fazia ideia do que Dean poderia estar ouvindo.

Uma vez dentro do Impala, Roth se inclinou para frente e cutucou o meu ombro.

– Você não devia ter dito o que disse lá na casa.

Vi a carranca de Zayne enquanto me virava para Roth.

– O que você quer dizer?

– Quando você disse à mãe dele que poderíamos ajudá-lo – ele disse, um brilho estranhamente sério em seus olhos âmbar. – Você não deveria ter dito isso.

Meu estômago despencou.

– Por quê?

– Eu não acho que possamos ajudá-lo. Em nada.

Capítulo 15

— Eu tenho uma ideia.

Quando Roth falou essas palavras no início da aula de biologia na terça-feira, eu estava instantaneamente preparada para uma quantidade absurda de insanidade, especialmente após a nossa visita a Dean.

— Que seria?

— Já que não chegamos a lugar algum com Dean ontem, eu estive pensando. — Ele abaixou a cabeça e falou baixinho: — Ninguém verificou a antiga quadra de esportes, não é?

— Até onde eu sei, não desde aquela noite. E daí?

Seus olhos brilhavam.

— Quem sabe que tipo de evidência a gente poderia encontrar por lá, já que foi onde o Lilin nasceu. Não faz mal dar uma olhada. Achei que você estaria interessada em ir lá na hora do almoço.

Abri a boca para responder, mas voltei a fechá-la. Foi exatamente isso que Zayne me pediu para não fazer. Certo, verificar a quadra nas entranhas da escola não era exatamente sair por aí com Roth.

— Eu sei que você não quer ficar parada e nos deixar cuidar disso — ele incitou, inclinando a cabeça para o lado. — Pelo menos a Layla de que me lembro era mais do tipo que se envolvia nas coisas, não alguém que preferia ser deixada de lado.

Meus olhos se estreitaram.

— Eu sei o que você tá fazendo. Você tá tentando me induzir a ir com você.

— E tá funcionando?

Eu suspirei.

— Sim.

— Perfeito — ele respondeu, virando-se em direção à porta da sala. Ele a manteve aberta para mim. — Vai ser um *encontro*.

Quando ele riu, eu sabia que havia uma boa chance de eu matá-lo e esconder seu corpo atrás das arquibancadas da antiga quadra.

Em vez de ir almoçar como uma pessoa normal, deixei minha bolsa no armário e fui na direção oposta. Tinha passado a maior parte da manhã dizendo a mim mesma que eu não estava fazendo nada de errado e que assim que encontrasse com Zayne depois da escola, iria lhe contar que tínhamos ido até a antiga quadra.

O corredor estava vazio e as conversas por trás das portas fechadas eram abafadas. Acima, a bandeira vermelha e dourada ondulava suavemente já que o calor tinha começado. Quando passei pelo laboratório de informática, a porta se abriu e Gareth tropeçou para fora.

Suas pernas e cérebro pareciam não estar conectados. Ele cambaleou para o lado, apoiando-se em um armário. Curvando-se para frente, seu queixo mergulhou em seu peito.

Parei e mordi meu lábio inferior. De modo algum Gareth e eu éramos amigos, e fiquei chocada que ele soubesse meu nome quando me convidou para assistir aos treinos de futebol há algumas semanas. De acordo com Stacey, Gareth provavelmente sabia o tamanho do meu sutiã, o que era meio assustador para mim.

Seu corpo estremeceu enquanto ele respirava fundo.

Mas ele estava com problemas, talvez o tipo de problema que envolvia o Lilin.

Tomando coragem, fui até ele.

— Gareth? Você tá bem?

Gareth se abraçou pela cintura com um braço, e quando ele não respondeu, eu toquei seu ombro levemente. Ele se assustou, afastando minha mão. Olhos vermelhos encontraram os meus.

Eu dei um passo para trás, abalada. Como Dean, por trás das veias vermelhas e írises amendoadas havia um vazio. Algo se foi.

— O que você tá olhando, sua aberração? — ele perguntou, e depois riu. — Aberração-ção-ção — murmurou, rindo enquanto caminhava lentamente em direção ao refeitório.

Jesus Cristo...

Correndo para a escada, eu me encostei na parede e levantei a cabeça quando ouvi a porta acima das escadas se abrir. Um segundo depois, o espaço que estava vazio na minha frente foi preenchido pelo metro e oitenta e tanto de Roth. Ofegante, eu sobressaltei.

– Meu Deus! Por que você faz isso? – Eu coloquei uma mão sobre o peito. – Você podia ter usado as escadas.

Ele sorriu enquanto se balançava nos calcanhares de suas botas.

– Que graça isso tem?

– Não importa. Pare de aparecer e desaparecer.

– Você só tá com inveja porque não pode fazer isso, já que não é um demônio cem por cento de sangue puro e incrível feito eu.

Revirei os olhos, mas havia uma pequena parte de mim que tinha inveja daquela habilidade. Deus sabe que seria útil em todas as situações em que eu me encontrava e que gostaria de desaparecer.

Ignorando o comentário, concentrei-me no importante.

– Acho que Gareth tá infectado.

– Não posso dizer que estou muito triste com essa perspectiva – Meus olhos se estreitaram. – O quê? Como eu disse antes, Gareth e o pai estão no caminho certo pra passarem uma eternidade arrancando os olhos fora ou alguma outra coisa perturbadora assim.

– Gareth pode ser uma pessoa ruim, mas ele não merece perder a alma. – Quando Roth pareceu indiferente com a declaração, eu suspirei. – A vida humana não significa nada pra você?

– Eu sou um demônio – ele respondeu. – Deveria?

Eu deveria ter previsto isso. Suas palavras podiam ser frias e impetuosas, mas eu *sabia* que Roth era mais do que apenas um demônio. Eu não ia iniciar essa conversa de novo. Desci o último lance de escadas. Não queria ficar na escadaria com ele e acabar liberando certas memórias. Ele me seguiu, quieto como um fantasma.

– A porta tá trancada – eu disse, apontando para a corrente enroscada ao redor da maçaneta. – Você consegue quebrar?

Dando um passo à frente, ele sorriu diabolicamente sobre o ombro.

– Moleza.

Bastou ele colocar as duas mãos na corrente e puxar. O metal cedeu com um tinido sonoro. A facilidade com que ele quebrou a corrente me fez parar. Roth era perigoso, algo de que eu não podia esquecer.

Um ar mofado e gélido penetrava no corredor conforme ele empurrava a pesada porta e a abria. Entrando na escuridão sem fim, ele procurou por um interruptor de luz enquanto cantarolava suavemente.

Algo se enroscou no meu coração e o apertou quando percebi que Roth estava cantarolando *Paradise City*. A música deixava meu peito dolorido, e eu queria poder tapar meus ouvidos.

Roth encontrou um interruptor, e um zumbido baixo reverberou pela sala. Algumas luzes da grande cúpula piscaram ao longo do teto antes de se acenderem. A luz era fraca e levou alguns segundos para que meus olhos se ajustassem.

Ele já tinha avançado, indo para a área perto da tabela de basquete sem cesta. Todas as imagens de ocultismo e satanismo haviam sido removidas há muito tempo, mas algo maligno ainda permeava a quadra fria e úmida. Aquele lugar me dava arrepios.

Envolvendo os braços ao meu redor, eu segui atrás de Roth, percebendo onde as garras dos demônios Torturadores haviam deixado marcas de arranhões finos no piso. Naquela noite, havia muitos deles. A área onde eu tinha sido amarrada estava marcada por uma mancha preta do fogo que tinha reivindicado Roth e Paimon. Levantando meu olhar, encarei as costas de Roth, perguntando-me se estar aqui o fazia sentir alguma coisa.

Ele se ajoelhou, passando a mão pelo chão, varrendo a sujeira e a poeira.

— Então... você e o Pedregulho, hein?

Suspirando, contornei o demônio e a tênue linha branca que marcava onde o pentagrama havia sido desenhado. Examinando a área, não foi difícil me ver lá. Arrepiada, eu respirei fundo.

— Vocês vão ter um encontro no cinema? — ele perguntou, sem se incomodar com o meu silêncio.

Eu me agachei perto de onde meus braços teriam sido amarrados. Restos da corda queimada e desgastada permaneciam, esquecidos.

— Eu não vou falar com você sobre Zayne.

— Por que não?

Comprimindo meus lábios, levantei meu olhar e encontrei com o dele. Ele arqueou uma sobrancelha, e eu balancei a cabeça. Voltando minha atenção para o chão, eu o investiguei intensamente.

– Você e Pedregulho têm se aproximado, eu imagino – ele continuou, ajustando a postura. – Indo jantar juntos. Talvez indo ao cinema...

– A gente mora juntos, Roth. Sair pra comer não é tão incomum.

Ele fez um som de estalido com o piercing contra os dentes.

– Ah, mas é mais do que isso, não é? Especialmente pela forma como Pedregulho me ameaçou. Duas vezes.

– Duas vezes? – Passei os dedos pelo chão.

– Uma vez no restaurante, que você estava lá – ele disse, sua voz próxima. Quando eu olhei por cima do meu ombro, ele estava de pé atrás de mim. Nem sequer o tinha ouvido se mexendo. – E depois no sábado à noite. A gente se esbarrou.

– Eu sei. – Eu me voltei para o chão, ignorando o arrepio que vinha de saber o quão perto ele estava.

– Ah, então ele te contou? – Roth pegou um punhado do meu cabelo, levando suavemente minha cabeça para trás. Eu estreitei meu olhar enquanto puxava meu cabelo de volta. Ele sorriu para mim. – Ele te contou o que ele me disse?

– Eu realmente não quero saber.

Roth se ajoelhou ao meu lado, tão perto que sua coxa se pressionou contra a minha.

– Ele disse pra eu ficar longe de você.

– É mesmo? – murmurei.

– Sim. – Sua respiração ondulou pelo meu rosto, e eu enrijeci. – E ele também me disse que você não pertence a mim.

Virei meu queixo na direção dele, e descobri que estávamos cara a cara.

– Bem, da última vez que verifiquei, eu não pertenço.

O sorriso de Roth se alargou ligeiramente.

– E você sabe o que mais ele me disse?

– Se você me disser, vai parar com essa conversa?

Ele abaixou um pouco o rosto.

– Claro.

Eu não acreditei naquilo nem por um segundo. Inclinando-me para trás, eu me forcei a manter seu olhar.

– O que ele disse, Roth?

– Ele disse que você. – Ele bateu levemente na ponta do meu nariz – pertence a ele.

Minha boca se abriu enquanto eu o encarava.

– Não acredito em você – Ele deu de ombros. – Algo assim nunca sairia da boca dele. – Frustração se espalhou por mim como uma erupção de calor. – Nunca.

Roth franziu os lábios.

– Você pode acreditar em mim ou não, mas percebo que você não tá negando.

O meu primeiro impulso tinha sido negar tudo, mas ao continuarmos olhando um para o outro, a raiva tomou conta.

– Por que estamos falando sobre isso?

– Só por curiosidade – Ele se ergueu com fluidez, esfregando a mão na sua camisa do Pink Floyd. – Eu só acho que é... *formidável* a rapidez com que você superou tudo e seguiu em frente.

Eu pisquei uma vez e depois duas, achando que eu não tinha ouvido direito, e quando percebi que eu tinha, queria socá-lo entre as pernas.

– Você tá falando sério?

As sobrancelhas de Roth se ergueram.

– Parece que não estou falando sério?

– Você acha que é formidável que eu tenha superado tudo e seguido em frente tão rápido. Certo? Superado o quê? – Eu fiquei em pé. – O que exatamente eu estou superando? Segundo você, o que quer que a gente tenha tido não importou e nunca importaria. Eu só servia pra aliviar seu tédio, lembra?

– Eu me desculpei por dizer isso – ele respondeu, olhos fulgurando um amarelo brilhante. – Você quer que eu me desculpe de novo?

– Não! – Eu dei um passo à frente, respirando pesadamente. – Deixa eu te fazer uma pergunta. Você quer estar comigo, Roth?

Suas pupilas se dilataram quando ele deu um passo para trás.

– Quê?

– Responde à pergunta.

Ele recuou mais uma vez, para longe de mim, sua respiração descompassada.

– Não é sobre o que eu quero.

– Que seja, Roth – Seguindo em frente, enfiei o dedo no peito dele. – Eu gostava de você, realmente gostava, e quando você se foi e eu pensei que você estava sendo torturado em um poço de chamas, isso me *machucou*.

– Layla...

– Eu sei que a gente nunca ficou juntos de verdade, mas eu mal comia ou dormia depois que você se foi, e a única pessoa que me impediu de enlouquecer foi Zayne, e você sabia disso! Você até disse que foi por isso que tomou o lugar dele. Então você volta e me diz que tudo que aconteceu entre nós nunca significou *nada* pra você. Você até jogou Zayne na minha cara, basicamente me dizendo para ficar com ele, e agora você tá dizendo que é *formidável* que eu tenha superado tudo e seguido em frente tão rápido. Bem, você pode ir se fo...

– Layla.

– O quê? – gritei.

Seus olhos brilharam como duas piscinas douradas.

– Você fica muito atraente quando tá irritada.

Fiquei boquiaberta e reagi sem pensar. Fazendo um som estridente, bati minhas mãos em seu peito firme. Pego de surpresa, ele tropeçou para trás.

– Você é tão irritante.

Roth inclinou a cabeça para trás, rindo alto. Quando ele finalmente se acalmou, o sorriso demorou a desaparecer do seu rosto.

– Mas agora falando sério, se eu quisesse você... – De repente, ele estava bem na minha frente e seus dedos se abriam ao longo do meu rosto. O leve toque me fez ficar parada onde eu estava. Tanta frustração reprimida explodiu como um tiro de canhão, balançando-me. – Se eu te quisesse, você ainda iria querer Zayne?

O encarei por um momento e depois me afastei bruscamente, quebrando o contato entre nós. Essa pergunta... bem, isso me irritava e também me abalava, porque como eu poderia responder? Eu não *conseguia* responder. Não era uma pergunta justa, porque nunca realmente estive com Roth e eu conhecia Zayne praticamente por toda a minha vida. Quando se tratava dos dois, tudo estava emaranhado.

– Isso é tão errado de se perguntar – sussurrei, minha voz tremendo. – Cruel, até.

Uma emoção feroz e tempestuosa brilhou em seu rosto e depois desapareceu tão rapidamente quanto tinha chegado lá.

Enojada com ele e comigo mesma, eu me reconcentrei, voltando minha atenção para o chão, e encontrei o que estava procurando. Um buraco do tamanho de uma moeda. As bordas eram irregulares, como se ácido tivesse queimado pelo chão. Meio perturbador, considerando que foi o meu sangue que tinha feito aquilo.

– Não tem nada aqui em cima – Roth olhou ao redor, sobrancelhas arqueadas. – Exceto pelo cheiro de sonhos perdidos e potencial desperdiçado.

Eu franzi a testa.

– Mas e lá embaixo?

Seu olhar caiu sobre mim.

– Boa garota. É para onde precisamos ir.

– Eu não sou um cachorro – resmunguei, ficando em pé enquanto limpava minhas mãos na calça jeans. – Por que você não sugeriu isso no começo?

Roth não respondeu, saindo a passos largos em direção a uma das portas laterais. Eu me imaginei dando um chute na cabeça dele enquanto o seguia. Ficamos em silêncio enquanto entrávamos em outra escadaria velha e esquecida que levava a um vestiário das antigas.

O cheiro de mofo e de alguma coisa... *crocante* me invadiu. Eu nem queria respirar aquela combinação. Embora diferente do fedor insuportável de um zumbi, aquele cheiro era tão nauseante quanto.

Ele encontrou outro interruptor e apenas algumas das luzes fluorescentes foram acionadas. Fileira após fileira, armários cinza e solitários nos cumprimentaram. Metade dos bancos estavam quebrados ou apodrecidos e sombras estranhas eram lançadas sobre os armários, mas quando Roth se aproximou deles, ele grunhiu.

– Gosma – disse ele, contorcendo os lábios em desgosto.

Eu me aproximei de um dos bancos. Uma substância branca e suja escorria pelas pernas de metal. Ao longo da superfície, a coisa pingava no chão, espessa e lenta como mel ou calda. Eu engoli em seco.

— Isso é ectoplasma?

— Sim, e em grande quantidade. — Roth se esquivou rapidamente, quase colocando suas botas na poça de nojeira. —Acho que estamos perto.

— Sério? — murmurei com secura.

Ele bufou.

— É incrível que ninguém na escola tenha visto isso. — Examinando as paredes cobertas de gosma, ele riu com sarcasmo. — Seria meio difícil de explicar.

— Ninguém tem motivo pra vir aqui embaixo. — Eu segui em frente, com cuidado para não pisar em nada que pudesse ser considerado pegajoso. — O que isso tudo significa?

Roth soltou a respiração.

— Realmente não sei. Existem algumas criaturas que deixam ectoplasma pra trás. Nada que devesse estar em uma escola.

Caminhando em frente, tentei ter uma ideia de onde o sangue que escorreu do ritual teria caído nesse andar do prédio. Depois de alguns segundos, percebi que teria caído em algum lugar nas proximidades dos chuveiros.

Olhei para a porta que levava a eles. A luz lá dentro piscava esporadicamente. Aprumando meus ombros, forcei meus pés a se moverem e, com cuidado, entrei nos chuveiros sem divisórias. A maioria das torneiras e dos chuveiros tinha sido arrancada da parede, deixando apenas buracos abertos. Mais gosma escorria, deslizando pela parede.

Aquilo... aquilo era muito nojento.

— O cheiro é definitivamente pior aqui... ah, e ali está a razão. — Roth colocou uma mão nas minhas costas, e me virei para o que ele estava olhando.

— Minha nossa senhora — eu disse, meus olhos incomodando.

Na parte de trás dos chuveiros, uma bagunça de... *alguma coisa* se pendurava no teto por grossas gavinhas cinza-esbranquiçadas que me lembravam uma teia de aranha. Só que teria que ser uma aranha que tomava bomba para confeccionar algo tão grande. Nos fios havia um casulo destruído, sua carcaça branca aberta ao meio. A cápsula da cor de jornal desbotado estava vazia, com uma substância escura e oleosa espalhada por toda parte.

Aquilo parecia que tinha saído de um filme de ficção científica.

Levantando o olhar, percebi que a teia estaria aproximadamente onde o buraco no andar de cima estava, onde eu estava amarrada e aquela gota de sangue tinha atingido o chão.

– É disso que o meu sangue é capaz? – perguntei.

– Acho que é, sob certas circunstâncias. – Roth caminhou para frente. – Bem legal, se parar pra pensar.

Eu enruguei o nariz.

– Não tem nada de legal no meu sangue criar um casulo que se parece com algo saído do filme *Alien*.

– Ótimo filme, a propósito. Mas não as continuações – Quando grunhi, ele me deu um sorriso perverso por cima do ombro que, apesar de tudo, fez minha barriga dar uma cambalhota. – Obviamente, foi aqui que nosso bebezinho Lilin cresceu.

– De um casulo?

Ele assentiu.

– Ninguém sabe muito sobre os Lilin. Como crescem, como são ou qualquer outra coisa. Mas o que mais isso poderia ser?

– Tem de haver algo em algum lugar que possa nos dizer – Eu não me aproximei, porque estar no mesmo cômodo que essa coisa já era ruim o suficiente. – E o Vidente? – perguntei, pensando no garoto que conhecemos e que se comunicava com Xboxes e anjos... ou algo assim.

Roth soltou uma gargalhada.

– Desta vez, acho que vai precisar mais do que um frango da Perdue pra ele nos dar esse tipo de informação.

– Então o que ele quer? – Frustrada, eu mexi os pés. – A gente não sabe de nada. De novo. E tudo que essa saída de campo prova é que o meu sangue é capaz de criar um casulo nojento.

Ele se virou, sua cabeça inclinada para o lado.

– O que isso prova é que o Lilin veio daqui e que *estava* aqui, baixinha.

Levantei as mãos.

– A gente já não sabia disso?

Não houve uma resposta e ele se voltou mais uma vez para o casulo.

– *Isso* tem que ser a evidência do Lilin, porque eu não sei...

– Quem tá aí? – Uma voz ressoou pelo vestiário, fazendo com que eu me virasse bruscamente. – Quem tá aqui embaixo?

Meus olhos se arregalaram enquanto eu me voltava para Roth, que deu de ombros. Muito útil. Antes que eu pudesse decidir o que fazer, uma sombra se projetou pela porta larga e perdi o fôlego quando um homem entrou no vestiário.

Era um cara de meia-idade com cabelo acobreado e cheio de sardas. Eu não o reconheci, mas o uniforme azul escuro e o molho de chaves no seu cinto o entregavam. Era um zelador. Enquanto seu olhar se movia atrás de mim, senti Roth se aproximar.

Sem olhar, eu sabia que ele caminhava para o meu lado com uma graça puramente predatória que faria qualquer humano ou não-humano desconfiar.

O zelador cruzou os braços sobre o peito.

Roth jogou um braço sobre os meus ombros e me puxou para a lateral o seu corpo. Eu enrijeci quando ele deslizou a mão pelas minhas costas, fechando o punho no meu cabelo.

– A gente estava procurando um lugar reservado... você sabe, pra podermos ficar sozinhos. – Ele abaixou a cabeça até a minha, lançando mechas de cabelo cor de corvo pela sua testa. – Daí a gente viu tudo isso e meio que nos distraímos com a esquisitice. Não é verdade, amor?

Minha mandíbula doía de tanto que eu a contraía. O que Roth estava fazendo era totalmente desnecessário. Eu já tinha o visto entrar na cabeça das pessoas e as enviar correndo na outra direção apenas com algumas palavras bem colocadas. Ele não tinha feito exatamente isso com a sra. McDaniel? Ele não precisava me tocar.

Mas já que ele tinha começado esse jogo...

Eu deslizei meu braço em torno de sua cintura, cavando meus dedos na lateral de seu corpo. Quando um grunhido baixo de advertência irradiou de seu peito, eu sorri com satisfação.

– Sim. Tem toda a razão, *amorzinho*.

O zelador bufou.

– É. Tá certo.

Não exatamente a resposta que eu esperava. Eu comecei a me afastar, mas o aperto de Roth se intensificou. Quando o zelador descruzou os braços, finalmente vi um nome costurado na aba frontal de um bolso largo. Gerald Young.

– Vocês não precisam inventar história. – Enrolando a manga para cima, ele revelou uma tatuagem em tinta preta: quatro laços unidos por um pequeno círculo. Aquilo me lembrou um cata-vento, e algo no desenho era vagamente familiar. Quando ele nos encarou, seus olhos eram da cor de cerejas quentes. – Já era hora de alguém verificar essa bagunça aqui embaixo.

Roth respirou fundo e murmurou:

– Bruxa.

Capítulo 16

Bruxa.

Encarei o zelador, boquiaberta. Se a minha habilidade não tivesse ficado toda esquisita, eu teria sabido que havia algo de diferente nele, porque a aura de bruxas – de bruxas de verdade – era diferente. Porque uma verdadeira bruxa era capaz de fazer umas coisas realmente iradas – feitiços, encantos de cura, transformar ar em fogo e coisas intimidadoras em geral que me faziam ter inveja de, bem, toda essa intimidação. Mas nunca tinha visto uma bruxa. A probabilidade de ver uma hoje em dia tinha de ser igual a de ganhar o prêmio da loteria ou de realmente ver o monstro do Lago Ness.

– Você é mesmo uma bruxa? – eu disse, parecendo um pouco idiota. – Achava que a maioria da sua espécie tinha morrido. – Tipo durante a Idade Média...

Um sorriso irônico se formou nos lábios de Gerald.

– Nós ainda estamos por aí – Desenrolando a manga, seu olhar se voltou para Roth. – Mas somos cuidadosos.

– Compreensível – respondeu Roth. Ele finalmente removeu o braço, e eu me afastei cerca de um metro dele. – Os Guardiões nunca foram muito gentis com as bruxas, não é mesmo?

Franzi a testa, e então eu a franzi ainda mais quando Gerald acenou com a cabeça e disse:

– Não, senhor.

– Por quê? – Não se sabia muito sobre as bruxas. Ou no mínimo eu não tinha me esforçado para descobrir mais sobre elas.

– Bruxas não têm DNA completamente humano. – Roth olhou para Gerald com respeito. – Embora não reivindiquem sua outra metade, as bruxas têm sangue demoníaco nelas.

Minha cabeça se virou bruscamente para ele.

– Quê?

Roth assentiu com a cabeça.

– As bruxas são descendentes de demônios com humanos, baixinha. Não que elas sejam excepcionalmente orgulhosas desse pequeno fato. Às vezes são da primeira geração, e outras vezes têm um demônio na família em algum lugar lá atrás. O sangue pode não ser tão forte, mas está lá. De que outra forma você acha que elas conseguem habilidades mágicas tão incríveis?

Eu pisquei rapidamente.

– Não sabia disso.

– Qual você é, Gerald? – Roth inclinou-se para frente. – Você é da primeira geração ou foi um bisavô mergulhando a pena onde não deveria?

Achei estranho que, com toda a sua incrível maravilhosidade demoníaca, Roth não soubesse automaticamente o que Gerald era.

Gerald deve ter lido minha mente, porque seu sorriso se abriu um pouco.

– Demônios não conseguem nos sentir. Temos encantamentos impedindo isso, porque nós não estamos realmente no Time Demônio. Estamos mais pra Time Mãe Terra, mas respondendo a sua pergunta, foi uma avó, uma Demonete. Teve uma filha que era uma bruxa. Essa bruxa era minha mãe.

Roth se balançou para trás enquanto cruzava os braços sobre o peito.

– Legal. Enfim. De volta ao que quer que isso seja – Ele apontou a cabeça em direção ao casulo assustador. – Presumo que você saiba que isso não é normal?

Ele riu secamente.

– Bem longe de normal. Tenho ficado de olho nele desde que o encontrei, há cerca de duas ou três semanas. – Seu olhar pousou em mim, e meus ombros caíram. – Não tenho certeza do que é. Ninguém no meu *coven* sabe, também. Mas isso não é tudo.

– Não é? – murmurou Roth. – Ah, que legal.

– Pois é. – Ele se virou. – Sigam-me.

Olhei para Roth e ele assentiu com a cabeça. Decidida a ver isso, segui Gerald de volta para a sala principal. Era um pouco estranho que Gerald soubesse o que éramos, o que eu era. Não devia me deixar incomodada, mas sempre tive vantagem quando se tratava de farejar o não-tão-normal.

Gerald deu a volta em um banco coberto de gosma e parou na frente de um armário fechado.

– Todo esse ectoplasma não pode ser bom, certo? Primeiro pensei que tinha a ver com aquela coisa lá, mas agora não tenho tanta certeza.

Roth deu um passo à frente, esticando o pescoço.

– Por que não?

– É mais fácil mostrar pra vocês. – Afastando-se para o lado, ele colocou a mão no bolso de trás e tirou um lenço vermelho. Usando-o, ele, cuidadosa e muito lentamente, abriu a porta do armário.

– Caramba – murmurou Roth.

Sendo muito baixa, eu não conseguia ver estando atrás deles. Suspirando, eu me movi para o outro lado de Roth e imediatamente desejei não ter feito isso.

Espremido dentro no armário estava uma *coisa* – uma criatura que eu nunca tinha visto antes. Seu corpo era da cor de leite estragado, um branco sujo e encaroçado. Nenhum cabelo ou definição visíveis em sua estrutura alta e esguia. Parecia ter cerca de um metro e oitenta de altura e não mais do que meio metro de largura. Os braços estavam dobrados em seu peito e sua cabeça, abaixada. Sem características faciais. Nós encontramos a fonte da gosma. O líquido branco sujo escorria dos pés malformados.

Meu estômago revirou.

– Que diabos é isso?

– Boa pergunta. – Gerald fechou a porta silenciosamente. – Não é o único. Quase todos os armários aqui embaixo têm um.

– Ah... – Meus olhos se arregalaram. – E você não pensou em dizer algo?

– Pra quem? – Gerald se virou para nós com olhos afiados. – Os Guardiões provavelmente nos matariam na hora por causa do sangue que carregamos, e os demônios provavelmente nos matariam por esporte. E eu não tenho ideia do que essas coisas são. Nem ninguém no *coven* sabe. Nós não somos adeptos de sair matando coisas indiscriminadamente.

– Naturebas – murmurou Roth, o que lhe rendeu um olhar duro. – O que tá naquele armário não é o Papai Noel ou o maldito coelhinho da Páscoa.

Um arrepio desceu pela minha espinha. Eu tinha um mau pressentimento sobre isso.

– E talvez se você soubesse o que era aquele casulo, então você entenderia que isso – Roth continuou, acenando com a mão para os armários – não é algo que você quer infestando uma escola cheia de humanos.

Os ombros de Gerald endureceram.

– Aquele casulo é de um Lilin nascendo.

Quando essas palavras saíram de sua boca, o sangue sumiu do rosto de Gerald e ele parecia que ia desmaiar.

– Os Lilin?

– Você sabe dos Lilin? – perguntei, me pegando a isso. – Sabe de algum detalhe?

Ele assentiu ansiosamente.

– Alguns dos *covens*, os mais extremos, não o nosso, mas os outros, acreditavam que Lilith saiu no prejuízo nessa história. Que ela é a mãe de todos nós.

Eu arqueei uma sobrancelha com aquilo.

– Nós não adoramos à Lilith, mas... – Ele olhou de volta pela porta que levava aos chuveiros. – Um Lilin aqui?

– Acreditamos que sim. Por razões óbvias, gostaríamos de encontrá-lo. – Os olhos de Roth se estreitaram. – Mas o que, Gerald? Você ia dizer outra coisa.

Ele engoliu em seco, repentinamente nervoso.

– Há um *coven* perto de Bethesda que adora à Lilith. Se alguém sabe de um Lilin...

– Ou se um Lilin procurou refúgio... – Meu coração saltou de emoção. – Ele iria até eles, porque talvez eles simpatizassem com a criatura.

Gerald começou a suar.

– Mas você não entende. Eles não são como eu ou como meu *coven*.

Olhei para Roth e ele sorriu, exibindo uma fileira de dentes brancos.

– Em outras palavras, eles são as bruxas malvadas do Oeste.

– Sim, e eu sei o que vocês estão pensando sobre ir atrás deles. Eu não aconselharia. Eles o receberiam. – Ele assentiu com a cabeça para Roth –, mas você? Você é parte Guardião. Dá pra ver. Eles te esfolariam viva.

Eu ia começar a lhe dizer que também era filha de Lilith, por isso eles super iriam me amar e me abraçar, mas Roth me lançou um olhar de aviso.

– Como encontraríamos esse *coven*?

Ele inspirou profundamente.

– Eles têm um clube perto do Row Cinema. Você vai saber qual é pelo símbolo. – Gerald apontou para a marca agora escondida sob a manga do uniforme. – Você precisa falar com a anciã do grupo, que estará lá durante a próxima lua cheia. E nem pensem em levar um Guardião com vocês. A presença dela já vai ser ruim o suficiente.

Os lábios de Roth se curvaram em um delicioso sorriso enquanto ele desviava seu olhar dourado e tremeluzente para mim.

– Isso é perfeito.

Shoooow.

– Mas voltando pra essas coisas nos armários. – Todo sério de novo, Roth prendeu Gerald com um olhar duro. – Eles são Rastejadores Noturnos em metamorfose, e odeio pensar em quantos deles podem já estar maduros.

Senti o estômago despencar quando o horror me atravessou. Os Rastejadores Noturnos, assim como os demônios Capetas e os Torturadores, eram criaturas demoníacas que foram criadas no Inferno e proibidas de irem à superfície. Além do fato óbvio de não se parecerem nada com seres humanos, eram extraordinariamente perigosos. Como os Capetas, eles eram fortes e ferozes, mas ainda pior era o veneno que carregavam em sua saliva, que podia paralisar suas vítimas. Dessa maneira, os Rastejadores Noturnos conseguiriam se alimentar delas enquanto vivas. Era o que eles faziam lá embaixo, torturando suas presas por uma eternidade no Inferno.

E não mordiam como os demônios Imitadores. Eles tinham um negócio meio impressionante que cuspia projéteis, como aqueles dinossauros assustadores nos filmes do *Jurassic Park*. Se a saliva deles entrava em contato com a sua pele, já era.

Gerald olhou por cima do ombro.

– Eu não sabia. Nenhum de nós sabia o que essas coisas eram.

– Obviamente – murmurou Roth. – Precisamos selar esta área e...

Um estrondo alto nos assustou. Virando-me, perdi o fôlego enquanto procurava pela fonte do barulho. O som tinha ecoado, tornando difícil determinar de onde estava vindo.

– Poderia mais alguém estar aqui? – perguntei, já temendo a resposta.

– Não. – Gerald passou a parte de trás da mão na testa. – Ninguém desce aqui. Vim aqui por acaso quando descobri isto.

Roth franziu a testa ao som de metal rangendo, um tique-taque de velhas dobradiças. Um tremor passou pelo meu corpo. Houve um momento de silêncio, e então o som de passos pesados e compassados.

– Você tem algum poder superespecial de bruxa que deveríamos saber? – Roth perguntou.

Gerald balançou a cabeça.

– Eu sou bom só com encantos e feitiços, tipo amor e fortuna.

Feitiços de amor? Aquilo despertou meu interesse por algum motivo estranho, mas agora realmente não era a hora de investigar isso. Os passos se aproximaram, seguindo a outra fileira de armários, e Roth abaixou o queixo.

– Então é melhor você tirar seu traseiro daqui – Dei um passo para trás, evitando a gosma no chão. Seus olhos brilhavam um âmbar ardente quando encontraram os meus.

– E você também precisa sair.

– Não – eu disse, respirando fundo. – Eu tenho treinamento e você... *nossa*.

A criatura tinha contornado a extremidade dos armários, e estava completa e absolutamente nua. Não que isso fosse a coisa mais perturbadora sobre ela.

Tinha a forma de um homem, com quase dois metros de altura. Músculos ondulavam sob uma pele brilhante e da cor de pedra da lua. Dois chifres grossos se projetavam do topo de sua cabeça, curvando-se para dentro. As pontas eram afiadas, e eu não tinha dúvida de que se esse Noturno desse uma cabeçada em alguém, não haveria um final feliz. Pupilas de felino estavam posicionadas em suas íris da cor do sangue. E ele sorriu, exibindo duas presas afiadas.

Roth foi super-rápido.

Inclinando-se para baixo, ele puxou dois instrumentos longos e delgados para fora de suas botas. Lâminas de ferro. Eu não tinha ideia. Uau. O fato de ele carregar algo tão mortal para a sua própria espécie... era realmente meio ousado da parte dele.

Ele se lançou contra o Rastejador Noturno, enfiando suas lâminas no abdômen da criatura. O Noturno rugiu, arremessando Roth para o lado. Ele se chocou contra um armário com um grunhido. O metal cedeu, e ele deixou cair as lâminas. Uma caiu na sujeira e a outra derrapou pelo chão.

– Abençoado seja – murmurou Gerald, recuando.

Suprimindo para longe o medo amargo que era inútil, corri pelo chão, alcançando uma das lâminas. Roth tinha enrolado um pano preto ao longo do cabo, mas eu ainda podia sentir o calor do ferro quando me levantei.

Roth gritou para mim, e minha adrenalina ativou meus sentidos em máximo alerta quando o Rastejador Noturno rodopiou na minha direção. Ele inclinou a cabeça para o lado, cheirando o ar por suas narinas bovinas, como se não conseguisse entender o que eu era.

Atacando a criatura, eu fiquei sem ação quando ele desapareceu e reapareceu atrás de mim. Eu me virei. Duas perfurações em seu abdômen musculoso sangravam uma substância esbranquiçada.

Eu brandi a lâmina para a criatura, e ele desapareceu novamente, reaparecendo alguns passos à esquerda. Agachando-me como Zayne tinha me ensinado, eu mirei nas pernas da criatura, lembrando apenas naquele momento que a coisa estava totalmente nua.

Eca.

Antes que meu chute pudesse acertá-lo, o Rastejador Noturno mergulhou para o lado, abrindo a boca. Eu me atirei para a direita quando um líquido branco com cheiro ácido saiu da boca dele. Momentaneamente distraída com isso, eu não desviei em tempo suficiente quando ele balançou uma mão pesada e com garras. Eu pulei para trás, mas suas garras rasgaram a frente do meu suéter, acertando-me. O ar saiu dos meus pulmões enquanto meus olhos travavam na coisa. Houve uma rápida sensação de algo queimando, e então o Noturno cambaleou para o lado.

Girou em direção a Roth. Movendo-se perturbadoramente rápido, pegou a outra lâmina que Roth agora segurava em sua mão, e a quebrou ao meio.

– Porcaria – murmurou Roth.

Então ele tinha uma mão em volta do pescoço de Roth, levantando-o do chão. O corpo da coisa vibrou quando ele ergueu a cabeça para trás, mostrando presas letais, preparando outro spray venenoso. Segurando os pulsos carnudos, Roth puxou as pernas para cima e usou o peito do Rastejador como um trampolim. A ação desfez o aperto da criatura e Roth foi ao chão, ficando rapidamente de pé.

Corri pelo banco apodrecido, acertando o Rastejador Noturno atordoado nas costas com um chute que teria deixado Zayne orgulhoso. Eu sacudi a mão que segurava a lâmina, preparada para enviar o desgraçado de volta ao inferno com uma facada direto no coração.

O Rastejador Noturno desapareceu e eu caí no chão, segurando-me no último segundo antes de beijar um monte de sujeira. Reaparecendo acima de mim, a criatura me agarrou pela nuca e me ergueu até tirar meus pés do chão.

Bambi se deslocou pelo meu estômago enquanto a dor explodia pela minha coluna por conta do aperto firme, mas eu balancei minha perna para trás, fazendo meu pé encontrar o meio das suas pernas. Uivando, o Rastejador me derrubou e se curvou, segurando-se.

Caí de pé e dei a volta, vendo Roth chegando por trás. Não desperdiçando um segundo de vantagem, eu enfiei a lâmina de ferro em seu peito, jogando-me para trás rapidamente. Uma névoa branca fluiu para fora da ferida, efervescendo no ar. O uivo do Rastejador Noturno terminou abruptamente quando ele irrompeu em chamas. Em segundos, nada restava a não ser um pedaço de chão queimado.

Respirando pesadamente, eu cambaleei um passo para trás enquanto abaixava a lâmina. Meus olhos encontraram os de Roth. Ele parecia traumatizado quando olhou para mim.

– O quê? – bufei.

Ele balançou a cabeça lentamente.

– Esqueci que você sabia lutar. E esqueci o quão incrivelmente excitante isso é.

Meus olhos encontraram com os dele por um momento e então virei para os armários, depois para onde Gerald havia se espremido contra uma parede. Um olhar de horror absoluto tomava conta da sua expressão.

– Você disse que quase todos esses armários estão cheios dessas coisas?

Gerald assentiu com a cabeça.

Com o estômago revirando, limpei o brilho fino de suor da minha testa.

– Isso é problemático.

– Eu poderia esvaziá-los – sugeriu Roth.

– E se houver outros prestes a acordar? Não tem como você enfrentar mais de uma dessas coisas por vez.

Ele franziu a testa para mim.

Suspirei.

– Não seja idiota. Não tem nada a ver com suas habilidades. Nós mal vencemos um deles, juntos. – Olhei para Gerald. Parte da cor estava voltando ao seu rosto. – Desculpe, mas precisamos envolver os Guardiões nisso. Não vou contar a eles sobre você, mas é melhor você ficar escondido enquanto estão aqui.

Gerald assentiu com a cabeça novamente.

Roth guardou a lâmina quebrada de volta na bota e depois atravessou o cômodo. Sem dizer uma palavra, ele estendeu a mão, e eu entreguei a outra lâmina.

– Por que tantos estariam aqui? Tem a ver com o Lilin, certo?

– Tem de ser. – Um olhar conturbado contraía suas feições. – A menos que o casulo não seja realmente de um Lilin.

Uma dor entorpecente se espalhou nas minhas têmporas enquanto eu olhava para ele.

– Pensei que você estava certo de que era de um Lilin.

– Eu estava, mas... – Ele olhou para os armários por um momento e então suas sobrancelhas se arquearam. Voltando-se para mim, ele franziu novamente a testa enquanto se inclinava para frente. Muito perto.

Eu recuei, criando um espaço entre nós.

Roth deu outro passo, seus cílios baixando por um momento. Quando ele olhou para cima novamente, seus olhos estavam brilhantes como cristal.

– Você tá machucada?

– Não. Sim. – Eu olhei para mim mesma, vendo os rasgos no meu suéter pesado. Mas minha barriga não doía. – Não tenho certeza.

Seu olhar intenso fortaleceu.

– Baixinha...

Quando ele levantava uma mão para mim, recuei.

– Estou bem. Lembra? Acabei de matar um Rastejador Noturno.

Eu achava que ele deveria estar dando mais atenção a isso. Eu meio que me sentia como um ninja.

– Você precisa deixar eu te examinar. – Novamente, ele tentou encostar em mim, desta vez conseguindo colocar seus dedos na barra do meu suéter. O tecido foi esticado, revelando os três rasgos irregulares.

Ele soltou um palavrão grosseiro.

– Ele te arranhou?

– Ei! – Eu bati em suas mãos, mas não mais do que um segundo depois, ele mostrou a blusa branca que eu usava por baixo do suéter. Estava pontilhada de vermelho logo acima do meu umbigo.

– Layla – ele sussurrou, indo tirar mais aquela camada de tecido de mim.

– Pare! – Eu me libertei. – Estou cheia de você, senhor. Apalpatine! Estou bem. Minha barriga nem tá doendo. É só um arranhão.

Gerald ainda estava colado contra a parede.

A mandíbula de Roth se apertou quando ele olhou para mim.

– Você precisa parar de agir feito boba. Um Rastejador...

– O veneno dele não me atingiu.

– Mas *arranhou* você. – Ele falou como se eu fosse uma criança de cinco anos que não entendia lógica básica. – Eu preciso te levar pro meu apartamento, onde eu vou poder...

Minha risada desagradavelmente seca o cortou.

– Mas que cara de pau! Você realmente acha que eu vou cair nessa?

– Layla...

– Cala a boca, Roth. Sério. – Dei a volta nele e me dirigi para as escadas, parando tempo suficiente para me voltar a um Gerald petrificado. – Vou chamar os Guardiões aqui o mais rápido possível.

Engolindo com força, ele exalou com esforço.

– Vou me certificar de que ninguém mais venha aqui.

Rezando para que eu pudesse realmente despertar todos os Guardiões e eles pudessem chegar ali sem causar um alvoroço, eu me apressei escadaria acima. Quando cheguei ao topo, minha pele estava úmida e eu estava sem fôlego. Tinha de ser a adrenalina da luta. Não podia ser a minha barriga porque sequer doía.

Eu abri as portas e atravessei a quadra úmida e fedorenta quando Bambi começou a deslizar pela minha perna.

– Layla! Pare agora!

A autoridade em sua voz, a audácia de emitir-me uma ordem, fez eu me virar, mas quando eu parei... o lugar continuou girando, um caleidoscópio cinza e preto.

– Isso não tá certo.

– O que foi? – O rosto de Roth estava borrado.

Os cantos do meu campo de visão escureceram.

– Merda.

Eu estava vagamente ciente de Roth se atirando para frente quando as minhas pernas simplesmente paravam de funcionar. Elas se dobraram debaixo de mim e então não havia mais nada.

Capítulo 17

Quando abri os olhos, estava encarando o perfil rígido de Roth, e ele focava em algo à sua frente, com as mãos apertando o volante. Eu estava enrolada no banco da frente do Porsche dele.

Eu puxei o ar com algum esforço. Meus pensamentos estavam turvos.

– O que...?

Ele olhou para mim e algo como preocupação irradiava de seu olhar dourado.

– Estamos quase lá, baixinha.

– Como...? – eu engoli, mas minha garganta estava ressecada. Eu lembrava do que acontecera, mas não tinha ideia de como eu tinha chegado no carro de Roth. – Como... você me tirou da escola?

Um lado de seus lábios se curvou para cima quando ele voltou a sua atenção para a estrada.

– Eu tenho certas habilidades.

Havia uma boa chance de a escola ligar para a minha casa, já que eu estava perdendo as aulas da tarde, e meu coração batia lentamente. Mais ainda por causa de onde ele poderia estar me levando. Tentei me sentar, mas tudo o que consegui fazer foi deslizar ainda mais para baixo.

– Você tem que me levar de volta pra escola – ofeguei. – Eu não posso ir pro seu apartamento.

– Não seja irracional – respondeu Roth, sério. – As garras de um Rastejador Noturno são infecciosas, e eu realmente não posso cuidar de você no meio do corredor, né? Já é ruim o suficiente ter que dirigir. Muito arriscado voar durante o dia.

– Eu posso chamar Zayne – eu argumentei, fechando meus olhos com força quando os músculos da minha barriga se apertaram. Ele não respondeu, e eu gemi. – Acho que vou vomitar.

Em vez de Roth me dizer para não fazer isso no seu querido Porsche, ouvi o motor acelerar e senti o carro avançar.

– Estamos quase lá – disse ele, a voz firme.

Não queria ir ao apartamento dele, mas, além de me jogar para fora do carro, eu não estava em condições de argumentar.

As coisas ficaram embaçadas por um tempo. Concentrando-me em não vomitar em cima de mim mesma, mantive os olhos fechados. Senti o carro parar e processei a mudança de iluminação através das minhas pálpebras fechadas. Eu não acompanhei realmente todo o processo de Roth me levando ao seu prédio, o que foi uma coisa boa, porque eu tinha certeza de que envolveu ele me carregando nos braços.

– Isto é familiar – anunciou uma voz suave e educada enquanto uma porta se fechava atrás de nós e o leve cheiro de maçãs provocava meu nariz.

– Cale a boca, Cayman.

Uma risada profunda me irritou, e tentei não pensar na primeira vez em que estive ali, mais ou menos na mesma situação.

– Olha, eu só estou apontando que isto tá se tornando rotineiro e a gente devia...

A porta batendo me assustou e cortou o que quer mais que Cayman estivesse dizendo. Um segundo depois, eu estava deitada em uma cama – a cama de Roth. Abri os olhos e me arrependi imediatamente.

Vendo as familiares prateleiras brancas cobertas com os DVDs e os livros que tinham estado lá antes... o piano no canto... até as pinturas macabras que beiravam o perturbador... foi um soco no peito e não ajudou com a sensibilidade do meu estômago. Meus pés balançavam a poucos centímetros do chão, e pensei nos gatinhos vampiros que eram ao mesmo tempo tatuagens e animais de estimação. Eu me perguntava se eles estavam de volta agora, escondidos debaixo da cama, preparados para afundar suas pequenas presas em qualquer pele exposta.

Eu não podia estar aqui.

Quando Roth recuou, eu comecei a me sentar. Ele me lançou um olhar de repreensão.

– Fique parada. Quanto mais você se mexe, mais a infecção se espalha e isso não vai ser fácil de resolver.

Meu peito subiu e desceu pesadamente enquanto eu o observava ir até a geladeira preta em sua pequena cozinha. Abrindo a porta, ele se inclinou e tirou de lá uma garrafa de água que não tinha mais o rótulo. Eu o observei cautelosamente enquanto ele se aproximava da cama.

– Água benta. – Ele sacudiu a garrafa ligeiramente. – O equivalente demoníaco a água oxigenada.

– Você costuma guardar água benta na sua geladeira?

Ele parou na minha frente.

– Nunca se sabe quando vai precisar.

Eu não conseguia visualizar muitas situações em que um demônio precisasse de água benta.

– É pra eu beber?

O rosto de Roth se contorceu em repugnância.

– Você é parte demônio, Layla. Se você beber isto, vai esguichar vômito feito uma mina possuída. Já que água benta é normalmente usada contra demônios, ela pode curar uma lesão infligida por outro demônio, dependendo da ferida e de toda uma sorte de coisas.

– Então o que devo fazer com isso?

Um pequeno sorriso apareceu.

– Tire a camisa. – Eu o encarei. Suas sobrancelhas se arquearam. – Estou falando sério. Eu preciso colocar isso – disse ele, sacudindo a garrafa novamente – nos arranhões.

Levei um segundo para responder.

– Não vou tirar a camisa.

– Você vai, sim.

Apoiando-me em meus cotovelos, encontrei seu olhar, tão determinado quanto o meu.

– Você tá chapado se acha que vou tirar uma meia sequer.

– Como disse antes, nada de drogas. – Ele sorriu enquanto eu olhava para ele. – Você precisa tirar a camisa, baixinha. A sua barriga não tá doendo porque você tem um tanto de veneno ou de sangue encharcando seu suéter. Tá adormecendo a tua pele, e ter veneno em você não vai realmente ser propício para a cura. A camisa precisa sumir.

Olhei para baixo. Como meu suéter era de uma cor escura, era impossível ver se havia sangue de demônio nele.

Roth se aproximou, agachando-se perto da cama.

– Não precisa ficar com vergonha.

– Não é isso – gaguejei, forçando-me a ficar sentada. A sala girou um pouco e eu fechei meus olhos.

– Não é como se eu não tivesse visto você antes.

– Ai meu Deus – eu gemi. – Esse não é o problema.

Roth suspirou.

– Olha, estamos perdendo tempo. Você vai ficar mais doente e essa água benta não vai funcionar. É simples assim, então pare de ser frouxa e tire esse suéter.

Abrindo meus olhos com esforço, lutei contra minha pulsação errática. Eu vi em seu olhar firme: se eu não tirasse o suéter, ele ia tirar para mim, e isso seria pior. Eu ia conseguir. Ele não sentia nada por mim. Tudo bem. Eu também não sentia nada por ele agora. Ótimo. Já era crescidinha.

Eu murmurei um palavrão e alcancei a barra das roupas, tirando cuidadosamente o suéter e a camisa de uma só vez. Quando deixei cair no chão o tecido que causara tantos problemas, dei uma olhada na minha barriga.

Realmente não parecia tão... ruim.

As garras tinham só raspado, mas as três marcas estavam de um vermelho escuro e agressivo e pequenas linhas estavam se ramificando dos cortes como se fossem veias.

Depois de alguns segundos tensos, percebi que Roth não tinha se mexido. Onde estava todo aquele papo de "estamos perdendo tempo"? Levantei o olhar e vi que ele realmente não tinha se mexido, nadinha.

Ainda agachado à cama, a garrafa de água benta pendia de seus longos dedos. Ele estava olhando para mim com a mesma intensidade que tinha feito nos vestiários, mas havia um calor por trás de seus olhos dourados e seu olhar estava fixo no meu peito. Pelo menos Bambi não estava usando meu seio como travesseiro desta vez. Sua cabeça em forma de diamante estava descansando contra a parte baixa do meu abdômen agora.

Enquanto ele continuava a olhar, um calor ondulou abaixo da minha barriga, especialmente quando sua língua escorregou para fora da boca e deslizou suavemente sobre seu lábio superior. A luz refletiu no piercing e eu senti minha pele enrubescer. Eu não gostava do que estava começando a acontecer dentro do meu corpo. E eu não gostava que ele estivesse olhando para mim, que ele sentisse como se estivesse autorizado a isso àquela altura.

E também não gostava da falta de ar que me invadia o peito.

– Para de olhar pra mim – ordenei.

Ele assustou o meu lado demônio, arrastando o olhar para cima, o poder concentrado por trás de suas íveis queimando a minha pele enquanto ele se levantava. Um momento se passou e, então, ele falou.

– Deite-se.

Eu queria resistir ao seu tom ativo, mas quanto mais cedo eu acabasse com isso, melhor. Relaxando para trás, eu olhei para o teto enquanto o sentia se aproximar.

Roth pairou sobre mim, e eu fechei as mãos no cobertor macio para me manter imóvel.

– Isso vai doer um pouco.

Cerrei os dentes.

– Não pode ser pior do que ser suturada, certo?

Seu olhar saltou para o meu e ele murmurou:

– Certo.

Prendendo a respiração, eu me preparei para qualquer que fosse o nível da dor destruidora de neurônios prestes a ser desencadeada enquanto ele abria a garrafa e a guiava para a minha barriga. A primeira gota efervesceu na minha pele, e depois o líquido deslizou, cobrindo as marcas das garras e escorrendo pela minha barriga, derramando-se na cama abaixo de mim.

Bambi se sobressaltou, sua cabeça desapareceu sob o cós do meu jeans, evitando o fluxo constante de água benta. A minha pele queimava com o contato, ficando rosada, e eu mordi meu lábio. Não era tão ruim quanto os pontos, mas também não era exatamente agradável.

– Desculpa – ele murmurou, despejando a água mais uma vez. Ele fazia isso com cuidado, evitando contato direto com ele mesmo.

Eu imaginei a reação que ele teria, já que era um sangue puro, seria pior do que a minha.

Os cortes espumavam em branco enquanto a ardência trazia um brilho de lágrimas aos meus olhos. Finalmente, a água na garrafa acabou, e Roth estava recuando.

— Fique um tempo parada.

Inspirando e expirando lentamente, fiquei onde estava até que Roth voltou com uma toalha. Ele se manteve em silêncio enquanto limpava o excesso de líquido ao longo das laterais do meu torso. Foi então que notei que as pontas de seus dedos estavam em um tom de rosa profundo.

Limpei a garganta.

— Você queimou os dedos.

Ele deu de ombros.

— Acontece. — Ele não tocou nas marcas das garras, mas enquanto se afastava, sua mão livre roçou ao longo da cicatriz desvanecida no meu braço, a que fora deixada pelo Guardião.

— Não se mexa.

Eu não tive de esperar muito. Roth voltou para o meu lado com um cobertor preto. Como o que ele tinha enrolado em mim na noite do ataque de Petr, aquele era feito de algum tipo de tecido pesado e luxuoso. Ele cobriu meu peito, deixando minha barriga exposta, e depois recuou.

— Você vai precisar ficar parada até que a água benta pare de ferver. — Ele se sentou no banco ao lado do piano e inclinou a cabeça. Mechas de cabelo escuro caíram para a frente, escondendo seu rosto. Ele não disse mais nada.

Puxei o ar com dificuldade. Um Roth quieto e taciturno era um Roth preocupante, porque era uma raridade, e eu não tinha certeza de como lidar com ele quando ficava assim. Parte de mim estava preocupada com a mudança de humor e queria perguntar, mas eu não queria que soasse como se eu estivesse interessada nele.

Porque eu estava.

E eu meio que queria dar um soco na minha própria cara por causa disso.

Por mais louco que fosse, enquanto esperava que a água benta fizesse seu trabalho, devo ter cochilado, porque quando pisquei meus olhos novamente as marcas das garras não estavam mais fervendo. Não sentia enjoo ou tontura, apenas uma leve dor ao redor dos arranhões.

E Roth estava sentado ao meu lado na cama.

Bem, quando virei a cabeça para o calor do corpo dele, ele estava mais para reclinado na cama ao meu lado.

Descansando seu peso em um braço, sua cabeça estava apoiada em uma mão. Um sorriso estranho marcava suas feições assustadoramente bonitas, um contraste da expressão carrancuda que ele estava usando antes. Seus lábios se separaram levemente.

– Você ainda murmura enquanto dorme – As minhas sobrancelhas se ergueram. – Você faz uns barulhinhos às vezes. Como um gatinho. É fofo.

– O que você tá fazendo? – O calor invadiu minhas bochechas enquanto eu me sentava rapidamente. Esquecendo-me do cobertor, ele deslizou para a minha cintura.

Seu olhar seguiu o tecido e ele sorriu enquanto eu puxava o cobertor de volta.

– Eu estava vendo você dormir.

– Bizarro – eu disse, segurando o cobertor no meu queixo.

Ele deu de ombros.

– Como você tá se sentindo?

– Bem. – Desenterrando de algum lugar dentro de mim, eu me forcei a dizer: – Obrigada.

– Vou adicionar à sua conta.

Fiz uma careta para ele.

Deslizando graciosamente para o chão, ele se levantou e se espreguiçou.

– Momento perfeito pra você acordar. Você não ia querer que Pedregulho chegasse aqui e te encontrasse contente e satisfeita na *minha* cama.

– Como assim?

– Pedregulho. Ele tá a caminho. – Ele cruzou os braços, me olhando. – Pra pegar você.

Eu pisquei uma e depois duas vezes enquanto pequenos nós se formavam no meu estômago.

— Eu usei o seu celular — explicou ele. — Estava no seu bolso da frente. Você estava inconsciente quando o peguei. Bem, você soltou um gemido que me fez pensar que gostou onde os meus dedos...

— Você pegou meu telefone do meu bolso e ligou pra Zayne? — Eu me levantei abruptamente. — Você tá louco?

— A última vez que verifiquei, não. Você vai ficar feliz em saber que Pedregulho atendeu, tipo, no primeiro toque — Seus lábios franziram enquanto uma expressão pensativa cruzava seu rosto. — Mas ele não ficou exatamente feliz em ouvir minha voz. Ou que você estava comigo. Ou que você estava dormindo na minha cama. Ou que você tinha se machucado. Ou que...

— Já entendi! — gritei, segurando o cobertor contra o peito. — Por que você ligou pra ele?

Ele inclinou a cabeça para o lado e o olhar de inocência em seu rosto me fez querer cuspir fogo como um dragão do fim dos tempos.

— De que outra forma você ia chegar em casa?

— Ah, eu não sei, Roth, talvez um maldito táxi? — Meu coração explodia dentro do meu peito. Ai Deus, Zayne ia surtar. Ele ia surtar tão intensamente que iria quebrar a barreira do som. — O que você tava pensando?

— Eu tava pensando que a gente precisava avisar os Guardiões sobre os Rastejadores Noturnos na escola — ele respondeu, coberto de razão. Eu queria socá-lo. — Porque essa foi a sua ideia e você estava certa. Eu realmente não consigo acabar com todos eles sozinho.

Meus dedos se enfiaram no cobertor. Não estava caindo naquela conversa dele. A verdadeira razão por trás de chamar Zayne não era para alertar os Guardiões sobre as criaturas na escola. Até parece que Roth realmente se importava com isso. Ele tinha feito aquilo para irritar Zayne.

O sorrisinho em seus lábios revelava isso.

— Aposto que você tá super orgulhoso de si mesmo, não é?

Ele olhou para mim e depois revirou os olhos.

— Não é como se o Pedregulho fosse correndo contar ao papai que você tá comigo.

Essa parte não importava. Não que Abbot fosse gostar que eu estivesse no apartamento de Roth, mas estava mais preocupada com o que a situação faria a Zayne.

De alguma forma, resisti ao desejo de surtar feito um macaco raivoso para cima de Roth.

– Eu preciso do meu suéter. Cadê ele?

– No lixo.

Fechando os olhos, contei até dez.

– Eu preciso vestir uma camisa – Eu me virei na direção do guarda-roupa dele, mas Roth apareceu na minha frente, bloqueando meu caminho. – Qual é, Roth.

Seu sorriso se abriu.

– Foi mal. Estou sem roupas femininas no momento.

– Preciso de uma camisa – insisti. – Não seja idiota, Roth.

Considerando-me por um momento, uma faísca iluminou seus olhos e o alerta de problema disparou na minha cabeça. Com um sorriso malicioso, ele tirou a camisa de manga comprida que estava vestindo.

Meus olhos se arregalaram. Uau.

Eu tinha... eu tinha esquecido como Roth era sem camisa.

Ok. Talvez não tivesse esquecido completamente, mas minha memória não lhe fazia jus. Nem um pouquinho. Roth era todo musculoso e esguio. Desde o peito até as marcas dos quadris, ele era todo firme e definido.

A tatuagem de dragão estava no mesmo lugar de sempre, enroscada ao longo do abdômen, com a cauda desaparecendo sob o cós do jeans. A minha pergunta sobre a presença dos gatinhos foi respondida. Um estava no seu peito direito, parecendo mais um tigre agachado, e outro parecia como se estivesse se aconchegando na lateral do seu torso.

– Onde tá o terceiro gatinho? – perguntei antes de conseguir me segurar.

Seus cílios espessos penderam para baixo.

– Eu teria que tirar a calça pra te mostrá-lo.

Apertei os meus olhos.

Houve uma risada profunda.

– O tempo tá passando. E, o mais importante, quanto mais você ficar aí de sutiã, mais me sentirei tentado a ser um menino muito, muito malvado.

Meus olhos se abriram depressa. Seu olhar prendeu o meu, e eu dei um passo para longe da intensidade de seus olhos. Não havia qualquer dúvida em minha mente de que ele estava dizendo a verdade. Ele podia não querer estar comigo, mas ele me queria.

– Me dá a camisa – eu disse, entredentes.

Ele jogou para mim, mas eu fui um pouco lenta para pegá-la. O tecido que cheirava a Roth, a algo selvagem e pecaminoso, atingiu-me no peito e caiu no chão.

– É melhor você se apressar. Ele deve chegar a qualquer momento.

– Você é um bundão – grunhi, pegando a camisa.

Ele riu.

– E é uma bela bunda, pelo que me disseram.

Ignorei aquilo e me virei, dando-lhe as costas enquanto deixava cair o cobertor. Talvez tenha sido minha imaginação, mas minha coluna ardia sob seu olhar devorador.

– Por que você o fez vir aqui, pra um prédio cheio de demônios? Isso não é perigoso?

– Ele vai estacionar no final da rua e entrar pelo telhado – respondeu Roth, sua voz repentinamente séria. – Não se preocupe. O Pedregulho tá completamente seguro.

Vestindo a camisa de Roth, fui imediatamente engolida pelo tamanho e pelo cheiro dele. Voltei-me para o demônio, sentindo-me corada. Eu nem sabia o que dizer enquanto me sentava na beira da cama. Não havia como eu me preparar para a chegada de Zayne.

Não que eu tenha esperando muito tempo.

Não demorou mais de um minuto até que um estrondo pesado no telhado sacudisse as pinturas perturbadoras penduradas nas paredes de Roth. Fiquei de pé enquanto Roth se virava para a porta estreita que levava até o telhado. Sem cerimônia, ele a abriu e Zayne invadiu o loft.

Seu cabelo loiro era uma bagunça ondulada, e ele estava vestido todo de preto: camiseta e calça militar. Era como se ele tivesse se vestido para caçar.

O olhar de Zayne me encontrou primeiro e não saiu de mim por um longo momento. Seus olhos eram de um cobalto surpreendente, pupilas esticadas verticalmente, e sua mandíbula estava fechada com dureza. Eu não precisava ler sua mente para saber o que ele achava de me ver no apartamento de um Roth atualmente sem camisa, ao lado da cama *dele* e vestindo a camisa *dele*.

Eu ia começar a explicar por que, embora parecesse desnecessário, mas antes que eu pudesse dizer uma palavra, Roth falou.

– E aí, mano... – Seu sorriso era largo, mas não alcançava seus olhos.

Um músculo pulsou ao longo da mandíbula de Zayne e então ele virou para Roth, jogou o braço para trás e o socou bem na cara.

Capítulo 18

Roth cambaleou para trás e a transformação aconteceu. A pele escureceu para um ônix liso e polido e as asas brotaram de suas costas, com uma envergadura de três metros e abrindo-se no ar. As pontas eram adornadas com chifres afiados e mortais, mas, ao contrário dos Guardiões, Roth não tinha chifres na cabeça.

Seus lábios se abriram, revelando presas.

– Faça isso de novo.

Zayne não tinha se transformado, mas parecia que estava prestes a socar Roth novamente. Não era como se eu duvidasse da capacidade de Zayne de lutar, mas Roth era um demônio de Status Superior, um Príncipe da Coroa, e, o mais importante: brigar por conta daquilo era uma estupidez.

Eu corri para me colocar entre eles, olhando para os olhos azuis furiosos de Zayne.

– Pare com isso.

– Não dê ouvidos a ela. – Em sua verdadeira forma, a voz de Roth era gutural e áspera. – Você sabe que não quer parar, Pedregulho.

Lancei-lhe um olhar mortal.

– Para com isso, Roth!

Seus olhos, ainda dourados, fixaram-se em mim. Um momento tenso se passou enquanto a sua mão com garras se abria e fechava, e eu honestamente pensei que ele ia me pegar e me jogar para longe. Quando ele deu um passo para trás, meu ritmo cardíaco diminuiu.

– O Pedregulho que começou.

– Uau. – Eu me voltei para Zayne, que estava encarando Roth. Eu coloquei minhas mãos em seu peito e o calor de seu corpo queimava através da sua camisa. – Você precisa se acalmar.

– Você deixou que ela se machucasse – ele rosnou.

Roth rosnou enquanto abaixava o queixo, como se estivesse se preparando para atacar.

– Eu cuidei dela.

– Como se isso desfizesse o que aconteceu?

Eu empurrei Zayne para trás.

– Ele não *deixou* coisa nenhuma acontecer. Eu fui lá porque quis e ele me disse pra ir embora, mas eu fiquei. Você me treinou, Zayne. Eu estava mais do que pronta pra luta, e eu matei o Rastejador. – Algo que todo mundo parecia esquecer. – Você não pode culpar Roth por eu ter me machucado. Eu *mal* estou ferida. Como pode ver, estou bem.

O olhar de Zayne finalmente caiu para o meu. Suas narinas se alargaram quando ele respirou profundamente. Houve outro momento tenso de silêncio e então ele ergueu o queixo em um aceno abrupto.

Observando-o por mais um segundo para ter certeza de que ele não mudaria de ideia, eu abaixei minhas mãos e encarei Roth. Quando vi que ele estava de volta à sua forma humana, relaxei um pouco.

– Agora que isso tá resolvido, Abbot e o clã foram para a escola?

– Eles estão lá, mas não estão dispostos a fazer nada até que a escola feche. – O tom de Zayne era ofegante. – Estamos cuidando disso. Não precisa se preocupar.

Roth bufou.

– Não que eu estivesse preocupado.

Um clarão de raiva atravessou o rosto de Zayne, e eu sabia que quanto mais tempo esses dois estivessem no mesmo cômodo, maior era a probabilidade de um segundo *round* de uma briga de meninos acontecer.

– A gente precisa ir embora – eu disse baixinho.

Zayne assentiu com a cabeça.

– Precisamos mesmo.

Virei-me para dizer algo a Roth, como um agradecimento, porque ele tinha me ajudado, mas os dedos de Zayne inesperadamente se entrelaçaram aos meus. O olhar estreito de Roth caiu em nossas mãos unidas. Sua boca se apertou e seu rosto pareceu secar, ficando mais pele e osso do que qualquer outra coisa, e então ele se fechou, selando qualquer pensamento ou sentimento.

— A propósito, Zayne... — A frieza na voz de Roth enviou um calafrio pela minha espinha. — Essa é a única vez em que você vai colocar a mão em mim e sair ileso disso.

Zayne e eu não falamos pela maior parte da viagem de volta para casa. Sempre que eu olhava, ele parecia estar rangendo os dentes. Eu sabia que ele estava com raiva, com tanta raiva que era incapaz de conversar.

A culpa azedou no meu estômago como leite coalhado, o que resultou em uma grande dose de confusão. Zayne tinha me pedido para não sair por aí com Roth, e eu não tinha feito isso, pelo menos não exatamente. Meu estômago se virou com força, porque meu raciocínio era ruim, e eu sabia que era mais do que isso.

A raiva que Zayne estava emanando em ondas vinha de um lugar diferente, o lugar que tinha sido criado na minha cama no final da noite de sábado. Eu não podia me enganar quanto a isso. Como eu tinha previsto, no momento em que ele me tocara, tudo mudou entre nós, e seu humor atual era um produto dessa mudança.

Mas eu não tinha feito nada de errado. Na realidade, eu tinha feito algo incrível. Eu tinha matado um Rastejador Noturno, provando que eu era útil para além da minha atual inexistente habilidade de ver almas.

Quando entramos na estrada particular, eu não conseguia mais aguentar o silêncio.

— Eu ia te contar sobre ir até a quadra antiga com Roth.

O músculo na mandíbula de Zayne pulsou.

— Ia mesmo?

Aquela pergunta me doeu muito.

— Sim. Eu ia te ligar assim que saísse da quadra, mas eu passei mal por causa daquele arranhão idiota.

— Aquele arranhão idiota podia ter te ferido seriamente ou feito coisa pior, Layla.

— Mas não fez nada – observei, gentilmente. – Roth acabou te ligando antes do que eu, mas eu ia ligar.

— Roth – ele sibilou o nome.

Um segundo de silêncio se passou.

— E tenho mais coisa pra te contar. Acho que temos uma pista sobre o Lilin, mas é de... uma fonte muito pouco convencional.

Os dedos dele tamborilaram o volante.

— Tenho medo de perguntar.

— É algo que você não pode dizer aos outros. Eu sei que não parece coisa boa, mas confio em você. Você não é super intolerante e não vai...

— Ok – suspirou Zayne. – Entendi.

Porque confiava nele, contei sobre Gerald, do seu *coven* e do outro *coven* de bruxas em Bethesda. Ele não estava muito entusiasmado com a ideia de precisarmos ir sem Guardiões.

— Layla, não quero que você vá.

— Alguém precisa ir – eu disse.

— Deixa *ele* ir.

— Não tem como eu confiar em Roth pra ir em qualquer situação e não irritar tanto as pessoas que a gente fique sem qualquer informação.

Ele estava quieto enquanto dávamos a volta na casa, indo para a garagem.

— Você sabe como é difícil pra mim ter que imaginar você saindo por aí com ele? – Mordendo meu lábio inferior, não respondi nada. – Eu sei que ele estava me provocando hoje e eu mordi a isca.

Bem, eu concordava totalmente com aquilo. Pelo motivo que fosse, Roth queria irritar Zayne e tinha sido extremamente bem-sucedido na missão.

— Mas ele deixou você se machucar no processo – ele continuou, enquanto entrava com o Impala na garagem, estacionando-o perto da frota de suvs. Quando ele desligou o motor, virou-se para mim. Mais uma vez, a conversa tinha voltado para *ele*. – E agora você tá com o cheiro dele. Então, eu quero socá-lo mais uma vez.

— Você não pode bater nele outra vez. – Suas sobrancelhas se ergueram em dúvida. – Não foi culpa dele eu ter me machucado.

— Ele te convenceu a ir lá pra baixo quando podia ter ido sozinho, e assim que viu o casulo ou os Rastejadores Noturnos, devia ter te tirado de lá. Ele não fez nada disso. E não só porque ele queria me irritar. Ele queria você lá, com ele.

Ri disso.

– Tenho certeza de que ele só queria te irritar, porque sabia que eu ia te contar tudo.

Ele balançou a cabeça enquanto tirava a chave da ignição e abria a porta.

– Essa não é a única razão, Layla. – Depois que saí, ele me olhou por cima do carro, apoiando o braço contra o teto. – Eu vejo o jeito que ele olha pra você.

Fechei a porta do carro e recuei, virando-me para a entrada que dava na cozinha. Eu tinha visto aquele olhar em Roth mais cedo, mas concordar com isso não traria nada de bom. Zayne provavelmente abriria suas asas, voaria de volta para o apartamento de Roth e, dessa vez, iria dar uma voadora nele.

– Você não sabe o que tá vendo.

Eu tinha dado um passo quando de repente Zayne estava na minha frente. Ofegante, eu dei um passo para trás enquanto a mão dele envolvia meu braço em um aperto suave, mas firme.

– Eu sei o que vi. – O ar saiu dos meus pulmões quando ele me pressionou contra seu peito. Ele abaixou o queixo para que nossos rostos estivessem a apenas centímetros de distância. A proximidade me imobilizou. – Eu sei exatamente como ele te olha e você sabe, também.

Fiquei sem palavras enquanto olhava nos olhos cor de céu infinito, porque... ah meu Deus, nossos lábios estavam tão próximos e a necessidade que me preencheu por dentro não tinha nada a ver com a ânsia de me alimentar, mas tudo a ver com querer provar os lábios dele.

Sua outra mão se curvou ao longo da minha lombar e deslizou para cima, emaranhando-se nas pontas do meu cabelo.

– Eu conheço o olhar. Você também. Porque é a maneira como *eu* olho pra você.

Meu coração tropeçou quando eu finalmente compreendi aquelas palavras. Eu não sabia o que dizer, e aquela sensação de aperto dentro de mim se transformou em outra coisa, mudou-se para o meu peito e fez a minha pulsação acelerar.

Um som profundo ressoou na garganta de Zayne e então ele abaixou a cabeça, reivindicando os escassos centímetros entre nossos lábios. No último segundo, o bom senso me atingiu de jeito e eu me afastei do seu abraço.

Respirando descompassadamente, continuei recuando até que encontrei a lateral do Impala. Meus lábios formigavam e nós nem sequer tínhamos nos beijado. Mas quase nos beijamos e isso me *aterrorizava*. Senti um gelo se derramar em minhas veias, fazendo minha pele ficar tão fria quanto uma manhã de inverno.

Eu coloquei uma mão sobre a boca enquanto olhava para ele.

– O que você estava pensando?

O peito dele subia e descia rapidamente.

– Layla...

O medo se apoderou de mim, um pânico mais potente do que o que senti ao enfrentar o Rastejador Noturno. Se tivéssemos nos beijado, eu teria levado a alma de Zayne. Eu teria o transformado em algo horrível e maligno. Teria matado o que ele era.

Como um Lilin faria.

Eu me afastei do Impala e desviei de Zayne, correndo para o pequeno corredor dentro da casa. Parei abruptamente quando entrei na cozinha iluminada.

Danika e Jasmine estavam sentadas à mesa redonda com os gêmeos. Taças de sorvete estavam dispostas, mas os bebês tinham se sujado mais do que pareciam ter comido.

Um sorriso tímido se delineou no rosto de Danika. Sua mão direita estava coberta com um arco-íris de granulados.

– Vocês voltaram.

Fiz com que meu coração se acalmasse.

– É.

A porta no corredor bateu na parede, anunciando a entrada de Zayne. Ele rugiu até a cozinha, desacelerando como eu tinha feito quando percebeu que havia gente ali. Deu uma olhada na mesa e depois virou um olhar penetrante para mim.

Ai Céus.

O olhar de Jasmine se moveu dele para mim e depois de volta para Zayne. Um silêncio do tipo constrangedor se estabeleceu enquanto Danika voltava a atenção para sua tigela.

– Vocês querem sorvete? – Jasmine ofereceu enquanto pigarreava. – Tenho certeza de que... sobrou um pouco.

Izzy começou a soltar risinhos, jogando para trás seus cachos vermelhos enquanto batia os punhos em sua tigela. O sorvete respingava em seu babador.

– Mais!

– Hã, valeu, mas não quero. – Virei-me quando Geoff entrou na cozinha. As sobrancelhas dele subiram quando seu olhar pousou na mesa.

– Alguma notícia dos homens? – Jasmine perguntou, aprumando-se.

Ele acenou com a cabeça enquanto passava uma mão sobre o cabelo castanho que lhe caía sobre os ombros.

– Sim. Já que a escola tá encerrando as atividades do dia, estão prestes a fazer a limpa. Eles já tiraram alguns que estavam perto de amadurecer. – Ele olhou para mim e, surpreendentemente, sorriu. – E parabéns, Layla. Ouvi dizer que você derrotou um deles.

Finalmente alguém reconhecia a minha grandiosidade.

– Obrigada.

Geoff assentiu, e então voltou sua atenção para Zayne.

– Tem um segundo?

Essa foi a minha deixa para fazer uma saída furtiva. Eu precisava de um momento para limpar a cabeça, e para tomar um banho, porque cheirar a Roth não estava me deixando muito confortável. Cheguei até o corredor quando senti um ar estranho e frio passar por mim. Não à minha volta, mas literalmente *por* mim, fazendo-me parar. E depois ouvi Zayne.

– Isso pode esperar.

Meu coração pulou na minha garganta enquanto eu praticamente me atirava em direção às escadas. Eu tinha subido dois degraus quando, de repente, eu meus pés saíram do chão e fui jogada sobre um ombro forte. Atordoada demais para sequer dar um pio, levantei a cabeça e vi o vestíbulo girar à minha volta enquanto Zayne marchava direto pela sala de estar e entrava na biblioteca. Ele chutou a porta para fechá-la, virando e trancando-a. Meu estômago dava cambalhotas enquanto a minha imaginação corria solta.

Tão rapidamente quanto fui pega e jogada sobre o ombro dele feito um saco de arroz, fui depositada no chão, em pé. Eu recuei e então me joguei para frente, batendo no peito de Zayne. Com força.

– Mas que merda foi essa? – eu exigi.

Os lábios de Zayne se contorceram como se ele estivesse se esforçando para não rir.

— Precisamos conversar.

— Você precisa conversar é com Geoff.

— O que quer que ele tenha a dizer pode esperar — Ele me seguiu enquanto eu recuava, franzindo a testa. — Por que você saiu daquele jeito?

— Eu... eu preciso tomar um banho — dei uma desculpa esfarrapada.

Seus olhos se estreitaram.

— É, seria bom mesmo, mas você fugiu como se um exército inteiro de Capetas estivesse te perseguindo.

— Eu não — Ele arqueou uma sobrancelha. — Ok. Talvez só um pouquinho. O que você queria falar? Sobre as bruxas e quando podemos ir ao clube?

— Não.

Quando nos aproximamos do sofá, ele se sentou. Eu comecei a me afastar, mas sua mão me segurou, envolvendo meu braço.

— O que você tá...

Ele me puxou para baixo, e não havia aonde ir se não para o seu colo. Eu pousei de frente para ele, minha boca nivelada com sua garganta. Por um momento, eu estava congelada. Com minhas pernas abertas sobre as dele, havia uma sensação desconhecida que mexia com os meus nervos. Se eu movesse meus quadris para frente... nem consegui terminar o pensamento.

— Eu não estou fugindo de você — murmurei.

— Sim, você tá. Você também tá me evitando de novo. — Suas mãos se abriram na minha cintura quando eu comecei a me levantar. — Não. Não vai a lugar algum.

— O que... o que você tá fazendo? — eu ofeguei.

— Impedindo você de fugir de mim. — Ele me puxou para a frente, fazendo-me espalmar as mãos sobre seus ombros para impedir que certas áreas de nossos corpos se tocassem. — Caso ainda não tenha percebido, não gosto de ficar correndo atrás de você.

Meu cérebro se esvaziou de qualquer resposta inteligente. Lentamente, levantei meu olhar e encontrei o dele. Ele estava me olhando... sim, como ele disse que me olhava. Estômago, conheça as borboletas.

Sacudi um pouco a cabeça.

– Por que você iria correr atrás de mim?

O olhar que cruzou seu rosto era uma mistura de carinho e descrença, o tipo de olhar que dizia "você é realmente tão idiota assim?".

– Eu não quero ficar correndo atrás de você, mas é o que tenho feito. É o que *estou* fazendo. E eu achei que depois de sábado à noite, seria bastante óbvio.

O sangue se apertou dentro das minhas veias.

– Na verdade... – Seus olhos procuraram os meus. – Deveria ter sido óbvio por... por muito tempo. Ou talvez não fosse, mas você tem que saber.

Eu teria que ser uma idiota para não entender, especialmente depois de tudo isso, mas...

– Eu não entendo.

– Talvez isso não esteja certo. Eu não sei de nada. Quando o pai te trouxe pra casa tantos anos atrás, ele me disse que era minha responsabilidade cuidar de você, que eu seria a coisa mais próxima de uma família, de um irmão, que você teria. E eu levei isso a sério. Desde que eu tinha doze anos. – Seus cílios loiros escuros abaixaram, e eu pensei no Sr. Melequento. A emoção explodiu no meu peito e subiu pela minha garganta. – Eu sei que eu nunca deveria pensar em você de outra maneira, mas você ficou mais velha e, do ano passado pra cá, talvez – Minhas mãos apertaram os seus ombros, amassando sua camisa. Senti minhas orelhas queimando. –, eu me encontrava incapaz de parar de te olhar, e era difícil não querer passar um tempo com você. Por que outro motivo eu sempre me levantava tão cedo? – Ele riu baixinho enquanto as covinhas de suas bochechas coravam. – E quando o pai começou a trazer Danika pra cá, eu sabia...

– Sabia o quê? – sussurrei.

– Eu sabia que não ia conseguir ficar com ela. Não quando você está constantemente na minha cabeça. É errado? – Seu olhar intenso se ergueu novamente, encontrando o meu. – Não. Que se dane isso tudo. Está certo. Sempre esteve certo.

Minha garganta doía quando eu falei:

– Você não pode...

– Não posso o quê, Laylabélula? Não posso pensar em você? Não posso dizer que você sempre foi a garota mais incrível que eu já conheci?

Não posso parar de viver sob o mesmo teto que você e fingir que o que eu sinto, que o que quero de você, é algo fraternal? – Eu não conseguia respirar, e suas mãos deslizaram até o meu torso, deixando para trás um rastro de arrepios. – Que eu não posso te segurar? Te tocar? Porque da última vez que cheguei, eu podia fazer todas essas coisas.

– Zayne...

– E eu sei que é o que você queria. Eu sei há muito tempo. – Seus polegares se moviam em círculos enquanto ele falava. – Ou isso mudou por causa dele?

Isso não tinha nada a ver com *ele*. Ter esperado anos, sofrido com todas as minhas fantasias de menina envolvendo Zayne e pensar que era totalmente impossível, para agora ouvir essas palavras quase sagradas. Eu não sabia o que fazer com elas. Meu coração estava expandindo no meu peito até o ponto em que eu pensei que iria explodir, mas havia uma ansiedade crescente que sussurrava confusão e medo.

– Por que agora? – A pergunta saiu de mim.

– Seria "agora é quando eu finalmente parei de ser um idiota" a resposta errada? Acho que provavelmente não seria boa o bastante, né? – Ele mergulhou a cabeça no meu ombro, descansando a testa lá enquanto seus dedos se agarravam à parte de trás da camisa emprestada, e eu fiquei sem fôlego mais uma vez. – Eu quase te perdi naquela noite em que Paimon capturou você. Quando percebi que você poderia ter morrido? – Ele estremeceu. – Que eu poderia ter morrido? Eu não queria mais negar isso. Eu não podia.

Eu olhei fixamente para sua cabeça inclinada enquanto lentamente levantava minhas mãos. Era isso mesmo? Ou era mais alguma coisa? Foi por causa de Roth e porque Zayne não me queria com ele? Ou foi porque ele agora sabia que eu conseguia me transformar, tornando-me adequada de alguma forma? Fechando meus olhos, eu ignorei o estranho nó de incerteza. Ele não era assim e nunca tinha acreditado que havia algo de errado comigo. Com cautela, toquei as pontas de seu cabelo, e um suspiro saiu dele. Zayne não mentiria para mim.

Os fios macios e sedosos de seu cabelo deslizaram pelos meus dedos enquanto eu me perguntava se ele conseguia sentir meu coração quebrando. Lágrimas arderam em meus olhos, molhando meus cílios, e eu os fechei. Foi quase mais fácil meses atrás, quando a ideia de Zayne ter quaisquer sentimentos por mim não era nada mais do que um conto de fadas, do que ouvir sua declaração e não ser capaz de tornar aquilo realidade.

— Não importa — eu disse, minha voz embargada. — É impossível.

Zayne se afastou, levantando a cabeça.

— Como assim?

— A gente não pode... quero dizer, não poderíamos... — Minhas bochechas coraram, e eu abaixei meu queixo.

— Não podemos? — Sua risada profunda e chocantemente gostosa ressoou através de mim. — Acho que sábado passado provou que a gente pode fazer muita coisa.

Um calor fluiu através de mim, uma mistura de constrangimento e fogo que despertou para a vida ao lembrar do que tínhamos feito.

— Mas é perigoso demais.

— Eu confio em você.

Essas quatro palavras soavam tão simples, mas estavam erradas.

— Você não deveria. Não assim, não com sua vida.

Ele franziu a testa.

— Você nunca se deu crédito suficiente ou acreditou em si mesma o suficiente. Desde que te conheço, nunca me senti ameaçado pelo que você é capaz de fazer.

As lágrimas que corriam para os meus olhos ameaçaram derramar-se, e eu estava a segundos de chorar como se tivesse visto uma maratona de filmes românticos.

— Você não é má, Layla. Você nunca foi. — Seu sorriso era tremendo, serpenteando seu caminho para dentro do meu coração. — E eu acredito que se eu te beijasse agora, você não levaria minha alma.

Eu ofeguei e comecei a me inclinar para trás.

— Não se atreva a tentar! Eu não posso...

— Relaxa. — Ele riu.

Meus músculos estavam tensos. Como poderia relaxar depois que ele disse algo assim? Por mais que eu sentisse carinho e que nutrisse sentimentos por ele, eu iria definhar e morrer por dentro se eu fosse a causa de seu fim. Só de pensar nisso eu já tinha vontade de trocar de endereço postal.

Zayne levantou uma mão, passando os dedos pelas extremidades do meu cabelo enquanto seu olhar delineava os meus traços. Ele inclinou a cabeça e, antes que eu pudesse perceber o que ele estava fazendo, ele pressionou os lábios no meu pescoço, contra o meu pulso descontroladamente acelerado.

Meus sentidos ficaram hipersensíveis enquanto seus lábios firmes traçavam um caminho quente e discreto até o ponto sensível abaixo da minha orelha. Meu cérebro girava ao que eu registrava tudo o que estava acontecendo. Senti seu cabelo fazendo cócegas sob o meu queixo, a suavidade de seus lábios e o rápido toque de sua língua, como se ele estivesse provando minha pele. Reconheci a tensão repentina no meu corpo, o calor líquido e a força da emoção inflando meu peito. Mas havia mais, lá estava aquele sentimento desconhecido novamente. Quando ele aninhou uma mão na minha nuca, sob o meu cabelo, a sensação só ficou mais forte. Havia um quê de *masculino* nisso.

Enquanto a compreensão me invadia, coloquei as minhas mãos em seu rosto. Ele levantou seu olhar, questionador. Eu não entendia como, mas eu sabia bem no fundo do meu coração o que estava acontecendo.

– Meu Deus – eu sussurrei, arrastando meus dedos sobre seu rosto. – Eu entendi. – Ele arqueou as sobrancelhas. – Eu consigo te sentir. Eu consigo sentir as *suas* emoções.

Capítulo 19

Obviamente, não era isso que Zayne esperava que eu dissesse. Ele olhou para mim com aqueles olhos azuis luminosos, confusão brincando em seus belos traços.

Sentir suas emoções parecia loucura, mas fazia sentido.

— O que você quer dizer? — ele perguntou.

Puxei minhas mãos para trás, fechando-as, e quase imediatamente a necessidade viril desapareceu.

— Eu posso sentir o que você tá sentindo — repeti, atordoada com aquela conclusão. — Eu não entendo como e esta não é a primeira vez, mas eu simplesmente não reconheci o que estava sentindo antes.

Ele se reclinou no sofá.

— Você vai ter de me dar mais detalhes.

— Todas as vezes que alguém tem me tocado, pele na pele, eu sinto esses leves traços de emoção que não me pertencem. — Pensei em Stacey e em quando ela tinha me tocado enquanto falava sobre Sam. Tinha sentido uma esperança que não me pertencia. Então novamente com Roth, com Zayne e mesmo quando eu andava pela rua e esbarrava nas pessoas na noite em que eu estava tentando ver auras... Meus olhos se arregalaram. — Começou quando eu parei de ver auras! Tipo, quase que imediatamente. Caramba.

— Droga — ele disse, balançando a cabeça levemente. — Então você podia sentir o que eu sentia quando estava te tocando?

— De um jeito suave. Como uma onda de emoções. Nada muito forte.

Os lábios dele se viraram um pequeno sorriso.

– Bem, estou feliz, então. Porque se você estivesse sentindo tudo o que eu tinha sentido quando estávamos nos tocando... seria realmente embaraçoso, considerando todos os sentimentos que estavam rolando.

Eu ri, mesmo com as minhas bochechas queimando.

– É, acho que seria estranho.

– Um pouco. – Ele engoliu em seco, e então colocou a mão na minha bochecha. – O que você sente agora?

– Não sei. – Era difícil tentar distinguir entre as minhas próprias emoções desordenadas e o que possivelmente estaria vindo dele, mas havia uma que eu pensei que poderia ser de Zayne. Um fio constante que se entrelaçou à minha ansiedade. – Feliz? – sussurrei, fechando uma mão em torno de seu pulso. O calor aumentou, como se aquecer no sol de verão. – Felicidade.

Seu sorriso se espalhou, alcançando seus olhos.

– Sim, é por aí mesmo.

Tentei entender como perder o meu talento para ver almas de alguma forma desencadeara a capacidade de sentir as emoções dos outros. Abaixei a minha mão e comecei a sair do seu colo, mas as mãos de Zayne se moveram para os meus quadris, mantendo-me onde eu estava. Eu levantei uma sobrancelha para ele.

O sorriso de Zayne exalava um charme juvenil.

– O quê?

– Você sabe o quê.

Um ombro subiu em indiferença.

– Concentre-se nas coisas importantes agora. A coisa das emoções. Sabemos que um súcubo ou íncubo se alimenta delas, certo? E Lilith era considerada um súcubo em alguns textos. Talvez seja uma habilidade que você sempre teve e que agora está apenas aflorando.

Em outras palavras, uma habilidade demoníaca.

– Sabe, por que algumas habilidades de Guardião não podem começar a se manifestar?

– Isso importa? – Ele tamborilou os dedos contra meus quadris.

– Deveria. Pra você.

Aquele sorriso se transformou em uma carranca.

– Não importa. Sentir as emoções de outra pessoa não é algo maligno. Provavelmente seria muito útil.

Até que sim, mas era mais uma coisa que me tornava tão diferente de Zayne e me deixava desconfortável na minha própria pele. Um pensamento me ocorreu quando meu corpo relaxou e eu dobrei minhas mãos entre nós.

– Você acha que o Lilin pode sentir emoções e ver almas?

– Eu não sei.

Eu nem sabia por que perguntei isso. Talvez fosse porque eu queria saber o quanto o meu próprio DNA era semelhante ao desta criatura.

Zayne se mexeu e eu deslizei um centímetro para frente.

– Eu sei o que você tá pensando – ele disse.

– Sabe?

Ele assentiu com a cabeça.

– Você tá pensando sobre aquele *coven* e quando você pode descobrir mais sobre o Lilin.

Como de costume, ele foi bastante certeiro.

– Bem, minhas razões são puramente egoístas. Quanto mais sabemos sobre o Lilin, mais rápido podemos encontrá-lo.

– E a anciã não vai estar neste clube até a lua cheia? – ele perguntou depois de algum tempo. – Ainda faltam algumas semanas pra isso. Dia seis de dezembro, acho.

Acenei distraidamente. Demônios, gárgulas, bruxas e suas luas cheias...

– Então por você tudo bem eu ir?

– Não exatamente, mas eu acho que você vai encontrar uma maneira de ir de qualquer jeito e eu prefiro te apoiar a ficar no escuro. – Reclinando a cabeça contra a almofada do sofá, ele me fitou através dos seus cílios abaixados. – E estou supondo que o Roth tá entusiasmado com a perspectiva de ir a este clube com você. – Eu não sabia o que responder. – Eu entendo que as bruxas não me queiram lá, especialmente aquele tipo de bruxas, mas eu vou te acompanhar, pelo menos até onde eu puder ir – continuou ele. – E, por mais que me mate dizer isso, entrar lá com Roth é uma boa ideia.

– O quê? – Surpresa, eu olhei para ele. – Você realmente disse isso?

– Eu gostaria de descascar a pele de Roth dos seus ossos de uma maneira muito lenta. Tipo com um descascador de batata.

Eu franzi o nariz.

– Eca.

Ele me lançou um sorriso rápido.

– Mas, na maior parte do tempo, você tá segura perto dele.

Continuei a olhar para ele.

– A maior parte do tempo?

– Ele vai te proteger. Melhor do que fez hoje. – A relutância em sua voz era gritante. – Você só não está a salvo *dele*.

– Não importa o que ele quer ou o que você acha que ele quer, eu estou a salvo dele. Confie em mim. Ele deixou bem claro que não havia nada entre nós, exceto...

– Tesão?

– Sim – sussurrei.

– Idiota.

Soltei uma risada.

– É.

– Sinto muito – ele disse, e depois de tudo o que tinha me confessado, eu achei que o pedido de desculpas era possivelmente a coisa mais estranha vinda dele, mas essa bondade era tão característica de Zayne.

Colocando os braços em torno de mim, ele me puxou para mais perto, aconchegando-me contra o seu peito. Eu me aninhei nele, fechando os olhos e ouvindo seu coração batendo, firme, contra minha bochecha. Com seus braços cruzados em torno de mim, encontrei o tipo de conforto que eu só poderia sentir em seus braços, que eu sempre senti neles.

Uma respiração trêmula passou por mim. Havia muita coisa acontecendo e muita coisa já tinha acontecido no espaço de algumas semanas, mas naqueles momentos tranquilos, minha mente voltava para todas aquelas coisas maravilhosas e bonitas que eu *só tinha sonhado* com Zayne me dizendo, mas que agora eram uma realidade. Havia coisas mais importantes que eu deveria estar tentando entender, mas, agora, esta era a coisa mais importante para *mim*.

Este acontecimento com Zayne era tão inesperado. Tesão era uma coisa. Importar-se profundamente com alguém era outra coisa, mas aquelas palavras... pareciam carregadas com um significado diferente. Do tipo que afundava no coração, derrubava muros, destruía barreiras e pavimentava seu próprio caminho.

Enquanto Zayne deslizava a mão pelas minhas costas, um suspiro escapou dos meus lábios entreabertos.

– Confortável? – ele perguntou.

Afirmei com a cabeça.

Ele continuou movendo sua mão, e eu me forcei a abrir os olhos, meu olhar seguindo pelas lombadas empoeiradas dos livros que cobriam as prateleiras. Todas as palavras dele estavam no pequeno espaço entre nós. Eu precisava dizer algo, mas falar em voz alta sobre como eu me sentia sobre Zayne nunca tinha sido fácil. Nem sequer tinha admitido para Stacey o que sentia por ele. A minha paixonite de anos por ele tinha sido algo que eu mantive perto do meu coração, escondendo-a o melhor que pude e protegendo-a com mentiras. Mas Zayne tinha se exposto, e eu devia o mesmo a ele.

– Eu tenho uma confissão a fazer – sussurrei.

– Hmm?

Encontrar coragem ainda não era simples.

– Eu sempre sonhei com você... dizendo aquelas palavras pra mim, com você me querendo – Todo o meu âmago estava em chamas, mas eu me forcei a continuar. Cada palavra que eu falava era um sussurro instável. – Provavelmente desde que eu entendi a diferença entre meninos e meninas, eu quis você.

Seus braços se apertaram em torno de mim e quando ele falou, sua voz era áspera:

– Parece que faz bastante tempo, então.

– Faz. – Um nó se formou na minha garganta e, por alguma razão, eu queria chorar. – E foi tão difícil, sabe? Tentando não demonstrar e não ter ciúmes de Danika ou qualquer outra garota que...

– Nunca houve outra garota, Laylabélula.

Levou alguns segundos para essas palavras se infiltrarem na minha cabeça dura e, quando entendi, eu recuei e levantei o olhar para ele.

– Como é que é?

Desta vez foi o rosto dele que ficou corado.

– Nunca estive com ninguém. – Minha boca caiu até o meu peito.

– Você precisa parecer *tão* surpresa assim?

– Foi mal. É que eu não acredito que você nunca... quero dizer, você é *você*. Você é bonito e é gentil e inteligente e perfeito e as meninas ficam te secando aonde quer que a gente vá.

Ele sorriu.

– Eu não disse que nunca tive oportunidades. Eu só nunca agi a respeito disso.

– Por quê?

Os olhos de Zayne encontraram com os meus.

– A verdade?

Acenei com a cabeça.

– A princípio, eu realmente não sabia por que nunca tinha acontecido nada quando... bem, quando poderia ter rolado. É como se eu nunca tivesse me interessado o suficiente pra ir até o fim. Mas foi só no ano passado que eu percebi o porquê – Ele parou, e meu coração estava se agitando novamente. – Era por sua causa.

– Eu?

– É. – Ele pegou algumas mechas do meu cabelo, enrolando-as em torno de dois de seus dedos. – Eu chegava até um certo ponto e tudo o que eu conseguia pensar era em você, e aquilo parecia errado. Sabe, ir em frente com outra pessoa quando eu estava imaginando estar com você.

Ai meu Deus...

Meu coração explodiu em uma pilha pegajosa de mingau de Zayne e partes do meu corpo ficaram agitadas com o fato de que ele estava *me* imaginando, pensando em *mim* dessa maneira por muito mais tempo do que eu poderia saber.

Zayne ajustou no meu ombro as mechas de cabelo com as quais ele brincava, deixando-as se desenrolar lentamente.

– Então, o que vamos fazer sobre isso?

Minha mente foi direto para a sarjeta e começou a brincar feliz com a ideia de como corrigiríamos nossos problemas de virgindade, mas duvidava que fosse sobre isso que ele quis dizer. Depois de varrer as coisas mais sujas do meu cérebro para longe, abri a boca, mas ele colocou um dedo sobre meus lábios.

– Você não precisa responder ainda – disse. – Eu sei que isto não é fácil. Nada entre nós será fácil e eu sei que você tem muitos medos. Eu não quero te forçar a nada ou forçar que isto aconteça, porque eu sei... – Pausando, ele assentiu como se estivesse dizendo a si mesmo para dizer alguma coisa. – Eu sei que você ainda se importa com *ele*... com Roth.

Eu recuei.

– Eu...

– Eu sei – ele disse solenemente. – Não é algo que eu estou feliz em dizer em voz alta ou mesmo pensar, mas eu sei que você se importa. Você compartilhou... compartilhou muita coisa com ele e ele esteve ao seu lado quando eu não estava.

Eu sabia que ele estava pensando na noite em que Petr me atacou, quando tentei ligar e ele não atendeu porque estava zangado comigo e tinha passado um tempo com Danika. Ele ainda não tinha se perdoado por isso.

– Zayne, aquela noite não foi sua culpa.

– Eu devia ter atendido o telefone, mas esse não é o ponto. Ele estava lá pra você e ele aceitou você por quem você é. Outra coisa em que eu nem sempre fui muito bom. – Ele passou o dedo ao longo do meu rosto e depois abaixou a mão. – De qualquer forma, eu sei que você ainda gosta dele, mas estou dizendo que podemos dar uma chance pra isto. Podemos *nos* dar uma chance.

Meu coração falhou e depois acelerou. Zayne estava certo. Por mais que eu odiasse admitir, eu ainda gostava de Roth, mas... mas havia Zayne e a nossa história juntos. Todos os anos que passei idolatrando-o e sonhando com ele. E havia tudo o que ele tinha me dito agora.

E então havia tudo o que *eu* sentia por ele. A maneira como eu ansiava todos os dias para vê-lo. Como ele me fazia sorrir com o mais simples dos olhares e a maneira como eu desejava o seu toque, por mais breve que fosse, e poder beijá-lo. Sempre houve algo entre nós. Só que sempre acreditei que era só da minha parte.

Ele sorriu um pouco.

– Então acho que devemos ir devagar.

– Devagar? – Mais devagar do que tirar a minha blusa e sentar no seu colo?

– É, tipo, vamos sair em um encontro. Que tal?

A minha primeira reação foi de responder que não. Havia muito risco... E pra ser sincera, eu estava com medo, apavorada, de finalmente conseguir algo que eu sempre quis. E se não desse certo por alguma das milhões de razões pelas quais não poderia dar certo? E se terminasse em decepção e destruísse nossa amizade? E se Zayne perdesse a alma por minha causa?

Havia tantos riscos, mas enquanto meu batimento cardíaco disparava, percebi que sendo meio demônio ou não, a vida estava cheia de riscos e eu estava cansada de *não* viver, de não tentar as coisas.

Um encontro não poderia ser ruim, certo? Eu olhei para ele enquanto meus lábios se abriam em um sorriso largo.

– Que tal um filme?

Zayne ficou acordado na manhã seguinte, depois de voltar da caça, e me levou para a escola. Para o clã, isso não era fora do comum, e Nicolai provavelmente estava aliviado por ser dispensado daquela tarefa.

As coisas estavam normais entre nós.

Ele fez piadas com a minha cara.

Ele me fez corar.

Ele me fez querer soca-lo em algum momento do trajeto.

E quando chegamos à escola, a forma como ele se inclinou e depositou um beijo doce na minha bochecha me fez desejar que eu pudesse dar-lhe um beijo de despedida digno.

Eu não tinha certeza de qual era o status do nosso relacionamento. Estávamos ficando? Éramos namorados? Nada disso havia sido estabelecido, e provavelmente era melhor assim por enquanto. Apesar de querer correr o risco, eu não sabia se conseguiríamos.

Ou se tentar aquilo fazia de mim a pessoa mais egoísta do mundo.

De qualquer maneira, havia um sorriso estúpido no meu rosto quando entrei na escola. Quando acordei naquela manhã, todos os problemas que estávamos enfrentando pareciam estar um pouco mais sobre controle, como se tivessem sido mergulhados em glitter.

Eu ri desse pensamento, ganhando um olhar estranho da garota andando ao meu lado. Tudo bem. Virando a esquina, eu tinha passado pelo display de troféus ainda vazio quando uma cabeça familiar de cabelos acobreados apareceu. Com o cabo da vassoura em uma mão, Gerald me chamou com a outra.

Desviando de um grupo de meninas, eu fui até ele.

— Tá tudo bem?

Ele assentiu e manteve a voz baixa.

— Eles cuidaram do problema no porão da escola. Limparam tudo e até se livraram da sujeira.

— Ótimo. — Fiquei aliviada ao ouvir isso. Zayne saíra ontem à noite para se encontrar com os outros, mas não conversamos sobre isso esta manhã.

A pele ao redor de seus olhos se enrugou enquanto ele olhava ao nosso redor.

— Eu também queria te agradecer.

— Pelo quê?

— Por não dizer nada aos Guardiões sobre mim — ele respondeu, mudando o cabo da vassoura de uma mão para a outra. — Eu sei que não, porque eu ainda estou aqui, e eu agradeço por isso.

— Não foi nada. Eu não acho que eles teriam problema com você, mas eu não iria correr esse risco. — Talvez eu teria corrido há alguns meses, mas não agora, e me dar conta disso matou um pouco do meu alvoroço de felicidade.

Os olhos cor-de-cereja de Gerald fitavam à nossa volta nervosamente de novo.

— Você ainda tá planejando visitar o *coven* em Bethesda?

— Sim. — Estávamos começando a receber olhares estranhos dos outros alunos. E dos professores. De onde estávamos, eu podia ver Stacey esperando por mim no meu armário, de pé ao lado de um Sam perplexo. A expressão dela dizia praticamente tudo.

As sobrancelhas de Gerald estavam enrugadas de preocupação.

— Eu gostaria que você reconsiderasse. Tem de haver outra maneira.

— A menos que você conheça um livrinho de *Lilin para leigos*, não temos outras opções. — Mas um livro assim seria verdadeiramente útil. — Olha, obrigada por sua preocupação, mas eu tenho que...

— Você não entende. — Ele esticou uma mão e segurou meu braço. O súbito soco de medo nas minhas entranhas me abalou, e agora que eu sabia que não estava vindo de mim, foi ainda mais perturbador. — Você parece uma boa garota, apesar de tudo, mas às vezes, criança, você sai por aí fazendo perguntas para as quais você não gosta das respostas que encontra.

Gerald largou minha mão antes que eu pudesse me afastar. Quando ele se virou, lançou um longo olhar em direção ao meu armário, e depois correu de volta para o almoxarifado.

Certo. Aquilo foi estranho, e talvez mais do que o estranho característico de bruxas.

Balançando a cabeça, eu girei. Stacey me olhava com curiosidade enquanto eu caminhava através da multidão de estudantes.

– Batendo papo com zeladores agora?

– De mãos dadas com ele? – perguntou Sam.

– Parem – disse eu. – Os dois.

Levantando o dedo do meio para mim, Stacey sorriu quando revirei os olhos.

– O que aconteceu com você ontem? Por favor, me diz que você não fugiu com Roth.

Bem...

– Nada, só fui pra casa. Não me senti bem. Você sabe como... – Eu inclinei a cabeça, franzindo a testa. Algo em Sam parecia diferente. Não era o cabelo, mesmo que as ondas indisciplinadas parecessem ter sido escovadas para variar. Então percebi. – Onde estão seus óculos, Sam?

– Ele perdeu – respondeu Stacey quando começamos a andar pelo corredor. – Ele não tá um gostoso?

– Claro. – Eu sorri. – Mas você vai conseguir enxergar sem eles?

– Eu vou ficar bem. – Ele entrou com facilidade no tráfego de alunos. – Mas por que o zelador estava agarrando sua mão daquele jeito? Meio esquisito.

– Ele me ajudou ontem quando eu estava passando mal. – A mentira veio muito rápido para a minha língua. – Ele estava apenas apertando minha mão.

O cheiro doce e selvagem anunciava a proximidade de Roth. Olhei por cima do ombro. Ele estava vindo pelo meio do corredor, franzindo a testa para o celular que carregava na mão. Ele nem estava olhando para onde ia, mas as pessoas saíam do caminho para ele passar.

Roth olhou para cima, seu olhar colidindo com o meu. Havia uma leve mancha azul ao longo da sua mandíbula, um sinal de que um

Guardião tinha dado um soco poderoso. Eu rapidamente desviei o olhar, xingando baixinho pelo embrulho de culpa. Dois segundos depois, ele estava deslizando para o meu lado.

– Bom dia, senhoras e senhor.

– E aí – Sam respondeu com um sorriso. – Tenho que ir pra aula. Vejo vocês no almoço?

Eu o vi girar nos calcanhares e desaparecer pelo corredor. Roth também assistiu àquilo. Havia uma curva esquisita em sua boca.

– Nosso Samzinho tá crescendo ou algo assim?

– Como assim? – perguntei.

– Não sei bem – Ele deu de ombros, virando-se para Stacey. – Sem óculos. Hoje se vestiu como se a mãe dele não tivesse escolhido a roupa pra ele, e você tá olhando pra ele como se quisesse fazer bebês de óculos com ele.

As bochechas de Stacey ficaram vermelhas, mas ela riu.

– Talvez eu esteja.

– Oh. – Os olhos de Roth se arregalaram. – Safadeza.

Além do comentário sobre fazer bebês, Roth estava bastante quieto na aula. Ele não se virou para me irritar ou se inclinou na cadeira para que seus braços descansassem na minha mesa.

Algo estava... diferente.

Como sempre, Bambi ficou ansiosa durante a aula e começou a criar um mapa invisível no meu corpo. Quando a aula acabou, eu mal podia esperar para sair dali. O sinal tocou e o nosso professor substituto acendeu as luzes.

– Não esqueçam – disse ele, passando a mão sobre a cabeça e apertando a nuca enquanto olhava para sua agenda. – Temos um teste no cronograma...

Um grito abafado o cortou, e ele se virou para a porta fechada. Então gritos mais altos, estridentes e horrorizados rugiram do corredor fora da sala de aula. De uma vez só, nós ficamos em pé nos mexendo nervosamente.

Roth foi em direção à porta quando os gritos se intensificaram.

– O que tá acontecendo? – Stacey sussurrou.

– Acho que devemos ficar na sala – disse o sr. Tucker, tentando interceptar Roth, mas ele era rápido e metade da classe estava seguindo-o. – Não sabemos quem está lá fora! Vamos lá. Todos! Voltem aos seus lugares.

Era impossível.

Houve um pequeno congestionamento na porta, e então todos nós saímos para o corredor lotado, Stacey segurando a parte de trás do meu suéter. O corredor havia se aquietado ao ponto de se ouvir um gafanhoto espirrar, e de alguma forma isso era pior do que os gritos.

Eu empurrei a multidão, espiando as costas de Roth. Seus ombros estavam anormalmente rígidos. Eu consegui passar e ele olhou para mim por cima do ombro, balançando a cabeça. Meu olhar se desviou dele para a roda em meio à multidão de estudantes, um vazio quebrado por duas pernas cinza-opacas balançando lentamente para frente e para trás.

– Meu Deus – Stacey sussurrou.

Arrastando o meu olhar para cima, minha mão subiu ao meu peito. No começo, era como se minha mente se recusasse a reconhecer o que estava vendo, mas a imagem não desapareceu. Não mudou.

No meio do corredor, pendurado em uma luminária com a bandeira vermelha e dourada da escola em volta do pescoço, estava Gerald Young.

Capítulo 20

Com a polícia e o trauma, a escola fechou mais cedo naquele dia.

Acabei acordando Zayne com uma ligação, mas, no momento em que contei o que aconteceu, ele estava a caminho. Não mais do que vinte minutos depois que as autoridades começaram a dispensar os alunos, eu me encontrei sentada à uma pequena mesa em uma padaria próxima com Zayne *e* Roth.

Não éramos as únicas pessoas da escola. Eva e Gareth também estavam lá. Eles se sentaram em uma mesa de dois lugares sob uma foto emoldurada de um pão assado. Gareth estava curvado sobre um copo que segurava em suas mãos pálidas, seus ombros mais magros do que eu lembrava e seu cabelo uma bagunça gordurosa.

Gareth parecia no limite, mas eu sabia que não deveria interferir novamente.

Parti meu cookie ao meio, mas, pela primeira vez, não tinha nada naquela bomba de açúcar que me tentasse. Eu mal conhecia Gerald, só tinha o visto pela primeira vez na minha vida ontem, mas foi como o que aconteceu com o membro da Igreja dos Filhos de Deus. Ver a morte nunca era fácil, não importava o relacionamento ou a falta dele com a pessoa em questão.

— Talvez Gerald tenha se matado — disse Zayne, chamando a minha atenção para o problema em questão. — Por mais triste que pareça, talvez seja simples assim.

Roth brincava com a tampa de seu chocolate quente. Por alguma razão, a ideia de um demônio, o Príncipe da Coroa do Inferno, bebendo chocolate quente trouxe um sorriso irônico aos meus lábios.

— Não sei, não. Por que ele faria isso, especialmente no meio do corredor? Esse é um jeito bastante dramático de dar cabo a si mesmo.

— Mas você realmente não o conhecia. Nem Layla. — Os meninos estavam realmente tendo uma conversa civilizada. — Vocês dois falaram com ele uma vez.

— Duas vezes, na verdade — eu disse, quebrando outro pedacinho do meu cookie. — Ele me parou no caminho pra aula hoje, me agradecendo por não contar aos Guardiões sobre ele.

— Isso não parece algo que alguém faria antes de se enforcar com a bandeira da escola — observou Roth enquanto se inclinava para trás no banco. Ele esticou um braço sobre o encosto. — Por que ser grato por Layla não colocar a vida dele em risco se estava prestes a tirar a própria vida de qualquer forma?

— Ele disse mais alguma coisa?

Eu acenei com a cabeça.

— Ele mencionou o *coven* em Bethesda e me disse pra ter cuidado — Limpei as migalhas do cookie das minhas mãos. — Ele disse algo nas entrelinhas sobre não gostarmos das respostas que encontraríamos para as nossas perguntas. Era quase como se ele soubesse de alguma coisa, mas estava com medo demais pra falar.

Roth franziu a testa quando me olhou.

— Será que um dos membros do *coven* chegou até ele? — A pergunta não foi realmente dirigida a ninguém em particular. — Ou poderia ter sido o Lilin?

— Você não teria sentido uma bruxa andando por aí? — Zayne perguntou.

Ele balançou a cabeça.

— Elas usam encantamentos pra nos bloquear, assim como fazem com os Guardiões. E não sabemos o suficiente sobre o Lilin pra sequer entendermos se eu iria farejá-lo ou não.

Eu me reclinei no assento, cruzando os braços sobre a barriga por causa do arrepio repentino que passou pela minha pele.

— Era quase como se fosse uma mensagem.

Zayne se virou para mim. Olheiras tinham florescido sob seus olhos, e eu sabia que ele não tinha conseguido descansar muito.

— Eu não gosto do rumo pra onde esse pensamento tá indo.

— Mas faz sentido – disse Roth.

— A gente conheceu o cara ontem, ele nos diz o que ele é e sobre onde podemos encontrar mais informações sobre o Lilin, me dá um aviso e, nem uma hora depois, ele tá enforcado. – Eu respirei fundo. – Parece que a mensagem é bem clara: pare onde está.

Os olhos de Roth lampejaram.

— Não vai rolar.

— Por mais que eu odeie dizer isso, o *coven* é a única pista que temos. – Zayne colocou um braço atrás de mim, e seu calor corporal imediatamente se expandiu. Seus dedos deslizaram pelos fios soltos do meu cabelo em um gesto aparentemente inconsciente. – Não conseguimos descobrir nada nas ruas. A gente tá de mãos vazias.

— O mesmo do lado de cá. – O olhar de Roth se desviou para a mão de Zayne e permaneceu ali. – Alguma atualização sobre possíveis mortes relacionadas ao Lilin?

— Nada fora do normal, mas como a gente pode saber com certeza?

Um músculo começou a pulsar na mandíbula de Roth e eu desviei o olhar, focando no meu cookie intocado. Houve um estrondo repentino do outro lado da padaria. Quando olhei naquela direção, vi Gareth de joelhos ao lado da mesa em que estivera sentado. Eva estava ao lado dele, seus braços envoltos em torno do braço do garoto. Duas manchas rosadas apareceram em suas bochechas quando metade da padaria parou para olhar para eles.

— Vamos lá – ela disse, forçando um sorriso nos lábios que estavam nus de qualquer maquiagem. – Você precisa levantar.

Eu me encolhi com a vergonha alheia. Eva não era minha amiga, mas assistir àquilo me deixava desconfortável.

— O garoto precisa de intervenção – um homem mais velho na fila disse alto o suficiente para Eva ouvir.

As bochechas de Eva ficaram ainda mais vermelhas, mas Gareth soltou aquela risadinha novamente; do tipo que fazia a minha pele se arrepiar.

— Tá mais pra uma intervenção demoníaca – murmurou Roth, olhando a situação com desgosto aparente.

Gareth se levantou, mas depois tropeçou novamente, batendo em uma mesa próxima. Bebidas derramaram e pessoas dispersaram. Um brilho vítreo encheu os olhos de Eva. Eu não conseguia mais ficar ali parada.

– Sai – eu disse, empurrando Zayne com gentileza.

Ele não se mexeu.

– Por quê?

– Isto é embaraçoso demais pra ficar assistindo. Alguém precisa ajudá-la.

Zayne olhou para mim por um momento e depois suspirou.

– Fique aí. Vou ajudá-la a tirar ele daqui.

– Obrigada.

Enquanto Zayne ia ajudar Eva, meu olhar flutuou para o outro lado da mesa. Era impossível evitar. Eu podia sentir a intensidade no olhar de Roth. Nossos olhares se firmaram um no outro.

– Como você tá? – ele perguntou.

A pergunta me pegou de surpresa. Eu não conseguia lembrar de um momento em que ele tivesse me perguntado isso.

– Eu estou bem.

– Ver aquilo agora de manhã não deve ter sido legal.

Desconfortável, coloquei minhas mãos na mesa para não ficar me agitando.

– Não foi.

– E o cara que morreu algumas noites atrás. – Uma mecha de cabelo preto azulado caiu em sua testa, suavizando seus traços –, como você tá lidando com isso?

Apertando meus lábios, eu não respondi imediatamente. Zayne levou Gareth até a porta. Eu esperava que aonde quer que eles precisassem ir não fosse longe, porque eu duvidava que conseguiriam chegar lá sem Zayne carregando Gareth. Quando meu olhar voltou para Roth, ele ainda estava esperando uma resposta.

– Eu realmente espero que você não esteja se culpando – disse ele, inclinando seu corpo esguio para a frente –, mas conhecendo você, deve estar.

– Bem, eu realmente dei um tapa no cara com uma Bíblia. – Meu estômago se retorceu ao lembrar daquilo. – Tenho certeza de que poderia ter resolvido melhor a situação.

– Mas você não puxou o gatilho. Você também não matou o cara – Sua voz caiu. – Eu matei.

– Mas eu...

As mãos dele envolveram as minhas, assustando-me.

– Não pense besteira. Você já tem muito com que se preocupar.

Parte da frustração que se movia pelo meu âmago era minha, mas havia uma boa parte que não me pertencia. Uma perturbação que eu não conseguia entender completamente que veio de dentro de... *Roth*. Quanto mais tempo ele segurava as minhas mãos, mais claras as emoções ficavam, como nuvens separando-se e revelando o sol. Uma pontinha de frustração era outra emoção... semelhante à que eu senti em Zayne.

Uma respiração pesada saiu de mim e comecei a afastar as minhas mãos. Ele não soltou no começo, mas acabou cedendo. Meus dedos deslizaram para longe dos dele, provocando uma onda de arrepios nos meus braços.

– Que foi? – ele perguntou, seu olhar penetrante.

Balancei a cabeça.

– Nada.

Roth não disse mais nada. Nem eu.

Mais tarde naquele dia, eu assisti à Izzy se transformar, indo e voltando, enquanto Drake agarrava a perna de Jasmine. Ela se curvava de vez em quando, acariciando instintivamente os cachos vermelhos da criança enquanto ele chupava o polegar.

Izzy era tão naturalmente boa em se transformar quanto difícil de ser controlada. Ela corria ao redor da sala de estar em altíssima velocidade, uma asinha batendo enquanto a outra caía para o lado. Várias vezes ela se lançava no ar quando se aproximava de Drake, fazendo-o gritar de terror.

Na maior parte do tempo, eu estava encolhida no canto do sofá, escondida sob o meu moletom com capuz. A casa parecia uma geladeira para mim, mas provavelmente não para Danika, que continuava interceptando Izzy quando ela estava prestes a se atirar em mim.

Uma hora antes do jantar ser servido, saí da sala para o andar de cima. Os jantares estavam sendo constrangedores há semanas e eu preferiria catar as sobras do que ter de me sentar à mesa e lidar com os olhares de desconfiança.

Passei pela cozinha, espiando Morris no balcão, cortando vegetais com o tipo de faca que assassinos em série cobiçariam. Ele olhou para cima e sua pele escura se enrugou ao redor dos olhos quando ele sorriu. Ele balançou a faca alegremente.

Se fosse outra pessoa, eu ficaria preocupada. Acenei de volta e depois subi as escadas. No patamar de cima, um arrepio estranho desceu pela minha espinha. Virei-me, meio que esperando encontrar alguém me olhando torto do andar de baixo, mas não havia ninguém lá.

Eu conseguia ouvir a risada distante de Izzy e o gemido baixo de Drake, mas o sentimento permaneceu. Estremeci, enfiando as mãos nos bolsos do meu moletom enquanto balançava a cabeça. Os acontecimentos recentes haviam me deixado paranoica, e com razão.

Ao me virar, minha atenção caiu na porta fechada do quarto de Zayne. Ele tinha ido dormir quando chegamos em casa da padaria, algo que ele precisava muito fazer. Eu sabia que ele levantaria em breve para fazer exercícios antes de descer para jantar. Deslizei até a porta, meu punho pairando por um segundo, mas por razões que eu provavelmente nunca entenderia, eu a abri sem bater.

Ele não estava seminu no meio do quarto nem estava onde gostava de ficar quando entrava em sono profundo, que era perto do janelão. Alguns Guardiões gostavam de se empoleirar no telhado, assim como as gárgulas adornando igrejas e escolas. Mas não Zayne. Ele sempre gostou daquela janela.

O meu olhar desviou para a cama... e lá estava ele. Os cantos dos meus lábios se ergueram. Ele estava estendido no meio da cama em sua forma humana, deitado de bruços. Um lençol estava enrolado em torno de seus quadris e seus músculos bem definidos das costas estavam relaxados. Uma bochecha descansava na curva do cotovelo e ele estava de frente para a porta, com os lábios entreabertos. Cílios espessos se espalhavam sobre as suas bochechas, e eles certamente eram motivo de inveja de qualquer anúncio de rímel no mundo.

Silenciosamente, fechei a porta atrás de mim e me aproximei da cama. Dormindo ele parecia muito mais jovem do que era, à vontade e, de certa forma, vulnerável. Ninguém o vendo assim acreditaria que ele poderia ser tão perigoso ou mortal quando acordado.

Sabendo que não deveria estar ali, ainda assim me sentei na beira da cama e meu olhar tracejou a linha de sua coluna. Eu não sabia bem por que tinha vindo, mas só conseguia pensar no que ele tinha pedido.
Nos dê uma chance.

Meu coração bateu descompassado. Poderíamos de fato fazer isso? Eu ainda não tinha certeza se tentar era realmente a coisa certa, mas não fazer isso era como virar as costas para a história que compartilhávamos. Enquanto os meus olhos devoravam toda a pele dourada à vista, não pude deixar de me perguntar se chegaríamos aqui, neste momento, mesmo se Roth nunca tivesse entrado em cena.

Com o pensamento dele, um nó se retorceu no meu estômago, uma mistura de dor persistente, uma dentada insípida de confusão... e culpa. As minhas mãos se fecharam, impotentes, no meu colo. Eu odiava me sentir assim, odiava que ainda era afetada por Roth e que eu sentisse culpa em tudo isto. Foi ele quem me afastou... e me empurrou direto para os braços de Zayne.

Braços que eram muito bonitos, pensei, encarando os bíceps dele.

Eu me senti uma *stalker* bizarra naquele momento.

É, era hora de ir. Comecei a levantar, mas uma mão se fechou em volta do meu pulso. Ofegante, olhei de volta para Zayne.

Um olho estava visível e um sorriso sonolento abria seus lábios.

— Aonde você vai?

O constrangimento se apossou de mim.

— Há quanto tempo você tá acordado?

— Tempo suficiente pra saber que você estava me secando — O sorriso de canto se espalhou. — Eu me sinto como um pedaço de carne.

— Fica quieto.

— Não disse que não gostei da sensação. — Ele se deitou de lado, e notei que as olheiras haviam desaparecido. Seu olhar pairava sobre meu rosto. — Eu gosto de acordar e ver você aqui.

Uma sensação calorosa zumbiu pelo meu corpo como uma abelha feliz, e o sentimento me deixou nervosa. Quando desviei o olhar, meu cabelo deslizou sobre meu ombro, cobrindo meu rosto.

— O que foi? — ele perguntou, soltando meu pulso para alcançar e afastar para trás as mechas loiras.

– Não sei. – Eu o espiei, forçando minha atenção a não vagar para baixo de seu queixo para que eu não ficasse muito distraída. – É só que... eu não sei como agir quando você é tão... aberto sobre isto.

Os seus dedos permaneceram no meu cabelo, deslizando pelos fios.

– Aja como você sempre agiu, Laylabélula. É o que eu sempre gostei em você.

– O fato de eu agir como uma idiota a maior parte do tempo?

Ele sorriu.

– Isso.

Uma risada me escapou e comecei a relaxar. Puxando minhas pernas para cima da cama, eu as cruzei. Eu o observei colocar o braço mais próximo de mim atrás de sua cabeça.

– Eu queria ter sido mais aberto sobre isso mais cedo – ele admitiu baixinho –, que eu não tivesse esperado tanto.

Eu também queria, porque talvez as coisas não estivessem tão confusas e complicadas agora.

– Antes tarde do que nunca, certo? – Quando eu assenti, ele deslizou os dedos pelo meu braço. Mesmo através do moletom, eu podia sentir seu toque. – O que tem pro jantar?

– Acho que algum tipo de ensopado ou assado.

– Você vai comer com a gente?

Eu dei de ombros.

– Não sei. Tá meio constrangedor fazer isso.

– Não é como se ninguém te quisesse lá, Layla.

Não era assim que eu me sentia. Olhei para o relógio na parede.

– Acho que já é hora de eu ir. Você precisa...

Zayne pegou meu braço e se mexeu tão rápido que não havia nada que eu pudesse fazer. De repente, eu estava deitada de costas, olhando em seus olhos que brilhavam com malícia. Ele pairava sobre mim, apoiando seu peso nos braços.

– Você sair correndo não é o que eu preciso – disse ele.

– Não é? – guinchei, talvez, a pergunta mais estúpida possível, mas não era minha culpa. O lençol tinha escorregado para baixo dos quadris de Zayne, e eu honestamente não sabia dizer se ele estava usando alguma peça de roupa ou não.

– Não. – Seu sorriso fez meu peito se comprimir. – Vamos nos abraçar por um tempo.

– Nos abraçar? – Eu ri ao visualizar uma gárgula de um metro e oitenta de conchinha.

Ele riu.

– Eu pensei que as garotas gostassem de abraços?

– Eu realmente não saberia dizer. – Isso não era verdade. Eu adorava uns abraços. Todas aquelas vezes em que Zayne tinha dormido ao meu lado, e depois teve a vez com Roth, quando tudo o que tínhamos feito foi nos deitar nos braços um do outro e não falar de nada importante.

Eu inspirei pesadamente enquanto meu estômago despencava. Eu não devia, não *podia* pensar nele agora.

O sorriso de Zayne sumiu enquanto seus olhos procuravam pelos meus.

– Às vezes você desaparece quando tá aqui, e acho que não quero saber pra onde você vai.

Perdi um pouco o fôlego enquanto meus pulmões se expandiam. Queria dizer que não ia a lugar algum e que, se o fizesse, isso não era nada a se preocupar, mas isso seria uma mentira e ele saberia.

Um lado de seus lábios virou para cima.

– Mas você tá *aqui*. E isso importa mais.

– É verdade. – E era mesmo.

Um silêncio pesado se estendeu entre nós, e o olhar dele mergulhou para os meus lábios e então mais para baixo, para onde meu moletom estava fechado até o pescoço. O sorriso dele se alargou.

– Tá com frio?

– É frio nesta casa – respondi, feliz pela mudança de assunto.

Mas então seu olhar se ergueu, e aqueles olhos estavam elétricos. Meu peito subiu com uma respiração profunda.

– Eu devia ir me arrumar – murmurou.

– Devia.

– Mas eu meio que quero só ficar deitado e fazendo nada.

Um formigamento começou nos meus lábios e estremeceu meu corpo até os dedos dos pés.

– Isso não é muito guardianesco da sua parte.

– Se você soubesse os meus pensamentos muito pouco guardianescos, você provavelmente fugiria deste quarto. – Ele percebeu meu arfar apertado. – Ou talvez não.

Meus dedos coçavam para tocá-lo, mas eu os mantinha ao meu lado. Ele tinha sugerido que fôssemos com calma e déssemos uma chance para nós, e isso provavelmente não envolvia apalpá-lo. Mas era tão difícil.

– Você quer treinar comigo essa noite? – ele perguntou.

– Aham. – Minha voz parecia rouca. – Isso... isso seria legal.

– Muito legal. Ou talvez gostoso. Provavelmente gostoso... – Ele perdeu o fio da meada e abaixou a cabeça.

Eu me encolhi, pressionando-me contra o colchão como se ele pudesse me sugar.

– Zayne, você não devia estar tão...

– Tá tudo bem. – Ele continuava vindo, aproximando-se, completamente sem medo e completamente maluco. – Você se preocupa demais.

– Você é louco. – Virei minha cabeça, mas ele colocou dois dedos no meu queixo e guiou minha cabeça para frente. Meus olhos se arregalaram. – Completamente louco.

– Não. Eu só confio em você. – Ele descansou a testa contra a minha, e todos os músculos do meu corpo tensionaram. – Tá vendo? Você não tá comendo a minha alma agora, tá?

Eu mantive minha boca fechada. O choro estava preso na minha garganta e eu não confiava em mim mesma para falar.

Ele mexeu a cabeça e o seu nariz roçou contra o meu, uma experiência totalmente nova com Zayne. Meu coração acelerou, batendo tão rápido que estava tropeçando em si mesmo. Um suspiro estremeceu para fora dele e para dentro de mim. Cerrei os olhos enquanto as pontas dos seus dedos deslizavam pela minha bochecha e depois para baixo, para onde meu pulso batia rapidamente. Se ele abaixasse o corpo só um pouquinho, estaríamos pressionados um contra o outro de todas as maneiras que faziam os meus dedos dos pés se contorcerem e os meus joelhos ficarem fracos, e eu tinha a impressão de que descobriria bem rápido se ele estava usando alguma coisa por baixo daquele lençol.

Ai meu Deus, esse não era o pensamento certo para se ter neste momento.

Pensei tê-lo ouvido sussurrar o meu nome, e então senti o mais leve dos toques de seus lábios nos meus, tão suave e rápido quanto o bater de um par de asas.

Um choque me atravessou, roubando meu fôlego. Meus olhos se arregalaram, e Zayne levantou a cabeça. Havia um pequeno e presunçoso sorrisinho nos seus lábios, e os meus... ah, os meus estavam formigando e cantarolando por causa do breve toque.

– Hmm... – ele murmurou, e sua língua saltou para fora, lambendo a lateral do seu lábio superior. – Ainda estou aqui. Alma intacta. Imagina só.

Eu estava absolutamente esputefata, para além da capacidade de falar. Não tinha sido realmente um beijo. Os meus lábios estavam bem fechados, por isso nem se podia dizer que foi um selinho, mas Zayne... ele se atreveu a pôr os lábios dele contra os meus. Ele arriscou perder a alma por um breve toque de lábios.

Ele se espreguiçou, beijou a minha testa e depois se deitou de lado.

– Eu realmente preciso começar a me arrumar, e eu preciso me trocar. – Ele tirou as pernas de baixo do lençol e ficou de pé.

Ele estava totalmente nu.

Totalmente nu e eu estava olhando para a sua bunda bastante firme e...

– Ai meu Deus!

Olhando por cima do ombro, ele arqueou uma sobrancelha enquanto seu sorriso malicioso se tornava perverso.

– O que foi?

– *O que foi?* – Eu olhei para ele, mas então meu olhar caiu e meu rosto queimou como o primeiro círculo do Inferno. – Ai meu Deus – eu disse novamente enquanto rolava para fora da cama, para o outro lado. Um riso rastejou até minha garganta e saiu de mim. – Você tá super pelado.

– Sério? – Sua resposta foi seca enquanto ele pegava o lençol. Ele se virou levemente e, ah, meu Jesus, eu me virei, os olhos arregalando.

Santo bebê gárgula, ele era...

– Tudo bem por aí?

– Aham – eu grunhi, me sentindo corada por uma razão totalmente diferente. Eu me virei lentamente.

Ele riu enquanto enrolava o lençol em volta da cintura, cobrindo... suas partes.

– Eu vou ter que largar isso de novo pra me trocar. – Seus olhos dançavam, maliciosos. – Não estou dizendo que você tem que sair, mas...

– Estou saindo. – Eu dei a volta na cama, meu cabelo se esvoaçando atrás de mim. Quando passei por ele, ele estendeu a mão, dando uma tapinha na minha bunda. Eu pulei, lançando um olhar para ele.

– Você é tão mal.

– Sou terrível. – Ele sorriu enquanto recuava, com uma mão apoiada no nó do lençol. – Vejo você daqui a pouco.

Eu miei alguma coisa em resposta à afirmação, e depois voei para o corredor. O meu corpo inteiro estava em chamas, pressionei uma mão contra os meus lábios que ainda formigavam e a imagem do traseiro de Zayne se estampava em minhas órbitas oculares.

Ele tinha uma bela bunda.

E pelo que pude ver, ele não decepcionava em nenhum outro aspecto também.

Eu dei uma risadinha e me virei para as escadas, quase batendo direto em Maddox. Ele parou no degrau superior.

– Desculpa – eu murmurei. Sua expressão era afiada, não inteiramente confiante, mas ele assentiu. Quando deu um passo para o lado para me deixar passar, uma onda de irritação pinicou pelas minhas costas. Será que ele morreria se falasse alguma coisa para mim? O Guardião nunca tinha me dirigido a palavra.

Nem uma vez.

Respirando fundo, movi meu pé para o degrau abaixo e uma rajada de ar frio veio do corredor atrás de mim, bagunçando meu cabelo e enviando finas gavinhas ao redor do meu rosto.

Olhei para a minha esquerda e tudo o que eu vi foi o rosto de Maddox branco de choque, e então ele caiu de cabeça pelas escadas íngremes.

Gritando, corri escada a baixo, fazendo uma careta quando ele bateu no chão de madeira, a cabeça rachando no chão. Eu cheguei ao seu lado à medida que o som de passos enchia cada canto da casa.

Ele estava deitado em um ângulo estranho, um braço torcido para trás dele e uma perna dobrada no joelho. Eu me abaixei.

– Maddox?

Ele não respondeu.

Capítulo 21

Segundos se passaram, e eu ainda não fazia ideia do que tinha acontecido.

Dez foi o primeiro a chegar. Ele colocou uma mão no meu ombro e gentilmente me afastou enquanto se ajoelhava.

— Maddox? — ele disse ao Guardião pálido e imóvel. Quando não houve resposta, ele colocou a mão no peito de Maddox. — Deus.

Cruzei os braços sobre o meu peito. Eu sabia que Maddox tinha que estar vivo. Uma queda não mataria um Guardião, mas em sua forma humana eles eram suscetíveis a ferimentos, mesmo do tipo mais grave.

— Como isso aconteceu? — Dez olhou por cima do ombro para mim.

Balancei minha cabeça.

— Eu não sei. Ele estava subindo as escadas e daí simplesmente caiu pra trás.

Zayne desceu as escadas, vestindo apenas um par de calças folgadas.

— Que diabos aconteceu?

— Ele caiu — eu expliquei, confusa.

— Jasmine! — Dez gritou quando se levantou.

Jasmine chegou em segundos, os olhos arregalados. Ela se virou, entregando Drake para Danika.

— Mantenha Izzy e Drake longe daqui — disse ela, voltando-se para Maddox.

Danika assentiu, olhando para onde Zayne e eu estávamos. Ela se virou, rapidamente levando Drake de volta pelo caminho que eles tinham vindo. Uma porta se fechou suavemente.

Quando Jasmine se ajoelhou do outro lado de Maddox e colocou dedos finos em seu pescoço, o resto do pessoal chegou. Sendo informados de que Maddox tinha caído para trás pelas escadas, Abbot se virou para mim.

Encolhendo-me, percebi que estava prestes a ser crucificada.

– Ele simplesmente caiu para trás? – Abbot perguntou, o ceticismo soando em sua voz enquanto ele andava em torno das pernas largadas de Maddox. – Você espera que eu ou qualquer um de nós acredite nisso?

Pelo menos ele foi direto ao ponto desta vez.

– Sim! Ele caiu. Eu não sei se ele perdeu o equilíbrio ou... Espera, teve uma corrente de ar frio logo antes de ele cair. – E agora que eu tinha dito isso em voz alta, sabia que não tinha sido a primeira vez. – Foi o mesmo que aconteceu com as janelas. Houve uma rajada de...

– De ar? – Abbot terminou a frase duvidosamente. – Será que o ar ligou com potência suficiente para quebrar as janelas ou jogar um Guardião de mais de cem quilos escada a baixo? Isso *se* usássemos o ar-condicionado nessa época do ano, o que não é o caso.

– Tá bem. Sei que parece ridículo, mas estou falando a verdade.

Zayne veio para o meu lado.

– Ela não tem razão pra mentir, pai. Se ela disse que ele caiu, ele caiu.

– Ela tem todas as razões pra mentir – cuspiu o pai de Zayne. Eu empalideci. – Uma vez foi o suficiente, mas isto? – Ele gesticulou para Maddox. – Um dos nossos, um convidado do nosso clã foi ferido, e um outro está desaparecido.

Eu enrijeci com as insinuações, ainda que a última tenha sido bastante certeira. Zayne deu um passo à frente, deixando-me atrás dele.

– O que você tá querendo dizer?

– Pessoal – disse Jasmine. – Preciso mover Maddox pra ver melhor os ferimentos. Agora, parece que ele só tá apagado. Talvez um braço quebrado ou crânio fraturado, que irão curar. Mas eu preciso de ajuda para movê-lo.

Zayne e Abbot, que estavam atualmente ocupados em uma batalha de olhares intimidadores, não pareciam ouvi-la.

Dez assentiu enquanto se movia para ficar diante dos pés de Maddox.

– Nicolai? Você pode pegar os braços?

Enquanto Nicolai fazia o que foi pedido, Abbot olhava para o filho.

– Não é possível que eu, ou você, acredite que ele perdeu o equilíbrio e caiu.

Guardiões normalmente eram um pouco mais equilibrados do que isso, mas não havia outra explicação... além daquele vento estranho.

– Você tá sugerindo que Layla o empurrou? – Zayne desafiou, os músculos de suas costas se contraindo. – Porque isso é uma estupidez.

Abbot se aproximou de Zayne, ficando cara a cara, e meu coração afundou.

– Veja como você fala comigo, garoto. Eu sou seu pai.

Tive muita vontade de rir quando imaginei o capacete de Darth Vader descendo na cabeça de Abbot. Felizmente, consegui me segurar, porque isso realmente não ajudaria as coisas.

Geoff se adiantou.

– Posso sugerir algo? – Quando Abbot assentiu rapidamente com a cabeça, ele continuou: – O que aconteceu deve ter sido capturado em vídeo. O mesmo com as janelas.

Meu olhar se voltou para ele com intensidade. Por que eu não tinha pensado nisso antes?

– Então vocês viram o vídeo. O que tinha nele?

– As janelas explodindo, aparentemente sozinhas – respondeu Geoff.

Zayne levantou o queixo.

– Vamos ver os vídeos, então.

Eu não tinha certeza de quanto isso ajudaria, já que eles já tinham visto um vídeo em que eu não fazia nada, mas fomos até o centro de comando. Sempre era bem mais frio perto das salas de treinamento do que em qualquer outro lugar, mas hoje, enquanto caminhávamos pelo corredor estreito e mal iluminado, parecia que era a mesma temperatura dos andares de cima.

Eu fiquei perto de Zayne, sabendo que agora era melhor eu ficar calada. A raiva irradiava de Abbot em ondas, obstruindo o corredor. Até Bambi, que estivera relativamente sedentária, ficou inquieta, deslizando ao longo do meu abdômen.

Zayne exalava tensão enquanto ficava ao meu lado. Ele não falou nada quando entramos no lugar em que Geoff se sentia em casa.

O centro de comando era uma sala circular que rapidamente ficou lotada quando nos amontoamos dentro dela. Monitores se enfileiravam ao longo da metade da parede e as outras partes estavam cobertas com cartazes de bandas antigas, que iam desde Bon Jovi, Pink Floyd e

AC/DC até Aerosmith. Alguns deles pareciam autênticos, suas bordas descolando da parede.

Era estranho, o pequeno vislumbre da personalidade de Geoff misturada com a segurança assustadora nível Serviço Secreto americano.

Geoff caminhou até um dos computadores e seus dedos dançaram sobre as teclas. A tela focada na escadaria e no patamar agora vazios começou rapidamente a voltar, depois parou assim que eu entrei em vista... com meus dedos tocando meus lábios.

Maravilha.

Expirando suavemente, olhei para Zayne e ele olhou para mim. Um lado de seus lábios se curvou quando um brilho de cumplicidade encheu seus olhos. Suspirei.

Voltei-me para o vídeo assim que Maddox apareceu na tela. Não havia som, mas dava para ver que ele saía do meu caminho. As câmeras não mentiam, e não havia como confundir o olhar desconfiado que ele lançara na minha direção.

A sala ficou silenciosa ao que o monitor revelou exatamente o que eu tinha dito a eles. Pelo posicionamento da câmera, ficou claro o momento em que senti a rajada de vento. O meu cabelo, que parecia branco na tela, agitou-se como se eu tivesse andado na frente de um ventilador. A câmera captou os olhos esbugalhados de Maddox e a sua boca entreabrindo-se no segundo antes de ele cair. O que eu não tinha percebido quando tudo aconteceu foi que, quando Maddox caiu, ele não tocou nos degraus. Ele caiu de bunda no ar, sem bater em nada até chegar ao chão.

Como se ele tivesse se jogado para trás.

Ou tivesse sido empurrado por uma força imensa.

– Como vocês podem ver, eu não encostei nele – eu disse, erguendo meu olhar para onde Abbot estava parado ao lado de Geoff. – Eu não fiz nada.

Um músculo ao longo da mandíbula de Abbot se tensionou enquanto ele assistia ao Geoff parar a gravação.

– Não há como negar – Zayne dobrou os braços sobre seu peito largo. – Ela não mentiu.

– Mas ela estava olhando pra ele – Abbot respondeu, virando-se para nós.

Levantei as sobrancelhas.

– A não ser que eu tenha desenvolvido algum poder super legal sem perceber, olhar pra ele não o derrubou escada a baixo.

Seu olhar saltou para mim, e a pressão apertou o meu peito. A maneira como ele me encarava, como se eu fosse um lobo entre as pobres ovelhas que ele estava encarregado de proteger, atingiu-me profundamente. Não havia como esconder sua desconfiança descarada, e eu não entendia de onde ela vinha. Sim, eu menti para ele, mas ele mentiu para mim sobre coisas maiores e mais importantes; como sobre quem eram os meus pais, só pra começar.

Nem sempre tinha sido assim. Eu odiava a maré escaldante de lágrimas que encharcava o fundo da minha garganta. Chorar era uma fraqueza, mas doía reconhecer que Abbot não me olhava mais como parte de sua família. Isso era tão evidente agora.

Zayne estava falando, mas eu não estava prestando atenção. O que quer que ele tenha dito, provavelmente em minha defesa, irritou seu pai.

– Não sabemos do que ela é realmente capaz. Duvido que ela mesma saiba – respondeu ele.

A raiva era como um tiro de aço na espinha de Zayne.

– Como assim, não sabemos? Eu sei do que ela é e não é capaz. Como você pode não saber?

A maneira séria e firme como ele me defendeu, apesar do descontentamento óbvio que estava fermentando entre ele e o pai, fez eu sentir como se uma mão tivesse atravessado o meu peito e se fechado em torno do meu coração.

Abbot soltou um xingamento baixo, e quando voltou a falar foi como se eu não estivesse na sala ou ele não se importasse que eu estivesse.

– Você precisa olhar para além dos seus sentimentos, filho. Ela não é mais a criança pequena e assustada que eu trouxe para casa. Quanto mais cedo você entender isso, melhor.

Eu respirei fundo quando as lágrimas se moveram para os meus olhos ardentes. Exceto que este era um tipo diferente de aborrecimento provocado por uma onda enlouquecedora de emoções. A minha pele se arrepiava, fazendo com que Bambi se contorcesse ao longo das minhas costas, e a necessidade de me alimentar me deu um soco no estômago.

Geoff franziu os lábios e desviou o olhar enquanto Zayne olhava para o seu pai, com a boca ligeiramente aberta, como se não pudesse acreditar no que ele tinha acabado de dizer.

A humilhação se misturou com a dor que atingia a minha alma. Eu inspirei o ar e não confiei em mim mesma para falar. Eu tive que tomar fôlego de novo.

– Então o que eu sou?

Abbot olhou para mim, mas não respondeu.

A minha voz vacilou quando falei novamente.

– Então por que você me deixa ficar aqui?

Houve um momento de silêncio e então Abbot desviou o olhar. Um suspiro pesado estremeceu o corpo dele.

– Eu realmente não sei.

Eu me retraí quando Zayne andou na direção do pai, seus olhos flamejando um cobalto brilhante e artificial.

– Como você pode dizer isso?

Incapaz de ficar ali e não fazer algo de que me arrependeria, como chorar ou chutar Abbot no estômago, eu me virei e saí do centro de comando. As minhas mãos formigavam enquanto eu as fechava em punhos. Eu estava respirando muito rápido. Duas inspirações, uma expiração. Quando foi que Abbot começou a não gostar tanto de mim? Fui entender quando atravessei a sala de treinamento, o que fez eu parar de repente. Ele não vinha confiando em mim há um tempo, mas essa desconfiança tinha sido mais pronunciada a partir do momento em que Roth retornou e deu a notícia de que um Lilin tinha nascido.

– Layla.

Agarrando a porta do armário, eu segurei um grunhido ao ouvir o som da voz de Roth. Embora eu tenha ignorado a sua presença, ele se encostou no armário ao lado do meu. Eu não estava com disposição para lidar com ele hoje.

– O quê?

– Você tá com uma cara péssima.

Enfiei os livros dentro do armário.

– Valeu.

— Também parecia que você estava prestes a dormir na aula de biologia.

— Como isso é diferente de qualquer outra pessoa na sala?

Ele riu sombriamente.

— Boa. — Ele parou quando um estudante do segundo ano se aproximou de seu armário, que era o qual Roth estava atualmente apoiando sua bunda. O menino parou e Roth levantou uma sobrancelha. Então o aluno virou nos calcanhares e saiu correndo. Roth sorriu enquanto inclinava o queixo em minha direção. — Não dormiu muito ontem à noite?

Depois de tudo o que tinha acontecido ontem, o sono não tinha chegado fácil. Sacudi a cabeça enquanto pegava os livros das aulas da tarde.

— O Pedregulho te manteve acordada até tarde, sussurrando pensamentos inocentes e puros no seu ouvido?

Eu revirei meus olhos com o escárnio escorrendo na sua voz.

— Hã. Não.

Ele se mexeu, inclinando seu corpo em direção ao meu.

— Ele te manteve acordada sussurrando todas as safadezas que ele quer fazer contigo?

Expirando profundamente, finalmente me virei para ele. O cabelo de Roth era uma bagunça de mechas cor de corvo e sua camisa cinza estava esticada no peito. Sua calça jeans pendia baixo em seus quadris, rasgada em ambos os joelhos. Ele era a imagem da arrogância preguiçosa.

— Imagino que ele também não tenha feito isso. Ele é bonzinho demais pra esse tipo de obscenidade. — Ele bateu um dedo no queixo pensativamente, e eu percebi que a unha estava pintada de preto. — Ele provavelmente ficou abraçadinho com você.

Zayne meio que tinha ficado abraçado comigo antes de Maddox cair da escada, mas ele também não tinha sido tão puro assim.

— Qual é a de você querer saber o que tá rolando entre mim e Zayne? Não é da sua conta.

Um ombro se ergueu.

— Estou curioso. — Quando eu não respondi, ele suspirou. — Então qual é o seu problema hoje? É por causa do que aconteceu com o nosso amigão, bruxa? Ou outra coisa?

Eu me encolhi um pouco com sua atitude blasé.

– Isso e ontem à noite... – O que eu estava pensando ao contar qualquer coisa a Roth? Será que a nossa trégua amigável chegava a este ponto?

– Ontem à noite o quê?

Suspirando, passei uma mão pelo cabelo. A necessidade de dar voz ao que estava me incomodando era muito forte. Não era como se eu pudesse falar com Stacey sobre essas coisas, e eu não queria envolver Zayne mais do que ele já estava envolvido pelo simples fato de estar me defendendo.

– Abbot acha que sou a encarnação do mal.

As sobrancelhas de Roth se ergueram até sua testa, desaparecendo sob seus cabelos.

– Como é que é?

– Versão resumida? Tem umas coisas estranhas acontecendo na casa. As janelas foram arrancadas e então um dos Guardiões caiu escada abaixo – Eu ajustei meu cabelo para trás, cansada até o osso. – Combinado com o fato de que Tomas, o Guardião que Bambi comeu, ainda tá desaparecido, Abbot acha que estou por trás de tudo.

Roth franziu o cenho.

– E por que ele acha que você tá envolvida nisso?

Esperei até que um grupinho de pessoas correndo em direção ao refeitório passasse por nós antes de continuar.

– Porque eu estava presente quando as janelas se quebraram e quando Maddox caiu da escada. Não sei como ele conectou Tomas comigo.

– Você fez essas coisas? – ele perguntou.

– Quê? – Eu joguei minhas mãos para cima. – Não. Eu não fiz nada disso. Eles até filmaram – Um pouco paranoica, eu franzi a testa. – Por que você perguntaria isso?

– Por que eu não perguntaria pra ter certeza? Você disse que não fez nada. Existem provas de que você não fez, então por que ele ainda acha que você tá por trás disso?

E aqui vinha a parte que me manteve acordada me revirando na cama a noite toda.

– Abbot acha que eles não sabem do que sou capaz. Que eu tenho superpoderes e fiz tudo isso só com a força do meu pensamento, acho.

– Isso seria uma habilidade legal, uma habilidade bem demoníaca. Uma habilidade de Status Superior, pra ser exato – disse ele, sorrindo.

Uma habilidade de Status Superior... Ai, Deus, isso era o que Zayne e Danika disseram sobre mim, mas com toda essa loucura, eu tinha esquecido.

– Ei. – A voz de Roth suavizou. – Layla, eu não estava falando sério.

Levantei meu olhar, encontrando o dele, e vi a verdade em seus olhos. Meu coração acelerou. Ele... ele estava mentindo naquele momento. Eu sabia disso no fundo da minha alma. As palavras saíram em um sussurro.

– Abbot acha que sou maligna.

Roth se afastou e se endireitou. Quanto mais tempo ele ficava quieto, maior era o nó de desconforto no meu estômago, tornando-se uma bola de chumbo.

– Mate aula comigo.

Eu pisquei.

– Como é?

– Mate aula comigo – ele disse novamente.

Não era isso que eu esperava que ele dissesse.

– Vou almoçar.

– Ou você pode ir almoçar comigo.

Sacudi a cabeça.

– Não é uma boa ideia.

– Por que não? – O sorrisinho diabólico estava de volta, dando a seus traços um charme juvenil. – O Pedregulho não aprovaria?

Há, pra dizer o mínimo.

– Ou você tá preocupada que Abbot não aprove? – Ele abaixou a cabeça para a minha e sua respiração dançou sobre meus lábios. – Ele acha que você é maligna? Dane-se. Seja ruim.

– Não sei como ser ruim vai ajudar em alguma coisa.

– Vai ajudar. Confie em mim. – Estendendo a mão, ele tirou a alça da mochila do meu ombro e depois a jogou no armário. – Venha e seja má comigo.

Dando um passo para trás, eu balancei a cabeça.

– Isso não vai acontecer.

– Eu não estou sugerindo que você venha transar comigo, Layla. – Quando ruborizei até as raízes do meu cabelo, ele franziu os lábios. – Na verdade, não é uma má ideia, mas não é o que estou dizendo.

Lancei um olhar duvidoso em sua direção.

Roth diminuiu a distância entre nós, fechando as mãos em torno dos meus braços.

– Prometo que vou te trazer de volta antes que Pedregulho chegue para te buscar. Vou usar um pouco da minha incrível habilidade e ninguém vai saber de nada. Palavra de escoteiro.

– Você nunca foi escoteiro.

Seus lábios se curvaram para cima.

– Ah, bem pensado, mas vamos lá. Não vai doer nada. Somos amigos, certo? Duas farinhas do mesmo saco demoníaco.

O desejo de rir dele era enorme, mas resisti, porque só encorajaria o idiota.

– Olha, tem algo que eu quero te mostrar. – Quando eu levantei uma sobrancelha, Roth fez beicinho. – Não minhas partes varonis, sua pervertida.

– Suas *partes varonis*? – Uma gargalhada me escapou. – Você é tão bizarro.

– Mas você estava pensando nas minhas partes varonis.

Dois pontos de calor floresceram em minhas bochechas. Agora eu estava.

– Não, não estava.

Ele sorriu.

– A propósito, minhas partes varonis não são partes pequenas. Só queria esclarecer isso.

– Ah, meu Deus...

– Vamos. Tem um lugar que eu acho que você precisa ver que vai ajudar a colocar tudo isso em perspectiva. Você vai ver que ser ruim não é ruim. Vamos lá, baixinha – ele me instigava, olhos brilhando como duas peças de topázio. – Mate aula comigo.

Matar aula realmente parecia uma boa. E havia uma dose saudável de curiosidade a respeito do que fosse que ele queria me mostrar e que poderia mudar a minha perspectiva, mas sair da escola com ele era idiotice, fadado a dar ruim, e Zayne ficaria... bem, ele não ficaria nada feliz.

Mas Roth era como um diabinho no meu ombro, incitando-me a ser má e a aproveitar cada momento disso. Exceto que ele não era um diabinho. Ele era o Príncipe da Coroa do Inferno.

O senso comum parecia ter se atirado pela janela e caído de cara no cimento lá embaixo, porque eu me vi balançando a cabeça e dizendo:

– Tá bem.

Capítulo 22

Eu encarei o besta de metal na minha frente e lentamente forcei meu olhar para onde Roth estava. Essa coisa de "ser ruim" já havia se tornado uma ideia terrível.

– Desde quando você anda de moto?

– Esta não é uma moto qualquer, baixinha. Esta é uma Hayabusa, um dos foguetes mais rápidos na estrada. – Ele estendeu um capacete. – Aqui.

Olhei para a moto vermelho e prata. Quase não havia espaço para duas pessoas naquela coisa.

– Não é ruim. – A alça do capacete balançava enquanto ele o sacudia para mim, impaciente. – Precisamos ir antes que o guardinha decida acordar de seu cochilo e nos pegue aqui fora, me forçando a fazer mais coisas demoníacas desagradáveis.

Nós fizemos uma parada no escritório da escola, e eu não sabia o que ele tinha feito lá para garantir que ninguém ligasse para casa. Suspirando, eu analisei a moto.

Não foi difícil imaginar Roth no foguete de virilha. Sem camisa.

Por que o meu cérebro *sempre* levava tudo pra esse sentido? Eu culparia os genes herdados da minha querida mamãe.

– O que você tá pensando? – Roth perguntou enquanto um grande interesse se estampou em seu rosto.

– Nada. – Peguei o capacete vermelho das mãos dele. Levei alguns segundos para colocá-lo corretamente e, quando terminei de ajustar a alça, Roth já havia colocado um preto e estava montado na motocicleta.

Eu engoli em seco assim que percebi o quão perto ficaríamos em cima dessa coisa, no nível "dois que parecem um" de proximidade. Isso era tão inapropriado. Zayne e eu não estávamos *juntos*, mas as minhas partes iriam ficar encostadas em uma das partes de Roth.

– PQP – murmurei.

A cabeça de Roth se virou e ele levantou o protetor facial.

– O quê?

Droga, ele tinha super audição ou algo do tipo. Eu o dispensei com um aceno de mão enquanto me aproximava da moto. Sabendo que eu provavelmente iria me arrepender disso como me arrependeria de comer um bolo inteiro de uma só vez, passei a minha perna sobre o assento e me sentei. Quase que imediatamente eu deslizei para frente, fazendo com que as minhas coxas se encaixassem nos quadris dele.

Ah, isso não era nada bom.

Roth ligou o motor e o rugido imediatamente fez meus olhos se arregalarem. Hesitante, coloquei as minhas mãos nas laterais do torso dele. Ele me olhou por cima do ombro. Eu não podia ver seu rosto, mas Roth balançou a cabeça antes de se virar para frente. Então ele abaixou os braços, colocando as mãos em volta dos meus antebraços, e me puxou para frente.

Num nanossegundo, os meus seios estavam esmagados nas costas dele. Antes que eu pudesse colocar algum espaço muito necessário entre nós, ele juntou as minhas mãos contra a parte inferior da sua barriga, dobrando uma mão sobre meus pulsos. Senti sua risada e então ele disparou com a moto.

Era como se o babaca soubesse que eu iria me afastar e tinha me impedido totalmente.

Meu coração pulou na minha garganta quando ele entrou no trânsito, pilotando entre carros que pareciam estar em inércia se comparados com a velocidade que estávamos indo.

Roth bloqueou a maior parte do vento enquanto fazia uma curva em torno de um táxi, mas os filetes do vento levantaram as mechas soltas de cabelo que pendiam por baixo do meu capacete. As pontas conseguiram se esgueirar debaixo das mangas da minha camisa, patinando sobre a minha pele. Minha pulsação estava em algum lugar entre um *oh, merda* e um *Jesus Cristinho*.

Mais à frente, o semáforo ficou amarelo e a moto avançou enquanto ele acelerava. Nós voamos pelo cruzamento assim que o semáforo mudou para vermelho. Uma buzina foi silenciada quando a moto desviou para o lado. Ele fez uma curva acentuada e não era mais necessário que ele me segurasse. Os meus braços estavam apertados em um estrangulamento na cintura dele.

Roth navegou pelas ruas lotadas como um profissional e, depois de alguns minutos, a adrenalina que disparava pelas minhas veias não era por medo de me tornar uma mancha espatifada na estrada, mas pela onda de entusiasmo.

Isto... isto tinha de ser a mesma sensação que se tinha ao voar.

Um sorriso vertiginoso irrompeu em meu rosto, e eu estava feliz que o capacete o escondia, porque eu provavelmente parecia uma idiota. Afrouxando meu aperto, eu me inclinei para trás e fechei os olhos.

Ah, eu queria me transformar de novo. Queria sair dessa moto e forçar minha pele a se expandir e meus ossos a se esticarem. Eu queria sentir minhas asas se abrindo e queria alçar voo. Mas fazer isso no centro de D.C. no meio do dia não seria uma boa.

Depois de um curto período de tempo, percebi que estávamos indo em direção a Palisades, para onde Roth morava. O instinto disparou uma série de advertências, mas havia pouco que eu pudesse fazer sobre isso no momento. Esperei até ele virar à direita para o estacionamento e parar em uma vaga no primeiro andar. No momento em que seus pés tocaram o chão, eu tirei o capacete e bati nas costas de Roth com ele.

Tomando todo o tempo do mundo, ele soltou a alça no seu queixo e se virou na minha direção, descansando o capacete no colo.

– Você não amou isso?

– Sim. Foi divertido, mas por que você me trouxe pro seu apartamento? Eu não deveria estar aqui.

– Quem disse? – Lancei um olhar para ele. – O Pedregulho?

– *Roth*.

Ele revirou os olhos.

– Eu disse que queria te mostrar uma coisa. Não é o meu apartamento. Eu sou um pouco mais criativo do que isso.

Resisti à vontade de bater em Roth com o capacete enquanto ele desmontava graciosamente da moto. Passando uma mão pelas pontas do meu cabelo bagunçadas pelo vento, eu me amaldiçoei mentalmente. Eu tinha me colocado nesta situação... Seja lá como esta situação terminasse e, quando Roth passou as mãos pelo próprio cabelo, ajeitando a bagunça das ondas, eu sabia que eu ia pagar o preço mais tarde.

Quando comecei a me afastar da moto, ele murmurou:

– Finalmente.

Parei e lhe dei o dedo do meio.

Roth ria quando pegou o capacete de mim, colocando-o na moto ao lado do dele.

– Ninguém vai mexer com eles – explicou quando observei o que ele estava fazendo. Então ele estendeu uma mão. – Sem dar pra trás agora.

Meu olhar caiu para sua mão estendida. Não seria tão ruim se estivéssemos realmente tentando localizar o Lilin ou obter informações sobre ele. Ao menos eu teria uma desculpa para estar aqui para além de dar uma de... má, mas era tarde demais agora.

Eu não peguei a mão dele quando desci da moto, nem de perto tão graciosamente quanto Roth. Ele balançou a cabeça e se afastou, dando-me algum espaço.

– Então, o que você vai me mostrar?

Sua risada baixa enviou um arrepio pelo meu corpo.

– Muitas coisas, mas você tem que me prometer que o que você ver fica aqui.

Meu olhar encontrou com o dele e a curiosidade realmente tinha me ganhado. Quando ele se virou e caminhou em direção à porta cinza sem janelas, segui atrás dele, mordendo meu lábio inferior. Roth abriu a porta, estendendo o braço em um gesto grandioso. Ele se inclinou ligeiramente quando passei por ele e entrei no saguão de seu prédio. Os aromas tênues e agradáveis de tabaco e café me saudaram.

Era bem como eu me lembrava, estilo Hollywood das antigas. Lustres dourados iluminavam os sofás de couro marrom que pareciam desgastados e confortáveis. Meu olhar se ergueu para o teto abobadado.

A pintura era a única coisa que não se encaixava ali; retratava uma cena de batalha agressiva de anjos lutando com espadas de fogo. Anjos caíam através de nuvens enevoadas, seus belos rostos deformados pela dor. Desta vez eu notei algo que não tinha percebido antes. Todos os anjos pintados com os olhos abertos tinham olhos azuis, daquela surpreendente cor azul-elétrica que todos os Guardiões tinham. Franzi a testa enquanto os analisava. Como é que Roth tinha chamado os Guardiões? Renegados celestiais?

– Baixinha?

Virei-me para onde Roth esperava próximo aos elevadores – elevadores que só iam para baixo, e eu quero dizer *bem* para baixo. Ele abriu a porta e, em vez de ir em direção ao andar de cima, ele se dirigiu aos degraus que desciam.

Hesitei nas escadas.

– Para onde isso vai?

– Lembra de como Gerald disse que alguns *covens* têm clubes onde outros de sua espécie podem se reunir com segurança? Temos a mesma coisa – Ele descia dois degraus por vez. – Quando estamos na superfície, gostamos de ficar juntos em edifícios como este e, em cada um deles, sempre tem algo extra especial no porão.

Quando descemos um nível, um par de portas vermelho-sangue apareceu, como um farol para o pecado, esperando por nós. Roth colocou as mãos no centro, lançou um sorriso rápido, e então as abriu.

Eu não sabia o que eu estava esperando ver para além das portas, provavelmente alguma coisa próxima de um boteco horripilante, mas o que vi foi algo completamente diferente.

O lugar era surpreendentemente bem-iluminado. Sem nenhuma luz vermelha decadente, sem placas neon anunciando cerveja. Sofás elegantes se alinhavam nas paredes, seccionados por cordas de veludo preto. Pessoas de várias idades descansavam neles. Eu não precisava da minha habilidade instável para saber que estava rodeada de demônios.

Música inebriante ressoava. Do tipo que dava para dançar, perdendo-se no som. O lugar estava lotado e, nos cantos sombrios do ambiente, eu podia ver sombras mais espessas movendo-se sinuosamente. Era de dia, então fiquei surpresa ao ver tantos aqui, mas duvidava que demônios funcionassem conforme os horários humanos.

Roth soltou uma risada enquanto abaixava os lábios para o meu ouvido.

– Você devia ver a sua cara.

Sacudi a cabeça, sentindo-me completamente como um peixe fora d'água.

– É... diferente.

Havia um palco em forma de S no meio do bar, cercado por mesas redondas e cadeiras, mas foi o que estava no palco que chamou e prendeu a minha atenção.

Mulheres seminuas dançavam. Mulheres tão bonitas que poderiam ter caminhado pelas passarelas de Nova Iorque e Milão. Uma em particular gingava no meio do S. Uma sainha de babados cobria sua metade inferior e ela usava um sutiã que brilhava e reluzia com a luz.

– Ela tá usando diamantes como sutiã? – perguntei.

Roth deu de ombros enquanto mantinha os olhos em mim, captando cada uma das minhas reações.

– Provavelmente. Não me surpreenderia. Nós demônios gostamos de coisas bem brilhantes.

A loira com o sutiã de diamante se balançava ao som da música, abaixando-se e deslizando para cima de novo. Ela se movia como uma cobra, ou como se fizesse parte da música pulsante. Ela ficou de joelhos, jogando a cabeça para trás enquanto sorria levemente para o homem à sua frente. Uma luz estranha refletia de seus olhos.

– Ela é um demônio – observei estupidamente, como se eu já não soubesse disso.

– Elas gostam de ser chamadas de súcubos – ele explicou sem rodeios. – Acredito que esse seja o termo politicamente correto.

Lancei-lhe um olhar enviesado, mas meu olhar foi imediatamente atraído de volta para a garota. Eu nunca tinha visto uma súcubo na vida real antes.

– Como elas podem estar aqui? Os Alfas as proibiram de vir à superfície.

– Eu não vou contar. Você vai?

Antes que eu pudesse responder, um homem se levantou e se inclinou no palco. A súcubo na roupa de diamante sorriu, brincalhona, enquanto ela se inclinava e dava um beijo casto nos lábios dele.

Ele imediatamente enrijeceu, suas mãos espasmando em seus lados, enquanto a pele da súcubo brilhava. Minha boca se abriu. Essas reações só podiam significar uma coisa. O homem era *humano*.

– Ei! – eu gritei. – Ela tomou a...

Roth colocou um dedo nos meus lábios.

– Baixinha, o que você vê aqui, fica aqui. Você prometeu.

Eu tinha prometido, mas não sabia o que estava acontecendo. Eu afastei sua mão de mim.

– Isso é errado.

– Ou é certo. Olha. – Ele me virou de volta para o palco. O homem estava sentado em seu assento, um sorriso feliz e satisfeito em seu rosto relaxado. – Ele não tá ferido. Ele só deu a ela um pequeno reforço de energia. Se alguma coisa aconteceu, foi ele ter gostado bastante do selinho. Assim como eu tenho certeza de que a maioria gostaria de um selinho seu.

Ignorei a última parte.

– Mas como os humanos estão aqui? Eles sabem o que tem ao redor deles? – Eu não conseguia conceber que eles soubessem, considerando as regras e tudo mais, mas era como se o mundo tivesse sido virado de cabeça para baixo no momento em que entrei por aquelas portas vermelhas.

– Alguns humanos tendem a traçar o seu caminho até aqui, mas se eles realmente sabem com o que estão frente a frente? Os demônios aqui não expõem o que são, mas os humanos que chegam até aqui não são inocentes. Se você pudesse ver suas almas, saberia que não são. – Com uma mão, ele segurou minha cintura, puxando-me para mais perto de seu quadril enquanto caminhávamos ao redor do palco. Bambi deslizou em direção a ele em resposta ao seu toque. – Então essas pessoas que vêm aqui? Bem, elas recebem o que merecem.

O que eu poderia retrucar sobre isso? Enquanto procurava por uma resposta recriminatória, vi várias gaiolas incrustadas de ouro penduradas atrás do palco. Havia garotas dentro delas. Uma ruiva peituda me chamou a atenção e seus lábios vermelhos se curvavam em um sorriso provocativo. Seu vestido mostrava mais do que cobria. Desviei o olhar, sentindo minhas bochechas queimarem.

Nos cantos mais escuros do clube, pessoas jogavam poker. Um homem na casa dos trinta anos, tão comum que tinha de ser humano, suava profusamente enquanto o homem pecaminosamente lindo que estava do outro lado da mesa olhava para cima, sorrindo. A luz refletia as írises dele, tal como aconteceu com as súcubos no palco.

O demônio mostrou sua mão.

– *Flush*. O seu?

As mãos do homem tremeram enquanto ele virava as cartas.

– Um *straight* – ele respondeu, rouco. Ele se reclinou de volta em seu assento, o rosto empalidecendo.

– Eles estão jogando poker apostando gatinhos? – perguntei, pensando em um episódio de *Buffy, A Caça-Vampiros* ao qual assisti no computador em uma noite insone.

Roth parecia confuso.

– O quê?

Eu balancei minha cabeça.

– Deixa pra lá. O que eles estão apostando?

– Não sei se quero saber. – Roth me afastou das mesas de poker.

– Menina bonita, quer dançar comigo?

Joguei a cabeça para cima. Uma das dançarinas nas gaiolas esticou um braço através das barras em minha direção. Quando não conseguiu me alcançar, ela se levantou, fechou os olhos e inclinou a cabeça para trás. Longos cabelos castanhos caíram em suas costas enquanto ela balançava os quadris ao som da música.

– Vamos. Se solte. Aproveite a vida. Você vai adorar a liberdade. A maneira como a música incendeia o seu sangue. Você vai adorar o fogo. Todos nós amamos.

– Harpia – murmurou Roth.

Seus olhos se abriram em fendas finas enquanto ela se inclinava para frente, passando as mãos pelo seu corpo seminu. Ela sorriu para Roth.

– *Mei Domina.*

O idioma que ela falava parecia antigo.

– O que ela te disse?

Ele sorriu.

– Não dance com nenhuma das garotas daqui.

– Não estava nos meus planos – respondi sem precisar pensar. – Você não respondeu minha pergunta.

– Não estava nos meus planos – ele ecoou enquanto me guiava em direção ao bar, com uma mão nas minhas costas, o gesto sendo agora uma constante no mundo louco em que eu tinha entrado.

– O que acontece se eu dançar com uma delas? – perguntei depois de alguns segundos.

Ele se inclinou, sussurrando no meu ouvido:

– Você nunca iria parar, baixinha. Você é apenas parte demônio, então ainda é suscetível a alguns dos encantos delas. Algumas dessas garotas lá em cima são humanas. Elas dançaram. Olha onde estão agora.

Estremeci. Se devido às suas palavras ou à sua respiração, eu não tinha certeza.

– Isso não parece certo.

– Se você pudesse ver a alma delas, tenho certeza que você não se sentiria assim.

Meu olhar passeou sobre elas. As mulheres eram todas bonitas à sua maneira. Algumas eram supermodelos magras e outras eram maiores, peles pálidas e mais escuras, morenas e loiras.

– Suas almas estão maculadas?

Roth assentiu, parecendo satisfeito.

– Aqui é uma espécie de sala de espera e um comitê de boas-vindas, dois em um.

– Isso é... o purgatório?

– Não. – Ele riu. – O purgatório não chega nem perto de ser tão divertido quanto este lugar.

Eu realmente não tinha certeza do que pensar sobre aquilo ou do porquê ele queria me mostrar qualquer uma destas coisas. Eu o deixei me guiar até o bar. Estava surpreendentemente vazio. Apenas três ou quatro clientes, todos humanos, sentavam-se nos bancos. Roth me deixou no banco no final do bar, ao lado de uma tigela de Beer Nuts.

– Vou arranjar algo pra gente comer que não envolva um alimento que tenha sido manipulado por cem dedos diferentes. Só não dance com ninguém ou permita que lhe paguem uma bebida.

– Mas...

– Estou confiando em você pra não se meter em nenhum problema – continuou ele, seus olhos encontrando os meus. – Eu sei que você pode se cuidar. Eu sei que você é esperta. Não vou te trancar num quarto pra garantir que você não faça besteira.

Abri a boca para responder, mas então entendi. Roth confiava que eu podia cuidar de mim mesma e que era capaz de ficar longe de problemas. Havia uma... uma liberdade nisso que eu nunca tinha provado antes. Eu tinha passado a minha vida inteira dentro de uma gaiola. Não como as das dançarinas, mas uma gaiola dourada onde todas as

Guardiãs eram mantidas, e embora eu tivesse tido mais liberdade do que qualquer uma delas, a frustração era a mesma.

– Layla? – ele inquiriu baixinho.

Outra coisa me passou pela cabeça. Zayne me trancaria em um quarto para me manter segura se pensasse que havia até mesmo o menor sinal de perigo no ar. Roth... é, ele tentaria me afastar do perigo, mas não iria me superproteger. Ele... ele me deixaria em paz.

– Tá bem – eu disse, finalmente. – Vou ficar aqui.

– Ótimo. – Ele sorriu e então desapareceu no meio das pessoas.

Eu me virei, franzindo a testa enquanto tentava me convencer de que eu conseguia lidar com essa situação. Eu estava de boa. Totalmente de boa.

Eu batia nervosamente os dedos na borda do balcão, mantendo meus olhos abaixados. Duvidava que fazer contato visual com qualquer coisa neste bar seria uma boa ideia. Se havia súcubos aqui, o que mais poderia haver? Pensei no demônio bonito que estava no canto jogando cartas.

Seria o demônio um negociante, um tipo especial de Duque que podia ser invocado do Inferno para fazer acordos? Até onde eu sabia, antigamente eles eram comuns na superfície, mas, assim como outros demônios perigosos, eles foram banidos para o Inferno pelos Alfas.

Meu Deus, se os Guardiões soubessem que este lugar existia, divertiriam-se muito aqui.

– Ela diz que eu preciso de um emprego melhor. Que se eu não posso pagar minhas próprias contas, então como posso pagar as dela? – disse um homem à alguns bancos de distância de mim. Ele estava vestido com um terno cinza enfadonho. Parecia uma imitação barata que dá para comprar em loja de bairro. – Eu não sei o que fazer. Eu não posso perdê-la.

Meu olhar deslizou para o barman, e meu queixo caiu. Era Cayman! Ele olhou de relance para mim e deu uma piscadela enquanto enchia o copo do homem com uma garrafa de líquido transparente. Seu cabelo loiro estava puxado para trás em um rabo de cavalo, e ele usava uma camisa de botões preta que tinha as mangas enrolada até os cotovelos.

Então além de ser regente infernal e braço direito de Roth, Cayman aparentemente também era barman.

Estranho.

Ele colocou a garrafa entre eles e apoiou o quadril contra o balcão.

– Mulheres são tão problemáticas, Ricky. É por isso que eu prefiro um homem bom e honesto.

Que ele gostava de homens não era novidade para mim, mas duvidava seriamente que ele preferisse um homem *bom e honesto*.

Ricky passou a mão pela testa, piscando.

– Você mudaria de ideia se conhecesse Angela. Ela é um anjo, tão angelical quanto o nome dela. Eu a amo.

– Um anjo que quer que você pague as contas dela? – O brilho em seus olhos cor de mel se acendeu. – Não soa como uma criatura celestial para mim.

– Ela é tão linda. O céu não é nada comparado a ela. – Ricky apoiou a cabeça entre as mãos, e por um momento pensei que o cara iria começar a chorar. – Ela não retorna nenhuma das minhas ligações ou e-mails. Não até que eu consiga provar que estou financeiramente estável.

Cayman suspirou.

– O que você faria por este seu anjo interesseiro?

A cabeça de Ricky se ergueu, os olhos arregalados e meio que vidrados. Ele estava bêbado.

– Eu faria qualquer coisa.

– Qualquer coisa? – perguntou o demônio. Ele se inclinou para frente, os olhos fixos nos do mortal.

Tive a sensação de algo afundando no meu estômago.

– Qualquer coisa – Ricky concordou com veemência.

– O que você acha que precisa pra este espécime maravilhoso de feminilidade ficar com você?

– Dinheiro – respondeu Ricky. – Eu preciso ganhar na loteria.

Cayman sorriu como um lobo, enchendo novamente o copo do homem.

– Então mais uma dose pra dar sorte, meu amigo. – Ele levantou a garrafa.

Meu estômago afundou ainda mais.

Ricky brindou na garrafa com seu copo, depois entornou o conteúdo. Ele bateu no balcão com o copo, que cintilou um vermelho profano por um breve segundo. Um acordo tinha acabado de ser feito.

Amor em troca de uma alma.

Ricky cambaleou para longe depois de alguns minutos, e eu esperava que ele não tivesse acidentalmente entrado no elevador errado ou algo assim. Eu lancei um olhar ansioso para Cayman.

Ele riu enquanto caminhava na minha direção.

– Quer compartilhar suas preocupações? – ele perguntou com suavidade.

Inclinei-me para trás.

– É, não, valeu.

Ele colocou a garrafa na minha frente e se encostou no bar.

– Gostaria de uma bebida, então?

Meus olhos se estreitaram.

– Estou de boa.

– Garota esperta – ele respondeu. – Mas é aquilo, eu duvido que haja algum acordo que você pudesse fazer comigo. – Ele olhou por cima do meu ombro, vasculhando o bar. – Você tá olhando pra mim como se eu tivesse acabado de matar um bebê, docinho. Você sabe o que eu sou. Você sabe o que *você* é.

– Você acabou de deixar um cara trocar a alma por amor.

– Parte da alma. Apenas um pedacinho de nada. Só isso – Seu olhar voltou para o meu. – O que Roth estava pretendendo ao te trazer aqui?

Dei de ombros.

– Não faço ideia.

– E onde ele está?

– Foi buscar comida pra gente.

Ele riu.

– Roth te trouxe *aqui* pra comer? Isso é ótimo. Você parece tão confortável quanto um gatinho cercado por pit bulls.

Fiz uma careta.

– Pareço tão deslocada assim?

– Você tem aquele olhar que diz não-tão-humana, mas não é isso – Cayman inclinou a cabeça para o lado. – Francamente, quando você olha ao redor, parece que você tá sentindo o cheiro de algo podre, docinho.

Parecia?

Cayman jogou a toalha branca no ombro.

– Eu não preciso te conhecer bem pra saber que você não tá feliz com o que você é.

— Isso não é... — Não consegui completar a frase. Não havia sentido em negar. Eu ainda não tinha aceitado que eu era tanto Guardião quanto demônio. A personificação do bem *e* do mal.

Ele sorriu novamente.

— Sabe, eu sei por que Roth trouxe você aqui. Ele queria que você visse isso, que você entendesse o que este lugar é.

— Um antro de pecado?

Cayman riu.

— Fofo, docinho, mas tenho certeza de que ele te disse que um certo tipo de pessoa que vem aqui, certo?

— Pessoas cujas almas já estão manchadas?

Ele assentiu enquanto abaixava a voz.

— Esse pessoal é o fundo do poço, humanos que fazem o mal por conta própria. Eles chegam até aqui porque é da natureza deles, e estamos fazendo um favor à sociedade com os serviços que fornecemos.

Arqueei minhas sobrancelhas.

— Estamos auxiliando o processo, tirando-os da corrida genética, por assim dizer, um pedacinho por vez. É isso que a maioria dos demônios faz. A gente não vai atrás dos inocentes. Vamos atrás dos pecadores... e, rapaz, a gente adora esse pessoal. — Ele se endireitou. — Isso é o que os seus Guardiões não entendem. Só porque há alguns demônios maus no grupo, não significa que o que fazemos não seja um mal muito necessário.

Suas palavras caíram sobre mim como se eu tivesse saído em uma tempestade de gelo. Foi por isso que Roth tinha me trazido aqui? Para me mostrar que o mal era necessário no mundo e talvez não fosse tão errado assim?

Olhei em volta do bar novamente, identificando facilmente os humanos, e Roth provavelmente estava certo. Se eu pudesse ver suas almas, eu veria seus pecados. Mas o que isso tinha a ver comigo?

Era tão óbvio que eu queria bater na minha própria cara.

Talvez Roth estivesse tentando me mostrar que, de alguma forma, a parte demoníaca em mim era necessária. Que o lado demônio tinha sido o responsável pela minha habilidade de ver almas e de, agora, sentir as emoções dos outros. E tinha sido o demônio quem me forçou a me transformar na noite em que Paimon tentara libertar Lilith. Na realidade, Roth sempre esteve tentando me mostrar os benefícios da minha herança mais sombria. Um pequeno sorriso se abriu nos meus lábios. Pensar nesses benefícios não diminuía a dor do asco evidente que Abbot sentia, mas ajudava.

– Então, Roth já te cortejou pra longe de todo bom-senso? Ele é uma delícia, não é?

Pega de surpresa pela pergunta, senti meu sorriso desaparecer.

– Não! Não. Não é nada disso.

– Não é? – Os olhos de Cayman pareciam absorver toda a luz do ambiente. – Como é que não é assim com Roth? Não o querer é como não respirar oxigênio.

– Bem, então, eu devo não estar respirando. Roth e eu somos apenas amigos. – *Amigos* soava tão ridículo e nem era particularmente verdade, considerando nosso passado.

Ele arqueou uma sobrancelha, mas deu de ombros.

– Se você diz, docinho. Você quer fingir que não se sente atraída por um gostoso feito ele, é com você. Embora ele geralmente não use o cabelo escuro. Mas eu prefiro ao louro oxigenado que ele usa às vezes. É tipo o cabelo do Billy Idol, velho e fora de moda. Prefiro o cabelo de Roth moreno.

Não pude evitar. A curiosidade me consumia inteira. Eu me inclinei para frente.

– O que você quer dizer?

Ele sorriu, abaixando a cabeça, de maneira que ficássemos olho no olho.

– Ele gosta de mudar a cor do cabelo. O rosto é sempre o mesmo, assim como os piercings, mas o cabelo fica diferente. Agora que ele tá arrasando com o *look* sombrio e misterioso, eu acho que ele não tá mais interessado no estilo *White Wedding* ou *Cradle of Love*.

– Oi?

Cayman revirou os olhos.

– Vocês jovens não saberiam identificar música boa nem se fossem acertados na cabeça por uma. Enfim, eu gosto quando ele é sombrio e poético. É bem divertido.

– Eu meio que também gosto dele assim. – Eu mordi o lábio e mentalmente me estapeei. – Quero dizer, eu acho bonito o cabelo dele.

Outro homem se sentou no lugar que Ricky tinha ocupado, suspirando pesadamente. Cayman olhou para ele e um olhar de pura avidez cruzou pelo seu belo rosto.

– Ah, o dever chama, pequena Layla. Eu tenho outro cliente.

– Hã... bem, divirta-se?

Cayman tirou a toalha do ombro.

– Sempre me divirto. Amo meu trabalho. Fique aí. Tenho certeza de que Roth voltará em breve com todos os tipos de guloseimas gordurosas.

Meu estômago roncou com a ideia de comida enquanto eu me reclinava no banquinho. Essa provavelmente tinha sido uma das conversas mais bizarras da minha vida, e eu já tinha tido muitas delas. Ainda mais estranho era o fato de que, no momento em que eu tinha atravessado a porta, nenhum dos humanos aqui foram muito tentadores no que se tratava de querer sugar a alma deles. Talvez fosse uma sobrecarga sensorial, ou tanto mal mantinha meu demônio sob controle. Isso não seria irônico? O único lugar em que meu demônio se comportava era perto de outros demônios. Seria muita sorte.

Uma mão se fechou sobre o meu ombro.

– Opa, olá.

Eu me virei. Uma garota um pouco mais velha do que eu estava atrás de mim, com o cabelo até a cintura brilhante e preto, assim como seu vestido justo. Seus olhos eram escuros, boca sensual pintada de vermelho, e ela era bonita de uma maneira puramente pecaminosa.

Outra mão tocou meu outro ombro, mais pesada e muito mais forte do que o da mulher.

– Irmã, o que você encontrou pra gente?

Minha cabeça se virou na direção da voz. Ele poderia ser o gêmeo da mulher. O cabelo cor de corvo lhe caía sobre as bochechas pálidas. Sua camisa branca era um contraste chocante com o cabelo escuro e os lábios vermelhos. Eu procurei por Cayman, mas ele estava ocupado com seu mais recente cliente.

Engoli em seco.

– Estou aqui com Roth.

– Você ouviu isso, irmã? – O cara lançou um sorriso provocante sobre minha cabeça. – Ela pertence ao Roth.

– Espera aí. Eu não *pertenço* a ele. Estou aqui como sua convidada.

Irmã riu baixinho.

– Você ouviu isso, irmão? Ela é apenas uma convidada.

Senti que deveria ter dito que pertencia ao Roth.

– Então devemos tratá-la como a convidada que ela é. – Irmão passou a mão pelo meu braço, deslizando os dedos entre os meus. A súbita onda de desejo ferveu em uma luxúria entorpecente no momento em que sua pele tocou a minha. – Nós vamos cuidar bem de você.

– Eu... não penso que... – Meus olhos encontraram os dele. Foi como cair debaixo d'água, afundando tão rápido que eu não conseguia nem querer respirar.

– Ela não pensa – murmurou Irmã. – Ninguém pensa aqui. Este é o lugar para não pensar.

– Sim – concordou Irmão, seus olhos tomando conta do seu rosto. – Aqui é onde a diversão começa e termina. Você deve se juntar a nós. – Ele puxou minha mão. – Vem com a gente.

Eu me levantei sobre pernas bambas, minha mente estranhamente vazia de todos os pensamentos.

Irmã agarrou minha outra mão e eles me levaram para a pista de dança. Um deles soltou minha mão enquanto o outro me girava. Irmão me pegou pela cintura, puxando-me contra ele. Eu olhei para cima, seus olhos eram um preto sólido. Sem branco. Em vez de medo e consternação, eu senti nada.

– O que você é? – ele perguntou. Irmão me girou.

Irmã pegou meus braços, guiando-me em uma valsa afetada. – Tem um demônio forte dentro de você – Ela me soltou, sibilando como um gato assustado.

– Mas – atrás de mim, Irmão murmurou no meu ouvido, seu braço serpenteando em torno de minha cintura – tem um Guardião aí também.

Nós balançamos à batida pesada da música por algum tempo, roçando contra outros casais que pareciam tão perdidos quanto nós. As mãos dele desceram até os meus quadris. Eu deixei minha cabeça cair para trás contra seu peito, fechando meus olhos. O meu sangue queimava. A mulher da gaiola estava certa. Ele me girou para os braços da Irmã.

– Você é tão bonita – ela murmurou, soando infantil. Ela descansou a cabeça no meu ombro enquanto girávamos de novo e de novo. – Você vai ter um sabor muito estranho, mas provar você eu devo.

Enquanto eu girava, vi formas e sombras estranhas. Carne sem rostos. Rostos feitos de ossos e nada mais. Tecido macio ondulava em torno das minhas pernas, maleável e ousado. Por um segundo, pensei que usava um vestido, mas, quando olhei para baixo, vi apenas jeans azuis.

Irmão me puxou de volta para seus braços. Eu me pressionei contra ele, inspirando profundamente. Ele não tinha cheiro, nenhum. Nossos quadris se encaixaram, movendo-se no ritmo da música.

– Sentimos a mesma necessidade. – Ele colocou os lábios contra a minha testa corada. – Provar não vai doer – Ele me afastou.

– Uma prova vai aliviar o seu fardo – Irmã sussurrou, colocando um beijo contra a minha garganta. – Uma prova vai te ajudar a ver.

– Ver o quê? – perguntei, sem fôlego e tonta.

Irmã sorriu.

– Irmão, ela quer ver.

Ele veio por trás de mim, espalmando a mão contra a minha barriga.

– Temos uma pra você, nossa adorável irmãzinha.

Deixei que ele me afastasse de Irmã, virando-me para que eu encarasse a multidão, colocando-se atrás de mim. Estávamos mais dentro das sombras do que eu tinha percebido. Todos pareciam tão distantes. Irmã voou para longe de nós, girando em torno dos casais dançantes como um minitornado.

– Adorável – ele disse novamente, beijando meu pescoço, onde meu pulso batia, e então debaixo do meu maxilar e na minha bochecha.

Fechei os olhos, inclinando-me para ele. Eu me sentia quente, desejável e acariciada em seu abraço. Eu não era solitária ou indesejada. Eu era a garota mais bonita no mundo dele e o mundo dele era só *eu*.

– Abra os olhos, querida – ele ordenou suavemente.

Eu abri.

Uma ruiva estava na minha frente, seu vestido rosa com pontilhado roxo. Ela era um cupcake bonito, pensei. Eu gostava de cupcakes, especialmente os deste tipo.

Porém, seu rosto estava embaçado. Eu pensei que talvez ela fosse mais velha e que talvez eu devesse estar mais preocupada com isto, e, ainda assim, eu não me reconhecia mais. Irmã sussurrou em seu ouvido, tirando um copo dos dedos subitamente flácidos da mulher.

– Dancem – disse Irmão.

E nós dançamos, esta garota e eu. Não nos tocamos, mas nos movemos exatamente no mesmo compasso. Como se fôssemos reflexos uma da outra, mas não éramos nada parecidas. Isso eu sabia bem. Logo Irmão se juntou a mim, sussurrando palavras que eu não entendia. Um idioma que eu deveria saber, acredito, mas que não conseguia compreender. Irmã fez o mesmo, e a mulher pareceu ficar ainda mais embaçada.

A mulher ficou imóvel na minha frente, com a cabeça virada para o lado e os olhos azuis fechados. Azuis? Ela não era um demônio. Ela não era como eu. Mas não importava. Eu dei um passo à frente, porque sabia que era o que eu deveria fazer. Era o que Irmão queria. Eu também queria.

Eu fiquei na ponta dos pés, mal conseguindo alcançá-la. Senti mãos nos meus ombros me mantendo estável. Nós estávamos perto, perto o suficiente. Fechei os olhos, esperando por um momento, um doce momento de pura tortura. Então inspirei devagar, profundamente.

Tomei a alma dela.

Capítulo 23

Calor inundou as minhas veias, atiçando chamas conforme se espalhava até os dedos dos meus pés. Esta mulher tinha sabor de glacê e espumante. Cada célula no meu corpo se abriu, como uma flor que tinha sido negada de água e sol por muito tempo. Sem pensar, eu suguei novamente.

O ar se moveu enquanto a mulher se sacudia.

Oh Deus, por que eu tinha me negado isso?

Irmão suspirou, os dedos apertando meus braços. A pequena faísca de dor não era nada comparada com a adrenalina da essência desta mulher. Eu continuei a arrastá-la para dentro, enchendo meu corpo com luz e ar. Uma porta pareceu se abrir em minha mente. Eu a vi com mais clareza. Ela era uma mulher bonita, mas tinha uma boca cruel que dizia palavras cruéis. Ela tinha sido desonesta durante toda sua vida acadêmica e depois com seu noivo. Em um lampejo, vi uma breve lembrança dela sussurrando palavras desprezíveis sobre um colega de trabalho para seu chefe e depois rindo quando o colega foi demitido.

Tantas memórias me invadiram, todas elas uma maré de evidências contra a mulher. Ela era má, rancorosa até ao âmago, mas eu sabia que se prosseguisse, se continuasse a provar o espírito dela, eu veria o que a corrompeu. Alguma coisa tinha a transformado nesta pessoa odiosa, uma coisa mais sombria e perturbadora do que qualquer maldade de que ela era capaz.

Sem aviso, ela foi arrancada de mim. Eu cambaleei para frente, ofegando por oxigênio. Senti Irmão soltar meus braços e olhei para cima.

Roth estava diante de mim, alto e terrível. Ele segurava o queixo da mulher, forçando-a a olhá-lo diretamente nos olhos.

— Você não terá lembrança de nada disto — disse ele. — Deixe este lugar. Vá para casa e nunca mais volte aqui. Está entendendo?

A mulher conseguiu dar um aceno breve e depois cambaleou para o lado, para dentro da multidão. Aonde ela foi, eu não sabia. Eu nem me importei. Os meus olhos estavam fixos em Roth.

Irmã riu.

— Você estragou toda a diversão. Ela disse que não pertencia a você.

Roth retribuiu o meu olhar fixo.

— Ela não pertence a nenhum de vocês.

Suspirei sonhadoramente, balançando-me em direção a ele.

— Onde você esteve todo esse tempo? Já se passaram horas e horas.

— Eu estive fora só por dez minutos — ele retrucou, e eu não gostei do seu tom ou da maneira como ele passou a mão pelos cabelos, como se estivesse chateado. — Que merda, Layla... Não te disse pra ficar parada? Pra não dançar?

Soltei uma risadinha de sua expressão severa.

— Eles me obrigaram.

— Nós a convidamos — corrigiu Irmã. — Nós não a obrigamos a nada. Sabemos as regras.

— Ela só queria uma prova — acrescentou Irmão, tocando no meu braço com apenas as pontas dos dedos. Eu estremeci. — Nós não a machucamos. Não foi, irmãzinha querida?

Roth disparou para a frente, fechando uma mão em torno da garganta de Irmão e levantando-o do chão até que seus pés balançassem no ar.

— Do que você a chamou?

Irmã sibilou, as mãos tomando a forma de garras que pareciam mortais. Em um instante, sua beleza desapareceu. Pele esticada sobre ossos pontudos, olhos estreitos e predatórios. Ela parecia mais felina do que humana.

— Dê um passo na minha direção, e eu vou quebrar o pescoço do seu irmão. — Roth advertiu sem tirar os olhos de Irmão. — Nunca mais toque nela. Vocês não são mais bem-vindos aqui.

— Você não pode nos banir — guinchou Irmã. — Você não é rei.

Roth largou Irmão e se virou.

— Talvez não, mas eu posso arrancar seu coração e dá-lo de comida para os Capetas. Que tal? Parece uma festa que você quer participar?

Os irmãos disfuncionais recuaram, deslizando de volta para a multidão. Eu flutuei para longe, olhando para um dançarino no palco. Ele era lindo, cheio de músculos e com longos cabelos loiros esvoaçantes. Cayman estava parado perto do palco, sorrindo para o cara.

Um braço circulou minha cintura, parando-me.

– Aonde você vai, baixinha?

Encostei-me nele.

– Não sei. Eu me sinto... muito bem.

– É. – Um suspiro pareceu passar pelo corpo dele e, quando Roth falou, sua voz era profunda e adorável. – Você quase matou aquela mulher, baixinha. Não devia ter te deixado sozinha.

Eu dei de ombros, movendo minha mão para frente e para trás no ar. Uma estranha sombra perolada a seguia.

– O que você tá fazendo?

Eu me virei em seus braços, olhando para seu rosto quase perfeito. Deus, ele era tão bonito. Por que algo tão gostoso tinha de ser tão... gostoso, especialmente quando eu não podia tê-lo? Eu não conseguia lembrar exatamente o porquê, mas eu sabia que havia razões, e boas razões.

– Acho que consigo ver a minha alma.

Suas sobrancelhas subiram.

– Consegue? Você consegue ver a alma de mais alguém agora?

– Não, mas a minha é branca. – Suspirei feliz. – Isso significa que minha alma é pura.

Roth me observava, um leve sorriso em seu rosto.

– Demônios não podem ter almas puras.

De alguma maneira, minha cabeça acabou enfiada no peito dele.

– Então eu não posso ser como você.

– Nossa, você tá tão fora de si agora. – Balançando a cabeça, ele se mexeu e, quando percebi, eu estava fora do chão e em seus braços. – Levantando.

Uma risada alta me escapou, e eu senti que poderia rir pra sempre.

– O que você tá fazendo?

– Levando você pra algum lugar em que você não se meta em mais problemas. – Ele começou a andar, facilmente abrindo caminho pela multidão.

Para mim, o bar estava de cabeça para baixo.

– Todo mundo tá andando no teto.

Sua risada era tensa, soando relutante, enquanto ele mudava a minha posição em seus braços. Minha cabeça agora descansava contra seu peito.

– Melhor?

O mundo estava certo mais uma vez.

– O que eram aquelas pessoas lá?

Ele abriu uma porta com o ombro, entrando em um corredor mal iluminado.

– Uma súcubo e um íncubo. Eu os chamo de Suga e Ingo. Acho que vou mudar o nome deles pra Morta e Mortinho. Não posso te deixar sozinha por dez minutos sem que os lobos deem o bote.

Eu deslizei meus dedos pela nuca dele.

– Eles não eram tão ruins.

– Adivinha? – Seu sorriso não alcançava os olhos.

– O quê?

– Você não vai achar isso mais tarde.

Eu ri.

– Você é um babaca.

A risada de Roth foi mais leve quando ele se virou para as escadas.

– Eu meio que gosto de você assim.

– Talvez. – Eu chutei meus pés no ar, rindo. – Você pode me colocar no chão. Eu consigo andar.

Em vez disso, Roth me carregou escada acima tão facilmente que era como se eu não fosse nada além de uma pena. Ele passou por um corredor, depois subiu outro lance de degraus.

– Você tropeçaria e quebraria o pescoço, ou então cairia em um de nossos guardas. Ou iria tentar fazer carinho neles.

– Que guardas? – Olhei em volta das escadas. – Não estou vendo nada.

Roth não disse nada enquanto continuava a subir. Um homem comum não teria conseguido subir os quinze andares, mas ele nem ficou sem fôlego. Quando abriu outra porta, vi algo que não tinha estado lá antes. Sentados diante de sua porta no final do corredor estavam dois cachorros do tamanho de Chihuahuas.

Eu soltei um gritinho, batendo palmas.

– Eu quero fazer carinho, sim! Eles são tão pequenininhos!

Roth suspirou.

– Tinham me dito que o tamanho não importava.

– Alguém mentiu pra você.

– Ah, esse pode ser o caso. – Ele me colocou no chão suavemente, mantendo um braço ao meu redor. – Tenha em mente que não se pode julgar um livro pela capa.

Eu comecei a me virar para ele, mas um dos cachorros do tamanho de ratos ficou de pé.

– Eu poderia carregá-lo em uma bolsa, tipo... tipo uma dessas bolsas caras.

– Eu não acho que eles gostam dessa ideia.

Eles não gostaram mesmo. Ambos estavam de pé, orelhas para trás e rosnando. Um latiu. Parecia um guincho.

Eu ri.

– O que eles vão fazer? Morder meus tornozelos?

Roth me puxou para mais perto, e não era eu quem iria reclamar. Eu gostava do calor que seu corpo emanava, da maneira como nos encaixávamos mesmo que ele fosse tão mais alto do que eu. Como eu não tinha notado isso antes? Mas eu tinha. Era algo que eu tinha esquecido ou estava tentando esquecer, mas eu não conseguia entender o porquê por trás disso. Eu queria admitir isso agora, gritar do topo do prédio e fazer coisas, muitas coisas.

Cachorrinhos em miniatura esquecidos, virei-me e coloquei as mãos no peito de Roth.

Os cães não gostaram nem um pouco disso.

Um soltou um chiado que se transformou em um rugido. Eu rodopiei, cambaleando para o lado. Rosnando e batendo os dentes, seus corpos se retorceram e cresceram. Patas enormes substituíram as pequenas. Garras arranharam o chão enquanto caminhavam para frente, ainda rosnando. Seus flancos eram grossos de músculos, suas caudas espessas. Focinhos mais longos, bocas mais largas e orelhas achatadas contra os pelos avermelhados e espessos. Os dentes se projetavam de suas bocas, afiados e enormes. Os olhos passaram de um castanho para vermelho--sangue e o cheiro de enxofre encheu o corredor.

Eles eram do tamanho de ursos e, bem no fundo da minha mente, percebi que eram cães infernais.

— Puta merda — sussurrei, sabendo que deveria ter medo, mas eu ainda estava flutuando.

— *Senta* — ordenou Roth, de repente na minha frente. — *Vos mos non vulnero suus*!

Em uníssono, eles recuaram e se sentaram ao lado da porta. Suas orelhas ainda estavam abaixadas, mas eles não pareciam mais como se quisessem me comer. Considerei aquilo uma evolução.

Roth olhou por cima do ombro para mim.

— Você tá certa. Tamanho importa. Eles não vão machucá-la. Vamos. — Ele estendeu a mão.

Eu a peguei, olhando para as criaturas. Uma delas cheirou minha perna enquanto Roth abria a porta, e a outra rolou de costas, com a língua escorrendo pra fora da boca. Roth se agachou, acariciando a barriga exposta do cão infernal.

— Esse é o meu bom menino — ele murmurou. — Quem é um bom menino?

— Como eles se chamam? — perguntei, encostada na porta. Minha cabeça estava pesada.

Ele olhou para cima, sorrindo.

— Esta é Bluebelle e aquele — ele gesticulou para o que cheirou minha perna — é Flor.

Fiz uma careta.

— O que é que você tem com o filme *Bambi*?

Ele se levantou fluidamente.

— É um clássico americano.

Sorrindo, fechei os olhos.

— Você é ridículo.

— Abre os olhos, baixinha.

Voltei a sentir a mão dele na minha, por isso abri os olhos depressa.

— Por quê?

— Você precisa ver por onde anda. — Ele me puxou para a escuridão. Um segundo depois, uma luz suave inundou a sala e ele soltou minha mão. Cortinas pesadas estavam fechadas, bloqueando o sol.

Eu tirei os sapatos, tropeçando enquanto também tirava as meias. Meus pés afundaram no carpete felpudo.

— Acho que estou com fome.

– Vou pedir que a comida seja servida aqui.

Eu o encarei, ficando sem fôlego quando ele tirou a camisa e a jogou para o lado. Pele macia sobre músculos firmes. Suas calças estavam tão baixas.

– Pedi um pouco de tudo que podia. Hambúrgueres. Batatas fritas. Frango empanado. – Ele parou, olhando para mim. Um sorriso presunçoso apareceu quando ele tirou os sapatos. – Tá vendo alguma coisa que gosta?

Não conseguia responder, mas vi muitas coisas que gostei.

Ele perambulou pela sala, parando a alguns metros de mim.

– Desculpa. Eu não suporto o cheiro de cigarro. Isso te incomoda?

Eu sabia que havia uma razão para que sim, mas balancei a cabeça e então encontrei minha voz e uma dose saudável de ousadia.

– Não.

– Então não vai se importar de tirar isso? – Roth envolveu os dedos em torno das cordas penduradas no decote do meu moletom com capuz. – Fede a Suga e Ingo.

Antes mesmo de conseguir negar com a cabeça, ele tinha descido o zíper. Eu prendi a respiração enquanto os nós de seus dedos roçavam sobre mim. Formigamentos afiados dispararam através do meu corpo, limpando a névoa do meu cérebro por um momento ou dois. Então ele tirou o tecido "ofensivo" dos meus ombros, deixando-o cair no chão.

– Bonito... Como se chama? – murmurou ele, com os olhos claramente não no meu rosto.

– Uma... camisola de seda. – Respirei fundo, mas não conseguia inspirar oxigênio suficiente para os meus pulmões. – Roth?

Seu olhar encontrou o meu.

– Layla?

Comecei a falar, mas algo macio e peludo roçou no meu pé, chamando a minha atenção. Um gatinho branco minúsculo olhava para mim com lindos olhos azuis. Inclinei-me para a frente, pegando a bolinha de pelo, querendo abraçá-la e apertá-la e amá-la, mas então lembrei.

Franzindo a testa para o diabinho, eu puxei meus dedos para fora de seu alcance.

– Não. Eu lembro de você. Gatinho mau.

O pelo ao longo das costas da criaturinha fofa se eriçou, e ele sibilou antes de se virar e correr de volta para debaixo da cama.

– Vejo que você aprendeu com seus erros anteriores, mas acho que você chateou o Nitro.

– Esses gatinhos têm raiva. – Levantei-me e depois ofeguei quando uma onda de tontura me acometeu.

Roth colocou uma mão no meu braço e senti uma pontada suave de preocupação.

– Você tá bem?

– Sim... estou bem. Isso acontece depois... – Eu perdi as palavras enquanto o gatinho preto e branco colocava a cabecinha para fora da cama, olhando-me com as orelhas abaixadas.

– Depois de se alimentar?

Alimentar. Era isso que eu estava fazendo? Assim como o resto dos demônios no lugar esquisito nas entranhas deste prédio? Fazendo minha parte na cadeia alimentar demoníaca? Eu estremeci.

– Você não tomou a alma dela, baixinha.

Eu inclinei a minha cabeça para o lado. Eu realmente não tinha.

– Ela estava bem, não é?

– Sim.

– E se ela estava lá embaixo, isso significa que ela era má, não é?

Sua respiração quente dançou ao longo da minha bochecha.

– Sim.

Isso fazias as coisas estarem certas? Eu não tinha certeza.

– Não quero pensar sobre isso.

– Não precisa. Por que não se senta?

Porque não parecia haver muito mais a ser feito, eu dei a volta na cama e me sentei entre as almofadas king-size. O cheiro dele estava por toda parte e, quando fechei os olhos, inspirando profundamente, lembrei de ter estado aqui antes, nesta cama... nos braços de Roth.

Um rubor quente percorreu minha pele e meus olhos se apertaram. Quando os reabri, vi Roth caminhando em direção à cama com uma longa bandeja em suas mãos. Vários pratos estavam cobertos com tampos de prata.

Sentei-me mais reta, confusa.

– Eu caí no sono? – Parecia que haviam se passado apenas alguns segundos desde quando tinha fechado os olhos.

Ele riu enquanto se sentava, colocando a bandeja entre nós. Havia dois copos altos cheios de gelo, ao lado de duas latas de refrigerante. Era como serviço de quarto fornecido por um cara demônio, gostoso e seminu.

– Não. Você estava sentada aqui cantando.

– Eu estava?

– Sim, *Paradise City*. – Ele sorriu enquanto olhava para mim através de cílios pesados. – Eu acho que estou te influenciando.

Por alguma razão, aquilo não me agradou, mas então ele começou a mover bandejas e eu me apaixonei – me apaixonei por toda a comida gloriosa e maravilhosa colocada diante de mim. Um buffet de carne, gordura e sal.

Entre mim e Roth, a comida desapareceu num nanossegundo. Enquanto ele recolhia os pratos e os levava para a área da cozinha, eu deitei de costas e alisei meu estômago.

– Minha barriga tá feliz.

– Aposto que está – Houve um som de água corrente e depois parou. Nem um segundo se passou e ele estava sentado ao meu lado. Colocando uma mão do outro lado do meu ombro, ele se inclinou sobre mim.

– Como você tá se sentindo?

Meus lábios se abriram em um grande sorriso.

– Bem. Ótima. Feliz. Talvez um pouco cansada, mas eu me sinto como...

– Eu já entendi – disse ele, rindo. Sua cabeça se inclinou para a direita enquanto a intensidade de seu olhar aumentava até eu sentir como se ele pudesse ver através de mim. Um olhar tenso apareceu em seu rosto enquanto ele cuidadosamente pegava as mechas de cabelo dos meus ombros e as espalhava no travesseiro. – Eu gostaria que você fosse se sentir desta forma mais tarde, mas você não vai.

Meu coração deu uma cambalhota enquanto ele abaixava o olhar.

– Você vai se odiar depois disto, mesmo que não tenha machucado aquela mulher. Pra ela, vai ser como uma ressaca depois de uma noite ruim de curtição. E ela não vai sentir falta desse pedacinho de alma que você tomou. Não que ela tenha sentido falta de qualquer uma das partes que ela voluntariamente deu por cada pecado atroz que cometeu. – Ele suspirou pesadamente, como se um peso invisível se estabelecesse em seus ombros. Ele levantou o olhar. – Não era a minha intenção que isto acontecesse quando eu te trouxe aqui. Suga e Ingo deveriam ter ficado longe de você. Eu deveria ter me certificado disso.

Ele sacudiu um pouco a cabeça.

– Eu só queria que você visse como a outra metade vive. Não aqueles desgraçados. Eles não são boa coisa, mas nem... nem todos nós somos assim. Eu queria que você visse isso. Pra você entender que o que tá dentro de você... – Ele bateu de leve com um dedo na minha barriga – não é ruim, não importa o que esse idiota de líder de clã diz pra você ou como ele faz você se sentir.

– Digo o mesmo pra você.

Uma sobrancelha se arqueou.

– O que isso significa?

Estendi a mão, batendo o *meu* dedo no peito dele.

– Você não é tão ruim quanto gosta de pensar. Você é capaz de atos de grande bondade.

Ele bufou.

– Você tá chapada.

– Não estou. – Eu o cutuquei novamente. – Você fez coisas que humanos com almas não fariam. Você...

Sua mão segurou meu pulso, puxando-o para longe de seu peito.

– Tudo o que faço é por uma razão puramente egoísta. Confie em mim.

Eu não acreditei nele. Fui puxar meu braço para perto de mim, mas de alguma forma tudo o que consegui fazer foi puxar *Roth* para mais perto. O músculo em seu braço flexionou enquanto ele pairava sobre mim, apoiando seu peso. O calor de seu corpo mais uma vez se infiltrou no meu. Bambi se agitou. Percebi que realmente gostava daquela cobra. Ela deslizou sobre a minha pele, fazendo-me cócegas quando sua cabeça chegou ao meu ombro, aparentemente compelida pela proximidade de Roth. Um sorriso fraco cruzou seus lábios quando ele viu Bambi, e me perguntei se ele sentia falta dela.

Nossos olhos se encontraram e aquele sentimento de antes estava de volta, pulsando pelas minhas veias. As palavras jorraram de mim.

– Me beija.

Partículas de âmbar escureceram em seus olhos. Seu rosto enrijeceu, quase como se ele estivesse com dor, e eu não tinha certeza por que esse pedido o incomodaria tanto.

– Layla...

Puxei meu braço novamente, e ele se aproximou ainda mais. Quando eu falei, nossos lábios estavam a centímetros de distância.

– Me beija.

Seus cílios penderam, blindando seus olhos.

– Você não sabe o que tá pedindo.

– Sim, eu sei.

Ele balançou a cabeça e soltou a minha mão.

– Não sabe. Você tá muito...

Eu empurrei Roth e ele caiu deitado de costas com força, balançando a cama. Pode ter sido pelo fato de que eu o peguei desprevenido, mas, de qualquer maneira, tirei vantagem da situação. Eu joguei a minha perna sobre o quadril dele e me sentei, pressionando as palmas das minhas mãos em seus ombros.

Seus olhos se arregalaram em choque quando eu movi o meu peso para os braços. O meu cabelo deslizava sobre os ombros, criando uma cortina loira esbranquiçada. Montada nele, sentindo-o debaixo de mim, entre minhas pernas, eu me senti como uma deusa ascendendo ao trono da luxúria. Eu quase ri com esse pensamento, mas percebi que iria arruinar minha sensualidade.

– Meu Deus. – Ele jogou a cabeça para trás, gemendo enquanto suas mãos se acomodavam nos meus quadris. – Eu realmente gosto *muito* de você deste jeito.

– Então qual é o problema? – perguntei enquanto me balançava para trás, trilhando a ponta dos meus dedos pela sua barriga lisa.

Seus dedos cavaram em meus quadris enquanto ele olhava para mim através de pálpebras pesadas.

– Eu realmente não consigo pensar em um agora.

– Bom. – Eu comecei a abaixar minha cabeça, mirando em seus lábios entreabertos.

Ele me pegou novamente pelos pulsos, levantando meus braços e segurando-me para trás.

– Isto... isto não vai acontecer, baby.

Confusa, eu tentei chegar mais perto, mas ele me segurou. Um pouco da névoa de prazer desapareceu quando meu coração se apertou.

– Você... você não me quer?

Roth se moveu tão rapidamente que eu não tive nem um segundo para pensar sobre o que ele estava fazendo. Ele me colocou deitada de costas com os braços esticados acima da minha cabeça.

– Não quero você? – ele disse, pressionando-se contra mim. Cada parte do nosso corpo se tocava, roubando-me o ar. – Eu acho que você sabe a resposta pra isso.

Ah, eu acho que sim.

Consegui libertar uma das minhas pernas debaixo da dele, e prendi a minha panturrilha à perna dele. Seus quadris afundaram em mim e meu corpo formigava como se pequenas faíscas estivessem dançando sobre minha pele. Ele gemeu mais uma vez.

– Eu te quero tanto que é como uma fome que me atormenta infinitamente. Ela não vai embora. – Ele mergulhou a cabeça entre o meu pescoço e o ombro, inspirando profundamente. – Você não tem ideia, porra.

– Então faça algo sobre isso – sussurrei.

Roth ergueu a cabeça e suas pupilas se esticaram verticalmente.

– Layla... – A maneira como ele falou meu nome foi como uma bênção. – Por favor...

Meus dedos se fecharam, impotentes, enquanto eu me esticava, finalmente alcançando-o com meus lábios. Nossas bocas mal tocaram, mas Roth estremeceu e seu aperto em torno de meus pulsos ficou mais forte.

E então ele estava em mim.

Era como se as correntes que o prendiam tivessem quebrado. Roth me beijou, e não havia nada de suave ou doce na maneira como sua boca brincava com a minha. Ele moveu meus pulsos para uma de suas mãos, e sua outra deslizou pelo meu braço e depois pela minha lateral, sob a minha camisola. Sua mão deixou um rastro de fogo enquanto ele a movia pela pele nua da minha barriga e depois mais para cima. Arqueei as costas ao seu toque e me perdi naquele beijo, no gosto e na sensação dele, tão familiar que doía.

Então o beijo se aprofundou, e o gosto dele me marcou de dentro para fora. Seu coração estava disparado contra o meu. Nossos corpos se encaixaram e se moveram, fazendo com que cada célula em mim ansiasse por mais, exigindo sempre mais. E Roth me entregou. Seus quadris se moviam de maneiras que me faziam ofegar entre os beijos profundos e ardentes. Minhas pernas se enrolaram em torno dele.

– Você é tão deliciosa – Roth murmurou contra minha boca. Um som profundo ressoou dele quando ele me beijou novamente. – Você é deliciosa demais pra ser verdade.

Eu realmente não entendia o que aquilo significava, mas eu queria tocá-lo, passar meus dedos sobre os músculos bem-definidos das suas costas, deslizá-los sob seu jeans solto. Senti como se fosse sair da minha pele, como tinha acontecido antes... naquela noite com ele, que parecia ser há muito tempo, mas isso estava acontecendo no presente e o corpo dele se movia como pecado.

Sem aviso, ele se afastou completamente de mim, e a cama tremeu quando ele caiu deitado de costas. Por um momento, eu fiquei atordoada demais para me mover, totalmente presa nas sensações disparando pela minha pele.

Ofegante, comecei a me sentar e segui-lo.

– Roth...

– Não – ele disse, levantando uma mão que tremia. – Meu Deus, eu não posso acreditar que vou dizer isso, mas não se aproxime. Não se mova.

De maneira inesperada, ele jogou as pernas para fora da cama e levantou-se. Apoiando-me vagarosamente em meus cotovelos, eu o vi marchar ao redor da cama.

Roth enfiou ambas as mãos nos cabelos e xingou baixinho. Como um animal enjaulado, ele olhou para mim. Seus olhos queimavam em um fogo interior.

Eu segui seu olhar. Minha regata estava embolada, acima do meu sutiã. Antes que eu pudesse fazer qualquer coisa a respeito disso, ele se virou e foi para o banheiro. A porta bateu atrás dele, ecoando por todo o loft.

Expirando profundamente, eu me joguei para trás e fechei os olhos com força. O que tinha acabado de acontecer ali? Parecia que ambos estávamos em sintonia, que queríamos a mesma coisa. Não queríamos?

Esfreguei as mãos no rosto e depois puxei a camisa para baixo. Alguns minutos se passaram, talvez mais, enquanto eu forçava meu corpo a se acalmar e meu coração a desacelerar. Roth ainda não tinha voltado do banheiro, e meu rosto ardeu em um tom profano de vermelho quando eu me perguntei o que ele poderia estar fazendo lá.

O barato estava desaparecendo rapidamente e toda aquela lógica e bom-senso que eu tinha varrido como um mosquito irritante estavam em guerra com a exaustão se aproximando de mim. Aquela vozinha no fundo da cabeça estava ficando mais barulhenta, cheia de humilhação e ameaçando me dar um tapa na cara, mas então os três gatinhos demoníacos do Inferno apareceram ao pé da cama. Caminhando para frente, suas patas afundando nas cobertas, eles me olharam como se eu fosse uma borboleta colorida, mas estúpida, presa em uma teia de aranha.

Eu congelei enquanto eles se sacolejavam na minha direção até chegarem ao meu lado, e então franzi a testa quando eles se acomodaram em bolinhas que ronronavam tão alto que faziam a cama vibrar.

Um pouco em choque, olhei para eles enquanto aquela vozinha começava novamente, dizendo-me para levantar e sair deste lugar antes que fosse tarde demais. Mas o ronrom dos gatinhos teve um efeito calmante e, antes que eu percebesse, a distância entre o agora e o depois se expandiu.

Capítulo 24

Despertei para a suave cintilação de velas e uma dor de cabeça latejante, e ligeiramente confusa sobre o meu arredor. Levei um momento para ter consciência de onde eu estava e do que tinha acontecido no lugar estranho abaixo do apartamento no Palisades.

Levantando em um pulo, senti meu coração acelerar. Havia um gosto estranho no fundo da minha boca. Afastando os cobertores, fiquei aliviada ao descobrir que não estava nua. Lembrei de vir aqui com Roth, de falar com Cayman e com os demônios gêmeos do mal, e depois...

Meu Deus.

Lembrei de provar a alma da mulher, aquela que me lembrava um cupcake.

Estranhamente, a náusea que ocupava o lugar do barato dissipado de tirar uma alma era mínima. Apenas um ligeiro desconforto do estômago, mas isso era verdadeiramente insignificante em comparação com todo o resto.

Eu saí desajeitadamente da cama, meus olhos correndo pelo loft de Roth. Na beirada da cama, o pequeno gatinho branco estava estendido de lado. Quando me viu, sibilou. O gatinho preto e branco estava sentado no piano. Ele estava de pé, vagando pelas teclas. Cada nota que as patas acariciavam era desconcertante. Do canto do olho, vi uma sombra correr em frente à parede de vidro, bloqueando momentaneamente a lua e as luzes dos edifícios circundantes. Girei naquela direção, meu coração na garganta.

Não havia nada ali.

Meu olhar caiu para a porta do banheiro. Ela estava aberta e estivera fechada quando eu... Ah, merda, *Roth*. Eu me ofereci para ele. Bem, tecnicamente, eu o derrubei e montei nele. Eu o beijei e ele me beijou de volta antes de interromper o que eu certamente teria continuado.

Coloquei uma mão na têmpora, estremecendo. Naquele momento, eu não tinha certeza do que era pior: molestar Roth e tê-lo feito se esconder no banheiro ou que eu tinha provado uma alma.

Eu observei o loft novamente, mas não vi Roth. Meus passos pareciam pesados e minhas pernas, desarticuladas. Encontrei os meus sapatos e o moletom com capuz ao lado da minha mochila, os três itens colocados numa cadeira junto à porta. Nem lembrava de ter trazido a mochila comigo. Eu pesquei meu celular, tocando na tela. Haviam chamadas perdidas: duas de Stacey e incontáveis de Zayne, e meu coração afundou. Então eu vi a hora.

Eram 3h15.

– Merda – eu gritei, assustando o gatinho no piano. O bater das teclas combinava com o ritmo do meu pulso. – Ah, merda, merda, merda.

Procurei pela carteira, encontrando-a espremida entre dois cadernos. Precisava pedir um táxi. Enquanto eu colocava meu celular de volta na mochila, pensei nas chamadas perdidas de Zayne. Ele devia ter entrado em pânico e devia ter pensado... eu não conseguia nem terminar esse pensamento. Minha mão tremia quando eu a envolvi na alça da mochila. Eu precisava ligar para ele, mas não conseguia me concentrar em nada além de colocar um pé na frente do outro.

Onde estava Roth?

Não importava. Ele tinha me trazido ali e... ele me deixou dormir por horas. Um lampejo de raiva disparou pelo meu corpo, mas como eu poderia culpá-lo por essa confusão? Eu devia ter ouvido os meus instintos, mas tinha vindo com ele. Então eu tinha dançado com Suga e Ingo e, apesar de eles terem feito algo comigo, eu tinha sido a pessoa a provar a alma da mulher. Era como se Roth tivesse aberto uma porta quando me chamou para ser má com ele, e eu tinha saltado direto para dentro.

Eu tinha metido a mim mesma nesta confusão.

Caminhar até a porta e abri-la exigiu muita energia. Do lado de fora do loft, os dois cães infernais estavam sentados como sentinelas. Eles levantaram as orelhas, mas não se viraram na minha direção. Enquanto passava por eles, os músculos das costas das criaturas incharam em corcundas irregulares. Prendi a respiração, rezando para que eles não me comessem, até que cheguei ao fim do corredor e abri a porta.

Meio correndo, meio deslizando degraus a baixo, continuei até ouvir gritos agudos e chorosos. Parando do lado de fora da porta que levava ao saguão, eu congelei. Risadas altas ecoaram pelas escadas, assim como gritos e gemidos.

Que diabos...?

Recuando, virei-me e espiei a saída para a garagem. Qualquer lugar era melhor do que entrar no saguão ou voltar para o bar, para aquela loucura, sem Roth. Ou ele estava no saguão, curtindo a festa?

Abri a porta, correndo pela garagem escura e em direção às ruas. Meu suéter fino não era proteção suficiente contra o ar gelado. Envolvi os braços ao meu redor e trouxe minha mochila para perto, correndo pelas ruas envoltas em neblina. De repente pensei em Jack, o Estripador. Ele não atacava as suas vítimas sempre nas noites enevoadas de Londres? Não que eu não conseguisse matar um assassino em série, mas mesmo assim, o pensamento me deixou noiada.

Eu me apressei, procurando pelas ruas nubladas por táxis. Deus, eu estava tão encrencada. Eu tinha provado uma alma. As minhas entranhas se retorciam em culpa e vergonha, e eu disse a mim mesma para parar de pensar nisso, porque não havia nada que eu pudesse fazer agora.

Mas minha pele se arrepiava enquanto eu continuava a andar pela rua silenciosa. Se eu respirasse muito forte, inspirasse profundamente, ainda conseguiria sentir o gosto da sua essência sabor glacê. Eu mordi meu lábio até que o sangue substituiu a doçura açucarada. A dor não ajudou a afastar a memória que me tomava, o prazer que a alma tinha me trazido.

O que eu tinha feito?

A crise de abstinência parecia não ter me atingido ainda e eu mereceria os suores, calafrios e a fome que não podia ser saciada. Merecia isso e muito mais.

Todos os edifícios que se alinhavam nas ruas estavam silenciosos e tomados por sombras até que eu atravessei uma rua e percebi que uma das sombras havia se separado do resto. Esvoaçava ao longo da calçada ao meu lado, mais espessa e mais larga do que a minha própria. O cheiro de enxofre substituiu o fedor do rio próximo.

Eu parei.

A sombra parou.

Senti um gelo percorrer minhas veias quando o cheiro de ovo podre se intensificou até meus olhos queimarem.

Ao meu lado, a sombra crescia alta e esbelta, tomando a forma de uma figura sem rosto feita de fumaça escura. A sombra levantou os braços no ar e se dobrou para o lado, levantando uma perna. A neblina pesada recuou, como se não quisesse tocar na abominação. Lentamente, a sombra rodopiou como a bailarina na caixinha de joias que nunca usei.

Saco.

Era uma escuridão, um espírito demoníaco. O tipo de criatura que poderia possuir humanos enfraquecidos e causar muitos problemas.

Uma risada fria parecia vir da escuridão, da calçada e dos edifícios de uma só vez. Ela me cercou, eriçando os pelos por todo o meu corpo. Eu dei um passo para trás.

A escuridão parou, abaixando a perna até o chão. Colocou os braços esfumaçados no que eu presumi ser seus quadris e fez uma dancinha feliz. Então ela se curvou, estendendo uma mão transparente para mim. Dedos frágeis se balançaram em um convite para dançar.

Mais escuridões vieram se juntar à dança bizarra. Rodopiando e saltando em torno de mim, quebrando espessas nuvens de neblina. Elas continuavam se movendo em uma velocidade vertiginosa, acenando para que eu me juntasse à comoção. Elas me lembraram dos gêmeos e dos momentos em que via rostos sem carne no clube.

Eu realmente não tinha tempo para isto.

– Vão embora – eu incitei. – Não quero nada do que vocês têm a oferecer.

Elas pararam, cabeças enevoadas viradas para o lado, exceto a escuridão original. Tornou-se mais espessa e mais sólida à medida que os segundos se passavam, o corpo tomando forma. Partículas de cinzas começaram a cair do céu, pousando em minhas mãos e cabelos, cheirando à carne queimada e mal.

– Mas nós temos tempo pra você – disse ela em uma voz rouca. – Sabemos o que você procura.

Cada pedacinho de mim gritava para fugir daquelas coisas, mas eu me mantive firme.

– Sabem?

A sombra assentiu e fumaça flutuou pelo ar.

– Você procura pelo Lilin, mas não o procura no lugar certo.

– Puxa, obrigada pelo esclarecimento.

Ela riu e o som chacoalhou as janelas do prédio atrás de nós.

– Você procura muito longe. Você precisa olhar mais perto. Mais perto – ela insistiu. – A verdade é muito mais estranha do que a mais louca das suas imaginações.

Contra a minha vontade, inclinei-me, atraída pela voz esfumaçada.

O rosto enevoado diante de mim tomou forma, dois olhos vermelho-flamejante. Um rosto cheio de coisinhas roliças que se contorciam surgiu. Larvas.

Gritando, eu me lancei para trás e corri, meus pés martelando contra a calçada. As escuridões me perseguiram, correndo ao meu lado, rindo enquanto eu tentava desesperadamente me afastar delas. Eu podia ver pessoas de rua, sem-teto, que provavelmente já tinham visto de quase tudo, recuar contra as paredes e o prédio, tentando se fazer o menor possível.

A escuridão com rosto de verme recuou, girando para o céu acima de mim. Vento correu por mim quando outra se lançou para frente. No centro de um rosto esfumaçado, feições se fundiam como se o rosto fosse feito de cera de vela derretendo. Elas continuaram trocando de lugar, cada revelação mais perturbadora do que a anterior, até que aquela que era quase sólida olhou para mim com meu próprio rosto.

Eu cambaleei e parei de repente.

Meus próprios olhos redondos olhavam para mim, mas estavam diferentes. O cinza estava dividido no meio, como um olho de gato, como meus olhos ficaram quando eu tinha me transformado. Meu rosto sibilava para mim, revelando uma boca sem dentes, apenas larvas, mais larvas.

Horrorizada, não conseguia desviar o olhar.

As larvas se soltaram, caindo no chão com batidinhas suaves. A escuridão com meu rosto falou.

– Com o tempo você vai ver, você é como nós, e todos nós seremos livres.

A escuridão com meu rosto flutuou para longe e eu voltei a mim. Virando-me, corri o mais rápido que pude.

As ruas estavam vazias. Eu atravessei ligeiro, ousando olhar para trás.

Eu diminuí o passo, virando-me. Suor pingava de mim, ardendo contra o ar úmido e frio e meu estômago retorceu. Não haviam escuridões dançantes. Olhei para minha mão. Estava coberta de cinzas.

Às pressas, limpei-as na calça enquanto levantava o olhar.

A escuridão tinha mostrado meu rosto.

Meu rosto.

Senti uma pressão apertar dentro do meu peito enquanto eu respirava fundo e sinalizava para um táxi branco que se aproximava.

Abri a porta traseira, olhando as ruas mais uma vez enquanto deslizava para o assento.

– Pra onde? – perguntou o taxista.

Olhei para cima, vendo seu reflexo no espelho retrovisor. O sono puxava seus olhos e evidenciava várias rugas profundas em sua pele.

– Dunmore Lane.

Ele assentiu, voltando-se para a estrada.

– É uma viagem e tanto daqui. Você parece um pouco jovem pra ser...

Um Guardião caiu do céu, pousando na frente do táxi.

– Ah não – eu sussurrei.

O impacto sacudiu o táxi e acrescentou outro buraco na rua. Suas asas estavam abertas, expandindo-se vários metros de cada lado. O peito largo, da cor do granito, era liso. Nem precisei olhar para o rosto para saber quem era.

Zayne.

– Jesus! – o taxista ofegou, pressionando uma mão contra o peito. Os humanos estavam bem cientes dos Guardiões, mas eu duvidava seriamente que qualquer um deles esperasse ver um despencar do céu no meio da noite. – De onde ele veio?

Zayne colocou uma mão cheia de garras no capô do táxi, empinando o veículo em duas rodas. O taxista agarrou o volante enquanto eu era forçada contra o encosto do assento à minha frente.

– Saia do carro agora – Zayne ordenou, lentamente colocando o táxi de volta sobre as quatro rodas quando seu olhar penetrante pousou em mim.

O taxista se virou em seu assento.

– Ele tá falando com você?

Assenti com a cabeça.

– Então saia – disse ele, apontando para a porta. – Eu não quero nenhum problema com eles. Ele quer você fora deste táxi, você dá o fora deste táxi.

Franzi a testa, querendo apontar que eu poderia ser uma garota precisando de ajuda, mas esse não era o caso e eu não queria arrastar algum inocente para o meio disso tudo.

Abrindo a porta, eu saí. No momento em que a fechei atrás de mim, o táxi disparou, queimando borracha quando voou pela avenida.

– Você esteve com ele.

Meu coração se virou pesadamente enquanto eu forçava meus olhos a encontrar os dele. Em sua verdadeira forma, Zayne era um intimidante bloco de granito.

– Você cheira a ele, então nem tente mentir.

– Eu não ia. Eu juro. – Engoli o nó na minha garganta. – Zayne...

– Passei a tarde e a noite toda procurando por você – disse ele, dando um passo à frente. Sua cabeça estava abaixada. – Fui até a casa *dele*. Eu não consegui entrar, mas ele me encontrou no telhado. Ele disse que você não estava lá.

Ele disse o quê? Tinha que ter sido quando eu estava dormindo, mas por que Roth mentiria? Provavelmente porque me alimentei de uma alma e ele não sabia se eu ainda estava chapada pra caramba.

– Obviamente, ele mentiu – ele rosnou. – Não posso dizer que estou surpreso com isso, mas você? – A raiva parecia emanar de Zayne quando ele deu um passo para trás. Seus ombros caíram enquanto ele respirava fundo. – Você passou a noite com ele.

A declaração, não exatamente uma pergunta, quebrou-me.

– Não, não! Não é isso. Eu não fui com ele por causa de disso.

Ele virou a cabeça e a luz do poste refletiu os chifres pretos e brilhantes. O fato de ele ainda estar na sua forma de gárgula à minha frente era um atestado do quanto ele estava chateado. Houve um tempo em que ele escondia de mim como era sua verdadeira forma.

– Eu fui almoçar com ele. Só isso! Eu sei que não é o que parece, mas foi por isso que eu saí da escola com ele. – Minha mochila caiu no chão. – Eu estava chateada hoje pelo que aconteceu ontem à noite com Abbot, e eu só... eu só precisava fugir.

A cabeça dele se virou para mim.

– Fugir com ele?

– Não é isso que eu quis dizer. – Apertei os olhos, sabendo que o que eu estava prestes a admitir seria muito pior do que qualquer coisa que Zayne pensou. – Fomos a um lugar e havia uma mulher lá e eu...

– Você o quê?

Abri os olhos e vi novamente o que aquela escuridão me mostrou: meu rosto.

– Havia uma mulher e eu... me alimentei dela.

Zayne me encarou, olhos se arregalando.

– Não.

A palavra soava torturada e, caramba, aquilo doeu muito.

– Eu não queria e eu sei que não é desculpa. – Não importava que Suga e Inga tivessem algo a ver com isso. Era inútil colocar a culpa neles. – Eu não a matei. Ela estava bem, mas eu fiz isso e fiquei...

– Chapada?

Minhas bochechas queimavam com a humilhação.

– Sim.

– Deixa eu ver se entendi. Você saiu porque estava chateada com o que aconteceu ontem à noite com Maddox, que, a propósito, está acordado e confirmou que você não o empurrou. – Antes que eu pudesse dizer que a confirmação provavelmente não mudava nada o que seu pai pensava de mim, ele continuou: – Então hoje você fugiu com um demônio e fez exatamente o que meu pai estava acusando você de fazer? – Ele começou a andar de um lado para o outro na minha frente, agitado. – Como diabos isso faz sentido?

Passei as mãos pelo cabelo.

– Não faz, e eu sei que estraguei tudo...

– É porque você estava com *ele*.

Eu balancei a cabeça, sabendo que ele ainda não tinha ouvido a pior parte e eu tinha que contar a ele.

– Não é porque eu estava com ele. Ele não me obrigou a fazer nada.

Zayne abriu a boca e então uma angústia surgiu no seu rosto. Ele deu um passo para trás e sua pele clareou até que ele estava diante de mim em sua forma humana. Usando apenas calças de couro de cós baixo, ele não parecia menos intimidador.

Mas o olhar em seu rosto, aqueles olhos azuis penetrantes, atingiu-me no peito. Ele passou um dedo pelo seu cabelo solto e depois deixou cair a mão.

– O que... O que você fez?

– Eu... beijei Roth – disse eu, forçando-me a não desviar o olhar e a admitir o que tinha feito. – Estava meio descontrolada e...

– Basicamente é como encher a cara e ficar com alguém? – Ele riu, mas não havia humor em sua risada. – Como que isso é melhor?

– Não. Não é, mas eu não teria feito isso se não estivesse fora de mim. – Uma vozinha dentro de mim discordou, mas eu calei aquela vadia bem rápido. – Foi um erro – sussurrei. – Sinto muito. Sei que isso não muda nem melhora nada, mas sinto muito mesmo.

Ele sacudiu um pouco a cabeça.

– Eu nem sei o que dizer, Layla. Eu te conheço. – Ele segurou meus ombros enquanto abaixava a cabeça. – Eu *conheço* você, mas, às vezes, você é uma completa estranha pra mim. Faz coisas que só vão te machucar no final e você nem sabe por que tá fazendo o que faz.

– Eu só... – Fechei meus olhos. Eu só o quê? Eu sabia por que eu fazia as coisas que eu fazia às vezes? A resposta parecia muito simples. Era da minha natureza. Isso não era uma desculpa. Não me alimentar não estava na minha natureza. Mas nada disso importava agora porque, quando abri os olhos, vi apenas a dor de Zayne. – Eu sinto muito.

Suas mãos deslizaram pelos meus braços e depois caíram enquanto ele se endireitava.

– Quando eu disse que deveríamos dar uma chance a esta coisa entre nós, não pensei que isto aconteceria.

Minhas entranhas se retorceram em nós ainda mais intrincados e dolorosos. Era isso. O que quer que tivesse existido entre nós tinha acabado antes mesmo de começar. Talvez fosse melhor assim. Um relacionamento era impossível e criaria uma rixa entre ele e seu pai. Mesmo que eu tenha dito a mim mesma isso, lágrimas escorregaram pela minha garganta, queimando o fundo dos meus olhos.

– Não há nenhuma chance agora, não é? – perguntei, minha voz quebrando.

Passou-se um longo momento antes dele responder.

– Eu realmente não sei.

Abaixei a cabeça, respirando com dificuldade. Foi melhor do que eu esperava, mas não serviu de nada para aliviar a culpa rastejando sobre minha pele.

Depois de alguns segundos, ele disse:

– Eu te acobertei.

Levantei minha cabeça e, quando vi que ele estava falando a verdade, eu queria cortar a minha língua fora.

– Como?

– De alguma forma eu sabia que você estava... bem – disse ele, passando uma mão pela mandíbula. – Não me impediu de passar horas te procurando, mas não foi difícil te acobertar.

Eu me senti minúscula.

– Esta tarde nós recebemos a notícia enquanto você estava fora fazendo... o que quer que fosse. Dean McDaniel faleceu.

Minha mão voou para minha boca e tudo mais foi esquecido.

– Ah, meu Deus.

– Você sabe o que isso significa.

Além de que uma vida tinha sido tomada muito jovem? Eu abaixei minha mão.

– Isso significa que ele se tornou um espectro.

Capítulo 25

Más notícias se espalham rápido.

No começo das aulas na manhã seguinte parecia que todos tinham ouvido falar da morte de Dean. Embora ele não tivesse sido popular e a maioria das pessoas só tivesse percebido que ele existia depois que ele entrou na briga da aula de biologia, havia uma mortalha sobre os corredores lotados. Ninguém sorria ou dava risada. A agitação para o feriado do Dia de Ação de Graças que se aproximava foi silenciada. A morte de Dean afetou a todos nós. Talvez tenha servido como um lembrete doloroso e temido de que até mesmo os jovens poderiam morrer a qualquer momento.

– Alguém disse que foi um ataque cardíaco – disse Stacey enquanto íamos para a aula. – Mas como é que um garoto de dezessete anos tem um ataque cardíaco?

Eu balancei a cabeça. Era o melhor que eu conseguia, dado o que aconteceu ontem à noite e hoje de madrugada. Estranhamente, a abstinência que acontecia após eu me alimentar, como quando um viciado sai de um barato, ainda não tinha me atingido.

Pelo que Zayne tinha me dito esta manhã, eu sabia que a morte de Dean tinha sido determinada como causas naturais, mas estava longe de ser normal.

Dean estava morto, mas definitivamente não estava em paz.

Aquela nuvem maligna que trazia um mormaço espesso, quase sufocante, transbordando logo abaixo da superfície que eu senti na casa de Dean estava presente na escola hoje. Era como uma sombra escondida em cada canto, um *stalker* invisível esperando para dar o bote.

– Talvez tenham sido as drogas – disse uma garota ao nosso lado, e eu não conseguia lembrar o nome dela nem se minha vida dependesse disso. – Ele pode ter tido uma overdose e eles estão dizendo que foi um ataque cardíaco.

A especulação continuou até que o sinal tocou, indicando o início das aulas. Eu fiquei tensa quando vi Roth entrar na sala no último segundo. Com o cabelo úmido e ondulado de um banho recente, ele parecia tão cansado quanto eu me sentia. Cantarolando baixinho, ele tomou seu assento à nossa frente e olhou para mim por cima do ombro. Havia uma infinidade de segredos em seu olhar questionador que eu ignorei quando o sr. Tucker – que eu estava achando que iria substituir permanentemente a sra. Cleo – se mexeu para ficar na frente da sala de aula, as mãos dobradas sobre os slides transparentes.

Meu olhar encontrou com o de Roth por um momento, e depois me concentrei no sr. Tucker. Eu estava cansada demais para ficar envergonhada do que tinha feito ontem, mas não sabia o que dizer a Roth. Pedir desculpas por molestá-lo? Não parecia divertido. Eu podia sentir o olhar dele demorando em mim por mais algum tempo antes de ele se virar para a frente da sala.

– O que há com vocês dois? – Stacey perguntou em um tom de voz baixo que eu sabia que Roth definitivamente conseguia ouvir.

– Nada – respondi.

Roth se inclinou para trás em seu assento, deixando os braços penderem em cada lado do seu corpo.

– Como melhor amiga, acuso conversa fiada. – Ela bateu a perna contra a minha. – Você desapareceu ontem de novo. Você estava com ele, não estava?

A mentira estava na ponta da língua, mas eu estava incrivelmente exausta de mentir. Não respondi, o que foi resposta suficiente. A cadeira de Roth se equilibrava sobre as duas pernas traseiras, equilibrando-se precariamente de uma forma que só ele conseguiria sem tombar feito um idiota.

Stacey respirou fundo.

– E Zayne?

Meu coração se apertou como se alguém tivesse o enfiado em um espremedor. Boa pergunta. Fiz besteira ontem à noite e provavelmente tinha magoado Zayne mais do que imaginava. Quando ele me levou para a escola naquela manhã, ele não falou nada. Nem eu consegui falar, porque, a esta altura, palavras não tinham valor e eram inúteis, cheias de promessas vazias e expectativas.

Os cotovelos de Roth descansaram sobre a nossa mesa, e Bambi se moveu, inquieta, pela minha barriga. Ela tinha desaparecido assim que cheguei em casa ontem à noite, provavelmente para se alimentar. Quando acordei faltando só meia hora para ir para a escola, ela estava enrolada na minha casa de bonecas.

O sr. Tucker limpou a garganta.

– Eu sei que hoje ficamos sabendo de uma notícia muito trágica sobre um de seus colegas de classe.

Meu olhar se desviou para onde os meninos se sentavam atrás de Dean. Lenny ainda não havia voltado para a escola, mas Keith estava lá. Baseada na forma como ele estava afundado na cadeira, pernas esticadas à frente dele, percebi que não estava muito abalado com a notícia.

– Fui informado de que há psicólogos disponíveis nas instalações para qualquer um que queira falar com eles – o sr. Tucker continuou, movendo os slides para frente e para trás em suas mãos, fazendo-os acenar para a sala.

O próximo ar que respirei ficou preso na minha garganta quando a sensação do corredor se infiltrou na sala de aula, como uma nuvem escura e espessa passando sobre o sol. Não consegui evitar o arrepio.

Coloquei minha caneta sobre o caderno enquanto olhava ao redor da sala. Tudo parecia normal, mas algo estava errado. Roth inclinou a cabeça para o lado, e eu sabia que ele estava sentindo o mesmo.

– Não há com o que se envergonhar se você sentir que precisa falar com alguém – continuou o sr. Tucker. – Ninguém vai julgar. A morte é uma coisa difícil de lidar, não importa a idade que se tenha.

A luz acima do sr. Tucker tremulou e passou despercebida por todos, menos por mim e Roth, que abaixou a cadeira para as quatro pernas. A luz acima do professor substituto parou de oscilar, mas a que estava em frente começou, e quando essa parou, outra começou, traçando um caminho claro pelo meio do corredor, até que a luz acima da mesa em que Keith sentava piscou descontroladamente.

Keith olhou para a lâmpada, franzindo a testa.

– Então, podem falar com qualquer um de seus professores e vamos providenciar uma conversa com um dos psicólogos... – O sr. Tucker se afastou enquanto seu olhar se movia para a luz. Ele parou de mexer com os slides nas mãos.

Houve um momento de silêncio e todos os músculos do meu corpo ficaram tensos enquanto uma brisa gelada roçava na minha pele. Eu me enrijeci com a sensação familiar. Algo estava prestes a acontecer. Eu sabia, eu conhecia aquela sensação. O frio cortante que se infiltrara no meu ser era a mesma coisa que eu tinha sentido antes das janelas explodirem e de Maddox cair das escadas.

Comecei a me levantar e Stacey me segurou pelo braço.

A luz acima de Keith de repente explodiu em uma chuva de faíscas e vidro. A sala foi preenchida por gritos e pelos sons das pernas das cadeiras sendo arrastadas no chão quando as pessoas se levantaram de supetão.

– Aqui vamos nós – murmurou Roth, agora sentado com as costas retas.

O Sr. Tucker derrubou os slides enquanto corria para a frente.

– Todo mundo para trás. Tem vidro por toda...

Keith esbarrou na cadeira vazia ao lado dele, balançando a cabeça. Caquinhos de vidro caíram de seu cabelo. Eu me virei para passar por Stacey quando Roth se levantou bruscamente enquanto um borrão escuro vinha do canto da sala de aula, movendo-se rápido demais para qualquer olho humano acompanhar.

Senti um arrepio percorrer a minha pele.

Havia um espectro na sala de aula e eu apostaria o equivalente a um ano de biscoito amanteigado que era o Dean.

A figura sombria, com não mais do que um metro de altura, chocou-se com as pernas de Keith, derrubando-o da cadeira. Para todos que estavam na sala de aula, provavelmente pareceu que ele só tinha perdido o equilíbrio, mas eu sabia a verdade.

Keith bateu no chão com força, soltando um grunhido. Suas pernas chutaram a cadeira e a sombra embaçou enquanto se movia novamente. A cadeira se virou para cima e para trás, batendo no rosto de Keith.

– Puta merda! – exclamou o sr. Tucker, e, meu Deus, em qualquer outra ocasião eu teria rido, mas nada ali era engraçado.

A sombra deslizou para o canto mais distante da sala de aula, permanecendo perto da porta enquanto o sr. Tucker se abaixava, ajudando um Keith ensanguentado e em choque a se levantar.

Stacey se virou para mim, o rosto pálido e os olhos arregalados.

— Estou começando a achar que é hora de mudar de escola.

— Pode ser uma boa ideia — observou Roth enquanto se movia em direção ao corredor central.

Eu acompanhei a sombra enquanto ela se dirigia para a porta. Ela diminuiu de tamanho, tornando-se uma poça turva antes de passar por baixo da porta. A Guardiã em mim exigiu que eu a perseguisse.

— O que você tá fazendo? — Stacey tentou me segurar mais uma vez, mas eu já estava muito longe.

— Eu já volto — eu disse por cima do ombro.

O sr. Tucker e metade da turma estavam muito envolvidos em cuidar de Keith, que estava murmurando incoerentemente, para prestar atenção ao que eu estava fazendo.

Saí pela porta e virei para a direita, identificando o espectro imediatamente. Ele deslizou pelo corredor, não passando de uma nuvem embaçada carregada de estranheza. Conectando-me com uma energia que eu não sabia que tinha, eu peguei impulso no chão e comecei a correr.

O espectro se aquietou por um segundo e então uma risadinha debochada e baixa ecoou pelo corredor um segundo antes das portas dos armários se abrirem abruptamente. Como se uma mola invisível tivesse sido ativada, livros e jaquetas voaram dos armários, seguidos por cadernos e folhas de papel soltas.

Eu gritei quando um livro de História particularmente pesado bateu na minha coxa, então segui em frente, perdendo de vista o espectro na tempestade de livros.

No meio da bagunça de materiais escolares, meus olhos se arregalaram quando canetas e lápis se transformaram em mini instrumentos de destruição. Eles voaram pelo ar, enfiando-se nas paredes.

A nuvem de livros e canetas batia em meus braços. Eu derrubei alguns apenas para me encontrar lutando contra ainda mais materiais.

De repente, Roth estava lá, derrubando um livro no chão antes que ele me atingisse na cabeça.

— Perseguir um espectro provavelmente não é a ideia mais inteligente.

– O que você sugere que façamos, então? – Eu me desviei de um enorme estojo de maquiagem. – Deixar que machuque outra pessoa?

Roth abriu a boca para responder, mas o caos parou. Livros e papéis ficaram suspensos no ar antes de irem ao chão.

O corredor parecia uma liquidação de volta às aulas que tinha ido terrivelmente mal.

Professores e outros funcionários apareceram no corredor, dando uma olhada na bagunça antes de se virarem para onde Roth e eu estávamos. Olhares de descrença cruzaram seus rostos, rapidamente seguidos de suspeita.

– Droga – murmurei.

Eu olhei para o pedaço de papel amarelo manteiga na minha mão enquanto esperava na frente da escola. Sentia meu rosto congelado em uma carranca.

Uma das portas se abriu atrás de mim, mas eu não precisava olhar para saber quem era. O cheiro adocicado o entregou.

– Você também foi suspensa? – ele perguntou.

Suspirando, eu dobrei o papel e o coloquei no bolso da calça enquanto Roth chegava ao meu lado.

– Sim. A política do "tolerância zero" deles.

Roth riu enquanto enfiava as mãos nos bolsos.

– Pelo menos é só pelos próximos dias. O feriado de Ação de Graças é na próxima semana. Depois disso, estamos liberados pra voltar pra escola.

A equipe administrativa e o diretor tinham dado uma olhada no corredor e colocado a culpa pela bagunça na gente, citando pegadinhas pré-feriado ou alguma porcaria assim. E o que poderíamos ter dito em nossa defesa? Que um espectro tinha feito isso?

É, teria dado muito certo.

– Você vai ficar encrencada? – ele perguntou quando eu não respondi.

Eu olhei para o sol brilhante, tremendo.

– Provavelmente.

– Isso não é bom. – Ele inclinou seu corpo para mim, bloqueando um pouco do vento forte que cortava o pavilhão.

Assentindo lentamente, voltei minha atenção para a rua.

– Qual foi o tamanho da encrenca por ontem à noite?

Eu puxei as mangas do meu suéter sobre os meus dedos e apertei o tecido.

– Zayne me acobertou. Os outros não faziam ideia de que eu tinha sumido.

– Isso é bom, então.

Virando-me para ele, levantei as sobrancelhas. Ele olhou para frente, lábios franzidos.

– Você disse a Zayne que eu não estava com você.

– Você sabe por que fiz isso.

– Ele não acreditou em você.

Ele levantou o queixo.

– Isso importa?

– Você me deixou dormir até às três da manhã – eu disse com a voz fina e baixa. – Se Zayne não tivesse me acobertado...

– Mas ele te acobertou. – Seu olhar se voltou para mim. – Eu não queria te acordar.

– Porque você estava com medo de que eu fosse me jogar pra cima de você novamente? – A pergunta surgiu antes que eu pudesse me impedir.

Roth inclinou a cabeça para o lado.

– Tá mais pra eu estar com medo de que você *não* se jogasse e esse era o problema. – Ele desceu um degrau e se virou para mim. – Eu te deixei sozinha porque se você acordasse e me pedisse pra te beijar, eu não conseguiria me controlar uma segunda vez.

Suas palavras tiveram um efeito conflituoso em mim. Uma onda de lava derretida percorreu minhas veias, causando pequenos nós que se apertaram bem no fundo do meu estômago, mas aquilo era errado por uma infinidade de razões.

– Você não precisa se preocupar com uma segunda vez – eu disse a ele. – Eu estava chapada.

Um lado de seus lábios se curvou pra cima e ele riu de leve.

– Você é uma péssima mentirosa.

– Eu não estou mentindo.

Roth voltou a subir o degrau, chegando bem perto. Enquanto ele abaixava a cabeça de modo que sua boca quase roçasse contra a minha quando ele falou, eu me recusei a dar um passo sequer para trás.

— Eu sei por que você diz isso. Eu até entendo, Layla. Eu entendo. Eu te machuquei e mereço cada uma de suas mentiras. — Eu me mantive imóvel enquanto sua respiração quente dançava sobre meus lábios. — Mas tem tanta coisa que você não sabe ou não entende — disse ele, inclinando a cabeça para que suas palavras roçassem o lóbulo da minha orelha, enviando um arrepio pelo meu pescoço. — Portanto, não afirme saber o que eu realmente quero ou o que eu faria para protegê-la.

Roth girou nos calcanhares enquanto eu piscava estupidamente. Ele desceu as escadas largas, dois degraus por vez. Pressionei uma mão contra o pescoço enquanto o via ir embora. Tinha tanta coisa que eu não sabia?

Quando se tratava de Roth, eu estava começando a acreditar que era o caso.

Eu me vi no escritório do Abbot no momento em que ele acordou e o meu nome foi urrado pela casa. Parecia que o monstro de *Cloverfield* estava prestes a derrubar as paredes ou algo assim.

Naquele momento, Abbot realmente me fazia lembrar do monstro de *Cloverfield*.

— Suspensa? — ele disse, segurando a folha de papel.

Eu acenei com a cabeça.

— Tinha um espectro na escola. Ele atacou este garoto, Keith, e daí saiu pro corredor. Eu o segui e ele ficou maluco, abrindo todos os armários. O que eu deveria dizer quando os professores apareceram?

Abbot deixou cair o pedaço de papel na mesa e beliscou a ponte do nariz. Ele não disse nada, mas Nicolai, que estava de pé à sua direita, inclinou a cabeça.

— Devido à morte do menino, sabíamos que um espectro seria criado. Isso é o que acontece quando uma alma é arrancada de um humano.

Lancei um olhar agradecido a Nicolai.

— Eu sei — murmurou Abbot, esfregando a testa. — O fato de que o espectro foi direto para a escola é preocupante.

Cruzando os braços, Zayne pressionou os ombros contra a parede em que estava apoiado. Quando me pegou na escola, ele ficou quieto de novo, e não tinha falado muito enquanto conversávamos com seu pai. Seu olhar encontrou o meu brevemente antes de desviar-se.

Eu afundei um pouco na cadeira. Enquanto Abbot falava sobre planos para vigiar a escola naquela noite, eu revisitava o que aconteceu na aula. Keith poderia ter ficado gravemente ferido e, a menos que tirássemos o espectro de lá, todos estavam em perigo. O frio que se instalou na minha pele fez com que eu me encolhesse no meu suéter. *Aquele* frio.

O ar frio que senti antes do espectro atacar tinha sido familiar para mim. Como eu poderia ter esquecido isso? Eu me inclinei para frente na cadeira.

– Espera um segundo. Antes do espectro atacar na sala de aula, senti uma rajada de ar frio. A mesma coisa que senti antes das janelas explodirem e de Maddox cair da escada.

Os dedos de Abbot pararam ao longo de sua testa enquanto ele olhava para mim.

– Você está me dizendo que há um espectro na nossa casa?

Parecia loucura, mas não era impossível. Proteções contra atividades demoníacas *dentro* da casa eram praticamente nulas devido à minha presença. E, de qualquer forma, espectros tecnicamente não eram demônios.

– Por que haveria um espectro aqui? – Abbot respondeu, abaixando a mão para o tampo da mesa enquanto me analisava. – Normalmente são atraídos para locais familiares a eles de quando estavam vivos.

Dez se mexeu de onde estava sentado em uma das enormes cadeiras de couro. Um olhar contemplativo cruzou seu rosto. Ele não falava e eu não sabia o que ele estava pensando ou se era na mesma linha para onde minha mente estava indo.

Um espectro era criado quando uma alma era arrancada de um humano. Somente certos demônios conseguiam fazer isso: Lilith, um Lilin e... e eu. Guardiões também tinham almas, almas puras. E eu tinha levado a alma de Petr na noite em que ele me atacara. Foi em autodefesa, porque ele certamente teria me matado se eu não tivesse feito isso, mas o ato de tomar uma alma, não importava a causa, era estritamente proibido.

E algo horrível tinha acontecido a ele. Ele não tinha morrido como um ser humano morreria quando o último fio de alma era roubado. Ele tinha se tornado algo diabólico, mais assustador do que um demônio de Status Superior. Mas então Roth tinha matado o que quer que ele tenha virado.

Será que Petr poderia ainda estar por aqui, mas como um espectro?
Meu estômago se retorceu em nós enquanto eu abaixava meu olhar.
– Tem razão. – As palavras eram como ácido na minha língua. – Não há motivo para haver um espectro aqui.

Quando olhei para cima, percebi que Zayne tinha se endireitado em pé e sabia o que realmente tinha acontecido naquela noite. Eu não tinha admitido, mas Zayne sempre enxergou além das minhas mentiras.

– Como você vai se livrar do espectro que machucou Keith? – perguntei, na esperança de trazer sua atenção de volta para o problema na escola.

Abbot segurou meu olhar, sua expressão fechada.

– Com um bom e velho exorcismo.

Capítulo 26

O tempo se arrastou sem acontecimentos. Provavelmente porque eu não tinha saído de casa. Abbot não tinha me deixado de castigo, o que me surpreendeu. Mesmo que estivesse óbvio que eu não era a responsável pela bagunça que me rendeu uma suspensão da escola, eu realmente tinha pensado que ele daria um jeito de colocar essa culpa em mim.

Por uma breve conversa com Nicolai, fiquei sabendo que um exorcismo tinha sido realizado na sexta-feira, depois da escola fechar, e que o espectro anteriormente conhecido como Dean não era mais um problema. Fiquei aliviada ao ouvir que o espírito maligno tinha sido removido e não havia necessidade de chamar os Caça-Fantasmas, mas isso não mudava o fato de que Dean tinha morrido sem uma alma e, portanto, estava no Inferno.

Dean não merecera isso e não era justo. Pior ainda, haveria espectros. Ou já poderia haver mais deles e simplesmente não estávamos sabendo ainda. Os Guardiões estavam investigando mortes suspeitas, mas era impossível rastrear todo mundo. Estávamos operando às sombras, à espera de que um desastre chegasse em terra.

Pelo menos quando eu era capaz de ir para a escola, sentia como se pudesse fazer alguma coisa se algo acontecesse, mas estar trancada em casa fazia eu me sentir completa e absolutamente inútil.

Era isso. Eu estava *trancada*.

O único ponto positivo no tempo de inatividade foram as ligações e mensagens de Stacey e Sam. Eles ainda estavam achando que Zayne e eu iríamos com eles para o cinema, mas isso não ia rolar. Eu não tinha realmente visto Zayne. Não que eu o culpasse por me evitar. Sempre que pensava nele, uma dor latejante disparava no meu peito. Eu não me arrependia de ter lhe contado a verdade, mas isso não tornava mais fácil lidar com as consequências.

O jantar já tinha sido servido e a maioria dos Guardiões estaria se preparando para ficar a noite fora. Antes de descer até a cozinha para ver quais comidas eu poderia surrupiar, caminhei até onde meu celular descansava ao pé da cama.

Em algum nível subconsciente estranho e irritante, peguei o telefone. Parando na metade do caminho, puxei meu braço para trás.

– Droga.

Havia uma bomba-relógio na tela.

Uma mensagem de Roth de dois dias atrás. Uma mensagem que eu não poderia e não iria responder.

A mensagem tinha sido inocente o bastante. Um simples [você já tá entediada?] Mas era a primeira vez que ele me mandava uma mensagem desde que voltara da sua pequena viagem para o Inferno e, por algum motivo bizarro, ela fazia meu estômago decidir que queria ser um ginasta cada vez que eu pensava sobre isso. Na minha cabeça, a mensagem simbolizava um limite claramente desenhado na areia, e responder seria como dar uma cambalhota para o outro lado.

Roth estava certo na última vez em que o vi.

Eu não entendia porcaria nenhuma quando o assunto era ele. Eu não sabia o que ele pretendia ou o que estava tentando conseguir com as coisas que tinha me dito. Tudo o que eu sabia era que a sua total rejeição do que tínhamos compartilhado ainda apodrecia como uma infecção nas câmaras do meu coração. Isso era um fato, uma realidade. Eu não ia permitir que isso acontecesse novamente.

E então havia Zayne.

Respirando de maneira trêmula, forcei-me para longe da cama. Quando saí do quarto, peguei o elástico de cabelo do meu pulso e prendi meu cabelo para cima em um rabo de cavalo malfeito, que combinava com a minha tentativa mal feita de me vestir. A minha calça de moletom era pelo menos dois tamanhos maiores do que eu e a camisa de manga comprida era provavelmente dois tamanhos menores.

Gostosa... só que não.

Eu desviei da sala de jantar grande o suficiente para acomodar um time inteiro de futebol americano. Vozes graves irradiavam da sala, quebradas pelo riso suave de Jasmine ou Danika. Eu permaneci às portas fechadas por um segundo, deixando o desejo ridículo de ser parte *deles* tomar conta de mim por um momento.

Tola.

Sacudi a cabeça e fui para a cozinha. Não aquela em que Jasmine alimentava os bebês, mas no lugar onde eu gostava de pensar que a magia da comida acontecia. As portas se fecharam silenciosamente atrás de mim. Os funcionários da casa andavam de um lado para o outro, sem estranhar em me ver vagando pelo grande espaço industrial.

Morris se virou de onde estava diante de várias tigelas, sorrindo quando me viu. Ele estendeu a mão, pegou um prato coberto e o colocou na ilha da cozinha. Então ele deu tapinhas no assento à frente do prato.

Eu sorri enquanto pulava no banquinho.

– Valeu. Você não precisava fazer isso.

Ele deu de ombros enquanto me entregava um garfo e uma faca, depois removeu a tampa do prato com um floreio que garçons em todo o mundo invejariam. Assado e batatas vermelhas. Minha boca se encheu de água.

Eu ataquei a comida, mastigando ao som de água corrente e pratos tilintando. De alguma forma, ao longo do mês anterior aquele tinha se tornado um som reconfortante. Nenhum dos funcionários além de Morris realmente prestava atenção em mim, mas isso não me incomodava.

Eu meio que era como eles. Fantasmas na casa. Nada realmente ali para se apegar.

Deus. O meu estado de espírito estava em algum lugar entre *no fundo do poço* e *jogada de cara em uma poça de lama*.

Recolhendo o meu prato, caminhei até onde os pratos sujos estavam empilhados. Como sempre, tentei lavar eu mesma, mas uma das funcionárias me tirou o prato das mãos com uma rapidez impressionante.

– Sabe, eu posso limpar minha própria sujeira – eu apontei.

A mulher não disse nada enquanto colocava meu prato com o resto da louça suja. Fazendo uma careta, eu me virei e formigamentos afiados irradiaram pela minha coluna quando os meus olhos travaram em um par de olhos azuis.

Zayne estava na entrada da cozinha, sua expressão indecifrável enquanto seu olhar caía do meu rosto para a faca que eu segurava nas mãos. Ele arqueou uma sobrancelha.

— Devo me preocupar?

Fiquei um pouco atônita ao vê-lo ali.

Morris apareceu, tirando a faca da minha mão. Arregalando os olhos enquanto ele me dava um empurrão nada discreto na direção de Zayne, eu tropecei como uma idiota.

— Eu estava... hã, comendo.

— Isso eu entendi. — Seu olhar desceu novamente, e desta vez eu sabia que não estava segurando nenhuma arma de esfaqueamento. Ele estava olhando para a ampla faixa de pele exposta que minha camisa pequena demais deixava à mostra. O calor fluiu pelas minhas bochechas e então se transformou em uma agradável sensação líquida que desceu para muito mais abaixo no meu corpo. Quando seus cílios finalmente subiram, eu sabia que eu estava parecendo um tomate.

— Eu estava indo para a sala de treinamento. Quer me acompanhar?

Antes que eu pudesse responder, Morris passou atrás de mim e me deu mais um empurrão forte e mirado em direção a Zayne. Eu lancei a ele um olhar reprovador sobre o meu ombro.

— *Credo*.

Ele piscou um olho.

Quando me voltei para Zayne, vi seus lábios se contorcendo como se ele estivesse tentando não sorrir. Bom sinal ou não?

— Claro.

Zayne assentiu e eu o segui até a porta estreita ao lado do freezer gigante. Era uma entrada para os andares inferiores que eu raramente usava.

— Eu dormi demais hoje — disse Zayne enquanto fechava a porta atrás de nós. — Não me exercitei antes do jantar.

— Você teve uma... uma noite cheia? — Eu seguia atrás dele pelo corredor mal iluminado, mas ele parou e esperou até que eu estivesse andando ao seu lado. — Caçando?

– Encontramos um enclave de Terriers perto do Rock Creek Park e ficamos resolvendo isso a maior parte da noite.

– Terriers? – Quando ele assentiu com a cabeça, tudo o que eu podia fazer era balançar a cabeça em admiração. Terriers eram criaturas que pareciam um cruzamento entre um avestruz e um velociraptor, outra classe adorável de seres demoníacos. – Isso é meio fora do comum, certo?

Zayne desacelerou quando chegamos à porta que levava a uma das salas de treinamento.

– A última vez que vimos um deles foi antes de Dez trazer Jasmine aqui pela primeira vez.

– Isso foi há anos. – Entrei na sala enquanto ele segurava a porta aberta.

– É – ele disse, passando por mim e cruzando pelos tapetes azuis, indo para o equipamento colocado sobre os bancos. Ele pegou uma bandagem de tecido branco e começou a enrolar os dedos. – O problema é que muitos desses demônios não são permitidos na superfície e, como não os vemos com frequência, achamos que não estão aqui. Mas estão. Eles só estão se escondendo melhor.

Pensei no clube abaixo do Palisades e em todos os demônios que estavam lá e não deveriam estar andando entre os humanos.

– Quer participar? – ele ofereceu enquanto terminava de enrolar os dedos.

– Não. Comi demais. Vou só assistir. – Eu puxei a bainha da minha camisa e, no momento em que a soltei, ela subiu de volta, revelando metade da minha barriga. Provavelmente deveria ter repensado minhas escolhas de guarda-roupa. Depois do jantar, eu estava ostentando uma barriguinha.

Zayne passou por mim, colocando as duas mãos nos lados do saco de areia.

– Eu realmente gostaria que você reconsiderasse se juntar pra comer com a gente.

– Eu realmente gostaria que você parasse de falar sobre isso.

Ele olhou por cima do ombro para mim, sobrancelhas levantadas.

– Você não precisa se sentir como se não pertencesse. Você pertence. E sua falta é sentida na mesa.

Eu ri disso.

— Por quem?

— Por mim.

Meus lábios se abriram e eu realmente não tinha resposta para aquilo. Eu o vi se voltar para o saco de areia. Ele ajustou sua posição e levantou os braços.

— Como você tem aproveitado seu tempo livre? — ele perguntou, dando um soco que jogou o saco para longe.

— Tenho ficado completamente entediada.

Expressão concentrada, ele socou com o outro braço.

— E você ainda tem o resto da semana.

— É, valeu por me lembrar. — Sentei-me nos tapetes e cruzei as pernas.

Um leve sorriso apareceu enquanto ele se movia ao redor do saco, mirando em diferentes lados com diferentes técnicas de mão. O suor salpicava sua testa e umedecia o cabelo loiro em suas têmporas.

— Tivemos notícias de um contato em um dos hospitais, o mesmo pra onde Dean tinha sido levado. Eles tiveram outra morte à chegada no hospital, uma jovem que não tinha condições de saúde preexistentes morreu de um ataque cardíaco. O coração estourou, basicamente, assim como Dean.

Eu estremeci.

— O noivo dela vai estar fora da cidade depois de amanhã pra ir ao funeral na Pensilvânia, então eu vou verificar a casa deles — continuou ele. — É a única maneira de ver se ela foi infectada, sabe? Se ela agora é um espectro, a casa seria o lugar mais provável pra ela estar.

Os Guardiões vinham fazendo muito disso ultimamente, de ficar de olho nos falecimentos recentes.

— Posso ir?

Ele parou, limpando a parte de trás do antebraço enquanto olhava para mim. Um segundo se passou.

— Você tá começando a soar como Danika. Ela tem exigido permissão pra ir caçar.

— Por que ela não poderia ir? A garota é treinada. Ela é uma Guardiã sangue puro. Ela pode lutar.

— Você sabe a resposta pra isso.

Eu franzi a testa. Parecia estranho defender Danika quando eu tinha passado tanto tempo odiando-a.

– Talvez ela não queira ser apenas uma máquina de fazer bebês.

Ele balançou a cabeça quando se virou para o saco de areia e voltou a se exercitar. Só ele poderia socar algo com tanta intensidade e não ficar sem fôlego. Eu estaria ofegante, jogada no chão em uma poça de suor neste momento.

– Então, posso? – perguntei novamente. – Eu não tenho marcado demônios, então seria... bom fazer algo útil.

Zayne deu alguns socos e depois se afastou do saco. A frente de sua camisa cinza estava úmida de suor.

– Acho que não teria problema. Claro.

Um largo sorriso irrompeu em meu rosto.

– Obrigada. Eu realmente quero fazer algo que não...

Eu perdi o fio da meada quando ele puxou a camisa por cima da cabeça e a deixou cair no chão.

Santa gostosura...

Aquilo era simplesmente errado.

Os meus olhos vagaram sobre seu peito e barriga bem-definida como os de uma pessoa faminta olhando para um rodízio de carne. A calça de moletom estava baixa, revelando as entradas em ambos os lados de seus quadris. Zayne realmente não tinha uma barriga tanquinho. Estava mais para uma barriga tanque de guerra.

– O que você estava dizendo?

Cada gomo do seu abdômen era bem definido. Como se alguém o tivesse esculpido.

– Hã?

Subitamente, dois dedos se pressionaram sob meu queixo, forçando meu olhar a levantar para o rosto dele. Os cantos de seus lábios se curvaram em um sorriso enquanto eu corava.

– Você estava falando sobre ir comigo pra casa da mulher?

– Ah. Sim. Isso. – Coisas importantes que não envolviam tocar na barriga dele ou algo assim. – Vai ser muito produtivo.

Zayne riu enquanto abaixava a mão e voltava para o saco de areia. A maneira como seus músculos trabalhavam ao longo de suas costas e barriga enquanto ele dava soco após soco era verdadeiramente fascinante.

Eu tinha certeza de que se ficasse aqui sentada por mais tempo observando Zayne, eu me transformaria numa poça de gosma nos tapetes, mas não me levantei. Isto era melhor do que ficar olhando posts de caras gostosos no *Tumblr*.

Quando terminou, ele tirou uma toalha limpa da prateleira. Eu ainda estava sentada no tapete com a língua para fora. Ele abaixou a toalha.

– Então, sobre o cinema amanhã...

Foi como ter um balde de água gelada jogado na minha cara.

A realidade era uma droga. Eu me levantei, mantendo os meus olhos fixos em seus tênis.

– É, sobre isso. – Eu expirei lentamente, tentando engolir o caroço na minha garganta. – Acho que vou mandar uma mensagem pra Stacey e dizer a ela que a gente não vai... quero dizer, que eu não vou. Não tem pra que eu ir e é melhor assim, porque é o primeiro encontro de Stacy com Sam e tal.

Comecei a passar por Zayne, mas ele estendeu o braço e o envolveu na minha cintura. Ao me prender, a carne nua do braço dele se juntou à da minha barriga e eu congelei com a súbita intrusão de emoções. Era um emaranhado de coisas que não tinha habilidade para decifrar.

– Opa – ele disse, arrastando-me de volta para que eu ficasse bem na frente dele. Ele deixou cair o braço. – Você não quer mais ir?

– Bem, eu achei... eu imaginei que depois da noite de quinta-feira e tal, você não ia querer ir – Tropecei nas minhas palavras como se tivesse aprendido a falar ontem. – E eu entendo completamente isso e...

– Por acaso eu te disse que tinha mudado de ideia sobre amanhã? – ele perguntou, franzindo a testa.

– Não, mas...

– Mas eu nunca disse isso e, até onde eu estava sabendo, a gente ainda ia. – Ele jogou a toalha sobre o ombro, observando-me. – Você não mudou de ideia. Então a gente vai.

Encarei-o, boquiaberta, imaginando se eu tinha olhado para o abdômen dele com tanta força que tinha causado um derrame.

– Mas por quê?

– Por quê? – ele repetiu baixinho.

– É. Eu... eu estraguei tudo. Pra caramba. – Parecia desnecessário explicar isso. – Por que você iria querer ir ao cinema comigo? Stacey e Sam vão pensar que isso significa alguma coisa.

Ele esticou uma mão, pegando meu pulso e fazendo-me parar de mexer na a bainha da minha camisa.

– Você acha que se formos juntos vai significar alguma coisa?

A minha língua parecia amarrada.

Ele abaixou a cabeça, seu olhar firme procurando pelo meu.

– Você *quer* que isso signifique alguma coisa?

– Sim – eu sussurrei, e havia muita verdade nessa palavrinha.

Sua mão deslizou pela minha manga, fechando-se em volta do meu cotovelo.

– Então vamos ao cinema amanhã.

Parecia tão simples, mas eu realmente não entendia por que ele ainda queria ir. Um pequeno sorriso cruzou o rosto de Zayne, como se ele parecesse saber o que eu estava pensando, e as palavras meio que jorraram da minha boca.

– Eu não mereço você.

– Tá vendo, é aí que você se engana. – Ele estendeu a outra mão e ajustou uma pálida mecha fugitiva do meu rabo de cavalo para trás da minha orelha. – É aí que você sempre se enganou. Você merece tudo.

Talvez as minhas prioridades estivessem completamente de cabeça para baixo, mas quando apliquei o toque final na forma de *gloss* labial, o Lilin, os espectros e a diferença que eu sentia dentro de mim eram as coisas mais distantes dos meus pensamentos.

Quando me afastei do espelho no meu banheiro, analisei minha roupa com um olhar crítico. Stacey diria que eu precisava mostrar mais peito. Os jeans escuros eram apertados, combinados com uma blusa branca folgada, mas bem ajustada na cintura com um cinto azul escuro trançado, e os saltos pretos que faziam eu me sentir mais alta do que os munchkins em *O Mágico de Oz*.

O meu cabelo estava solto, caindo em ondas largas, e o rosa varrendo minhas bochechas me dizia que não haveria necessidade de usar *blush*. O meu pulso batia em um ritmo constante enquanto me olhava no espelho do banheiro. Eu estava realmente indo em um encontro com Zayne? Isto estava realmente acontecendo? A excitação zumbia pelo meu sangue, fazendo Bambi ficar impaciente, mas havia uma parte de mim que achava que eu estava sonhando.

Nunca pensei que esse dia iria chegar *de verdade*.

Peguei o tubo de máscara para cílios, imaginando se outra camada faria parecer que aranhas tinham acasalado com os meus cílios.

– Você tá ótima. Então pare de bobeira. Vamos nos atrasar.

Eu pulei ao som da voz de Zayne e deixei cair a máscara. O tubo de plástico quicou na pia. Ele estava dentro do meu quarto, e o sorriso que trazia nos lábios me fazia sentir como se eu tivesse visto um arco-íris.

Ele estava usando um suéter cinza escuro com decote em V, que se esticava por seus ombros largos, e Zayne era capaz de fazer jeans de cor clara parecerem muito bons.

– Obrigada. – Peguei o rímel e o coloquei no cesto. – Você também tá muito... bem.

Zayne riu quando saí do banheiro.

– Seu rosto tá tão vermelho.

– Valeu.

– É fofo.

O fato de que eu provavelmente parecia uma pimenta não era fofo. O meu olhar vagava por toda parte, exceto para o rosto dele.

– Você se importa de pegar Stacey e Sam na casa dela? Eu acho que seria mais fácil em vez de pegarmos dois carros.

– Por mim tudo bem.

– Certo. – Eu me virei, franzindo a testa para a bagunça que era meu quarto. – Eu só preciso encontrar a minha carteira.

Zayne se aproximou, tão silencioso quanto uma sombra.

– Você não precisa disso. Eu vou pagar. É o que os caras fazem em um encontro.

O meu coração chutou no meu peito. Isto era um encontro. Eu não conseguia compreender esse fato. Observando os livros e as roupas espalhados, desisti de encontrar a carteira que raramente usava e encarei Zayne.

Ele estava mais perto do que antes, tão perto que eu podia sentir o calor de seu corpo. Lentamente, levantei meus olhos e fiquei instável. O olhar dele pairava sobre o meu rosto, e o sorriso que se estampava em seus lábios vacilou um pouco.

– Você realmente está linda – disse ele, rouco. – Mas você sempre está linda, como algo que não é bem real.

Ouvir Zayne dizer algo assim nunca falhava em me deixar bobinha. Tudo que eu podia fazer era sorrir para ele como uma idiota.

O sorriso voltou com força total e ele riu novamente.

– Vamos. Temos que ir.

Assenti e, quando nos viramos, percebemos que não estávamos sozinhos. Danika estava com Maddox no corredor. Um calor percorreu pelo meu corpo, mas foi rapidamente afugentado por uma trilha de dedos gelados sobre minha pele.

Danika estava olhando para o corredor, sua expressão completamente desprovida de qualquer emoção, e, estranhamente, senti uma pontada de dor no meu peito por ela. Era tão esquisito, mas eu sabia que ela gostava de Zayne – mais do que apenas gostar –, e eu me senti mal. Senti como se eu devesse me afastar de Zayne.

Mas Maddox...? Era a primeira vez que o via de pé e andando por aí desde a queda das escadas. Não que ele tivesse ficado completamente imobilizado este tempo todo, mas eu fazia o possível para evitá-lo. Bem, evitar praticamente todos eles.

Maddox encarou Zayne com os olhos arregalados. Sua mandíbula se contorcia, como se ele estivesse fazendo de tudo para manter a boca fechada enquanto olhava para mim.

Eu *realmente* sentia como se devesse me afastar de Zayne.

Mas ele estendeu a mão entre nós, entrelaçando seus dedos nos meus, diluindo em surpresa todo o açúcar que eu tinha consumido durante o dia.

– O que tá rolando, pessoal?

Com um pequeno sorriso, Danika balançou a cabeça.

– Nada. A gente só estava a caminho das salas de treinamento. Não é? – Ela olhou para Maddox.

Ele não estava prestando atenção nela, seu olhar fixo em nossas mãos unidas como se estivéssemos segurando uma granada. A raiva se apossou de mim, endireitando minha coluna e substituindo o constrangimento que eu sentia.

– Você quer dizer alguma coisa? – perguntou Zayne, seu olhar mirado em Maddox.

O Guardião balançou a cabeça enquanto apertava o lábio.

– Não. Absolutamente nada. – Então ele se virou, marchando pelo corredor, em direção às escadas.

Danika nos enviou um olhar amigável que não parecia certo nela.

– Desculpa. Espero que... – Ela sorriu, mas o sorriso não alcançava seus olhos. – Divirtam-se.

Quando o corredor estava vazio, olhei para Zayne.

– Maddox não parecia feliz.

– Tá parecendo que eu me importo? – O aperto de Zayne na minha mão ficou mais forte. – Agora vamos. Temos um filme pra assistir.

Virada no banco da frente do Impala de Zayne, eu olhei para Sam e me perguntei se um alienígena o havia abduzido. Nada no cara sentado no banco de trás ao lado de Stacey se assemelhava ao garoto estranho, meio nerd que eu conhecia desde o primeiro ano.

Seu cabelo geralmente desgrenhado estava, de fato, *penteado*. Eu imaginava que ele poderia nos contar o ano em que o gel de cabelo tinha sido criado, mas não tinha ideia de que ele sabia usá-lo. Seus cachos foram penteados para trás de sua testa, meticulosamente bagunçados. O novo visual mudava toda a paisagem de seu rosto. Seu maxilar estava mais forte, uma linha firme. Suas maçãs do rosto pareciam mais altas, mais afiadas, e sem os óculos seus cílios pareciam ridiculamente longos.

A maneira como ele se sentava era diferente. O corpo relaxado e as pernas afastadas enquanto ele olhava pela janela. Seu desleixo tradicional desaparecera. Ele estava bem-vestido, um suéter como o que Zayne usava com uma camisa de botões branca por baixo.

Sam estava muito bonito. Era como ver um filho crescendo ou algo assim.

E Stacey não conseguia tirar os olhos dele... ou tirar a mão. Agora, seus dedos estavam fechados em volta do antebraço dele, e a mão dele... uau. A mão de Sam estava descansando sobre a coxa dela, tipo na parte *interna* da coxa.

Eu me virei rápido para a frente, sentindo-me indiscreta. Meu olhar se voltou para Zayne. Sua mão direita descansava em sua perna enquanto a esquerda segurava o volante. Eu queria alcançá-lo e colocar minha mão sobre a dele, mas anos sendo nada mais do que uma amiga para ele me impediam de tomar essa atitude.

A pior coisa entrou em meu cérebro naquele momento específico. Seria tão difícil assim com Roth separar quem eu costumava ser de quem eu era agora? Rapidamente desviei o olhar, soprando o ar suavemente enquanto observava um táxi parar para pegar um casal.

Eu não vou pensar nele. Eu não vou pensar nele. Ele não tinha lugar nisto, em nada disto.

O tráfego foi um horror e levou uma vida inteira para chegarmos ao cinema no centro histórico. O lugar não era um *multiplex*, era mais como um cinema das antigas com apenas uns poucos filmes em exibição, mas era pitoresco e simpático, e, uma vez decidido o filme, estávamos prontos para começar a noite.

O lobby estava praticamente vazio quando pegamos nossos ingressos, mas o cheiro de pipoca amanteigada compensou o fato de que tínhamos perdido os *trailers*.

Enquanto caminhávamos até a bomboniére, Sam se mudou para o outro lado de Stacey, envolvendo seu braço em torno da cintura dela, e supus que eu não tinha estado por perto no dia em que o relacionamento deles passou de finalmente repararem que o outro existia para entrarem no terreno de carícia física.

Considerando o quão longe Zayne e eu tínhamos ido sem realmente chegar a lugar algum, eu me perguntei exatamente o que Sam e Stacey tinham compartilhado, e fiz uma nota mental para exigir a verdade sobre o *status* atual das coisas.

Mas naquele momento eu estava mais preocupada com o *status* atual das minhas próprias coisas.

Ainda surpresa que eu estava ali com Zayne depois do que aconteceu, olhei para ele. Ele estava observando-me enquanto eu mordiscava a unha do meu polegar.

— Você tá bem? — ele perguntou, puxando minha mão para longe da minha boca.

Assenti.

Ele abaixou a cabeça de modo que sua boca ficou perto da minha orelha.

— Então relaxe.

Foi só naquele momento que percebi como meus músculos estavam travados. Eu forcei algumas respirações profundas, fazendo a tensão sair do meu corpo.

— Melhor assim. — Ele colocou uma mão na minha lombar e sussurrou: — Eu quero estar aqui, Laylabélula. Não importa o que tenha acontecido no passado, eu quero estar aqui.

Essas palavras prenderam o ar na minha garganta e fizeram meu coração rodopiar como uma bailarina.

— Eu também quero estar aqui — sussurrei de volta.

Seus lábios tocaram minha têmpora.

— É o que eu quero ouvir.

Quando ele se afastou, meu sorriso estava tão largo que parecia que ia rasgar meu rosto ao meio, mas de um jeito bom. Se é que isso era possível.

O barulho da porta atrás de nós anunciou que não éramos os únicos atrasados. O som chamou minha atenção, e eu olhei por cima do ombro e quase caí de cara dentro de uma lata de lixo.

Entrando pela porta estava o homem que eu tinha esbofeteado com a Bíblia, o membro da Igreja dos Filhos de Deus que tinha fugido. Ele usava o mesmo tipo de roupa que estivera usando naquele dia horrível: camisa branca e calças passadas, cabelo aparado na máquina baixa. Ele carregava uma garrafa d'água. Não poderia ser uma coincidência, mas como ele saberia que estaríamos aqui? Estaria seguindo Zayne e eu? Ou os meus amigos?

Minha boca se abriu enquanto eu me virava para a frente, agarrando a parte de trás da camisa de Zayne. Ele se virou, um olhar questionador.

— Olha quem acabou de entrar — eu sussurrei.

Ele olhou para trás e soltou um palavrão baixinho.

— Tá de brincadeira.

— Sobre o que vocês estão conversando? — Stacey perguntou, virando-se na nossa direção. Enquanto fazia o movimento, ela se inclinou no braço de Sam de uma forma que teria sido super fofa se eu não estivesse há meros segundos de surtar completamente.

— Nada. — Zayne lhe lançou um sorriso reconfortante enquanto deslizava o braço sobre meus ombros, efetivamente me movendo de maneira que eu ficasse na frente dele. – Vocês vão comprar pipoca ou alguma outra coisa pra comer?

– Estou com desejo de Skittles – respondeu Sam, olhando para o balcão enquanto descansava as mãos na bancada de vidro. A caixa, uma jovem com mais sardas do que estrelas no céu, estava inclinada para ele.

– Skittles? – Stacey enrugou o nariz. – Você odeia Skittles.

Zayne fechou a mão em volta do meu braço.

– A gente vai indo na frente e...

O homem passou na nossa frente e olhou diretamente para Stacey e Sam.

– Vocês não deveriam estar aqui com eles.

Stacey o encarou, piscando lentamente enquanto Sam se afastava do balcão. Uma expressão curiosa marcava o rosto dele.

– Como é? – ela disse.

– Você não deveria estar aqui com eles – o homem repetiu, a voz baixa e trêmula. – Eles são servos do diabo.

Houve uma pausa e Stacey sufocou uma risada.

– Ah, Deus, você é um daqueles malucos que odeia Guardiões? – Ela puxou a mão de Sam. – Ei, você vai finalmente conhecer um deles em pessoa.

Sam olhou para o homem.

– Medíocre.

– Vocês não entendem – ele disse. – Não é só por causa dele, mas também...

– Ah, certo, não vamos entrar nessa agora. – Zayne o cortou, seus dedos se apertando meu braço. – Vamos indo.

– Eu compro pipoca depois – Stacey enroscou a mão na de Sam. – E eu volto pra pegar o seu Skittles.

Estávamos indo embora. Não rápido o suficiente na minha opinião, mas estávamos indo embora. Meu coração começou a desacelerar. Entramos no corredor que dava para as portas fechadas do cinema. E então quatro palavras nos fizeram parar.

– Ela é um demônio.

O ar sumiu dos meus pulmões.

– Ela é um demônio – ele repetiu com o tipo de convicção que só fanáticos poderiam ter. – E eu posso provar.

Stacey o encarou, balançando a cabeça.

– Você tá maluco?

Eu não tinha ideia de como ele poderia provar, mas não queria arriscar. Bambi ficou inquieta quando a tensão me varreu.

– Isso não é verdade – eu disse.

Ele olhou para mim com o mais puro ódio nos olhos. *E quanto às regras?*, eu queria gritar. Os humanos não deveriam saber que demônios existiam. Era algo que os Alfas haviam decretado: que os humanos devem ter fé sem prova de um Inferno. Aquilo sempre me pareceu loucura, mas ele tinha que estar ciente delas e não se importava.

– Tudo o que você diz é mentira.

Zayne largou o braço e se colocou na minha frente.

– Não me faça fazer algo de que eu vou me arrepender.

– Já há muita coisa de que você deveria se arrepender. – Ele se afastou de Zayne.

Mais uma vez, meu coração batia descontroladamente. Ele queria me expor, bem na frente dos meus amigos. Eu não me importava com as consequências maiores de tal ação. Aqueles eram meus amigos, amigos que achavam que eu era normal e me aceitavam. Eu não podia deixar que isso acontecesse.

Agarrei o braço de Stacey enquanto enviava um olhar de pânico à Zayne.

– Vamos, temos que sair daqui. A gente pode...

– Ela não quer que vocês saibam a verdade – disse o homem, alcançando o bolso de trás com a mão livre. Zayne enrijeceu, mas tudo o que ele tirou foi um papel enrolado. Ele o empurrou na nossa direção, mostrando o que acabou sendo uma foto de uma mulher mais velha. Quem quer que fosse a senhora, ela estava vestindo algum tipo de camisa laranja, seu cabelo loiro claro era orduroso e pegajoso. Crostas cobriam seus lábios frouxos e linhas pesadas marcavam seu rosto.

Sam franziu a testa.

– Você tá nos mostrando a foto de uma presidiária?

– O nome dela era Vanessa Owens – disse ele, com a mão tremendo, fazendo o papel fino vibrar. – Ela tinha vinte anos quando trabalhava em um orfanato do estado no final dos anos noventa, cursava a faculdade em

Georgetown. Ela tinha um futuro brilhante pela frente, um namorado carinhoso, uma família unida e bons amigos.

Stacey inclinou a cabeça para o lado, sobrancelhas encontrando-se no meio da testa.

– Deixa eu adivinhar. Ela começou a cheirar pó? Porque parece que sim. Drogas são péssimas. Não sei o que isso tem a ver com a gente.

Eu olhei para a foto. Nada sobre seu nome ou rosto era familiar, mas havia um desconforto crescente que floresceu no meu peito.

– Já chega – disse Zayne, colocando uma mão em volta do meu braço. – A gente tá indo embora.

– Ele também não quer que vocês saibam, porque os Guardiões a protegem, protegem o que ela realmente é e o que ela fez com esta mulher inocente.

– Eu nunca tinha visto esta mulher – eu disse, sentindo-me encurralada. As poucas pessoas no corredor estavam olhando para nós, mas não acho que elas conseguiam ouvir o que estava sendo dito. – Eu não sei quem ela é.

– Você pode não se lembrar, mas tenho certeza de que ela lembra de você. Afinal, você destruiu a vida dela – disse ele, com os lábios se retorcendo em desgosto. – Ela cuidava de você em um orfanato, e você, fiel à sua natureza, alimentou-se dela e tomou parte da sua alma, desencadeando uma espiral até o fundo do poço, que terminou em drogas, furtos e, eventualmente, morte.

Senti o sangue sumir do meu rosto tão rapidamente que pensei que iria desmaiar. As feições da mulher na foto mudaram, ficando mais jovem, e foi substituída por cabelos loiros vibrantes, pele lisa e um sorriso caloroso.

Meu Deus...

Aquela era a mulher da qual eu tinha me alimentado quando criança? A mulher que eu tinha *atacado*, que levou os Guardiões a descobrirem sobre mim? Eu sabia que ela tinha sido hospitalizada depois de eu me alimentar dela, mas isto?

– Nossa – Sam murmurou, esfregando a testa.

– Ela vinha entrando e saindo do sistema penitenciário por dez anos até que recentemente decidiu roubar uma loja de conveniência. Ela atirou e matou um dos funcionários e foi morta pela polícia quando eles chegaram ao local – disse o homem, abaixando a foto. – Isto é o que você fez. Quantas mais vidas você roubou desde então?

Zayne disse algo e puxou meu braço novamente, mas eu estava congelada. Todos estes anos, eu nunca pensei de verdade sobre o que tinha acontecido com aquela mulher. Eu achava que, como eu não tinha tomado a alma completamente, ela tinha se recuperado. Que ela estaria bem. Mas eu tinha acabado com a vida dessa mulher como se não houvesse amanhã.

Isso me atingiu e meu estômago ficou tão apertado que pensei que iria vomitar em cima do cara. O que eu tinha feito àquela mulher ao tomar apenas uma parte de sua alma não era diferente do que tinha acontecido com Dean e o que estava acontecendo com Gareth e Deus sabe com quem mais.

– Você é um demônio. – O homem fervilhava. – E o dia virá quando você não será capaz de esconder o que você é.

Eu não tinha ideia de como a Igreja sabia tanto sobre mim, mas naquele momento, não importava. Nada importava, exceto o que ele dizia e o que eu percebia sobre mim mesma.

– Uau. Cara, você é doido de pedra. – Stacey cruzou os braços, balançando a cabeça. – Tipo nem de um jeito levemente engraçado, mas do tipo "é hora de chamar a polícia e possivelmente pensar em uma restrição judicial".

– Você não acredita em mim? – ele perguntou.

Ela bufou.

– Alguém acredita em você?

– Você vai ver. – A mão segurando a garrafa d'água se moveu tão rapidamente que não havia como impedi-lo. Nem Zayne tinha previsto isso. Com uma excelente força e pontaria, ele sacudiu a garrafa na nossa direção. A água caiu em Stacey e em mim, e bateu na perna da calça de Zayne.

Stacey gritou enquanto sacudia os dedos molhados.

– Mas que diabos!

A água escorria pela minha cabeça, através do meu rosto e nos meus olhos, acumulando em vários pontos da minha camisa, tornando o material transparente, só que... só que não era água normal. Eu cambaleei um passo para trás, esbarrando em Stacey, enquanto Zayne se impulsionava para frente, atingindo o peito do homem com um braço, jogando-o a alguns metros de distância. Ele se voltou para mim e o olhar horrorizado rastejando em seu rosto confirmava tudo.

– Ah, não – ele sussurrou.

A minha pele ardia ao longo da testa e nas bochechas. A minha visão ficou turva e a minha boca doía como se eu tivesse engolido molho picante. Pedaços de pele ao longo dos meus seios e estômago começaram a latejar. Bambi rodopiou ao redor do meu corpo, fugindo para as minhas costas.

A ardência rapidamente aumentou, transformando-se em uma queimação feroz que roubou o fôlego dos meus pulmões enquanto eu levantava as mãos. Fios esguios de fumaça saíram das pontas dos meus dedos excessivamente rosados.

– Meu Deus. – A voz horrorizada de Stacey alcançou os meus ouvidos ardentes. – Layla...

O cara cambaleou e ficou em pé, a garrafa vazia apertada na sua mão, e, quando ele falou, a satisfação escorria de sua voz enquanto ele cuspia duas palavras que mudaram tudo:

– Água benta.

Capítulo 27

Eu só estava vagamente ciente de Zayne socando o cara da Igreja dos Filhos de Deus até que sua próxima geração ficasse marcada também. Ele se chocou na parede oposta e escorregou pro chão. A garrafa d'água da desgraça rolou pelo chão. A minha pele parecia que estava sendo derretida dos meus ossos. Isto não era nada comparado com a pequena quantidade que Roth tinha utilizado quando fui arranhada pelo Rastejador.

A dor ondulava através de mim como uma onda de choque. Curvada para frente, tentei respirar a despeito do sofrimento, mas era quase impossível. Eu podia ouvir a voz tensa de Stacey, porém ela parecia muito longe.

— Precisamos ir embora. – Zayne estava mais perto e então ele estava segurando-me em um lado, guiando-me para fora do corredor e através do lobby. O ar frio da noite intensificou a queimação, e eu mordi o lábio inferior. – Eu preciso tirar isso dela.

— Alguém pode, por favor, me dizer o que tá acontecendo? – Stacey perguntou, mais perto e com mais clareza. – Eu não estou entendendo o que acabou de acontecer.

— Eu não tenho tempo pra explicar nada agora. Você dirige. – Ele atirou as chaves para Sam, e, se eu não estivesse perto de cair de qualquer maneira, teria o feito pelo fato de Zayne ter deixado alguém dirigir o seu Impala. – Sua casa é mais perto.

Sam pegou as chaves, mas balançou a cabeça.

— Não podemos ir pra minha casa. Meus pais vão pirar.

Um rosnado baixo saiu da garganta de Zayne.

— Eu preciso levá-la para um chuveiro agora. Eu não me importo com o que seus pais pensam...

— Não — eu ofeguei. — Me leva... pra casa de Stacey. São só mais alguns quarteirões.

— Layla...

— Ela tem razão. Minha mãe não tá em casa e eu moro a apenas alguns quarteirões de distância. Se você pegar a Quinta Avenida, pode até ser mais rápido — disse Stacey, sem fôlego. — Mas a gente não devia levá-la num hospital? A pele dela tá toda rosa. Foi ácido? Ah, meu Deus, será que aquele escroto...

— Não era ácido e um hospital não vai poder fazer nada por ela. — Tínhamos caminhado cerca de meio quarteirão quando Zayne xingou e me colocou no colo. Só Deus sabia o que a gente parecia para as pessoas ao nosso redor, mas eu não ligava mais. Segurei um gemido enquanto ele me ajustava nos seus braços. — Desculpa — ele sussurrou, a voz rouca.

— Eu não entendo — Stacey repetiu, sua voz soando distante novamente. — Era só água. Me acertou também. Eu *não* entendo.

Ninguém respondeu, e, quando finalmente chegamos ao Impala, Zayne se espremeu para o banco de trás comigo no colo e tentou limpar a maior parte da água com uma camisa velha que ele tinha na traseira do carro, mas não ajudou. Eu precisava de um chuveiro. A viagem para a casa de Stacey foi o mais puro Inferno. Eu estava vagamente ciente de Zayne ligando para Nicolai e avisando que poderíamos ter um possível desastre de relações públicas a nível demoníaco em nossas mãos. Entendi a conversa o suficiente para saber que Nicolai ia até o cinema para fazer algum controle de danos. Em algum momento, minha visão clareou o suficiente para ver o rosto chocado de Stacey.

Ela olhou para mim como se... como se ela não soubesse para o que estava olhando, e talvez seu cérebro estivesse se recusando a colocar dois e dois juntos, mas ia acabar acontecendo. E eu não conseguia lidar com ela olhando para mim daquele jeito. Fechando meus olhos, eu os mantive assim até chegarmos na casa de Stacey.

A dor profunda no meu âmago era tão ruim quanto a que queimava a minha pele. Eu não disse nada enquanto Stacey guiava o caminho escadas acima e até o banheiro que ela usava. Sam ficou lá embaixo, sem dúvida para pesquisar como a água benta podia queimar uma pessoa. Ele estava estranhamente quieto durante tudo isso.

– Ninguém deve estar em casa por pelo menos duas horas. – Sua voz estava nebulosa. – Posso... posso ajudar?

– Você tem alguma coisa que ela possa vestir? – Ela deve ter assentido com a cabeça, porque Zayne disse: – Deixe a roupa do lado de fora da porta.

– Mas...

– Vamos explicar tudo. – Ele abriu a porta, colocando-me para dentro. – Eu prometo.

Stacey segurou a porta antes que ela se fechasse.

– Você tá bem, Layla?

– Sim – eu grunhi, mantendo minhas costas viradas para ela. – Eu vou... ficar bem.

Depois disso, Zayne conseguiu fechar a porta. Ele passou por mim, ligando o chuveiro. Um segundo depois, eu estava ofegante sob um fluxo de água gelada. Gotas apedrejavam meu rosto, arruinando todo o trabalho árduo com o rímel e o delineador.

– Você precisa tirar a roupa – disse ele.

Ele não precisou dizer duas vezes. Eu me virei de lado, acenando com a cabeça. Nenhum de nós falou, e não havia nada sexual no fato de que eu estava de pé embaixo do chuveiro, sendo afogada por um fluxo constante de água fria enquanto Zayne tirava a minha roupa e me deixava apenas de calcinha. Lá se foram os jeans apertados, o cinto trançado fino e o meu sutiã. Tudo o que tinha sido tocado pela água benta tinha que ser tirado.

Bambi tinha traçado seu caminho até a minha lombar, onde ela estava enrolada em uma pequena bola protetora enquanto Zayne continuava virando-me de um lado para o outro, seus braços ficando encharcados enquanto ele se assegurava de que toda a água benta tinha sido enxaguada.

Depois de cerca de cinco anos às ruínas no quinto círculo do Inferno, a queimação diminuiu e pequenas protuberâncias se espalharam pela minha barriga enquanto arrepios subiam e desciam pelas minhas costas. Piscando até que a água deixasse os meus cílios, pude ver que os meus braços, atualmente dobrados sobre o meu peito, estavam em uma linda tonalidade de dor.

– Desculpa por não ter impedido o cara – disse Zayne finalmente, virando-me. – Eu deveria ter impedido. Eu poderia ter impedido.

– Não é sua culpa. Quem sabia que ele... ia jogar água benta em mim. Ele olhou para cima.

– Eu deveria ter previsto algo assim.

Sacudi a cabeça, tremendo.

–N-não é c-culpa sua.

Um olhar de dúvida assentou em seu rosto, fazendo-o parecer mais velho.

– Você não tá queimando mais.

– N-não.

Quando Zayne desligou a água, eu não conseguia sentir o meu rosto nem os dedos dos pés, e era melhor assim. A minha pele estava tão gelada que apenas um dia nevando estaria a altura.

Ele rapidamente enrolou uma toalha grande e fofa ao meu redor, colocando-a sob meus braços.

– Segure isto – disse ele, e eu agarrei as pontas da toalha, amarrando-as. Ele me tirou da banheira e se virou. Sentado na borda, ele me colocou no colo e pegou outra toalha, imediatamente enxugando a água do meu cabelo gelado. – Deus, você tá parecendo um cubo de gelo.

– Por que ele fez isso lá, onde tinha só Stacey e Sam pra ver e ouvir, em vez de na frente de uma multidão de pessoas? – perguntei, com os dentes batendo.

– Foi pessoal. É a única razão. – Zayne esfregou a outra toalha nos meus braços, afastando o frio. – Como você tá se sentindo?

– M-melhor. – Eu olhei para a parede amarelo-ovo enquanto Zayne trazia a circulação de volta para a minha pele gelada. Eu não sabia dizer quanto tempo se passou antes de eu falar novamente. – O que vamos d-dizer a eles?

Ele não respondeu imediatamente. Em vez disso, esfregou gentilmente a toalha sobre minhas bochechas.

– A verdade, eu acho.

– E as r-regras?

Ele enrolou a toalha em volta dos meus ombros.

– Bem, tecnicamente elas já foram quebradas, e um Alfa não pousou nas nossas cabeças, certo? E eles são seus melhores amigos. Você confia neles. – Ele parou. – Também não faço ideia de como inventar uma mentira que os faça acreditar em qualquer outra coisa.

Tentei sorrir, mas não consegui.

– E se S-Stacey me odiar agora ou tiver m-medo de mim?

– Ah, Layla, ela não vai te odiar. – Ele abaixou a cabeça e pressionou os lábios contra a minha testa. – Ela não vai ter medo de você e ela não vai pensar em você de um jeito diferente.

O que pareceu cordas apertando o meu peito.

– Como n-não?

– Porque eles te conhecem como eu te conheço, é por isso. – A intensidade de suas palavras foi convincente. – O que você é não muda quem você é.

Eu assenti.

Seus olhos procuraram os meus e então ele deslizou os braços em torno de mim, deixando a toalha que ele segurava cair no chão. Eu me dobrei em seu abraço apertado, absorvendo seu calor e sua aceitação. Sua fé em mim parecia defeituosa, porque eu não tinha certeza se era justificada.

Mas eu precisava me recompor, porque Stacey e Sam estavam à nossa espera, e eu não poderia me esconder seminua no banheiro com Zayne para sempre.

– Estou pronta – disse, e o meu coração afundou um pouco enquanto eu me libertava do abraço e ficava de pé.

Zayne pegou as roupas que Stacey tinha deixado do lado de fora do banheiro. Eu vesti a calça de moletom e o suéter e depois me forcei a sair pela porta. Ele estava encostado na parede, esperando por mim, com os olhos cansados virados para o teto. Quando ele se afastou da parede e ficou na minha frente, eu queria apertar um botão para rebobinar o dia de hoje.

– Vai ficar tudo bem – ele me garantiu.

Eu não estava tão otimista.

Stacey e Sam estavam na sala de estar no andar de baixo. Ela ficou de pé quando entramos no cômodo, sua pele normalmente escura estava pálida. Sam se virou para nós, expectativa em seu olhar.

– Ok – ela disse, juntando as mãos. – Antes de falarmos sobre qualquer coisa, você tá bem?

Eu assenti. A minha pele estava um tom mais escuro de rosa do que o normal e um pouco dolorida ao toque, mas amanhã de manhã estaria bem.

– Estou bem.

Ela fechou os olhos e soltou um suspiro pesado.

– Você realmente nos assustou. Eu pensei que ele tinha jogado ácido em você ou algo assim, mas eu sei... que não foi isso. Primeiro, você não foi ao hospital e sua pele não desgrudou do rosto.

As minhas sobrancelhas se ergueram.

– E a água acertou Stacey – Sam observou, com a cabeça inclinada para o lado enquanto ele me analisava. Não o fez como se estivesse com medo, mas mais como se estivesse genuinamente curioso. – Não aconteceu nada com ela.

– Mas aconteceu alguma coisa com você – disse Stacey, respirando fundo. – Algo realmente estranho aconteceu. Eu vi fumaça saindo da sua pele.

Bem, isso definitivamente indicaria a qualquer pessoa que algo estava acontecendo. Olhei para Zayne e ele assentiu enquanto se sentava no braço de uma cadeira.

– Nem sei por onde começar.

– Que tal com a verdade? – disse Sam.

Aquela declaração machucou, e com razão.

– Sinto muito por não ter sido completamente honesta com vocês dois, mas tem coisas, tem regras, que me impediram de falar a verdade.

– Você é como Zayne? – Stacey perguntou, olhando para ele. – Porque, se sim, eu não vejo qual é o problema.

– Sou mais ou menos como Zayne. Sou parte Guardião. – Ouvir-me dizer aquelas palavras para os meus amigos era estranho. Eu me sentei na cadeira em que Zayne estava empoleirado. – Mas eu não sou como ele. Não exatamente. Eu... eu também sou parte demônio. É por isso que a água fez o que fez. Era realmente água benta.

Stacey abriu a boca e piscou uma vez, depois duas. Então ela riu enquanto caía no assento ao lado de Sam.

– Tá certo, Layla, não vem com conversa mole pra cima de mim.

– Não estou.

– Demônios não existem – disse ela, revirando os olhos. – Aquele cara no cinema era doido.

– Gárgulas também não existem – disse Zayne gentilmente –, certo? Stacey balançou a cabeça.

– Mas isso é diferente. Vocês são só outra espécie, não é? Tipo o Pé Grande. Vocês não são um tipo de criatura mítica da Bíblia.

– Mas nossa espécie foi considerada mítica no passado. – Zayne inclinou-se para a frente, descansando as mãos sobre os joelhos. – Layla tá falando a verdade. Ela é parte demônio.

– Demônios não podem ser reais. Simplesmente não podem ser.

– Você acredita em anjos? – Sam perguntou, observando-me. – Porque, se acredita, como pode não acreditar em demônios? Afinal, a maioria deles não eram anjos antes?

Parte de mim não ficou surpresa por Sam estar lidando tão bem com aquilo, mas eu estava chocada por ele não ter se levantado e vindo me cutucar como um experimento científico.

– Não. – Stacey balançou a cabeça novamente, fazendo sua franja voar em seu rosto enquanto ela olhava para mim. – Não tem como isso ser real.

– Ok. – Eu me levantei. – Sou parte demônio. E aqui está a prova. Bambi? – Eu a comandei para fora do meu corpo, esperando que ela me escutasse e não me fizesse parecer uma idiota. – Pra fora.

Bambi se agitou ao longo das minhas costas e então eu a senti sair da minha pele. Uma sombra de pontilhados se formou ao meu lado. Stacey deu um pulo do assento, sua boca se mexendo como se ela estivesse tentando dizer algo enquanto os pontinhos se uniam. Um segundo depois, Bambi se formou e levantou a cabeça em forma de diamante, olhando para Sam e Stacey como se fosse a hora do lanche.

– Não os coma – eu avisei em um murmúrio.

Houve um momento de silêncio, e então Stacey gritou feito uma assombração, pulando no sofá como se fosse rastejar para trás de Sam.

– Meu Deus! Meu Deus! Uma cobra! Isso é uma baita de uma cobra! – ela gritou, ficando tão pálida quanto a alma de um Guardião. – De onde diabos isso veio?

– De mim – eu disse. – Ela fica a maior parte do tempo na minha pele, como uma tatuagem. Ela é um familiar.

Stacey parecia prestes a desmaiar, então chamei Bambi de volta. A cobra sibilou sua língua bifurcada para mim em aborrecimento, mas voltou para o braço e depois para a minha barriga.

– Misericórdia – Stacey sussurrou, deslizando pelo sofá. – Não tô acreditando no que eu vi.

– Mas você viu. – Eu me sentei novamente.

– Como você escondeu aquela coisa todo esse tempo? É enorme!

– Na verdade, ela foi um acontecimento recente. Bambi é um familiar de demônio, mas ela não é minha. Não de verdade.

Um olhar de compreensão iluminou o rosto de Stacey.

– Espera aí um segundo. Roth tem uma tatuagem de cobra.

Acenei com a cabeça.

– Tinha.

Seus olhos se arregalaram ao ponto de eu temer que ela estourasse um vaso sanguíneo.

– Você tá dizendo que Roth também é um demônio?

– De sangue puro – respondeu Zayne. – Ele na verdade é conhecido como Astaroth, o Príncipe da Coroa do Inferno.

Stacey olhou para Sam, que apenas olhou para nós, e depois de volta para mim.

– Eu... eu não sei o que dizer nesse momento.

– O que quer que você pense sobre demônios, e apesar do que aquele desgraçado no cinema disse, você precisa saber que Layla não é má. Ela é boa em sua mais pura essência – disse Zayne, e eu sorri um pouco com a sinceridade em suas palavras. – Ela é mais Guardiã, mais *humana*, do que qualquer pessoa que eu conheço.

Stacey fez uma careta.

– Bem, eu sei que ela não é má, porra. Eu a conheço há anos. Ela é o equivalente a um bebê panda maligno ou algo assim.

Eu fiquei boquiaberta com ela enquanto Zayne sorria para mim.

– E quanto a Roth? – ela perguntou. – Quero dizer, você acabou de dizer Príncipe da Coroa do... do Inferno?

– Totalmente maligno – Zayne rebateu.

Suspirei.

– Ele não é totalmente maligno. Ele tá aqui fazendo algo realmente importante.

– Que seria? – perguntou Sam, seu olhar oscilando entre nós. – Agora você tem que nos dizer.

Zayne assentiu lentamente e então eu contei a eles tudo sobre mim, o que eu conseguia fazer e quem era a minha mãe. Zayne assumiu na metade da história, dando informações sobre toda a situação com o Lilin e o que suspeitávamos que estava acontecendo na escola. Dizer que os dois pareciam atordoados seria o eufemismo do século.

– Mas nenhum de vocês pode dar um pio sobre isso – disse Zayne, encerrando o mais épico despejo de informações na história da humanidade e da Guardianidade. – Estou falando sério. Nosso trabalho é impedir que o público saiba que demônios existem. Se vocês começarem a dizer às pessoas...

– Do tipo se eu te contar isto, vou ter que te matar? – Stacey engoliu em seco quando nenhum de nós respondeu. – Santa paciência...

Quando Stacey finalmente encontrou de novo a capacidade de falar, ela se concentrou provavelmente na coisa menos importante de tudo o que tínhamos acabado de dizer a ela.

– Então é por isso que você nunca saiu com garotos antes? Porque, se você beijar alguém, você leva a alma da pessoa?

– Eu gostaria de acreditar que essa não é a *única* razão – murmurou Zayne.

Eu assenti.

– Eu sou uma espécie de súcubo, só que um tipo muito raro.

– E esse tal Lilin é como você? Só que pode levar almas só tocando em alguém? Uau. – Stacey olhou para Sam. – A gente realmente precisa mudar de escola.

– É – ele disse, concordando com a cabeça. – Talvez até de cidade. Possivelmente de país.

Já era tarde quando terminamos de conversar e os pais de Stacey deviam chegar a qualquer momento. Nem ela ou Sam estavam olhando para mim como se eu fosse uma aberração perigosa, mas suspeitava que eles ainda não tinham absorvido tudo por completo. Fiquei esperando que Sam fizesse algum comentário aleatório sobre demônios, mas ele não o fez, e isso por si só já me dizia que ele estava fora de si.

– Acho que já é hora de a gente ir – disse Zayne, levantando-se lentamente. – Mas vocês...

– A gente não vai dizer uma palavra sobre isso. Além disso, ninguém acreditaria. – Ela olhou para mim, e eu sabia que a amizade entre nós tinha mudado. Talvez não tenha sido uma mudança tão grande quanto eu temia, mas ela estava lá. – Como podemos ajudar?

Zayne a encarou.

Um largo sorriso irrompeu em meu rosto.

– Você é doida. – Ela franziu a testa para mim, e eu imediatamente me desculpei. – Eu não quis dizer de uma maneira ruim. Só que eu estava petrificada de medo com a ideia de vocês me odiarem quando soubessem a verdade e, em vez disso, estão oferecendo ajuda. – Lágrimas queimaram a minha garganta. – Eu realmente não sei o que dizer.

– Bem, se eu segui corretamente essa conversa sem pé nem cabeça, se o Lilin continuar, hã... tomando almas, os Alfas vão se envolver e isso é ruim pra todos vocês, certo? Então por que não iríamos querer ajudar?

– Agradecemos a oferta, mas é muito perigoso pra aceitarmos isso – Zayne levantou a mão quando ela começou a protestar. – Se você realmente quer ajudar, então seja mais vigilante. Fique atenta ao que acontece ao seu redor, fique atenta a qualquer pessoa agindo de forma estranha. Fique longe delas e nos avise.

– Ele tá certo – eu disse. – Eu não saberia o que fazer se algo acontecesse com qualquer um de vocês dois.

– Não vai acontecer nada. – Sam deu uma olhada para Stacey. – Ficaremos fora disso, mas se você precisar da nossa ajuda, estaremos lá pra você.

– Como a gangue de Scooby-Doo – disse Stacey com um sorriso. – Mas mais legal e sem o cachorro. – Ela parou, enrugando o nariz. – Em vez disso, temos uma cobra demoníaca gigante.

Eu dei uma risada, totalmente chocada com o quão bem ambos estavam lidando com isso. Só esperava que não mudasse quando tivessem tempo para pensar sobre tudo. Quando finalmente me levantei para sair, estava exausta do drama de hoje.

Stacey me parou na porta e eu prendi a respiração enquanto Zayne esperava na varanda, observando-nos com cautela.

– Eu queria que você tivesse me dito a verdade há muito tempo, mas eu entendo por que você não fez isso. Não é algo que se consegue dizer com facilidade a alguém e não esperar que eles surtem.

— Não é — sussurrei.

Ela respirou fundo, olhou por cima do ombro no corredor escuro atrás dela para onde Sam esperava dentro da casa.

— Você ainda é a minha melhor amiga. Você só não é humana. E, bem, eu me sinto meio maneira que a minha melhor amiga é parte Guardiã e parte demônio em negação.

Olhei para ela por um momento e senti uma risada sair de mim. As cordas ao redor do meu peito arrebentaram e a pressão diminuiu.

— Só não minta mais pra mim, tá bem? Promete.

Encontrei os olhos dela.

— Prometo.

Então ela me abraçou, e naquele momento eu sabia que o mundo inteiro poderia estar à beira da catástrofe, mas Stacey e eu ficaríamos bem.

A gente ia ficar bem.

Abbot estava à nossa espera assim que voltamos ao complexo.

No momento em que nossos pés bateram no chão do vestíbulo, ele apareceu diante de nós, tão alto e formidável quanto um grande leão prestes a abocanhar uma gazela. Ele deu uma olhada em mim e não se preocupou em perguntar se eu estive me bronzeando recentemente ou se estava bem, e depois se virou para o filho.

— Precisamos conversar — disse ele, seu maxilar contraído. — Em particular.

Zayne olhou para mim e eu dei de ombros, imaginando que ele queria falar sobre a bagunça no cinema. Dando-lhe um tchauzinho, passei por Abbot e subi as escadas. Só um pedacinho de mim ficou desapontado por Abbot não ter perguntado como eu estava. Acho que eu estava começando a me acostumar à forma como ele se comportava agora.

Uma vez dentro do meu quarto, eu rapidamente tirei as roupas emprestadas e vesti o meu próprio pijama. Era início da noite, mas eu estava exausta. Depois de prender meu cabelo ainda úmido em um coque, eu rastejei para debaixo das cobertas e olhei para o meu celular, pensando se eu deveria avisar Roth sobre o fato de que Stacey e Sam agora sabiam sua verdadeira identidade.

Os meus dedos pairaram sobre a tela. Eu precisava dizer a ele. Era justo e era a única razão pela qual eu iria contatá-lo. Minha mensagem foi curta e direta.

[Stacey e Sam sabem o que somos.]

Talvez um minuto se passou e a mensagem dele apareceu.

[Conte-me mais.]

[Igreja dos Filhos de Deus. Água Benta. Eu. Não foi uma boa combinação. Mas tá td certo.]

Desta vez a resposta foi imediata. [Vc tá bem?]
Acenei com a cabeça e percebi, feito uma idiota, que ele não podia me ver. [Sim.] Eu parei e digitei: [Bambi também.]
Minutos se passaram depois da minha última mensagem, e percebi que Roth não iria responder. Se estava zangado por termos exposto quem ele era, eu não sabia, mas tinha a sensação de que ele não se importava. Assim que rolei para colocar meu celular na mesinha de cabeceira, ele respondeu.

[Vc provavelmente n deveria ter ido ao cinema c/ Pedregulho, hein?]
Eu olhei para a mensagem, meio irritada e meio entretida que, de alguma forma, aquela era a única lição que Roth tinha tirado disso. Como se estar com Pedregulho – er, Zayne – fizesse alguma diferença. Não respondi porque achei que a conversa só iria piorar.
Meu celular tocou de novo, mas desta vez era Zayne.

[Tá afim de companhia?]

Ri do fato de estarmos na mesma casa e mesmo assim ele me mandar mensagens.

[Claro.]

[Entrando.]

Virando meu olhar para a porta, eu a vi abrir não mais do que um segundo depois. Eu segurei um sorriso.

— Você estava esperando no corredor?

— Talvez. — Zayne tinha trocado de roupa, vestia uma calça de moletom preta e uma camisa branca. Ele se sentou na cama ao meu lado. — Você tá segurando bem as pontas?

— Sim. Só cansada.

Ele se esticou ao meu lado, descansando a bochecha no cotovelo.

— Foi um dia infernal.

— O que Abbot disse sobre isso?

Uma nuvem passou por cima de suas feições.

— Nada demais.

Imediatamente, eu sabia que havia mais. Eu me apoiei no meu cotovelo.

— O que você não tá me contando?

— Nada. — Zayne riu, mas algo na risada era tenso. — Relaxa, Laylabélula. Hoje foi doido o suficiente sem acrescentar mais porcaria.

— Mas...

— Tá tudo bem. Calma. Tenho o resto da noite de folga e quero passar com você. Salvar o resto do nosso encontro — disse ele, brincando com a borda da minha manga. — Tudo bem?

Protestos se formaram na ponta da minha língua, mas ele estava certo. Tivemos que lidar com problema suficiente para durar o resto da semana, o que me lembrou do dia seguinte.

— Ainda vamos ver aquela casa amanhã à noite?

— Sim.

Eu me deitei de costas, observando-o. Cílios grossos protegiam seus olhos enquanto ele corria o dedo ao longo da veia do meu pulso. Eu não estava captando nenhuma emoção avassaladora dele; mas também meus próprios sentimentos estavam todos misturados.

No silêncio que caiu entre nós, minha mente divagou para o que o homem tinha me mostrado no cinema.

— Posso fazer uma pergunta e você responder com sinceridade?

Ele arqueou uma sobrancelha.

— Posso tentar ser sincero.

Eu ignorei aquilo.

— Você acha que o que eu fiz pra aquela senhora é diferente do que o Lilin tá fazendo?

Seus cílios se ergueram e os olhos eram da cor de um cobalto surpreendente.

— É completamente diferente, Layla. Você era apenas uma criança que não tinha ideia do que estava fazendo. O Lilin tá fazendo isso de propósito.

— Verdade, mas... — Baixei a voz para um sussurro. — Mas eu me alimentei daquela mulher na última quinta-feira. Sim, foi uma circunstância esquisita, mas eu fiz isso.

— A gente nem sabe se o que aquele cretino disse era verdade — ele argumentou. — Só porque ele disse que era a mulher, não significa que era realmente ela. E mesmo que fosse, não há provas de que você afetou a vida dela dessa maneira. Não tem razão pra gente acreditar nisso.

— Você realmente acha isso? — Eu desejava poder compartilhar aquela certeza.

— Sim. — Ele fez uma pausa. — Falando de quinta-feira, que tipo de circunstância esquisita estamos falando aqui?

Eu me concentrei no teto. Não poderia contar a ele sem revelar o que se passava sob o Palisades, e eu tinha feito uma promessa.

Zayne suspirou.

— Achava que a gente não estava mais guardando segredos.

— Eu sei. Mas se eu te contasse isto, você teria que contar pro seu pai e... bem, o que aconteceria seria minha culpa. Qualquer sangue derramado estaria nas minhas mãos.

— Você acha que eu conto tudo pra ele?

A irritação em sua voz chamou minha atenção.

— Não, mas eu acho que tem algumas coisas que você gostaria de contar, e eu não vou colocar você nessa posição.

Ele se deitou de costas, o músculo da mandíbula tensionado. No entanto, seus dedos permaneceram em volta do meu pulso. Alguns minutos se passaram.

— Eu sei o que tá rolando na sua cabeça. Você tá se comparando com o Lilin. — Estava, mas era mais do que isso. — Você não é assim — Ele virou a cabeça para mim, encontrando meu olhar. – Nenhum pedacinho de você é assim.

Cara, seria bom mudar de ideia e pensar como Zayne, mas quando eu fechava os olhos tudo o que via era o rosto de Vanessa Owens, e ela ficava sempre se transformando no rosto de Dean. E se...? Eu não conseguia nem terminar esse pensamento, deixar a ideia se enraizar e ganhar terreno.

Ele esticou o braço, chamando-me.

– Mais perto?

Eu mordi meu lábio e então me aproximei, descansando minha cabeça em seu peito. Seu coração batia em um ritmo constante sob minha bochecha. Seu braço se enroscou em torno de minha cintura, prendendo-me ao seu lado.

Tantos pensamentos passavam pela minha cabeça, e eu me agarrei a um deles, uma teoria que eu precisava examinar.

– Lembra quando a gente estava falando sobre os espectros com Abbot? – Quando ele assentiu, eu respirei fundo. – Eu não estava brincando quando disse que a mesma sensação que eu tive na escola era o que eu senti aqui antes que as janelas explodissem e que Maddox caísse. E eu... – Deus, aquilo era difícil. – A noite com Petr, tive que...

– Você teve que se defender – ele me cortou com suavidade, sua mão apertando ao longo da minha cintura. – Eu sei o que você fez, Layla. Você não tem que dizer.

Fechei os olhos com força.

– Ele poderia estar por aqui, sabe? Ele poderia ser um espectro.

Um momento se passou.

– Eu pensei nisso, mas com uma casa cheia de Guardiões, acho que teríamos descoberto isso a essa altura.

Podia ser verdade, mas coisas mais loucas já tinham acontecido.

– Sinto muito que hoje não tenha dado nada certo – eu disse, decidindo que eu realmente não queria pensar em Petr enquanto eu estava ali com Zayne.

– Não é sua culpa, então não precisa se desculpar.

Eu queria pedir desculpa mais uma vez e continuar pedindo, como se eu fosse me tornar uma daquelas pessoas que constantemente pediam desculpa, mas senti-lo perto limpou alguns dos pensamentos desagradáveis.

Zayne abaixou o queixo e deslizou os lábios pela minha testa. Meu coração pulou com o contato carinhoso, e eu soube naquele momento que não poderia colocá-lo em perigo. Não importava o que ele dissesse, o que queria acreditar, não podíamos ignorar a realidade.

Olhei fixamente para a parede, sentindo o calmo subir e descer de seu peito em cada célula do meu corpo. Um frio de reconhecimento congelou minhas entranhas. Se o que aquele homem tinha dito era verdade, então o que o Lilin fez e o que eu fiz foram exatamente a mesma coisa. Nós dois destruímos vidas e tudo o que era preciso, pelo menos para mim, seria um deslize com Zayne. Apenas um pequeno momento e ele estaria em perigo.

Eu não podia fazer isso com ele. Não faria.

Mesmo que isso significasse ficar muito, muito longe dele.

Capítulo 28

– Você tá parecendo uma ninja – disse Danika. – Não uma ninja habilidosa de verdade, mas tipo uma ninja de filme que passa na TV depois da escola.

Olhei por cima do ombro para onde ela estava sentada na minha cama. Eu honestamente não me lembrava de convidá-la para o meu quarto.

– Valeu mesmo.

Ela riu.

– Estou brincando. Você tá gostosa.

– Não é isso que estava tentando. – Eu voltei a colocar meus chinelos. Mas entendia a coisa de ninja. Eu estava vestindo *leggings* pretas e uma segunda pele de manga comprida preta. Além de ninja, eu provavelmente também parecia um fantasma. Tudo preto não era uma boa para a minha pele.

– Você nunca tenta. – Atrás de mim, ela se levantou. – É por isso que você é sexy.

Girando para encará-la, não consegui evitar o pensamento de que ouvi-la dizer isso era bizarro. O visual e o corpo de Danika eram comparáveis às das modelos da Victoria's Secret. Humanos e Guardiões de todo o mundo cairiam aos seus pés se tivessem uma chance.

– Sua pele parece muito melhor – disse ela enquanto o silêncio se estendia entre nós.

Tínhamos prometido ser amiga uma da outra, mas realmente era uma caminhada vagarosa.

– Eu besuntei uma tonelada de hidratante ontem à noite.

– Posso te dizer uma coisa que vai parecer estranha?

Voltando-me para o pequeno espelho pendurado perto do meu armário, eu amarrei meu cabelo em um coque.

– Claro.

Ela voltou a se sentar à beira da cama.

– Tenho inveja de você.

Uma sobrancelha subiu pela minha testa enquanto eu lentamente abaixava minhas mãos e me virava para ela.

As bochechas dela coraram.

– E não por causa de Zayne. Bem, sim, eu meio que estou com inveja disso, mas tanto faz. Estou com mais inveja de que você pode sair e fazer coisas, tipo ir pra escola, ir marcar demônios se quiser. Você já lutou contra demônios e já se feriu.

– Você tá com inveja porque eu já me feri?

– Eu sei que não faz sentido. – Ela suspirou. – Não fico feliz que você tenha se ferido, mas você esteve lá. Você já se arranhou ou foi socada, mas você esteve *lá* enquanto eu estive... – Ela acenou as mãos para o quarto. – Eu estive presa aqui.

Eu não sabia como responder no começo, mas a entendia. De verdade. As mulheres do clã eram tão protegidas que era sufocante. Para a maioria, elas provavelmente nunca nem sofreram com uma unha encravada, e se tivessem, era uma crise nacional.

Danika e as outras como ela estavam *presas* em jaulas bonitas.

– Eu entendo – disse, sentando-me ao lado dela. – Sabe, quando eu era mais nova, eu ficava com inveja das outras mulheres Guardiãs, porque elas eram aceitas. Todos se importavam e prestavam atenção nelas. Elas eram queridas e eu estava... bem, eu estava aqui. Mas superei isso bem rápido. – Olhei para ela, desejando que pudesse ser diferente para todas nós. – Eu acho que, de certa forma, vocês têm muito mais problemas do que eu.

Ela assentiu lentamente.

– Não é como se eu nunca quisesse acasalar e ter filhos. É só que eu quero...

– Quer fazer outras coisas também? – Quando ela assentiu, eu mordi meu lábio. – Então por que você não faz? Você é treinada. Você pode lutar. A permissão deles é realmente necessária? Quer dizer, de verdade? Quem tá aqui pra te impedir se você sair e caçar?

Danika não respondeu por um longo momento e então seus olhos se iluminaram.

– Sabe, você tem razão. Eu posso mesmo ir e quando eu estiver lá fora, o que eles podem fazer pra me parar? Me mandar voltar pra casa? – Ela riu. – Adoraria vê-los tentar.

– Tentar o quê?

Nós nos viramos ao som da voz de Zayne. Pela graça de Deus, vestido como ele estava com calça militar escuras e uma camisa esportiva justa, ele estava gostoso de uma forma completamente perigosa.

– Nada – cantarolou Danika. Ela se inclinou, surpreendendo-me com um abraço rápido. Então se levantou e saiu do quarto, acenando para Zayne enquanto passava por ele.

Ele franziu a testa.

– O que tá acontecendo?

Balancei a cabeça e repeti o que ela disse.

– Nada. Você tá pronto?

– Sim. – Ele me observou enquanto eu caminhava na sua direção. – Roupa bonita.

– Danika disse que eu parecia uma ninja de filme de criança.

Zayne riu.

– Boa.

Eu ia passar por ele, mas seu braço formou uma parede quando ele colocou a mão do outro lado do batente da porta. Os meus olhos se levantaram e ele abaixou a cabeça, quase como se estivesse prestes a me beijar, mas não podia ser isso. Ele não ousaria fazer algo tão insano de novo. Zayne não brincava com a morte. Mas conforme sua boca se aproximava, a agitação no meu estômago aumentava. Seu aroma fresco de menta me rodeou, e então seus lábios tocaram a curva da minha bochecha.

Eu congelei da maneira mais doce possível. Os meus olhos se fecharam enquanto as minhas mãos coçavam para tocá-lo. As coisas... as coisas estavam tão estranhas entre a gente. Ambos tínhamos admitido que havia algo entre nós, que queríamos mais, mas também havia uma linha nos separando, que consistia em rótulos, promessas e perigo.

Pensei na promessa que eu tinha feito a mim mesma ontem à noite, a promessa que mudou o que queríamos. A decepção aumentou e me atravessou como ondas tumultuosas quando eu abruptamente passei sob o braço dele.

Ignorando o olhar de confusão, eu passei as mãos pelas pernas da minha calça.

— A gente precisa pegar alguma coisa antes de ir?

Um momento se passou antes que ele respondesse.

— Tenho tudo o que precisamos guardado no Impala.

Tudo o que precisávamos para um possível exorcismo consistia em água benta, algo do que eu definitivamente não me aproximaria, sal purificado e incenso fedorento e abençoado. Tínhamos tudo o que precisávamos para fazer um na casa, e considerei brevemente um exorcismo ali, mas seria difícil explicar isso aos Guardiões. Eu teria de falar sobre Petr, e com a forma como Abbot estava agindo em relação a mim, isso não seria muito esperto da minha parte. Eu não tinha ideia do que fazer sobre Petr, e havia uma pequena parte de mim que realmente se perguntava se ele estava aqui como espectro. De qualquer forma, a excitação zumbia através do meu corpo enquanto nos dirigíamos para a garagem. Eu nunca tinha visto um exorcismo antes. Isto devia ser interessante.

- Posso gritar "o poder de Cristo te compele" quando a gente chegar nesse ponto? — perguntei.

— Como é? — Zayne riu enquanto abria a porta do passageiro para mim. — Odeio te dizer isso, mas não temos que dizer nenhuma palavra e ninguém vai gritar qualquer coisa assim.

Eu fiz beicinho. Droga, eu sempre quis dizer isso.

— Bem, isso não é tão divertido quanto os exorcismos que eu vi na TV.

Zayne me lançou um olhar enquanto se afastava para me deixar entrar. Quando ele ia fechar a porta, Dez apareceu pela saída do complexo, indo para um dos SUVs.

Seu olhar oscilou entre mim e Zayne.

— Ela vai com você pra casa?

— Sim. — Ele se encostou na porta aberta, encarando o Guardião mais velho. — Você tem algum problema com isso?

Dez levantou as mãos.

— Não disse que tinha. Só seja cuidadoso — Ele me encarou e o seu olhar dizia que ele queria me tirar do carro e me jogar sobre o ombro dele. — Ela é...

Uma carranca apertou meus lábios.

— Um demônio?

– Não. – As sobrancelhas de Dez se arquearam. – Eu ia dizer "uma menina", jovem demais e que não precisa se machucar.

– Ah. – Eu me senti uma babaca. – Obrigada por isso.

Zayne fechou minha porta antes que eu pudesse dizer qualquer outra coisa. Enquanto ele passava por Dez, disse:

– Você sabe que eu não vou deixar nada acontecer com ela.

Ele acenou com a cabeça.

– Ainda assim. Só seja cuidadoso.

Enquanto Dez desaparecia nos recantos da garagem, olhei para Zayne enquanto ele ia até o volante.

– Adivinha?

– O quê? – O motor roncou, acordando.

– Sou uma menina.

Seus lábios se curvaram.

– Cala a boca.

Eu dei uma risada.

Zayne saiu da garagem e perguntou se Stacey ou Sam tinham mandado notícias. Stacey me ligou mais cedo e a conversa tinha sido um pouco esquisita, mas no geral, tinha sido normal. Exceto que, pela primeira vez na vida, eu tinha dito a verdade sobre o que eu ia fazer naquela noite. Havia algo de libertador em não ter de mentir sobre as minhas atividades extracurriculares.

A viagem para Alexandria, para a casa da recém falecida, não demorou muito. O tráfego era mínimo e ficamos aliviados ao encontrar onde estacionar discretamente nos fundos da casa.

Zayne arrombando uma fechadura ficou surpreendentemente gostoso.

Eu não tinha certeza do que aquilo dizia sobre mim. Eu fiquei excitada pela confiança dele enquanto trabalhava na fechadura até ouvirmos o clique dela cedendo.

– Uma habilidade útil.

Ele sorriu enquanto se endireitava.

– É isso ou arrombar. Achei que uma abordagem mais gentil funcionava melhor.

Roth teria ficado feliz em arrebentar a porta. Não havia dois caras mais diferentes do que eles.

Calmamente abrindo a porta, esperamos para ter certeza de que um alarme não seria acionado. Quando o silêncio nos encontrou, entramos no vestíbulo escuro. A casa estava cheia de sombras. Apenas uma pequena luminária de mesa estava acesa no cômodo da frente. As tábuas do assoalho rangiam enquanto nos movíamos mais para dentro.

Zayne levantou a bolsa de lona sobre o ombro, olhando para as pinturas que adornavam as paredes verdes. Quando entramos na sala de jantar, uma pequena sombra saiu de baixo da mesa.

Era um gato cinza.

Em vez de sair correndo e se esconder, ele se enroscou nas pernas de Zayne e depois nas minhas. Bambi despertou, interessada, enquanto eu me inclinava e fazia carinho nas orelhas do gato. Silenciosamente, dei à cobra um aviso severo para nem pensar em comer o animalzinho.

Eu me perguntei se o gatinho pertencia à mulher ou ao noivo. Ou era dos dois? Pensar nisso me deixou triste.

A casa era uma tumba silenciosa quando entramos na cozinha. Uma tigela de comida para o gato estava perto do fogão, junto com um potinho cheio d'água.

– Tudo parece normal – disse ele, voltando-se para mim. – Você sente alguma coisa?

Eu balancei a cabeça.

– Precisamos verificar no andar de cima.

O gatinho nos seguiu pela casa e escadas a cima. Não havia iluminação suficiente para ver as fotos emolduradas na parede, mas pareciam retratos de família que poderiam ter sido tiradas durante o feriado de final de ano.

Havia apenas dois quartos no andar de cima e um banheiro compartilhado. Um dos quartos era um escritório improvisado e no outro, outra pequena luminária tinha sido deixada acesa.

O gatinho atravessou o quarto e saltou para a cama assim que a porta se abriu. Lá, ela se deitou de costas, mostrando uma barriguinha bem alimentada.

Acariciei o gato enquanto Zayne verificava o banheiro. Ao contrário dos gatinhos de Roth, este não tentou me matar enquanto eu lhe esfregava a barriga.

Parecia errado estar ali, metendo-se na privacidade de alguém. A cama não estava feita. Os travesseiros estavam espalhados aleatoriamente pela cabeceira. Gavetas foram deixadas meio abertas e havia um copo d'água na mesa de cabeceira, ao lado de uma foto emoldurada de um casal. Atraída pela foto, deixei o gatinho na cama e peguei o retrato, segurando-o sob a luz.

Um tremor atravessou meu braço. Eu quase deixei cair a moldura.

– Meu Deus.

– O que foi? – Zayne chamou.

Eu não conseguia falar enquanto encarava a foto. Um homem sorria para mim. Tinha provavelmente vinte e poucos anos. Ele tinha o braço sobre os ombros de uma mulher mais baixa.

Uma mulher que eu tinha visto antes, embora brevemente.

Zayne veio para o meu lado, abaixando a bolsa.

– O que é isso?

Eu estava tremendo quando entreguei a foto para ele.

– Esta é a casa deles, certo?

Ele franziu a testa enquanto pegava a foto.

– Acho que sim. Seria estranho os donos terem uma foto de outro casal ao lado da cama.

Meu peito foi esfaqueado pelo pânico.

– Eu conheço essa mulher.

– Como?

Meus joelhos estavam fracos.

– É *ela*, o cupcake.

Ele ficou confuso.

– Não faço ideia do que você tá falando.

Havia uma boa chance de que meu coração fosse pular para fora do meu peito.

– Ela é a mulher de quem eu me alimentei na quinta à noite.

Zayne deixou cair a bolsa, assustando o gato. Ele engoliu em seco.

– Você tem certeza?

– Sim. – Comecei a me sentar, mas não conseguia ficar quieta.

– Como você pode ter certeza? Você a viu...

– É ela! – gritei, pressionando as minhas mãos no o meu abdômen. A náusea subiu. – Meu Deus.

– Espera. – Ele tentou me tocar, mas eu me afastei. – Espera um segundo. Você se alimentou dela e ela foi embora. Ela parecia bem?

– Sim, mas você viu o que aconteceu com a mulher do orfanato. Vanessa.

– Não sabemos se isso é verdade, e, mesmo que fosse, você não a matou. – Ele passou uma mão pelo cabelo. – E você não matou essa mulher.

– Ela tá morta. Isso é uma enorme coincidência, não é? – Minha testa estava pontilhada de suor. Aquele pensamento horrível da noite anterior voltou. – E se...?

Então eu senti.

Os pelinhos dos meus braços se eriçaram. O fedor de algo não natural inundou o cômodo como uma fumaça pérfida. As costas do gato se arquearam como as dos gatos nos desenhos de Dia das Bruxas. Sibilando, ele saltou da cama e foi para debaixo dela.

– Merda. – Zayne se ajoelhou, abrindo a bolsa. – Temos um espectro.

– Claro que temos – murmurei, entorpecida até o âmago.

Eu tinha matado aquela mulher. De algum jeito eu tinha feito isso e levado sua alma, a condenando a uma eternidade no Inferno. De que outra forma ela se tornaria um espectro? A probabilidade de que o Lilin a tivesse encontrado era astronomicamente pequena.

E isso se um Lilin sequer existisse...

A temperatura no quarto caiu abruptamente. Sopros de respiração enevoadas se formavam na frente da minha boca.

– Layla.

O espectro estava próximo. O espectro que eu tinha criado.

– Layla. – Zayne estalou os dedos, vindo para o meu lado em um instante. – Eu preciso de você aqui comigo. Entendeu? Isso não vai ser fácil. Eu preciso de você *aqui*. Você tá aqui?

O ar correu para fora de mim. *Se recomponha*. Suprimindo o pânico e o horror, eu me forcei a assentir. Eu precisava estar no presente.

– Eu estou aqui.

– Que bom. – Zayne apontou para a porta aberta do quarto. – Porque o espectro também tá.

Uma massa escura preencheu a porta, aproximadamente do mesmo tamanho que o espectro de Dean. Uma pessoa de sombra. Ela não se moveu. Parecia estar ali nos olhando.

Zayne enfiou o maço de incenso seco em minhas mãos. Ele o acendeu e o odor pungente se espalhou em baforadas de fumaça.

– O que quer que você faça, não deixa isso cair. Se cair, todo o exorcismo vai parar.

Parecia bastante fácil.

– Ok.

O espectro se aproximou e o cômodo virou uma geladeira. Um vento se agitou, chicoteando ao redor do quarto. O guarda-roupa cuspiu roupa para fora. A luminária caiu. Um travesseiro bateu no meu braço.

Zayne avançou, uma garrafa de água benta e um potinho de sal em suas mãos.

– Fique longe. Eu não quero derrubar nada disso em você.

A fumaça estava sufocante quando saí do caminho. Um lamento agudo veio do espectro, um som que era uma mistura entre uma hiena e um bebê gritando. Atacou Zayne. Num segundo, ele estava na minha frente e no seguinte, estava chocando-se contra a parede oposta. Ele se agarrou à garrafa, mas o pote de sal rolou pelo chão, para o outro lado do espectro.

Que Inferno.

Ela sibilava para mim, o som felino, porém distorcido, alongado em um uivo. Zayne estava novamente em pé, o cabelo bagunçado, mas ainda em sua forma humana. Ele jogou a água no espectro, que não atravessou a sombra. O espectro parecia absorver a água benta, fazendo-a inchar como aquele garoto irritante em *A Fantástica Fábrica de Chocolate*.

Enquanto o espectro mirava nele, eu me lancei em direção ao potinho de sal. Meus pés deslizaram. Eu caí de costas com um grunhido e, de alguma forma, pela graça de Deus, segurei o incenso. Virei minha cabeça, vendo o frasco caído a menos de meio metro de mim.

O espectro riu malignamente, enquanto eu rolava e ficava de lado. Peguei o frasco e abri a tampa com uma mão, justo quando dedos gélidos se arrastaram pela minha nuca. Os arrepios que experimentei naquele momento quase me fizeram gritar como se uma aranha tivesse caído no meu colo.

– Jogue o sal no espectro – Zayne gritou sobre o vento forte.

Virando-me contra a força da corrente de ar, eu sabia que se eu ouvisse o conselho de Zayne o sal purificado voaria todo na minha cara. O vento era terrivelmente poderoso, roubando dos meus pulmões a capacidade de puxar o ar.

Eu me levantei, segurando o incenso com força enquanto forçava um passo à frente e depois outro em direção ao espectro. Em vez de jogar o sal, eu o enfiei, pote e tudo, no que poderia ter sido o torso da criatura.

A reação foi imediata.

Como um elástico arrebentando, fui empurrada para trás quando o espectro soltou um grito saído de um pesadelo. Caí no meio da cama. O incenso escorregou, mas eu fechei os dedos, salvando a porcaria enjoativa de bater na cama, parar o exorcismo e provavelmente queimar a casa inteira.

O espectro explodiu em punhados de fumaça que rapidamente evaporaram como se um aspirador de pó tivesse sido colocado no quarto, sugando o mal. Tudo se acalmou e a presença pesada da anormalidade diminuiu. O ar ficou mais leve.

Os meus olhos encontraram os de Zayne.

Ele parecia ter passado por um túnel de vento.

– Você tá bem?

– Sim – eu grunhi, sentando-me. O incenso se apagou por conta própria. Que conveniente. – Uau.

– Foi como você estava esperando?

Eu pensava sobre isso quando vi o gato colocar a cabeça para fora da cama.

– Ainda queria que alguém tivesse gritado "o poder de Cristo", mas foi legal.

Zayne balançou a cabeça enquanto me levantava da cama. Pegando o incenso de mim, ele o jogou na bolsa e depois a fechou.

– Precisamos sair daqui rápido antes que alguém venha saber o que foi toda essa agitação.

Concordei.

Acariciei o gato uma última vez e então corremos pela casa. Uma vez de volta no Impala, fiquei aliviada ao descobrir que o cheiro doentio não tinha impregnado nossas roupas. Olhando para Zayne enquanto ele ligava o carro e dirigia para fora do beco estreito, eu deixei tudo que eu tinha reprimido se infiltrar novamente em mim.

Com a adrenalina ainda correndo nas veias, meus pensamentos pareciam navalhas afiadas. Quando se fixaram, cortaram-me em pedaços.

Quando finalmente encontrei forças para falar, já estávamos na estrada rural que Zayne tinha usado como atalho para chegar a Alexandria.

– Não podemos ignorar o que encontramos.

Ele me lançou um olhar rápido e afiado.

– O que você quer dizer?

– Quem era aquela mulher. A gente não pode ignorar isso, Zayne. Eu fiz isso com ela. – As palavras me cortavam por dentro. – Eu devo ter me alimentado dela mais do que pensei.

Os nós dos dedos de Zayne empalideceram com a força que ele fazia para segurar o volante.

– Você saberia se esse fosse o caso. Tem de haver outra explicação pra isso.

– Qual? – eu exigi, fechando minhas mãos em punhos apertados. – A única explicação é que o Lilin tem me seguido e levou a alma dela.

– Então foi isso que aconteceu. – Sua mandíbula se fechou. – Tem de ser isso.

Eu o encarei. Lágrimas queimavam os meus olhos. Sua defesa categórica era de partir o coração.

– E se... e se não houver um Lilin?

– O quê?

Meu estômago dava cambalhotas, mas eu precisava verbalizar o meu medo. Eu tive que colocar isso para fora.

– E se não há Lilin, Zayne? E se a gente só acha que existe, e o Inferno acha que existe, mas não existe?

– Isso nem faz sentido.

– Mas faz – eu sussurrei enquanto as árvores passavam por nós. – Pense bem. Ninguém realmente sabe o que era necessário para completar o ritual. É sobre como o interpretamos. E se eu precisasse perder minha virgindade pra que funcionasse? Eu não perdi. Portanto, se Cayman estava errado, então o ritual não funcionou. Não pode ter funcionado. E Abbot até disse que era um Lilin ou algo parecido. Eu o ouvi naquela noite. Provavelmente foi por isso que ele ordenou que os outros membros do clã me vigiassem. Ele também suspeita disso!

— Se o ritual não funcionou, então como as correntes de Lilith quebraram?

— Não sei, mas pode ser algo que eu estou fazendo. Sou filha dela. Eu provavelmente tenho um impacto nisso. Pense a respeito. O que o Lilin pode fazer é a mesma coisa que eu faço: tomar uma alma. A gente só faz isso de maneiras diferentes. — As palavras jorravam de mim tão rápidas quanto a velocidade do carro. — E onde tá esse diabo desse Lilin? Como é que não o vimos e nem Roth o viu? Teoricamente tá na escola, mas ninguém o encontrou. Mas eu estou na escola! Eu estive perto de todos que foram infectados até agora e de Deus sabe lá quantas outras pessoas.

— Então, e o casulo no porão e os Rastejadores Noturnos?

— Quem sabe por que eles estavam lá ou o que estava no casulo. Não seria a primeira vez que algo demoníaco apareceu lá por minha causa. Lembra do zumbi na sala da caldeira? E Raum, o demônio que Roth venceu?

Zayne balançou a cabeça.

— Não acredito que você tá dizendo essas coisas.

— Não acredito que você se recusa a ver o que tá na sua cara!

— Merda. — Ele desviou para a direita, apertando o freio. Inclinei-me para a frente, segurada pelo cinto de segurança enquanto o carro cantava pneu para parar no acostamento da estrada. Ele virou para mim, os olhos em um tom furioso de azul elétrico.

— Mas você não se alimentou de Dean! Ou Gareth! Você não é responsável por isso, Layla.

— Talvez eu não precise me alimentar pra tomar suas almas. Quem sabe? — Minha garganta parecia se fechar, dolorida. — Minhas habilidades *mudaram*. Eu não posso mais ver auras, mas eu consigo sentir emoções. Talvez minha capacidade de tomar almas também tenha mudado.

— Isso é absolutamente ridículo. Você tá ouvindo o que tá dizendo?

— Você tá me ouvindo? — eu rebati. — O que estou dizendo não é impossível e você sabe disso.

Quando ele não disse nada, eu soltei o cinto de segurança. Não conseguia ficar sentada no carro. Eu não conseguia ficar perto dele com minhas emoções tão explosivas. A necessidade de me alimentar estava ali, fervendo abaixo da superfície, o que era só o que me faltava.

Eu abri a porta, ignorando o grito de Zayne, e comecei a andar. Consegui caminhar por alguns metros, mas de repente ele estava na minha frente.

– Você precisa se acalmar – disse ele.

– Você precisa me ouvir! Sabe essas coisas que estão acontecendo na casa? Pensei que podia ser Petr, porque tomei a alma dele, mas talvez não seja ele. Talvez seja eu. – O meu coração batia tão depressa que achei que fosse vomitar. – Talvez Abbot esteja certo e eu só não estou ciente do que faço.

– Não...

– Você não entende! – Um ventou passou por nós, mas eu mal senti. – Eu estava com raiva quando as janelas explodiram, e quando Maddox caiu eu estava irritada por causa da maneira como ele olhou pra mim! E tanto você quanto Danika disseram que eu pareço um demônio de Status Superior pra vocês agora. Você mesmo disse isso!

– Isso não significa que você tá por aí matando gente sem saber! – O vento parecia jogar as palavras em seu rosto. – Eu te conheço, Layla.

Umidade se acumulava em meus cílios enquanto eu dava um passo cambaleante para trás.

– Você só quer que não seja assim e isso te cegou...

– Eu não sou cego. – Ele saltou para a frente, agarrando meus ombros. – Eu sei exatamente o que vejo quando olho pra você. Sei exatamente com o que estou lidando quando te toco. E sei que não importa o que aconteça, você nunca me machucaria. E por causa disso, sei que o que quer que esteja causando tudo isso, não é você.

Eu balancei a cabeça.

– Você não pode ter...

Ele cortou minhas palavras quando me puxou contra o seu peito e me levantou até que meus dedos dos pés mal tocavam o chão. Os meus olhos se arregalaram naquele pequeno segundo em que percebi o que ele ia fazer, o que ele estava disposto a arriscar para provar que suas palavras eram verdadeiras, que suas convicções estavam certas, que eu estava apenas surtando. Eu me joguei para trás, mas era tarde demais. Eu não conseguia escapar dele. Eu nunca consegui.

Zayne me beijou.

Capítulo 29

A minha arfada de surpresa foi capturada pelos lábios dele. Eu plantei as minhas mãos contra o seu peito e tentei afastá-lo, mas ele estava firme e aquilo... meu Deus, aquilo não foi um toque inocente dos lábios que acabava antes de começar.

Foi um beijo *de verdade*.

Do tipo que quebrava corações e depois os remendava. Seus lábios estavam nos meus, exigentes e ferozes enquanto eu mantinha minha boca selada. Um som profundo ressoou em seu peito quando ele mordiscou o meu lábio inferior. Eu ofeguei novamente enquanto aquela mordidinha explodia através de mim. Zayne tirou total vantagem disso, aprofundando o beijo. A língua dele varreu a minha, e eu inspirei o gosto dele, porque não podia evitar, e ele estava em todos os lugares, em todos os sentidos, e eu estava queimando.

Quando ele finalmente se libertou, eu soltei um lamento, e não tinha certeza se era por ter perdido o contato físico com ele ou se pelo que eu sabia que estava por vir.

Zayne segurava meus ombros, seu olhar fixo no meu. E ele estava de pé, não estava convulsionando nem caindo no chão ou virando algo saído de um pesadelo. Nós olhamos um para o outro, os dois respirando pesadamente.

– Você... Você tá bem?

– Estou. – Parte dele parecia um pouco surpresa. – Estou completamente bem.

– Eu não estou entendendo – sussurrei, olhando nos olhos dele.

Um lado de seus lábios se curvou para cima.

– Eu te disse, Laylabélula. Eu te disse, porra.

O meu coração sapateava dentro do meu peito.

– Não faz sentido. Isto é impossível. Algo tá...

Zayne me beijou novamente, efetivamente calando-me e desligando tudo em mim que não estava focado na maneira como seus lábios tocavam os meus. Ele me deixava sem fôlego da maneira mais maravilhosa possível.

Os meus pés estavam mais uma vez firmes no chão e as suas mãos deslizaram para as minhas bochechas, inclinando a minha cabeça para trás. Eu gemi no beijo enquanto ele inclinava a cabeça, aprofundando o beijo e alongando-o. Eu segurei em seus ombros.

Eu não sei o que aconteceu. Talvez fosse o fato de que sempre acreditamos que nunca poderíamos compartilhar algo tão banal para as outras pessoas. Ou talvez fossem todas as emoções ferozes que estávamos sentindo. Talvez fosse mais do que apenas um estalo de paixão. Eu não me importava. De qualquer maneira, a promessa que eu tinha feito a mim mesma ontem à noite se desmanchou como uma pétala seca. Eu estava me afogando nele.

As nossas bocas não quebraram o contato quando ele me segurou pela cintura e me levantou novamente, colocando as minhas pernas em torno de seus quadris. Parecia que nunca iríamos parar de nos beijar. Não tinha como. Nem mesmo se um Alfa pousasse ao nosso lado e começasse a dançar pelado.

Zayne se virou, suas mãos subindo pelas minhas costas e emaranhando-se no meu cabelo, e então elas estavam descendo até meus quadris. Os arrepios me enlouqueciam. Ele estava andando e, no segundo seguinte, as minhas costas estavam contra o Impala.

Deslizei as minhas mãos pelo seu cabelo, emaranhando meus dedos naquela maciez enquanto ele deslocava seu peso para o lado, alcançando a porta. O cara tinha habilidade, porque de alguma forma ele abriu a porta de trás do carro sem interromper o beijo.

Ele dobrou os joelhos e então estávamos longe do frio e no banco de trás, seu longo corpo pressionado sobre o meu, e ele ainda estava me beijando, sugando minha respiração para dentro dele.

Ele devia pesar uma tonelada, mas o seu peso era delicioso e enlouquecedor de um jeito completamente insano.

– Deus – ele sussurrou contra meus lábios inchados enquanto levantava a cabeça. – Imaginei isso por tanto tempo, e eu não tinha ideia de que seria gostoso assim.

Os meus pensamentos estavam uma bagunça enquanto eu colocava uma mão contra a sua mandíbula de pele macia. Ele me beijou de novo, como um homem faminto por oxigênio, tomando longas correntes de ar. Ele mordiscou o lábio quando se afastou de mim, apenas para voltar com mais intensidade, e as coisas saíram de controle.

Sua mão deslizou para cima pelos meus quadris e então sob minha camisa, e o toque de sua pele contra a minha, a mistura de nossas emoções e necessidades, atingiu-me profundamente, aquecendo cada célula e preenchendo cada espaço sombrio do meu âmago.

Todos os anos sonhando sobre poder fazer isso vieram à tona em nós dois, deixando-nos gananciosos e loucos. Os meus dedos se agarravam à camisa dele e, desta vez, quando ele levantou a cabeça eu puxei o tecido e ele atendeu, deixando-me tirá-la. As minhas mãos deslizaram pelo seu peito enquanto ele inclinava a cabeça para a minha. Eu provei nele o desejo que me consumia. Eu o senti e dei as boas-vindas ao turbilhão de emoções que trazia, deleitei-me, e fui eu quem aprofundou o beijo esta vez.

O som que ele fez enrolou meus dedos dos pés enquanto seus quadris se pressionavam contra os meus. O meu coração batia acelerado e eu conseguia sentir a minha pulsação por todo o corpo. E então a minha segunda pele foi tirada, desaparecendo em algum lugar no chão do Impala. Os dedos dele deslizaram sobre as minhas costelas, alcançando o frágil fecho do sutiã. Houve apenas um movimento rápido de seu pulso, e então nós dois estávamos nus da cintura para cima.

Meu Deus, estávamos à beira da estrada, no banco de trás de um carro, seminus, e era tão... tão humano e normal.

Uma risada brotou de mim e escapou contra seus lábios. As sobrancelhas de Zayne se abaixaram, mas antes que ele pudesse falar, eu me estiquei e o beijei novamente, simplesmente maravilhada com o fato de que eu podia beijá-lo, que isto estava acontecendo.

– Desculpa – eu disse. – É que eu nunca esperei por isto. Eu nunca...

Ele me beijou suavemente, uma exploração sensual e despretensiosa que devia ter embaçado as janelas do carro.

– Eu nunca achei que fosse impossível. Sempre confiei em você.

Lágrimas arderam em meus olhos por uma razão muito diferente desta vez.

– Zayne, eu...

Eu não consegui terminar a frase, mas estava tudo bem.

O tempo pareceu parar para nós e o que estávamos fazendo era uma insanidade, mas estávamos muito envolvidos um no outro para nos importarmos. Os lábios dele percorreram um caminho ardente pelo meu rosto enquanto a sua mão traçava por onde Bambi estava enroscada nas minhas costelas. A cabeça dela estava usando o meu seio como travesseiro de novo, e eu não me importei. Não quando ele seguiu a curva elegante do corpo da cobra com a mão e depois com a boca, fazendo com que eu arqueasse ao seu toque.

Ele levantou a cabeça novamente, seu olhar preso ao meu rosto e então deslizando para baixo, e eu fiquei sem fôlego. Nossos corpos estavam um contra o outro, peito contra peito, e eu nunca tinha sentido nada parecido antes. Um gemido profundo ressoou através dele e mil emoções irromperam dentro de mim. Nossos corpos se moviam juntos, contra o banco de trás. Uma selvageria pulsava dentro de mim. Eu o puxei para mais perto, colocando meus lábios sobre os dele, e ele tremia. Eu queria sentir mais. Passei uma mão pelos músculos volumosos em seu pescoço e costas, e depois mais para baixo. Ele respirou fundo.

E a forma como o corpo dele roçava contra o meu e a tensão crescente que eu sentia em nós dois me dizia para onde isto estava indo. Não era impossível, estando onde estávamos e tudo o mais. No fundo eu sabia que não seria a primeira garota, e talvez nem mesmo a primeira com sangue Guardião nas veias, a fazer isto. Se houvesse um desejo – e santo Deus, havia um desejo –, havia uma maneira.

Mas havia algo em mim que puxou os freios. Eu não sabia o que era ou se tinha um nome. Ou talvez eu soubesse, e meu coração e meu cérebro não quisessem reivindicar a posse desse sentimento, mas a confusão gelou minha pele. Eu queria isto. Muito. Talvez fossem só os nervos, mas de repente as minhas mãos tremiam. Eu só sabia que a minha ansiedade não tinha nada a ver com o feitiço estúpido ligado à minha virgindade. Se um Lilin realmente tivesse sido criado, minha virgindade era um ponto controverso, e mesmo que não houvesse Lilin, as correntes de Lilith já estavam quebradas, então isso não importava. Não, foi outra coisa.

– Zayne – eu sussurrei, inspirando a respiração dele. – A gente deveria...

Seus olhos estavam fechados quando ele respondeu.

– Parar? – Acenei com a cabeça. – Tem razão. – Ele descansou a testa contra a minha, respirando profundamente e com dificuldade. – Precisamos parar. Eu não quero que seja assim... no banco de trás do meu carro.

De alguma maneira, ruborizei. Era estranho estar envergonhada agora, quando ficar seminua não teve esse efeito em mim. Eu engoli em seco enquanto ele pressionava os lábios na ponte do meu nariz e depois se erguia, usando os braços para se apoiar e se afastar um pouco de mim.

A maneira como ele me olhou fez eu querer tirar meu pé dos freios e acelerar.

– Deus, Layla, eu... Realmente estou sem palavras.

Eu também estava, mas de um jeito bom. Mesmo que houvesse uma pitada de estranheza em mim, ameaçando quebrar este calor, a falta de palavras era uma recompensa.

Zayne passou a mão sobre a minha pele, como se ele estivesse procurando memorizar a sensação, e então encontrou a roupa que tinha acabado no chão do carro. Ele me ajudou a me vestir, e provavelmente levou mais tempo do que o necessário, porque parava e beijava meu ombro, depois meu pescoço, e me fez querer desfazer todo o seu trabalho duro.

Quando ele me tirou do banco de trás, o ar fresco da noite cobriu a minha pele outrora ardente. Ele segurou o meu rosto com as mãos, inclinando a minha cabeça para trás.

– Eu não quero ouvir mais nenhuma besteira sobre você ser responsável pelo que tá acontecendo – disse, seu olhar segurando o meu. – Se isto prova alguma coisa, mostra que você é capaz de controlar as suas habilidades. Você saberia se estivesse tomando almas. Você não tá. Então é isso. Não mais. Promete.

Eu tinha sido muito ruim em manter promessas ultimamente, mas prometi a ele e rezei para que aquela fosse uma que eu pudesse cumprir.

Era um pouco depois das seis da manhã quando, semiacordada, senti minha cama afundar sob um peso repentino. Abri os olhos, grogue, e sorri um pouco enquanto os cobertores se mexiam e um braço serpenteava em volta da minha cintura.

Um calor pressionou contra as minhas costas. Em todas as manhãs daquela semana, havia sido assim que Zayne me acordava quando voltava da caça. Os últimos dias... bem, tinham sido como se saídos de um sonho. Ficávamos muito tempo juntos, ou no meu quarto, ou no dele, ou íamos na casa de Stacey ficar com ela e Sam. O Dia de Ação de Graças chegou e passou. No sábado, tínhamos saído e tomado café como costumávamos fazer, mas desta vez tinha sido diferente. Nos beijávamos. Muito. Tanto que os meus lábios ficaram inchados boa parte do dia.

Mas a minha parte favorita era as manhãs. Ele era sempre extra carinhoso nesses momentos e era um jeito maravilhoso de acordar. Eu sabia que eventualmente isto teria que parar. Alguém o pegaria entrando e saindo do meu quarto e seu pai teria um derrame. E havia razões maiores para isso. O mundo real não existia desde a minha suspensão. Não havia problemas com o Lilin, nada de Roth exceto mensagens inofensivas aqui e ali, e quando eu estava com Zayne era fácil acreditar que eu não era responsável pela infecção.

Zayne acariciou meu pescoço e depois riu enquanto eu me contorcia quando ele atingiu um ponto sensível.

– Bom dia – disse ele, beijando a pele logo abaixo da minha orelha antes de levantar a cabeça.

– Dia. – Eu rolei de costas e de alguma forma caí direto para os braços dele. – Você voltou cedo.

– É. – Ele empurrou o cobertor até a minha cintura, sorrindo quando viu a cabeça de Bambi espreitando debaixo do decote generoso da minha camisa. – Essa noite foi meio morta.

Sua cabeça mergulhou e seus lábios roçaram sobre os meus com um toque suave e tentador. Levantei uma mão, colocando-a contra o peito dele. A camisa fina que ele usava era um obstáculo que me irritava, mas seu coração batia forte contra minha palma.

O beijo aprofundou enquanto ele se aproximava. Uma de suas pernas acabou entre as minhas e o seu peso em cima de mim causava uma sensação maravilhosamente safada dentro de mim. Sua mão deslizou pela minha barriga e depois para baixo da camisa. Quando entrou em contato com a minha pele nua, eu captei a intensidade do que ele estava sentindo. A necessidade. Desejo. Algo muito mais forte o guiava. As minhas costas arquearam em seu toque e os meus dedos dos pés se curvaram.

Depois do que pareceu uma eternidade, mas não tempo suficiente, ele se afastou com um suspiro arrependido. Estávamos respirando pesadamente. Nossos peitos subindo e descendo um contra o outro. Uma de suas mãos ainda estava debaixo da minha camisa, tocando-me. Pequenos arrepios corriam através de mim.

Ele descansou a testa na minha, e as pontas do seu cabelo brincaram com as minhas bochechas.

– Eu vou fazer você se atrasar pra escola se eu continuar com isso.

Isso não seria a única coisa que aconteceria se ele continuasse movendo o polegar para frente e para trás ou se continuasse beijando-me. Não tínhamos ido além disso, nem mesmo chegamos a tirar as roupas, desde a noite em que fomos àquela casa. Pela forma como seu corpo tremia, dava para saber que ele queria ir mais além. Eu tinha certeza de que eu também queria, mas aquele passo era tão assustador quanto emocionante. Tudo isto era algo que nunca pensei ser possível com Zayne.

Mas ir para a escola também significava voltar à realidade, e se existia um tremendo estraga prazeres, era isso. Voltar a estar perto de outros seres humanos além de Stacey e Sam. Voltar a enfrentar a possibilidade assustadora de que eu poderia ser a causa da infecção. Porque mesmo que eu pudesse beijar Zayne sem sugar a alma dele como se ele fosse um pirulito, isso não significava que eu não era a responsável.

Ele percebeu o momento em que eu me desliguei e franziu a testa.

– Pra onde você foi?

– Lugar nenhum. – Eu forcei um sorriso. Eu não tinha conversado com Zayne sobre os meus medos desde aquela noite porque sabia que ele acreditava firmemente que eu era inocente, e eu... queria mantê-lo assim. Com ele, eu não me sentia como se fosse uma bomba-relógio esperando para explodir. Eu me sentia normal. – Talvez eu possa matar aula?

– Hum... – Ele roçou os lábios sobre a ponta do meu nariz. – Por mais que eu adore essa ideia, a sua bundinha adorável precisa ir se sentar numa sala de aula.

Eu fiz beicinho.

Ele riu baixinho e então seu sorriso desapareceu. A seriedade invadiu seus olhos azulados.

– Você sabe que não tá infectando ninguém, Laylabélula. Tá tudo bem você voltar pra escola. No fundo, você sabe disso.

– Eu sei.

Zayne me beijou novamente e, por um tempinho, eu me perdi em seus lábios e seu cheiro e sabor inebriantes. E, por um tempinho, fiquei no nosso mundo, mesmo que parecesse de faz de conta.

Stacey e Sam estavam à minha espera no meu armário. Ela saltou para frente e me deu um abraço rápido, afastando-se antes que eu pudesse empurra-la e parecer uma aberração.

– Bem-vinda de volta – disse Sam. Ele ainda estava sem os óculos. – Aposto que você sentiu falta da escola.

– Senti um pouquinho. – Abri a porta do armário e puxei meu livro de biologia. Isso era verdade. A escola era como um santuário... quando não havia zumbis, Rastejadores Noturnos e espectros rastejando pelo assoalho.

A minha escola estava virando a Boca do Inferno.

Eu dei uma risada.

Stacey arqueou uma sobrancelha.

– Que foi?

– Nada. Eu estava pensando em *Buffy, a Caça-Vampiros*. – Era um alívio ser honesta com eles agora. Fechando a porta do armário, eu me virei para o casal. – Estava pensando que a nossa escola é como a Boca do Inferno em *Buffy*.

Ela sorriu.

– Eu super sou Cordelia. E você é Buffy.

Eu ri quando começamos a andar pelo corredor. Sam estava segurando a mão de Stacey e isso fazia eu me sentir supercontente.

– Eu não sou Buffy. Estou mais pra Willow. Sam, você é totalmente Xander.

– Eu diria que estou mais pra ser Angel – ele comentou, e eu esperava que ele contasse alguma curiosidade sobre *Buffy*, mas Sam não disse nada.

– A propósito – disse Stacey, inclinando-se para mim e abaixando a voz. – Estou presumindo que você disse a Roth que sabemos a... hã, a verdade.

Meu estômago deu uma cambalhota. Eles não tinham o visto desde que fomos suspensos.

– Sim, ele sabe, mas eu não faria muito estardalhaço com isso. Vou ao banheiro rapidinho.

Stacey parou.

– Eu também preciso ir. – Virando-se para Sam, ela deu um beijo rápido na bochecha dele. – Te vejo depois?

Ele assentiu enquanto se afastava e depois se virava, passando uma mão pelos cabelos bagunçados. Eu o observei por algum tempo e depois balancei a cabeça.

– Você realmente precisa ir ao banheiro?

– Não – ela deu uma risadinha. – Eu só queria alguns segundos a sós com você pra perguntar se você já transou com Zayne.

Calor inundou as minhas bochechas.

– O quê? Não. E você e Sam?

Seu sorriso se espalhou e meus olhos se arregalaram enquanto eu empurrava a porta, sendo recebida pelo cheiro de desinfetante e o leve aroma de cigarro.

– Ah, meu Deus, você realmente transou com... – Eu me afastei e então parei de vez dentro do banheiro.

Stacey esbarrou atrás de mim e também parou.

Em uma das pias, Eva estava curvada com as mãos sobre o rosto, cobrindo os olhos. Seus ombros esguios tremiam. Jogadas pela pia e no chão estavam bolinhas de papel amassadas. Um celular estava apoiado na beirada da pia.

Ela estava chorando. Não, estava em prantos mesmo.

— Isso é meio constrangedor — murmurou Stacey enquanto a porta se fechava atrás dela.

Sim, meio que era. Eva era má, e se eu não soubesse, eu a classificaria como um demônio do Inferno, mas não era o caso. Ela era só uma típica garota malvada que provavelmente não teve amor suficiente em casa ou algo assim, mas o código de honra das garotas foi ativado em mim.

Suspirando, eu dei um passo à frente, fazendo uma careta enquanto tentava pensar em algo para dizer.

— Hã, Eva, você tá bem?

Seus ombros endureceram e ela abaixou as mãos. Uau. Eva não ficava nada bonita chorando, o que por alguma razão horrível fez eu me sentir melhor sobre mim mesma. No reflexo do espelho, o rímel escorria por suas bochechas e seu rosto estava inchado e vermelho.

Então ela cedeu. Seu rosto se amassou enquanto lágrimas escorriam livremente.

— Não. Não estou bem. Eu nunca vou ficar bem.

O olhar no rosto de Stacey dizia que ela achava que Eva estava sendo um pouquinho melodramática demais, mas um desconforto desabrochou no meu estômago.

Eva se virou para nós, suas mãos fechando-se em punhos contra suas bochechas coradas.

— Ele morreu. Gareth morreu.

Capítulo 30

Gareth havia sofrido uma overdose durante a noite. Os pais dele tinham encontrado o corpo na garagem naquela manhã, quando seu pai estava saindo para trabalhar. Havia rumores de que ele estava cheirando alguma droga.

Uma tristeza pesada encobriu a escola. A morte de Dean tinha sido ruim o suficiente, e depois a de Gerald, mas Gareth tinha sido popular. Todos o conheciam e, apesar do seu crescente vício às drogas ter deixado as pessoas confusas, ele ainda era o cara com quem metade das garotas queria estar e metade dos caras queria ser.

Os professores falaram sobre isso em todas as aulas, citando a morte dele como um acidente trágico e fazendo dela um programa extraclasse sobre as drogas e seus perigos, mas eu sabia que não era o caso.

Assim como Stacey e Sam.

Assim como Roth.

Não que as drogas não fossem um grande problema, mas isso foi algo para além do vício e das coisas idiotas que adolescentes faziam. Gareth foi infectado. Sua vida e sua alma haviam sido roubadas dele. Não só haveria outro espectro, mas também Gareth passaria uma eternidade no Inferno.

E isso me matava por dentro, mesmo que houvesse um Lilin em algum lugar.

Roth me alcançou enquanto eu ia para o almoço. Ficar sozinha com ele fazia os meus nervos se retorcerem em nós inúteis. Eu sabia que tinha tudo a ver comigo e Zayne... e com Roth.

— Eu ainda não senti um espectro — disse ele, com as mãos enfiadas nos bolsos da calça jeans rasgada. — Você sentiu?

Eu balancei a cabeça enquanto Bambi começava a subir entre os meus seios. Eu emiti a ela um aviso severo para que não aparecesse no meu rosto. Sempre que Roth estava por perto, ela gostava de ser vista. Como um daqueles cachorrinhos chatos que precisavam de atenção.

– Acho que vai ser só uma questão de tempo até que ele apareça. A gente ainda vai conferir o *coven* neste fim de semana? – perguntei. Quando ele assentiu, eu me encostei na parede. O corredor estava praticamente vazio. Quando olhei para ele e o descobri observando-me de perto, eu mudei de pé o meu peso. – Tem algo que a gente possa fazer sobre as almas deles? Tem alguma forma de libertá-los?

Roth se virou, inclinando o corpo de lado. Ele balançou a cabeça.

– Não, a menos que você queira fazer um acordo com o Chefe e isso não é algo que eu encorajaria.

Eu abri a boca para protestar, mas ele colocou um dedo contra meus lábios, silenciando-me. Um choque de energia surgiu entre nós e eu me afastei.

Um canto dos seus lábios torceu para cima.

– Eu sei que você quer ajudá-los, baixinha, mas uma vez que as almas chegam lá embaixo, é um Inferno para tirá-las de lá. E eu não estou falando de uma pequena inconveniência. O Chefe gosta de olho por olho. Se você pedir uma alma, ele vai pedir outra em troca. Você não quer fazer esse tipo de negócio e carregar esse tipo de peso por aí.

Ele tinha razão, mas eu já carregava uma carga e tanto nos ombros.

– Você não respondeu nenhuma das minhas mensagens ou ligações – disse ele depois de alguns momentos, apoiando o quadril contra a parede ao meu lado. Seu queixo estava virado para baixo e seus cílios escuros ocultavam seus olhos. – Fiquei preocupado.

As minhas sobrancelhas se arquearam.

– Ficou?

– Sim – Os cantos de seus lábios viraram para baixo. – Por que isso seria uma surpresa?

Eu dei de ombros. Ele tinha entrado em contato algumas outras vezes durante a nossa suspensão e o feriado, mas eu não tinha respondido. Seria errado, e não porque estar com Zayne significava que eu não podia mais falar com outros caras. Era só que Roth não era um "outro cara", ele era um monte de outras coisas.

– Você tá com Zayne, não é? – ele perguntou, como se pudesse ler minha mente.

Eu estava? Nós não tínhamos conversado sobre sermos namorados, mas tratávamos um ao outro como se fôssemos.

– Eu realmente não quero falar sobre ele com você.

Ele franziu os lábios.

– Pelo menos me diz que vocês estão se protegendo.

Meus olhos se arregalaram.

– Ok. Isto soa como a conversa do "usem camisinha".

– Não é o que eu quis dizer e você sabe disso – retrucou ele.

Nossos olhos se encontraram, e eu sabia totalmente o que ele queria dizer.

– Estou sendo cuidadosa. – O que era uma grande mentira.

Roth inclinou a cabeça contra a parede e respirou profundamente. Eu o observei por um momento. Seus braços estavam cruzados sobre o peito. Tudo nele parecia tenso. Eu nem tinha contado sobre a mulher dos Palisades.

– Com fome? – ele perguntou, sua voz meio estranha. – A gente devia ir antes que Stacey e Sam comecem a fazer bebês na mesa do refeitório.

– Encontramos outro espectro – eu disse em voz baixa.

Seus olhos se arregalaram.

– Como é?

– Na semana passada. Zayne e eu fizemos um exorcismo – expliquei, baixinho.

Agora ele estava completamente ereto.

– Por que você não me disse?

– Era a mulher do clube no Palisades, Roth – Meu estômago mergulhou enquanto seus olhos brilhavam. – A mulher de quem eu me alimentei.

Ele abriu a boca, então a fechou enquanto passava uma mão em seu cabelo escuro. Linhas apertadas se formaram em torno de seus lábios.

– Você tem certeza?

– Sim, eu tenho certeza. Era ela – Esfreguei as mãos no meu rosto.

– Ela foi embora, certo?

Ele assentiu com a cabeça.

– Foi. Eu juro a você, Layla. Ela foi embora.

– Mas como ela acabou morrendo? Supostamente foi um ataque cardíaco, mas ela não tinha histórico de problema. Eu sei que isso não significa que é impossível, mas qual a probabilidade disso? E se for eu? E se eu a infectei? E se fui eu que infectei todas essas pessoas?

– Opa, de onde isso tá vindo? – Roth chegou perto, invadindo meu espaço pessoal. – Isso é algo novo?

Eu balancei a cabeça.

– Não. Tenho pensado nisso por um tempo e Zayne não acha que sou eu, mas não encontramos nenhuma evidência de um Lilin, nada concreto, e todos que foram infectados estiveram perto de mim.

– Mas como? Você tem andado por aí beijando as pessoas? Porque se sim, estou muito chateado por não ter sido incluído nisso.

Lancei-lhe um olhar. Não era como se eu não tivesse o beijado recentemente.

– Hã, não, não fiz nada disso, e não sei como aconteceu. Essa é a única parte que não consigo entender – Eu olhei para ele e falei tudo, porque eu confiava nele para ser honesto comigo. Ele tinha sido honesto antes, nas coisas ruins que eu não queria ouvir. – Acha que sou eu?

Roth olhou para mim por um momento, sem se mover. Eu não tinha certeza se ele estava respirando. Então ele se inclinou, colocando as mãos sobre os meus ombros. Seu aperto não era pesado, mas havia muito no toque. Era uma pressão reconfortante, e eu fechei meus olhos.

– Pare – ele sussurrou contra o meu cabelo – de fazer perguntas que não servem pra nada.

Roth não disse mais nada enquanto se afastava e seus braços caíam ao seus lados, e qualquer conforto que ele tinha oferecido virou apreensão. Seu silêncio era inquietante. Ele não respondeu à minha pergunta.

Na noite em que saímos para o clube em Bethesda, havia uma pitada de neve no ar. Definitivamente estava frio o suficiente e o ar carregava aquela sensação invernal.

Nosso caminho até lá foi tranquilo. Roth estava esperando dentro de seu Porsche no estacionamento em frente a uma escola. Assim que Zayne e eu paramos no Impala, ele abriu a porta e saiu.

Olhei para minhas roupas e torci o nariz.

Roth estava vestido como se estivesse prestes a entrar em um *coven* cheio de bruxas. Suas pernas estavam cobertas por couro e ele usava uma camisa escura. A roupa exalava um ar ameaçador e caótico, enquanto meu jeans e gola alta azul praticamente exalava boneca de criança.

– Eu devia ter vestido algo melhor – comentei.

– Acho que você tá bem.

Olhei para Zayne e sorri.

– Valeu, mas sinto que vou me destacar.

– Você sempre se destaca. – O sorriso em seu rosto desapareceu quando Roth chegou na sua janela. Resmungando baixinho, ele rolou o vidro para baixo. – O que é?

Roth parecia imperturbável.

– Finalmente. Acho que cresci cerca de uma semana de barba esperando vocês dois.

Zayne revirou os olhos enquanto eu olhava para onde o clube estava. No começo, não achei que estávamos no lugar certo. Era dentro de um hotel elegante. O tipo de hotel que tinha todas as paredes de vidro reflexivo e esculturas que pareciam esculpidas por uma criança de cinco anos.

Ou algo que eu esculpiria.

– Eu realmente queria poder ir até lá – disse Zayne, tirando as mãos do volante. – Não gosto de você indo lá sozinha.

– Ela tá comigo. – Roth sorriu enquanto se inclinava para a janela. – Ela não tá sozinha.

– Você não conta.

Já tinha passado da hora de eu sair do carro. Comecei a abrir a porta, mas Zayne pegou minha mão.

– Tenha cuidado – disse ele.

– Pode deixar. – Eu hesitei, sentindo como se devesse dar um beijo de despedida, mas eu não conseguia com a plateia de um homem só olhando para nós.

– Que fofo. – Roth se afastou do carro, seu tom brincalhão, mas sua expressão era rígida. – Não se preocupe, Pedregulho. Ela está em boas mãos. Eu acho que você sabe o quão boas, certo?

Zayne recuou, raiva iluminando seu rosto.

– É, vai se foder.

Ele sorriu.

– Bem, sobre isso...

– Nem sequer termine essa frase – eu retruquei, batendo a porta do carro. Seus olhos encontraram os meus sobre o teto do Impala. – Sério.

Roth arqueou uma sobrancelha e então deu um adeusinho com a mão para Zayne. Virando-me, fui em direção à calçada. Ele estava ao meu lado em um instante.

– Isso foi tão desnecessário – eu disse.

Os ombros de Roth estavam tensos.

– Tanto faz. Não é no que precisamos focar agora.

– Focar ou não nisso não é o ponto. – Atravessamos a rua praticamente vazia, o que era estranho considerando que era apenas por volta de oito da noite. – Não tem razão nenhuma pra você dizer essas coisas pra ele.

Ele olhou para mim quando chegou à porta.

– Não tem, Layla?

Por um momento, nossos olhares se fixaram um no outro e foi como se os escudos dele estivessem abaixados. Raiva. Decepção. Saudade. Desamparo. Tudo veio através daqueles olhos cor de âmbar. E então ele se virou, direcionando-me para o lobby.

– Vamos acabar com isso.

Respirando profundamente com a aspereza em seu tom, eu tirei da cabeça o que quer que estivesse acontecendo com ele e entrei. O hotel era fino e novo. As luzes de teto prateadas iluminavam o andar principal, mas era como se o edifício nos procurasse, como se estivesse buscando conforto e luz. Os pelos na minha nuca se eriçaram.

Segui Roth até o elevador e subimos até o décimo terceiro andar em silêncio.

Eu estava toda nervosa quando entramos em um longo corredor. Não apenas porque estávamos prestes a ser cercados por uma horda de bruxas do tipo hostil. Uma muda de esperança brilhava no meu peito. Talvez a anciã nos dissesse algo que mudasse o que eu acreditava e provasse que Zayne tinha razão.

Justo quando eu estava prestes a perguntar se estávamos no lugar certo, viramos uma esquina e um restaurante ou clube apareceu. As janelas eram de bronze matizado, mas eu conseguia distinguir várias formas humanas sentadas em mesas. Havia um desenho elaborado acima das portas duplas.

– Pronta pra isso? – Roth perguntou.

– Claro.

Ele parecia em dúvida quando abriu as portas e entramos. A primeira coisa que notei foi como tudo era normal. Tipo totalmente normal do jeito humano. Fomos parados bem em frente ao balcão da recepcionista. Casais se sentavam às mesas, rindo e conversando. Um bar bem abastecido estava posicionado ao longo da parte de trás do lugar, lotado de pessoas sentadas e em pé. Jazz suave saía dos alto-falantes. Essas pessoas não pareciam ter saído de um trem gótico. Eu realmente não me destacava.

– O que você estava esperando? – Ele riu, próximo ao meu ouvido, e me perguntei se tinha falado aquilo em voz alta ou não.

– Não isso.

– Você nunca ouviu falar de não julgar um livro pela capa? – Ele pegou a minha mão na dele, e quando eu o olhei com cara de *o que você pensa que está fazendo*, ele apertou a minha mão com mais força. – Como eu disse, baixinha. Não julgue um livro pela capa. Preciso que fique perto de mim.

Uma mulher esbelta apareceu, as mãos juntas à frente do corpo. Ela usava um vestido preto simples que terminava acima dos joelhos e seu cabelo estava puxado para trás em um coque baixo e elegante.

– Sinto muito. Atendemos apenas reservas.

Roth sorriu.

– Como você sabe que não temos reserva? – Ele olhou para o balcão da recepcionista. Não havia nenhum livro de reservas. – Você não sabe os nossos nomes.

– Eu sei que vocês não têm reserva. – Ela ergueu o queixo enquanto seu olhar frio se focava em nós. – E eu também sei o que vocês dois são. Então, se quiserem deixar este edifício sem um problema que faria *Titanic* parecer um cruzeiro da Disney, eu sugiro que vocês saiam antes que...

– Rowena – disse o homem que apareceu atrás dela. – Eles são esperados. Deixe-os passar.

Éramos? Olhei para Roth, mas a expressão dele era inelegível.

A mulher não parecia feliz com isso, mas ela deu um passo para o lado. O homem assentiu.

– Sigam-me. Ela os aguarda.

Bem, aquilo foi um pouco bizarro. Enquanto seguíamos o homem, que parecia ter uns quarenta anos, as pessoas – quer dizer, as bruxas – sentadas nas mesas pararam o que estavam fazendo e nos olharam fixamente. Algumas tinham garfos de comida a meio caminho das bocas. Outras se viraram em suas cadeiras. Entre todos aqueles rostos duros e olhos desconfiados, nenhuma delas parecia feliz.

De repente, Roth segurar a minha mão não era uma coisa tão ruim assim. Mesmo que isso fizesse eu me sentir um pouco covarde. Fui treinada em combate corpo-a-corpo, não em afastar feitiços e encantos.

O homem nos guiou ao redor do bar, para uma área do clube que era um pouco isolada. Havia apenas uma mesa ali atrás, cercada por um grande sofá em forma de lua crescente. Várias mulheres se levantaram de seus assentos. Cada uma delas, um total de seis, passou sem olhar para nós.

Nem um pouco estranho.

O sofá parecia vazio até chegarmos na área que estava aberta. Então eu a vi, e, caramba, parecia que um cadáver ressecado estava sentado diante de nós. A mulher era velha. Tipo, eu não tinha certeza de como ela ainda estava viva e respirando.

Pedaços de cabelo branco como a neve caíam em seus ombros pequenos e frágeis. Rugas profundas marcavam seu rosto e os olhos... eles eram brancos como leite. O olho inteiro.

A velha sorriu, e seu rosto ficou tão enrugado que pensei que iria descascar sobre si.

– O que você esperava? – Para uma mulher tão velha, sua voz era forte. – Uma mulher jovem? Você procura pela anciã, não é?

Encontrei a minha voz.

– Sim.

– Uma anciã é alguém que é velha e sábia... ou apenas velha. De qualquer forma, eu andei por esta Terra por muitos anos – disse ela, levantando uma mãozinha branca, indicando para nos sentarmos –, e esta é a primeira vez que vejo um Príncipe da Coroa.

Roth sentou, puxando-me para baixo ao lado dele.

– É uma honra, anciã.

Ela inclinou o queixo para cima.

– Eu também nunca pensei que viveria para ver uma filha de um Guardião e de nossa verdadeira mãe, mas aqui está você, sangue e carne de Lilith.

Eu realmente não fazia ideia do que responder àquilo.

A anciã se inclinou para a frente e fiquei preocupada que ela caísse e se despedaçasse na nossa frente. Seu rosto profundamente enrugado parecia envelhecer ainda mais, como se ela fosse se transformar em pó a qualquer momento.

– O que você teme, criança, está errado. Um pouco de mal, minhas crianças, é necessário.

Roth me lançou um olhar, como se ele estivesse dizendo *eu te disse*. Sabiamente, mantive minha boca fechada.

– Eu sei por que vocês dois estão aqui – Sua risada a sacudiu como ossos secos. – Eu sei que vocês estão aqui para encontrar o Lilin.

Meu coração pulou e achei que seria melhor sermos honestos.

– Sim. Precisamos encontrar o Lilin.

– Tipo, pra ontem – acrescentou Roth. – Eu sei que vocês adoram uma Lilith, mas sabem a reação em cadeia que o Lilin vai causar.

– Ah, sim, os Alfas. – Ela gesticulou com as mãos. – Estou surpresa que eles ainda não tenham chegado com suas poderosas espadas, rasgando tudo o que eles sentem que não são dignos desta Terra. Já viram um Alfa, crianças?

Eu balancei minha cabeça.

– Não. Eu estive... perto deles, mas nunca vi um.

– Também não – respondeu Roth. – Obviamente.

A velha grunhiu outra risada.

– Não. Você não estaria sentado aqui se fosse esse o caso, não é? Ah, os Alfas. Eles são uma ameaça para todos nós. Talvez até mesmo para os humanos. Eles veem apenas em preto e branco, sem tons de cinza. Sem compaixão. Eles são os verdadeiros monstros.

Eu me forcei a manter a melhor cara de paisagem enquanto ela tagarelava. Os Alfas eram literalmente o bicho-papão de todo mundo e, enquanto havia uma parte de mim atraída por eles, eles também me aterrorizavam.

– De volta ao Lilin – Roth guiou a conversa gentilmente.

– Impaciente, jovem Príncipe? Você não deveria estar. – A anciã grasnou. – Nenhum Lilin procurou refúgio conosco, se é isso que você pensa. Não há razão para isso. Você procura o que está bem na sua frente, Príncipe. Você sabe disso. É a verdade por trás do porquê de você ter ascendido do Inferno.

Capítulo 31

Um mal-estar se formou na minha barriga e o medo, que nunca estava muito longe, voltou como um torno apertando a minha garganta. Eu olhei para Roth e o músculo em sua mandíbula se contraiu.

– O que você quer dizer? – Ela virou aqueles olhos brancos leitosos para mim.

– Ele sabe. Você sabe. Isso é tudo que estou disposta a lhes dizer. Sua vinda aqui foi desnecessária. Agora vão. – Ela levantou um braço frágil e acenou com dedos esbeltos e ossudos para nós. – Estou cansada e essa conversa acabou. Vão.

Roth não me deu a chance de protestar. Envolvendo uma mão em volta da minha, ele me puxou para eu ficar de pé. Então fez uma reverência.

– Abençoada seja.

A velha gritou.

– Tolo, Príncipe, tolo...

Seu sorriso era atrevido quando ele se virou, mas a expressão em seus olhos poderia congelar os círculos do Inferno. Ele segurou minha mão enquanto passávamos pelas mesas e pelas bruxas. Talvez elas tenham olhado para a gente mais uma vez como se estivessem prestes a jogar um feitiço em nossas cabeças, mas eu não me importei.

Você procura o que está bem na sua frente, Príncipe. Você sabe disso.

Tentei soltar a mão enquanto os nós no meu estômago triplicavam, mas Roth a apertou.

– Não, Layla.

Minha respiração estava muito rápida – duas inspirações, uma expiração. Eu deixei que ele me guiasse para o corredor e até o elevador. Assim que entramos, eu larguei sua mão e bati no botão de emergência.

– O que você não tá me contando? – exigi, mãos fechadas aos meus lados.

Roth se encostou à parede do elevador.

– Não sei por que você acharia isso.

– Não brinque comigo, Roth. Eu quero saber por que você voltou do Inferno. Qual é a verdade?

– Você sabe por que eu voltei. Para procurar o Lilin – disse ele, cruzando os braços.

Tudo em mim me alertava que havia mais coisa por trás disso.

– Parece que a anciã esperava que já soubéssemos quem era o Lilin. Como se estivesse bem na nossa cara, na *minha* cara. E você sabe o que eu acho? Eu acho... – Minha voz falhou e eu desviei o olhar.

– O que você acha? – ele perguntou baixinho. – Me diz, Layla.

Nossos olhos se encontraram.

– Eu não acho que exista um Lilin, ao menos não um que tenha nascido com sucesso do ritual de Paimon.

Ele não disse nada enquanto jogava a cabeça contra a parede. Fechando os olhos, ele xingou sob a respiração e meu estômago despencou.

– Roth – eu sussurrei.

Ele descruzou os braços e esfregou o rosto com as mãos.

– Não é simples. Eu não acho que você vai entender que não é simples.

Eu respirei duas vezes.

– Tente.

Abaixando as mãos, ele me perfurou com olhos que estavam... que estavam tristes, e que me contaram tudo antes dele começar a falar.

– Eu não estava por perto quando as correntes começaram a quebrar e eu não sei se isso aconteceu antes de eu ser lançado no poço ou enquanto eu estava lá. O Chefe... bem, não estava prestando atenção. Não conseguimos descobrir. Sabíamos que o ritual estava incompleto.

Caí contra a parede, forçando as minhas pernas a me segurarem.

Eu tinha pedido a verdade e precisava ouvi-la.

– Pelo menos não achamos que o ritual estivesse completo, mas Cayman estava certo. Quem sabe se o pecado carnal era sexo ou apenas algo relacionado a isso? Nenhum de nós sabe, mas sabíamos que algo estava acontecendo aqui e sabíamos que, ou um Lilin nasceu, ou...

– Ou era eu? – perguntei.

Por um breve momento, Roth fechou os olhos de novo, e então ele assentiu.

— Ou era você. Essas são as duas únicas opções. Todos nós sabíamos disso. Então o Chefe me mandou de volta pra encontrar o Lilin ou encontrar provas de que é você.

Pressionei uma mão contra o peito.

— É por isso que voltei para a escola, no início. Não tinha muita certeza de que o Lilin estava realmente lá, mas sabia que eu precisava... ficar perto de você, pra ver se você tinha mudado — continuou ele, se afastando da parede. Ele começou a andar de um lado para o outro na minha frente, a música de elevador sendo uma trilha sonora estranha. — Eu não achei que era você, porque te conheço. Você pode ser meio demônio, mas na sua essência, você é pura. Não da maneira que as pessoas rotulam as coisas como puras, mas você é inerentemente boa.

Meu coração doía, porque suas palavras me lembravam muito do que Zayne acreditava. Parecia que a fé eterna deles na minha bondade bonitinha era a única coisa que tinham em comum.

— Mas então foram outros estudantes que foram infectados, pessoas que estavam ligadas a você, de uma forma ou de outra. — Ele balançou a cabeça enquanto passava na minha frente. — E não havia nenhuma prova do Lilin. Ainda não temos nada concreto além de um casulo. Eu esperava que a anciã nos indicasse outra direção e não que confirmasse o que eu... o que eu temia.

Que era eu.

Ele parou na minha frente, suas feições marcantes cheias de tensão.

— Desde o início, eu sabia que as suas habilidades eram como as do Lilin, só um pouco diferentes. Enquanto o Lilin pode tomar com o toque, você faz isso respirando a alma. Mas talvez suas habilidades tenham mudado. Não sei, mas acredito que você não está ciente disso. Que você não tem ideia de que isso tá acontecendo.

Fechei os olhos.

— Isso faz diferença?

— Sim.

Uma risada dura me escapou.

— Não para os Guardiões ou os Alfas. Ou para os humanos ou...

– Você me disse uma vez que todo mundo tem livre arbítrio e eu te disse que isso era conversa fiada. Lembra disso?

Abri os olhos.

– Sim.

– E você tinha razão. Todos temos livre-arbítrio. Até mesmo demônios – Ele colocou as mãos em ambos os lados da minha cabeça e se inclinou. – Eu provei que era verdade. E o que tá acontecendo com você, se é que você é a causa, não é algo que você escolheria fazer por livre e espontânea vontade. Então, pra mim, faz diferença.

– O que você quer dizer com "se"? A gente não encontrou o Lilin. A anciã disse que era eu. Você até voltou pra... – Minha voz falhou novamente e eu não entendia por quê. Por que saber que a razão pela qual ele tinha voltado para a escola era ter pensado que eu estava levando almas doía como uma facada no peito? – Você voltou porque achou que tinha uma boa chance de ser eu. Por que... por que você não me contou desde o começo?

Ele virou a cabeça e respirou profundamente.

– Como isso ajudaria qualquer coisa?

– Você deveria ter me contado.

Roth baixou a cabeça.

– Eu não queria colocar esse peso em você.

Algo balançou no meu peito com aquela suave confissão, mas havia outra coisa que eu precisava saber.

– Quais são as suas ordens se eu for a causadora disso tudo?

Ele balançou um pouco a cabeça.

A raiva subiu rapidamente através de mim e eu coloquei as minhas mãos em seus braços, puxando-os para baixo.

– Me diz.

O olhar de Roth se prendeu ao meu.

– É pra eu dar um jeito em você.

Ouvir as palavras dele foi como ser espancada.

– Em outras palavras, você ia me matar?

Ele engoliu em seco.

– Layla...

– Meu Deus, Roth, você... você realmente tá aqui pra acabar comigo, não é? Se encontrar provas, ou outro demônio ou os Guardiões descobrirem que sou eu, você tá aqui pra me parar.

– Seria meu trabalho fazer isso.

– Você tá falando sério? – Eu deslizei pela lateral do elevador, afastando-me dele. Meu estômago ficou agitado. Depois do que partilhamos, depois de ele me ter confortado quando admiti os meus medos...

– Confiei em você. Jesus Cristo, tudo sobre você, sobre nós, não foi nada além de uma manipulação. Você entende isso? Você estava aqui pela primeira vez para encontrar Paimon e eu era apenas um meio para esse fim. E agora eu sou literalmente o meio e o fim pra você. Outra porra de *trabalho*.

Ele se encolheu.

Eu andei em círculos, afastando o cabelo do meu rosto. Meus pensamentos giravam e saltavam de uma coisa confusa para outra.

– Tem mais alguma coisa que eu não saiba que você queira me dizer? – Houve uma pausa e, mesmo quando ele balançou a cabeça, eu sabia que não era o caso. Eu abaixei minhas mãos, olhando para ele. – Você tá mentindo agora.

– Você não tá entendendo.

Era isso. Eu perdi o controle. Não sabia o que tinha engatilhado a reação. O fato de que Roth tecnicamente estava na superfície para me matar pode ter tido algo a ver com isso. Tomei impulso jogando o braço para trás e a minha mão se chocou contra o rosto dele. O golpe o atordoou, mas não o moveu. E ele não retaliou. Só ficou olhando para mim. Silencioso. Cheio de mais segredos. Eu mirei nele novamente e sua mão voou, segurando meu braço.

– Para com isso – disse ele.

Eu não era mais capaz de lhe dar ouvidos.

Levantando minha perna, mirei meu joelho no seu ponto vulnerável, mas ele me virou antes que eu pudesse acertá-lo. Ele cruzou meu braço na minha frente e depois me prendeu em um abraço.

– Me solta! – gritei, jogando meu peso para trás.

Roth estava firme.

– É, acho que não quero levar um tapão de novo.

Eu puxei minhas pernas para cima e, em seguida, balancei o peso do meu torso para baixo. Pego de surpresa, o impulso nos lançou para frente. Ele se virou, absorvendo a maior parte da queda, mas rolou rapidamente, forçando-me a ficar de barriga para baixo. Eu comecei a me levantar, mas de repente ele estava em mim, todo o comprimento de seu corpo empurrando-me para baixo.

– Pare – ele sibilou no meu ouvido. – Eu não quero te machucar.

Meu coração deu uma cambalhota.

– Ainda.

Roth de repente se mexeu, colocando-me de costas contra o chão. Antes que eu pudesse levantar meus braços, ele os pegou, segurando-os acima da minha cabeça. Levantando meus quadris, tentei derrubá-lo, mas isso acabou tendo o efeito completamente oposto, fazendo-o forçar mais peso sobre mim.

Seus olhos encontraram os meus e algo mudou em seu olhar. O meu peito subia e descia em respirações irregulares. Roth não parecia irritado enquanto me segurava e as minhas emoções eram uma tempestade muito forte para eu conseguir detectar qualquer emoção dele, mas quando seu olhar caiu para os meus lábios, as sombras que ondularam em seu rosto o fizeram parecer... faminto.

Apesar das bilhões de razões pelas quais isso era errado, a familiar onda de consciência surgiu entre nós, uma conexão que nos uniu.

– Por favor – eu sussurrei.

Ele saiu de cima de mim e estava do outro lado do elevador em um piscar de olhos. Seus olhos estavam brilhando enquanto ele se endireitava.

Ficando em pé e ofegando, apertei o botão de emergência novamente e o elevador voltou a se mexer. Ele deu um passo para frente e eu balancei a cabeça.

Roth fechou as mãos.

– Layla...

– Eu signifiquei alguma coisa pra você? – Eu sabia que tinha perguntado isso a ele antes, mas agora... agora era algo muito maior. E quando ele não respondeu novamente, eu acenei com a cabeça, finalmente entendendo. Limpei minha garganta, mas doía quando eu falei. – Eu não quero que você chegue perto de mim.

Um músculo em seu maxilar mexeu.

– Isso não é possível.

– Eu não estou nem aí pra o que você acha que é possível. Se você chegar perto de mim, eu vou te machucar – avisei. E então eu percebi. *Bambi*. De repente, fez sentido por que ele ordenou que a cobra ficasse comigo. Afinal, era como ter um GPS instalado na forma de uma tatuagem demoníaca. – Bambi, saia.

Os olhos de Roth se arregalaram.

– Layla, isso não é inteligente. Não faça isso. Bambi é tanto uma parte de você quanto é minha.

– Eu não quero nada que seja uma parte sua. – Eu chamei a cobra novamente, e ela derramou-se no ar, formando-se entre nós. – Vá até ele – eu disse, com a voz grossa e trêmula.

Bambi inclinou a cabeça para o lado, observando-me. Quando o elevador parou e a porta se abriu, ela virou para Roth.

– Não – ele disse. – Layla, você precisa de mim. Você precisa...

– Fique longe de mim. – Saí do elevador de costas enquanto estendia a mão, quebrando a corrente do meu pescoço. Eu joguei o colar aos pés de Roth. – Só fique longe de mim.

A porta do elevador deslizou, fechando-se em Roth e Bambi enquanto eu me virava e corria para fora do pequeno lobby, encarando a noite fria.

Zayne estava esperando encostado no Impala. Ele se empertigou quando me viu.

– Opa. Você tá bem?

– Sim. – Eu desacelerei, olhando por cima do meu ombro. Roth não tinha me seguido. – Precisamos ir.

Em vez de fazer um monte de perguntas, ele abriu a porta do passageiro para mim e depois correu para o outro lado. Mas no momento em que a porta se fechou e o motor foi ligado, a trégua acabou.

– O que aconteceu?

Eu balancei a cabeça, não sabendo por onde começar.

– Eu preciso de um minuto. – Inclinando-me para frente, eu coloquei meu rosto nas mãos.

Zayne estendeu a mão, envolvendo-a em volta do meu joelho enquanto ele dirigia pela estrada.

– Estou aqui.

Assentindo, fechei os olhos. Essas foram as duas únicas palavras ditas durante todo o caminho de volta ao complexo. Seja o que for que Zayne sentiu, ele sabia que não era hora de me pressionar. E isso era bom porque eu não sabia o que dizer.

De maneira geral, eu estava entorpecida. Ou talvez alguma parte de mim já tivesse aceitado a verdade, ficado amiga íntima da ideia quando eu comecei a entender o que estava acontecendo mais cedo, mas a traição de Roth me machucou profundamente.

Ele sabia o tempo todo, desde que voltou. Todas as vezes que ele falou comigo, ele poderia ter me contado, especialmente quando eu o procurei da última vez. Ele poderia ter me dito. Mas por que o faria? Eu tinha confiado nele. Por mais idiota que fosse, eu confiei nele e se Roth tivesse encontrado provas irrefutáveis de que eu tinha sido responsável, teria sido fácil chegar até mim.

Deus, todas aquelas vezes em que eu tinha ficado sozinha com ele. No dia em que estive no subsolo do Palisades com ele, no seu loft... Estremeci. Ele poderia ter "dado um jeito" em mim em qualquer uma dessas ocasiões. E isso doía porque, caramba, foi um momento de pura honestidade. Mesmo que ele tivesse me rejeitado como se eu estivesse descontrolada e que houvesse Zayne e todas as coisas maravilhosas que eu sentia por ele, eu ainda... No fundo, aninhado em uma parte de mim que eu mantinha bem protegida, eu ainda me importava com Roth, e esses sentimentos estavam cravados dentro de mim.

Não havia realmente nada a fazer além de fugir pra algum canto remoto do mundo. Certo. Havia muito o que fazer. Para começo de conversa, o que vem agora? Outro tremor passou por mim quando fechei os dedos no meu cabelo.

– Layla?

Ao som da voz de Zayne, levantei a cabeça e percebi que estávamos sentados na garagem do complexo. O carro estava desligado. Não fazia ideia de quanto tempo tínhamos ficado ali, mas o ar frio se infiltrava no carro.

Eu olhei para ele e ele estava pálido, mas seu olhar era firme.

– Vamos entrar – ele disse. – E vamos conversar. Tudo bem?

A casa estava em silêncio enquanto entrávamos, passando por Morris no saguão. Ele estava carregando um vaso de poinsétias para uma das salas de estar. Lá em cima, Zayne fechou a porta atrás de nós.

Virei-me assim que ele atravessou o quarto e seus braços envolveram meus ombros. Ele não disse nada enquanto me puxava contra o peito. Por alguns momentos de paz, inclinei-me nele, fechando os olhos. Quando eu estava com Zayne, quando ele me segurava deste jeito, eu me sentia como costumava me sentir antes disto tudo começar. Mas eu realmente não podia viver no passado.

Recuando, levantei a cabeça, preparando-me para lhe dizer o que a anciã tinha dito e o que Roth tinha confessado. Não fazia ideia para onde iríamos a partir dali, mas tudo tinha mudado e eu tinha de lidar com aquilo.

Mas não cheguei a falar.

Zayne segurou meu rosto com as duas mãos, alisando os polegares ao longo das minhas maçãs do rosto. Os meus olhos se fecharam novamente e, enquanto sua respiração dançava sobre os meus lábios, os problemas diminuíram, recuando temporariamente para o fundo da minha mente. Beijá-lo não deveria estar no topo da lista de prioridades, mas ele estava seguro comigo, e eu precisava me lembrar disso naquele momento em que me sentia como um monstro.

Sua boca roçou contra a minha da maneira mais doce possível, e meus lábios imediatamente se abriram para ele. Um som profundo ressoou dele enquanto ele aprofundava o beijo. Eu inspirei seu sabor, gemendo contra seus lábios enquanto aprofundávamos o beijo.

Um tremor percorreu as mãos de Zayne e seus dedos se fecharam, cravando-se em minhas bochechas. A faísca de dor fez eu abrir os meus olhos. Os dele estavam arregalados, sem enxergarem, e eu... eu *senti*.

Começou no meu estômago, como uma bola de energia sendo apertada. Eu agarrei os pulsos dele na esperança de soltar o seu aperto antes que fosse tarde demais.

Mas já era tarde demais.

Eu podia sentir a essência de Zayne, sua pureza, e tinha sabor de hortelã-pimenta. O tremor em suas mãos se espalhou para o seu corpo. Pânico enfiou suas garras desagradáveis em mim. Eu lutei contra a força do seu aperto, mas ele estava preso.

E eu estava tomando a alma dele.

Capítulo 32

A pureza da alma de Zayne, o poder nela, atingiu cada célula do meu corpo e o demônio dentro de mim a absorveu como uma flor sedenta por água e luz solar.

O horror se apossou de mim enquanto as suas pupilas dilatavam até haver apenas uma fina fatia de azul ali. Eu estava tomando a alma de *Zayne*. O corpo dele tremeu e as suas mãos, as suas garras, cavavam nas minhas bochechas. A dor ardente me cortou e um líquido morno escorreu pelo meu rosto. Eu tinha que parar isto. Num ato de desespero, dei uma joelhada no estômago dele.

Ele se libertou, cambaleando para trás. Um tom medonho de branco substituía sua pele dourada. Sua boca se abriu.

– Zayne... – Eu tentei segurá-lo, mas ele caiu antes que eu pudesse ampará-lo.

Seu corpo caiu no chão com uma batida pesada e ele não se mexeu. Nem mesmo um espasmo. O terror inundou os meus sentidos, apagando a dor. Isto não podia estar acontecendo. Não podia. Não fazia sentido. A gente tinha se beijado antes e eu não tinha me alimentado, mas desta vez, meu Deus, desta vez não houve hesitação. No momento em que os lábios dele tocaram os meus, eu tinha feito o impensável. Eu não fiquei presa a ele por muito tempo, mas o estrago... o estrago tinha sido feito.

E parte de sua alma rodopiava dentro de mim, uma bola brilhante de calor e luz que era quase linda demais para compreender.

Nunca me senti mais feia, mais monstruosa, do que naquele momento.

Caindo de joelhos ao lado de seu corpo prostrado, coloquei as minhas mãos em seu peito. Eu não conseguia sentir nenhum movimento enquanto agarrava seus ombros.

– Zayne! Vamos lá, Zayne! Não. Ah, meu Deus, não. – Sua cabeça escorregou para o lado enquanto eu o sacudia. – Zayne!

Não houve resposta. Nada.

Em pânico, eu pulei em pé e corri para a porta do quarto. Escancarando-a, eu nem tinha certeza do que eu gritava, mas eu gritei algo que resultou em passadas apressadas. Em segundos, Guardiões se amontoavam no topo das escadas.

Dez arregalou os olhos.

– Jesus, Layla, seu rosto!

Isso não era importante. Eu me virei, indo para o meu quarto.

– Por favor! Você tem que ajudá-lo. Por favor!

Dez seguiu a uma velocidade vertiginosa. Quando viu Zayne no chão, ele ficou branco como um fantasma.

– O que aconteceu, Layla?

Eu caí de joelhos ao lado de Zayne enquanto Nicolai e vários outros Guardiões ocupavam o cômodo. Deslizando minhas mãos sob sua cabeça, eu pisquei através da névoa de lágrimas.

– Eu não sei como aconteceu. Ele me beijou, mas...

– Ah, meu Deus. – Dez sussurrou, colocando a mão no peito de Zayne. Ele abaixou a orelha sobre seus lábios entreabertos. – Vamos lá, cara, vamos lá.

Todo o meu corpo tremia enquanto lágrimas corriam, ardendo quando fizeram contato com as feridas nas minhas bochechas.

– Por favor. Você tem que ajudá-lo. Por favor. – Eu olhei para cima, meu olhar embaçado movendo-se sobre os rostos dos Guardiões. Danika estava perto da porta, com as mãos sobre a boca, os olhos cheios de horror. – *Por favor...*

E então Abbot estava ali, abrindo caminho entre os Guardiões. Ele estacou, sua boca se abrindo. Cambaleando para a frente, sua grande mão voou para o peito.

– Filho?

Não houve resposta de Zayne, e um soluço esfarrapado subiu das profundezas da minha alma. Meu coração se partia.

– Eu não sei como...

Abbot levantou o olhar para mim.

– Você... você fez isso?

Eu fechei as minhas mãos sobre as de Zayne, meus ombros sacudindo.

– Não era pra acontecer. Ele me beijou...

Ele se lançou para frente tão rápido que nem o vi se mover ou senti o golpe até eu bater contra a casa de bonecas. A madeira se quebrou quando caí no chão.

– Abbot! – Dez gritou, atirando-se para frente. Enquanto ele se movia para ficar entre nós, Abbot o atingiu no peito com um golpe forte e amplo, lançando-o contra a parede.

– Saia da minha frente – Abbot avisou enquanto marchava em frente. – Geoff. Você sabe o que fazer.

Eu cambaleei até ficar em pé, a dor disparando através dos meus nervos enquanto Geoff disparava para fora do quarto.

– Foi... um acidente.

– Esse é meu filho, meu único filho! – rugiu Abbot, sacudindo as fotos na parede. – Eu te trouxe para dentro da minha casa, protegi você e é assim que você me retribui!

Recuando, levantei minhas mãos como se isso pudesse afastá-lo.

– Sinto muito. Isso não devia... ter acontecido.

A raiva se espalhou como sangue em seu rosto.

– Elijah estava certo. Eu deveria ter deixado ele te matar no momento em que encontramos você.

As palavras doeram, mas não tive tempo de sentir o efeito delas. Abbot estendeu a mão na minha direção e, enquanto eu desviava para o lado, o demônio dentro de mim empurrou com força contra a minha pele e ossos. Como na noite do ataque de Paimon, não houve hesitação. A mudança que se apossou de mim era muito poderosa para ser combatida.

– Parem! – Danika gritou. – Por favor! Ela nunca machucaria Zayne, não de propósito.

Seus protestos não foram ouvidos enquanto Abbot avançava em mim.

O instinto entrou em ação. Se eu ficasse naquele quarto, eu morreria. Abbot tinha um olhar assassino e o demônio dentro de mim queria viver. Queria lutar, rasgar a sala cheia de Guardiões, mas também sabia que estava em desvantagem numérica.

A parte de trás da minha camisa rasgou enquanto as minhas asas se expandiam atrás de mim. Presas perfuraram as minhas gengivas e as minhas mãos se alongaram em garras. Alguém na sala soltou um palavrão enquanto eu me agachava, impulsionando-me para fora do chão. Eu me livrei por pouco de Abbot quando aterrissei atrás dele.

Dei uma olhada rápida na direção a Zayne. Nicolai estava ao seu lado e eu pensei, eu *esperei*, ter visto seu peito subir em uma respiração discreta, mas não havia tempo para mais nada. A porta nunca tinha parecido tão longe antes, tão fora de alcance. Meus dedos rasparam as laterais assim que meus pés perderam o chão. Não houve nem um segundo para me segurar. Caí com força, minha cabeça batendo contra o batente da porta. Pontos escuros anuviaram a minha visão enquanto eu ficava deitada ali, atordoada.

Maddox estava em cima de mim, virando-me, e eu pisquei lentamente. Tudo o que eu vi foram asas da cor do céu tempestuoso enquanto ele pairava sobre mim. Duas mãos com garras pesadas socaram o chão de cada lado da minha cabeça. Ele jogou a cabeça para trás, os músculos esticando e saltando para fora de seu pescoço enquanto eu acertava meus joelhos no seu torso, empurrando-o para trás.

Eu me ergui. Um calor úmido escorria pelo meu rosto. Tudo girava enquanto eu corria pelo quarto, estendendo a mão e fechando a porta atrás de mim. Cada passo parecia uma estaca sendo enfiada na minha cabeça. A dor me consumia, mas o instinto fez com que eu a ignorasse.

Saltando sobre o corrimão, eu me joguei no ar. As minhas asas se abriram, amortecendo a queda. Aterrissei com um estrondo no saguão, meus pés arranhando o chão de madeira. À minha esquerda, um Guardião bloqueou a porta da sala de estar, de onde os gritos suaves das crianças podiam ser ouvidos.

Corri para a porta e, assim que a alcancei, Geoff avançou muito rapidamente. Dei a volta, preparando-me para me defender. Sua mão disparou e um frasquinho de vidro voou pelo ar. Eu levantei os braços, mas era tarde demais. O frasco explodiu contra o meu peito em uma cascata de vidro e uma substância branca-leitosa me molhou. O líquido imediatamente mergulhou através da minha camisa e jeans rasgados, infiltrando-se pelos poros da minha pele.

Confusa, levantei a cabeça. Geoff estava a poucos metros de mim, respirando pesadamente. Abbot apareceu no topo das escadas. Eu não tinha ideia do que diabos Geoff tinha acabado de jogar em mim, mas eu não tinha tempo de parar e fazer perguntas.

Virando, eu avancei para a porta, preparada para testar as minhas asas e levantar voo, mas quando vi minha mão, eu congelei. O tom de pele marmorizado estava sendo rapidamente substituído por carne mais clara e rosada.

Meu coração perdeu o ritmo enquanto as minhas mãos encolhiam de volta ao seu tamanho normal e inócuo. As garras se foram. As presas se retraíram e as minhas asas se dobraram sobre si. Virando-me para Geoff em um horror crescente, eu tentei andar, mas o meu cérebro não estava se comunicando com o resto do meu corpo.

– Sanguinária? – sussurrei, agora reconhecendo a substância.

Talvez tenha sido a minha imaginação, mas me pareceu que havia remorso passando pelo seu rosto. E então não havia nada enquanto minhas pernas perdiam as forças. Eu estava nocauteada antes de bater no chão.

Quando abri meus olhos novamente, eu fiquei surpresa ao descobrir que ainda estava viva. Ou talvez eu não estivesse. Eu estava cercada pela escuridão. Será que estava sem enxergar? Mas quando meus os sentidos voltaram a funcionar, meus olhos se ajustaram às sombras.

A primeira coisa que vi foram barras.

Barras.

Soltei uma respiração trêmula enquanto meu ritmo cardíaco acelerava. Meu estômago estava com cãibras quando abri a boca seca, tentando respirar mais fundo. Um cheiro mofado e úmido pesava no ar, bem como o odor pungente de vômito. Embaixo de mim, havia uma placa fria e rígida.

Eu sabia onde estava.

Estava em uma das jaulas usadas para prender demônios, abaixo do complexo. Eu nem sabia se elas já tinham sido usadas antes. Os demônios nunca chegavam suficientemente perto do complexo para acabarem aqui, mas as barras seriam impossíveis de atravessar. Não que eu pudesse tentar. Eu não conseguia me mover. A sanguinária ainda estava agindo sobre mim.

Um espasmo doloroso e apertado percorreu os meus músculos, fazendo a minha respiração ficar presa. Eu ofeguei através dele enquanto ficava deitada lá. Havia um som de gotejamento constante de algum lugar atrás de mim. O único som que me fez saber que eu não estava em algum tipo de buraco negro.

Enquanto olhava para a escuridão, via o rosto pálido e os olhos dilatados de Zayne e ouvia a dura acusação de Abbot. Eu realmente vi o peito de Zayne se mover antes de sair do quarto? Ele estava bem? O fatídico beijo e as suas consequências se repetiram sem parar na minha cabeça. Eu não conseguia entender. Nós nos beijamos várias vezes antes e ele tinha ficado bem. O que tinha mudado?

Não havia respostas na escuridão que me rodeava e o meu coração doía. Toda vez que eu pensava no nome dele, meu coração se partia e se tornava uma ferida feia. Se eu o tivesse machucado, se tivesse mudado quem ele era, nunca me perdoaria. E nenhum castigo, nada do que Abbot ou os outros Guardiões pudessem planejar seria verdadeiramente adequado ao meu crime.

O enjoo de se alimentar da alma de Zayne tomou conta de mim. Quando ele passou pelo meu sistema, deixando para trás os calafrios, eu fechei os olhos com força e me recusei a ver a parte dele que eu tinha roubado.

Ele estava bem?

Eu não entendia por que a alma tinha feito eu ficar enjoada agora quando não teve esse efeito antes. Eu tinha um monte de perguntas e, novamente, nenhuma resposta.

Depois de um tempo, a dor nas minhas bochechas e nas laterais do meu corpo se tornaram uma pulsação constante. A sanguinária impedia que eu me transformasse e, além disso, também afetava o ciclo de cura natural do meu corpo. A cada hora que passava, diferentes partes do meu corpo começavam a doer e então pequenas pontadas de fome se espalhavam pelo meu estômago. A parte de trás da minha garganta queimava. Água. Fiquei fixada nela, obcecada com a sensação do líquido escorrendo pela minha garganta.

Finalmente pude falar acima de um sussurro e gritei. E continuei gritando até a minha voz sumir.

Ninguém veio.

Mais tempo passou. Horas. Dias, talvez? Eventualmente, eu poderia mover as minhas pernas e, em seguida, os meus braços. Eu quase conseguia me sentar sem me apoiar nas barras da jaula.

E ainda ninguém veio.

Pequenos guinchos, acompanhados pelo raspar de unhinhas afiadas contra o cimento, juntaram-se ao som de água pingando. *Ratos.* Eles se aproximavam, seus olhos brilhando na escuridão. Eu me aninhei na parte de trás da jaula, curvada sobre mim mesma.

Será que eles tinham esquecido de mim ou tinham me deixado ali para morrer de sede e fome? O fundo dos meus olhos queimava. Eu não queria morrer naquela jaula. Eu não queria morrer. Não era o demônio em mim que temia isso. Era eu. Eu queria viver.

Mas mais tempo passou e eu não conseguia sentir os dedos dos meus pés. Estava tão frio ali embaixo, e os ratos se aproximavam, farejando ao redor das barras, procurando uma maneira de entrar.

Eu tinha perdido a noção do tempo quando uma luzinha ganhou vida em algum lugar além da jaula, fazendo os ratos correrem de volta para as densas sombras que revestiam as paredes escorregadias. Com os músculos cheios de cãibra e fracos, forcei-me a virar.

Mais luz inundou a sala, cegando meus olhos extremamente sensíveis. Houve o som de passos pesados se aproximando da jaula e, finalmente, a luz recuou. Eu conseguia ver.

O Guardião à minha frente era jovem, apenas um ano ou dois mais velho que eu, obviamente um dos recrutas mais novos, direto da casa onde os Guardiões acasalados viviam com os seus filhos. Mas não foi isso que chamou a minha atenção. Não foi nem mesmo o vidro opaco que ele carregava em sua mão, provavelmente cheio da tão desejada água.

Foi o que vi antes de enxergar o rosto do Guardião.

Eu vi o brilho perolado translúcido ao redor dele, sua alma.

– Eu vejo sua alma – sussurrei com a voz fraca.

Aquelas palavras passaram batidas pelo Guardião enquanto ele se ajoelhava na frente da jaula. Ele olhou por cima do ombro e eu vi a aura do outro Guardião. Quando ela diminuiu, reconheci Maddox.

– Você tem certeza de que não tem problema em abrir a jaula? – perguntou o Guardião mais jovem.

Maddox parou em frente a uma jaula vazia, cruzando os braços.

– Tá tudo bem. Ela não vai fazer nada.

Meu olhar se voltou para o novo Guardião. Um olhar de dúvida cruzou suas feições quando ele alcançou a fechadura, o que era desnecessário. Eu mal conseguia manter a cabeça erguida.

– Ela é assim mesmo? – perguntou ele.

Eu estava tão ruim assim? Mas então meu olhar caiu para o meu próprio braço. Com a luz, foi a primeira vez que eu pude me ver. Através da camisa rasgada, a minha pele estava manchada de cinza, preto e rosa. Os meus olhos se arregalaram. O que diabos era aquilo?

Tentei falar novamente, mas as palavras só arranharam a minha garganta seca.

– Ela é um vira-lata, parte demônio e parte Guardião – Maddox explicou quando ele se aproximou, ajoelhando-se ao lado do outro Guardião. – A sanguinária tá impedindo que ela se transforme por completo em ambas as formas. Entrega a água, Donn.

A porta da jaula se abriu e Donn estendeu um braço para dentro. Foi preciso muito esforço para alcançar o copo, mas a sede era um poderoso motivador. O copo tremia enquanto eu o levava aos meus lábios e bebia avidamente. No momento em que o líquido escorreu pela minha garganta, eu me sacudi para trás, derrubando o copo. A água se derramou pela jaula, escorrendo pelo meu jeans rasgado e sujo e depois para a minha pele.

Maddox suspirou.

– A bebida não é venenosa. É só sanguinária misturada com água. Você não pode se transformar.

Minha cabeça pulsava em descrença.

– P-Por quê?

– Precisamos tirar você daqui e levar para o galpão – explicou Maddox, e meu coração bateu fracamente no peito. Eu sabia para o que aqueles galpões eram usados. – E queremos o mínimo de problemas possível.

Eu queria salientar que eu não iria atacá-los a menos que eles me dessem motivo, mas o ambiente começou a girar novamente. Antes de apagar, forcei-me a falar o nome dele.

– Z-Zayne?

O rosto de Maddox ficou embaçado quando ele balançou a cabeça negativamente, e meu coração quebrou de novo. Desta vez, eu recebi o nada de braços abertos.

Eu não fazia ideia de quanto tempo fiquei apagada desta vez, mas quando acordei, já não estava no complexo. O breve alívio foi anulado quando lembrei do que Maddox tinha dito e percebi onde eu estava.

Era um dos lugares na cidade onde os Guardiões levavam os demônios para interrogatórios. O medo escorria pela minha pele, agarrando às minhas entranhas. Ah, isto era ruim...

Parte de mim não estava surpresa que tivessem me levado até aquele galpão. Eles não iriam querer fazer seu... trabalho sujo em suas próprias instalações. Por que iriam querer esse tipo de lembrete?

Havia uma corrente em volta do meu pescoço que se conectava à que estava em volta dos pulsos amarrados atrás das costas. Não apenas qualquer corrente, mas de ferro. Nenhum demônio, nem mesmo um de Status Superior, escaparia dessas amarras.

Eu estava deitada de lado. O cômodo onde eu me encontrava estava vazio, com exceção de uma mesa dobrável alta. Pela minha posição, não conseguia ver se havia algo em cima dela. Sabendo o que acontecia neste lugar, meu estômago afundou com a perspectiva de todos os instrumentos de tortura horríveis que poderiam estar ali.

Os meus pensamentos estavam desarticulados e eu não tinha certeza se era devido à sanguinária ou à falta de comida, e percebi que as minhas lesões ainda não tinham começado a curar. Cada respiração que eu tomava doía e, quando a minha cabeça começou a clarear um pouco, eu lembrei do jeito que Maddox tinha balançado a cabeça quando perguntei sobre Zayne. Meu pior medo me inundou, ameaçando me arrastar para baixo. Um soluço subiu, derramando-se no ar.

– Você está acordada.

Eu forcei a minha cabeça para trás e vi botas e pernas cobertas de couro. E então as mãos estavam nos meus ombros, sentando-me, e eu estava encostada contra a parede.

A minha cabeça estava pesada, como se cada pensamento estivesse coberto de lã, e a minha língua parecia grossa enquanto eu tentava falar.

– O que... Zayne...?

O Guardião recuou, entrando no meu campo de visão. Depois que o brilho perolado desapareceu, eu vi que era Maddox. Não vi nenhum outro Guardião. Ele caminhou até a mesa.

– Eu vou fazer um acordo com você, Layla. Uma resposta por uma resposta.

Descansei minha cabeça contra a parede. A posição não era confortável, com meus braços amarrados como estavam, mas era a menor das minhas dores.

Ele pegou algo da mesa e a luz refletiu sobre o objeto de uma forma que causou náuseas rastejantes pela minha garganta. Quando ele se virou para mim, vi que tinha uma adaga de ferro nas mãos.

Merda.

– Diga onde Tomas está, Layla.

Essa pergunta? De todas as perguntas, tinha que ser essa? O suor pontilhava minha testa. Se eu respondesse honestamente, iria me incriminar e não é como se eu precisasse disso agora, mas *precisava* saber de Zayne.

Maddox se ajoelhou ao lado das minhas pernas, que estavam dobradas de uma forma estranha.

– Me diz o que aconteceu com ele e eu falo sobre Zayne.

Era loucura e só serviria para deixar tudo ainda pior para mim, mas eu não tinha outra opção.

– Tomas... não está aqui.

Sua mandíbula endureceu.

– Ele tá morto?

Eu engoli, os olhos fechados em concentração.

– Na noite... em que vocês vieram... ele me encurralou em um... beco. Eu tentei dizer a ele... que eu não era uma ameaça, mas ele não... me deu ouvidos.

– O que aconteceu? – Sua voz era dura.

Meu peito subiu em uma respiração irregular.

– Ele me esfaqueou... e Bambi, a tatuagem, o atacou.

Ele respirou fundo.

– O familiar não tá em você agora?

– Não. – Meus olhos se abriram em fendas estreitas. – Bambi o comeu... ela estava me protegendo.

– Comeu? – O nojo na voz dele era como água embarrada na minha pele. – Foi assim que ele morreu?

Sentindo-me um pouco mais estável, eu acenei com a cabeça.

– E... Zayne?

Maddox não respondeu por um longo momento, e eu abaixei meu queixo. Ele encontrou meu olhar.

– Você nunca mais o verá.

Meu mundo se despedaçou. Eu tentei inspirar ar, mas não foi a lugar nenhum.

– Não.

Ele não disse nada quando se levantou ao som de uma porta abrindo. Lágrimas frescas incharam em meus olhos e caíram. Nunca mais o ver só poderia significar uma coisa. Eu não tinha apenas tomado parte da alma de Zayne.

Eu tinha o matado.

A dor que me atravessou foi maior do que qualquer coisa que eu já senti.

– Layla.

Ao som da voz de Abbot, eu queria me enrolar ainda mais em mim mesma.

– Eu... sinto muito. Eu nunca quis que isso... acontecesse com ele.

Houve silêncio e o senti se aproximar. Através da névoa de lágrimas, percebi que ele não estava sozinho. Quase todo o clã estava com ele. A minha visão estava instável novamente, mas parecia que Nicolai me olhava com horror, pálido e abalado.

– Abbot – disse Nicolai, balançando a cabeça enquanto se afastava. – Isto é errado.

Ele olhou por cima do ombro para eles enquanto Maddox se movia para o meu outro lado.

– Você sabe que isto deve ser feito. O que suspeitávamos é verdade. Não existe Lilin. Só existe Layla.

Eu não disse nada porque essa era a verdade. Não havia Lilin. Tinha sido eu. Como? Eu ainda não tinha certeza, mas as evidências apontavam para mim. Até Roth sabia disso. O único que não sabia era Zayne, e olhe no que tinha dado. Meu corpo estremeceu enquanto outro soluço subia. Eu precisava me recompor.

– Deveríamos ter intervindo antes que ela atacasse o meu filho – continuou Abbot, voltando-se para mim. – É um milagre que ele esteja vivo.

Parei de respirar.

– Não temos nenhuma evidência concreta – Nicolai argumentou enquanto Donn franzia a testa –, apenas suspeitas. Ela é...

– Ela não é uma criança – disse Donn, seus olhos azuis estalando.

Eu não me importava com nada disto. Se Zayne estava vivo, por que eu estava aqui?

– Ele... tá bem?

Abbot se virou para mim. Com o cabelo solto em torno de seu rosto, ele parecia tanto com Zayne que doía olha-lo.

– Meu filho vive.

– E... c-como ele está?

Desta vez, piedade cruzou o rosto de Nicolai enquanto ele avançava para frente.

– Ele é ele mesmo. E ele tem procu...

– Chega – disse Abbot.

Meu coração explodia no meu peito. Zayne estava realmente bem? Eu queria vê-lo, por mim mesma.

– Posso... posso ir pra casa agora?

Uma emoção aguda perpassou nos olhos de Abbot e então ele desviou o olhar, balançando a cabeça levemente.

– Isto não pode mais continuar. Por minha causa, muita coisa já aconteceu. Muitas vidas agora estão nas minhas mãos e algumas já foram perdidas.

– Abbot, devo protestar contra isso – argumentou Nicolai, e essas palavras desencadearam uma discussão que eu nem sequer conseguia acompanhar.

Zayne estava vivo e, segundo a maioria dos relatos, ele parecia *bem*. Isso era tudo o que importava. Tudo teria que dar certo agora. Ele estava vivo e...

A dor explodiu na minha barriga, uma dor profunda e ardente que se espalhou, capturou a minha respiração e fez com que o meu corpo ficasse rígido. Os meus sentidos dispararam em todas as direções. Eu não entendia o que tinha acontecido ou por que Nicolai e Dez estavam gritando. Ou sequer por que Abbot parecia horrorizado enquanto olhava para mim.

– Pronto – disse Maddox, e puxou o braço para trás. Meu corpo se moveu com ele, de uma forma que não era normal. – Está feito e acabado. Tudo.

Um fogo varreu o meu corpo enquanto eu olhava para baixo. Por que tinha óleo na minha barriga? Não, não era óleo. Era sangue. Muito sangue. Enquanto Maddox se afastava, a ponta afiada de sua adaga estava coberta dele.

Minha nossa.

O desgraçado tinha me esfaqueado!

Tentei puxar os braços para a frente para cobrir a ferida, esquecendo que eu estava amarrada. Isto era pior do que péssimo. Era uma lâmina de ferro, mortal para demônios. Apesar de eu ser apenas parte demônio, aquilo não era...

Eu abri a boca e tudo que eu podia sentir era o gosto do sangue.

– Por quê? – A pergunta vazou, e eu nem tinha certeza por que eu tinha perguntado. Eu sabia a resposta. Maddox só tinha feito o que ele deveria fazer, o que Roth também tinha sido ordenado a fazer: acabar com o que estava tomando as almas de pessoas inocentes, garantindo assim que os Alfas não iriam intervir. Mas a pergunta veio novamente.

– Po-por quê?

Então o caos reinou.

Uma janela se estilhaçou e lá estava Roth de pé dentro da sala, os raios prateados do luar em suas costas formando uma aura própria. Ele soltou um uivo de raiva.

E depois mais outro.

A parede do galpão estremeceu e uma segunda janela explodiu. Cacos de vidro se estilhaçaram por todas as direções. E então Roth não estava sozinho. Cayman pousou, agachado, parecendo surpreendentemente humano, com exceção de seus olhos. Eles brilhavam como joias de topázio e as pupilas estavam alongadas verticalmente.

E Dez ficou ao lado de Cayman. O que ele estava fazendo com eles?

Os Guardiões imediatamente se transformaram, deixando suas fachadas humanas enquanto suas asas se desenrolavam e a pele virava um granito escuro.

Abbot rosnou enquanto girava para Dez.

– O que você fez?

– Eu não podia deixar isto acontecer – disse ele, transformando-se por sua vez. Chifres sobressaíram de suas mechas ruivas. – Isto é errado.

Maddox agarrou a faca.

– Vocês chegaram tarde demais.

Olhei para onde o calor úmido se espalhava rapidamente. Que Inferno, isso era tão, tão ruim.

– Eu vou curtir matar todos vocês. – Uma explosão de vento quente disparou de Roth e soprou através do galpão, imobilizando Abbot contra a parede.

Vários dos Guardiões se deslocaram, protegendo o líder do clã. Aproveitando-me da distração, invoquei cada grama de energia que tinha em mim e forcei os músculos das minhas pernas a trabalharem. Fiquei em pé.

Donn tentou me agarrar, mas eu mergulhei debaixo do braço dele, ignorando a dor que atravessou meu estômago e disparou para as minhas têmporas. Respirando de um jeito doloroso, preparei-me para o que provavelmente seria uma surra de proporções épicas, mas tudo parecia congelar. Até Abbot parecia colado no lugar onde estava.

Roth estava em sua verdadeira forma agora, pernas abertas e ombros para trás. Eu tinha esquecido como ele era quando se transformava. Feroz. Extremamente assustador. Sua pele era brilhante como obsidiana e suas asas alcançavam mais longe do que a de qualquer Guardião, arqueando graciosamente no ar. Sua cabeça lisa estava erguida para trás, os dedos alongados em garras.

Mais uma vez, fiquei impressionada com as semelhanças entre demônios e Guardiões. A única diferença era a sua coloração e a ausência de chifres na cabeça de um demônio.

Roth sorriu de uma maneira que eu nunca tinha o visto sorrir. Malícia e uma raiva justiceira exalavam em ondas. Um anjo vingador veio à mente, um que estava pronto para dar uma surra daquelas.

Ele deu um passo à frente, seus olhos começando a brilhar, alaranjados.

– Se preparem, estou prestes a fazer chover enxofre e fogo nas suas cabeças.

E foi o que ele fez.

Um cheiro de enxofre foi derramado pelo galpão, e então as bolas de luz laranja ao redor das mãos de Roth dispararam, acertando no Guardião mais próximo dele. Ele pegou fogo, gritando enquanto tentava apagar as chamas. Em segundos, foi engolido. Ele cambaleou para trás na parede. O fogo se espalhou.

Cayman interceptou dois Guardiões quando Roth se lançou para a frente, acertando com o punho direto no peito de outro Guardião, puxando o que parecia demais ser um coração. Encolhendo-me, eu o vi atirar o órgão e rodopiar na direção de outro, pegando um Guardião com um soco brutal na garganta.

Roth era um fodão, um... fodão assustador.

Um vento feroz se levantou, espalhando as chamas enquanto um barulho alto de algo rachando sacudia o galpão. O telhado gemeu e estremeceu, e depois se abriu como se alguém tivesse aberto uma lata de sardinhas. Pedaços de rocha carbonizada derrubaram dois dos Guardiões, tirando-os do jogo.

Meu Deus do céu, aquilo tudo era Roth?

Roth estava abrindo caminho na minha direção. Focado nisso, ele não viu o Guardião chegando por trás dele. Eu me lancei para frente, minhas pernas tremendo.

– Roth!

Ele se virou quando Donn girou em minha direção. Ele ergueu um braço, pegando-me pelo pescoço antes de me jogar vários metros para trás. Eu bati no chão com um grunhido e levantei a cabeça. O fogo estava subindo pelas paredes há centímetros do meu rosto. Eu me afastei abruptamente, empurrando contra o chão com os pés descalços.

De repente, mãos apertaram meus ombros, erguendo-me.

– Eu te ajudo – disse Dez. Quando ele me virou, vi Donn deitado de bruços. Dez quebrou as correntes, soltando o colar em volta do meu pescoço e dos meus pulsos.

Um Guardião soltou um grito penetrante enquanto eu encontrava o olhar de Dez.

– O-obrigada.

Ele assentiu.

– Você não pode voltar para o complexo. Entendeu?

Achei que aquilo era bastante evidente.

– Você vai s-se encrencar t-tanto. Jasmine e os gêmeos...

– Não se preocupe com a gente. – Os olhos de Dez se estreitaram e ele se lançou para o ar, pousando ao lado de Nicolai. Juntos, eles forçaram os outros Guardiões para trás.

Roth estava indo direto para mim, mas havia um Guardião entre nós.

Abbot se agachou, e Roth disparou, suas asas se abrindo. Eu não sabia o que me incitava, o que me empurrava para a frente, mas a última fagulha de energia que eu tinha se acendeu.

Eu me joguei na frente de Abbot, ficando entre ele e Roth. Respirando com dificuldade e com o rosto coberto de cinzas, eu levantei uma mão trêmula.

– Não.

Roth pousou não mais do que alguns centímetros na minha frente, a ponta de sua asa afiada quase me acertando.

O ar se agitava atrás de mim. Abbot estava se levantando, sua expressão espelhando a de Roth. Os meus olhos encontraram com os dele por um instante, e mesmo cercada por calor e fogo, as minhas entranhas esfriaram. Eu sabia por que eu tinha intervindo, provavelmente salvando a vida de Abbot. Em sua ira, Roth teria o eliminado, mas Abbot me criou, e aquilo... aquilo significava algo para mim.

Mesmo que não significasse nada para Abbot.

Ignorando a dor no meu peito, eu cambaleei um passo para trás, colidindo com Roth. Ele passou um braço pela minha cintura, dando-me apoio.

– Você foi tocado pela mão de Deus. – Roth cuspiu em Abbot enquanto seu braço apertava em torno de mim. – Não vai acontecer novamente.

Músculos poderosos nas pernas dele nos empurraram para o ar. Voamos alto, tão alto que quando meu olhar mergulhou para baixo, nada restava do galpão além de uma chuva de faíscas e chamas.

Capítulo 33

As coisas realmente pararam de fazer sentido uma vez que estávamos no ar, deixando o galpão para trás. Eu estava apagando e recobrando a consciência como uma lâmpada ruim.

Roth pousou em algum momento em um telhado, rapidamente seguido por Cayman.

— Não podemos ir ao Palisades — disse o regente infernal. Sobre seus ombros, a cidade brilhava como mil estrelas. — Eles obviamente sabem onde você mora.

— É, eu vou ter que concordar com isso. — Olhos cor de âmbar se fixaram aos meus como um salva-vidas. — Eu preciso que você aguente um pouco mais. Ok, baixinha? Vou cuidar de você.

— Eu vejo... almas de novo — eu anunciei, porque por alguma razão parecia importante apontar isso.

O sorriso de Roth era fraco e todo errado.

— Você vê? Isso é muito bom de ouvir, baby. Muito bom. Vamos te deixar confortável daqui a pouco. Só aguenta firme.

Eu estava vagamente ciente do vento correndo sobre mim mais uma vez. Daquela vez não parecia que segundos haviam se passado até chegarmos ao nosso destino. Durou uma eternidade e então mais dois anos até que aterrissássemos, e depois estávamos dentro de uma casa quentinha. Queria perguntar onde estávamos, mas a minha língua estava preguiçosa.

O coração de Roth estava disparado enquanto ele caminhava por um quarto mal iluminado. Ele me deitou em uma cama que cheirava a lilases. Assim que se endireitou, uma sombra se moveu do braço para a cama, e pontilhados se uniram.

Bambi deslizou pela cama até chegar ao meu quadril. Ela levantou a cabeça, descansando-a na minha coxa. Uma ternura apertou meu coração quando sua língua bifurcada saiu, sua maneira de dizer olá.

– Abre os olhos, Layla.

Eu pensei que eles estavam abertos. Eu os abri.

– Como você tá se sentindo? – Roth perguntou, passando uma mão sobre a minha testa úmida.

Eu fiz um balanço de como eu me sentia.

– Eu não... sinto tanta dor.

Suas feições ficaram tensas, como se ele tivesse levado um soco.

– Isso é bom. – Dando um passo para trás, ele olhou por cima do ombro. – Cayman?

O outro demônio deu um passo à frente, ajustando meus braços para os lados. O humor que geralmente dançava em seus olhos estava ausente.

– Sanguinária – disse ele, passando os dedos sobre as minhas mãos. – Ainda está circulando em suas veias e é por isso que ela tá presa. Ela não vai conseguir se transformar nem em uma coisa, nem em outra até que esteja completamente limpa.

Como é que ele sabia?

Cayman deve ter lido a pergunta no meu olhar.

– Eu estou por aí há um longo tempo, docinho, e eu já vi de quase tudo.

Ia ter de acreditar nele.

Os dedos de Roth roçaram sobre as minhas maçãs do rosto.

– Isso são marcas de garra. Cayman, isso são *marcas de garra*.

– Eu sei, amigo, mas não é a coisa mais importante acontecendo agora. – Ele levantou minha camisa. – Isto... isto é problemático.

Um silvo saiu de Roth.

– Ferro.

– Sim. – Ele pressionou a ferida com mãos que eu mal sentia.

Respirei com dificuldade.

– Acho... acho que estou morrendo.

– Não – disse Roth ferozmente, como se suas meras palavras pudessem impedir o inevitável –, você não tá morrendo.

– Ela tá bem mal – disse Cayman. – A sanguinária tá em seu sistema circulatório há um tempo.

Envolvendo sua mão em torno da minha, Roth se aproximou de mim. Enquanto falava com Cayman, ele não afastava o olhar para longe do meu, e isso era bom, porque de alguma forma estava me ancorando ali.

– Eu não tinha conseguido falar com ela por três dias. Pensei que ela estava me evitando de novo. – Ele parecia aflito. – Eu mandei mensagens e liguei, mas...

Eu queria dizer que não havia como ele ter sabido, mas foi Cayman que falou aquelas palavras enquanto afastava as mãos de mim.

– Isto não é bom.

– Não brinca – rebateu Roth. – Eu sei, mas precisamos consertar isso.

Ele balançou a cabeça.

– Ela não consegue se curar, Príncipe. Você entende o que isso significa? Essa ferida é profunda. Ela pode ser apenas parte demônio, mas o ferro tá fazendo efeito, e se ela fosse humana, ela estaria...

– Não diga isso – ele rosnou, seus olhos dourados se tornando iridescentes. – Tem de haver alguma coisa que possamos fazer.

Cayman se levantou, recuando para as sombras como se estivesse nos dando espaço... dando privacidade a Roth. Eu abri minha boca, mas sangue escorreu. Roth foi rápido em limpá-lo e, em seguida, aninhou meu rosto cuidadosamente em suas mãos.

– Eu não vou deixar isso acontecer. Tem de ter... – Seus olhos brilharam e então ele olhou por cima do ombro. – E se ela se alimentar? Isso poderia ajudar?

– Não sei. – A voz de Cayman chegou até nós. – Não faria mal tentar.

– Encontre alguém. Qualquer pessoa – ele ordenou. – Não importa quem, só encontre alguém agora.

– Não – eu grunhi. Juntando energia, eu forcei meus lábios a se moverem. – Eu já causei estrago suficiente. Eu não vou... me alimentar. De jeito... nenhum.

A frustração torceu o rosto de Roth.

– Você precisa. Você vai. Eu não me importo o quanto você não queira. Eu não vou deixar você morrer.

Parecia estranho que ele lutasse tanto contra isto, considerando que tinha sido enviado à superfície para me matar caso fosse provado que eu era a causa dessa bagunça, mas agora não era a hora de entendê-lo. Meu peito subiu bruscamente.

– Não faça isso comigo. Por favor. Por favor... não me force... a fazer isto. *Por favor.*

Ele balançou a cabeça.

– Layla...

– Não faça... isso comigo.

Seu rosto se contorceu, a pele afinando, e percebi que Roth estava prestes a se transformar. Ele se inclinou, pressionando a testa contra a minha enquanto pegava as minhas mãos nas dele.

– Não me faça sentar aqui e assistir você morrer. *Você* não faça isso *comigo.*

A tristeza subiu em minha garganta, quase se apossando de mim, e embora suas palavras me derrubassem, não havia nada que eu pudesse fazer. Podia não saber como eu tinha roubado as outras almas, mas não ia fazer mal conscientemente a mais ninguém.

– Você quer morrer? – ele perguntou baixinho. – É isso que você quer?

– Não. Eu não quero, mas eu não vou condenar outra... pessoa ao Inferno... pra que eu possa viver.

Um estremecimento balançou o corpo de Roth e ele sugou o ar com dificuldade.

– Ah, Layla – ele disse tristemente –, eu não posso deixar isso acontecer. Você pode me odiar no final das contas, mas você vai estar viva.

Meu coração cambaleou e eu comecei a protestar, mas Cayman falou.

– Espere. Pode haver outra opção.

Roth endireitou-se, olhando por cima do ombro.

– Mais informações. Rápido.

– E as bruxas? – ele disse, chegando mais perto da cama. – Os que adoram Lilith. Eles podem estar inclinados a fazer algo para salvar a filha dela.

Roth arregalou os olhos.

– Você acha que eles teriam algo?

– Quem sabe do que esses doidos são capazes, mas vale a pena tentar.

– Vá – disse ele rouco. – Dê a eles o que quiserem se puderem ajudá-la. Qualquer coisa.

Cayman hesitou por um momento.

– Qualquer coisa?

– *Vá.*

E então Cayman se foi. *Puff.* Desapareceu. Roth se virou para mim.

– Se isso não funcionar, eu vou trazer alguém aqui e você vai se alimentar.

Comecei a discutir, mas quando os meus olhos encontraram com os dele, eu sabia que não havia sentido. Roth também. Se a coisa com as bruxas falhasse, não haveria tempo para mais nada.

O queixo de Roth abaixou e ele inspirou fundo enquanto levantava as minhas mãos para os seus lábios, pressionando um beijo em cada dedo.

– Suas mãos estão tão frias.

Eu pisquei lentamente. Havia tantas perguntas que eu queria fazer a ele, mas cada respiração que eu tomava exigia muita energia.

– Como isso começou? – ele perguntou, levantando seu olhar torturado para o meu.

– Zayne... Zayne me beijou – eu sussurrei, e vi seus olhos dilatarem. – Ele já tinha feito... isso antes, e não aconteceu nada, mas...

A boca dele se remexia.

– Então porque o idiota te beijou, eles te acusaram de atacá-lo?

Fechei os olhos, focando nas minhas palavras.

– É mais... do que isso, mas Zayne... ele tá bem. Agora.

– Pra ser sincero, eu não dou a mínima pra ele agora – Eu teria rido se pudesse. – Abre os olhos, Layla.

Levei mais tempo para conseguir desta vez.

– Estou... cansada.

Ele engoliu em seco.

– Eu sei, baby, mas você precisa manter os olhos abertos.

– Tá... bem.

Um pequeno sorriso apareceu, mais como uma careta do que qualquer coisa. Ele levou minhas mãos para o colo dele, segurando firme.

– Você disse que ele te beijou antes e nada aconteceu? – Quando eu acenei com a cabeça, ele soltou um palavrão. – Eu devia saber.

Eu não estava conseguindo acompanhar aquela parte.

– *Bambi.* – A compreensão brilhou em seu rosto enquanto ele olhava para onde a cobra estava enrolada ao lado do meu quadril. – Eu sabia que ela tinha se ligado a você como um familiar. Era o que eu queria dela, pra que ela pudesse te proteger caso necessário, mas eu não sabia que ela faria isso nesse nível. Mas faz sentido agora. Você pode ver almas novamente, certo?

– Sim.

– É por causa dela. Ela não tá em você agora, mas quando ela estava, ela se uniu a você, ela mudou suas habilidades e as afetou. Familiares podem fazer isso, e eu imagino que ainda mais para meio demônios. Pensei que ela só iria te deixar mais forte. Não sabia que ela poderia afetar a sua capacidade de controlar a tomada de uma alma.

Fechei os olhos enquanto absorvia aquela informação. Então não tinham sido os meus sentimentos por Zayne que me impediram de sugar a alma dele, como uma espécie de escudo cósmico de amor. Tinha sido Bambi, um familiar demoníaco. A decepção foi um nó feroz no meu estômago, mas pelo menos agora eu sabia como tinha sido possível eu beijá-lo. E isso explicava por que as minhas habilidades ficaram esquisitas. Pelo menos, na maior parte. Talvez os poderes de Bambi também tenham distorcido a minha alimentação, impedindo-me de levar as almas de Dean e Gareth. Fazia sentido, especialmente porque eu não tinha ficado doente depois de me alimentar da mulher no clube, mas passei mal depois de Zayne. A única diferença era quando Bambi estava em mim e quando não estava. E o que aconteceu com Maddox e as janelas, poderia ter sido Bambi afetando os meus poderes novamente. Ou poderia ter sido o que Abbot temia, que meus poderes estavam simplesmente mudando de qualquer maneira. E isso significaria que não havia nenhum espectro no complexo, e eu acho que isso era uma boa notícia.

Se esse fosse o caso, então se Bambi nunca tivesse se ligado a mim, nada disto teria acontecido. Mas eu não conseguia ficar com raiva. Bambi salvou a minha vida naquela noite com Tomas. O que eu não entendia era por que Roth queria que Bambi se ligasse a mim.

– Eu teria te forçado a ficar com ela se eu soubesse – disse Roth com suavidade. – Eu nunca deixaria você sair do elevador se eu soubesse o quanto Bambi estava te afetando.

Surpresa, olhei para ele. Ele se inclinou para trás com uma honestidade em seu olhar que não tinha estado lá antes.

– Caramba – ele disse em voz baixa –, eu criei uma confusão e tanto.

Cayman de repente apareceu de volta no quarto, e Roth o olhou intensamente.

– Por favor, me diz que você tem alguma coisa.

– Eu tenho. – Ele se aproximou da cama, e em suas mãos estava um pequeno frasco. – Não há garantias, mas isso foi o melhor que eles puderam me dar e você nem quer saber o que eu tive que prometer pra conseguir isso.

– Eu não me importo com o que você teve que prometer. – Soltando as minhas mãos gentilmente na cama, Roth se levantou. Ele pegou o frasco de Cayman.

– Ah, mas você vai se importar depois. Mas isso é algo pra se conversar quando isso tudo tiver passado, certo?

Um mal-estar se formou na minha barriga, mas Roth já tinha destampado o frasco.

– O que é isso? – perguntou ele.

– Algum tipo de preparo que vai reverter os efeitos da sanguinária e deve, tecnicamente, ativar a cura natural do corpo dela em alta velocidade. – Ele fez uma pausa. – Eles disseram que vai fazê-la dormir e pra não se preocupar se ela apagar.

Roth assentiu enquanto se sentava ao meu lado novamente. Se isso era algum tipo de truque do *coven*, realmente não importava. Eu estava ficando cada vez mais cansada, e cada vez mais rápido. Eu senti uma facada de terror gélido porque eu sabia que estava morrendo de verdade. E eu realmente não queria morrer. Deixei Roth me levantar o suficiente para que pudesse virar o conteúdo do frasco garganta a baixo.

Eu me engasguei. O negócio tinha um gosto horrendo, mas Roth manteve o frasco nos meus lábios, esfregando o polegar para cima e para baixo na minha garganta, forçando-me a engolir tudo.

– Desculpa. Sei que tem gosto ruim, mas tá quase acabando.

Quando engoli tudo, ele deitou minha cabeça no travesseiro.

– Se isso não funcionar, eu vou acabar com todo o *coven* – Um músculo se retorceu na mandíbula de Roth. – Espero que eles estejam cientes disso.

– Eu acho que estão. – Cayman recuou mais uma vez quando Roth voltou a sua atenção para mim. – Eu vou me fazer... hã, desaparecer por um tempo.

Roth não lhe deu atenção. Em vez disso, ele se mexeu e se deitou ao meu lado. Parecia que chumbo havia se fundido aos ossos das minhas pernas. Minha cabeça virou ligeiramente e meu olhar encontrou com o de Roth. Eu podia ver que ele estava pensando a mesma coisa que eu.

Talvez Cayman e a poção bruxesca do *coven* tivessem chegado tarde demais.

– Eu só quero te abraçar agora. – Sua voz era áspera. – É tudo que eu quero.

Meu peito apertou. Se esse era o fim para mim, era isso que eu queria, também. Eu não queria morrer sozinha. Era mais do que isso, mas eu mal conseguia processar o que aquilo significava. Meus lábios formaram a palavra *ok*, mas era preciso muita energia para falar.

Ele envolveu seus braços em mim e seu corpo estava agradavelmente quente. Depois de alguns momentos, eu já não conseguia manter os olhos abertos. O medo aliviou enquanto uma paz suave e ondulada se apossava de mim. Se isto era morrer, não era tão ruim. Realmente era como adormecer.

Os braços de Roth se apertaram em torno de mim enquanto ele encaixava o seu corpo no meu, colocando as minhas pernas entre as dele e a minha cabeça sob seu queixo. Ele inspirou. Respirei em seguida e caí ainda mais fundo na escuridão.

– Layla?

Eu queria responder, mas estava para além disso. O vazio acenou e não havia como negar o seu chamado.

– Você consegue me ouvir? Eu quero que você saiba de uma coisa – disse ele, sua voz rouca e grossa e soando muito longe, mas cheia de urgência. – Eu te amo, Layla. Você tá me ouvindo? Eu te amei desde o primeiro momento em que ouvi a sua voz, e vou continuar a te amar. Não importa o que aconteça. Eu te amo.

Capítulo 34

Sair do vazio foi um processo de proporções históricas. Os meus dedos das mãos se contorceram a cada lado do meu corpo, e os dos pés, se curvaram. O cheiro doce de algo picante e silvestre flutuava ao meu redor. Entre o momento em que meu cérebro começou a girar até quando abri os olhos, não teria ficado surpresa se tivessem se passado horas.

Eu pisquei e me encontrei olhando para um peito largo. Um peito nu. Um peito masculino nu. Meus pensamentos estavam confusos com tudo, mas eu tinha uma lembrança geral do que tinha acontecido. Eu tinha morrido? Porque isto realmente não era uma vida após a morte ruim. Mas não, a dor profunda e constante no meu corpo me avisou que eu estava bastante viva.

As minhas mãos estavam dobradas contra um abdômen firme, descansando perto da cabeça de um dragão maravilhosamente verde e escamoso.

Roth.

Um de seus braços estava estendido sobre os meus quadris e o outro estava sob os meus ombros. Sua mão estava enterrada profundamente na bagunça do meu cabelo. Seu peito subia e descia de forma constante. Eu podia sentir Bambi do outro lado de mim, esticada. Que... sanduíche estranho.

Não importa o que aconteça. Eu te amo.

Um calor passou formigando pelas minhas bochechas e desceu pelo meu pescoço. Aquilo devia ter sido a minha imaginação jogando essas palavras para mim. Demônios não amavam *desse* jeito. Nem mesmo demônios como Roth, que conseguia fazer algumas coisas bem não- -demoníacas. Mas lembrei da sua voz de desespero.

Levantei um pouquinho a cabeça. Cílios escuros e grossos descansavam em suas bochechas. Seus lábios estavam ligeiramente abertos. Enquanto ele dormia, havia uma juventude e vulnerabilidade em suas feições que nunca eram vistas enquanto ele estava acordado.

Ele parecia um anjo.

Eu não sabia dizer quanto tempo eu fiquei ali, olhando para ele, mas deve ter sido tempo suficiente para ganhar um certificado de obsessiva. Mas aquele tempo foi útil. Eu estava viva e, tirando a dor no corpo, eu tinha a sensação de que estava bem. A sanguinária estava fora do meu sistema, a ferida na minha barriga tinha se curado quase por completo. Eu estaria de volta à ativa logo mais.

Mas tudo tinha mudado.

Tanto que não conseguia entender o quão diferente a minha vida seria a partir daquele momento. Eu não tinha como voltar para o complexo. Nem queria voltar, não depois do que Abbot fez comigo – a jaula, o galpão no centro da cidade. Nem pensar. E se Nicolai e Dez não tivessem intervindo, eu teria morrido... e era isso o que Abbot queria. Assim como o meu pai biológico, ele também queria me ver morta. Sim, aquilo doía e perdurava. Mas eu não podia ficar pensando nisso.

Eu me *recusava* a continuar pensando em Elijah ou Abbot.

Escola? Seria impossível. Com ou sem Bambi, era muito arriscado. Eu não podia correr o risco de infectar mais ninguém, especialmente quando ainda não fazia ideia de como estava fazendo aquilo. Eu não sabia o que ia fazer, mas sabia que não podia ficar ali. Os Guardiões estariam atrás de mim. Assim como o Inferno quando soubessem que devia ser eu por trás de tudo isso. E a probabilidade de voltar a ver Zayne parecia pequena, e isso me rasgou por dentro, como se eu tivesse sido esfaqueada outra vez. Mal conseguia lembrar de um tempo sem ele na minha vida, e agora eu enfrentaria o tempo que estivesse viva nessa Terra sem vê-lo novamente, e isso... isso ia me matar, especialmente sabendo o que eu tinha feito com ele. A única coisa que eu podia esperar era alguma confirmação real de que ele estava bem. Tudo na minha vida tinha mudado, mas de alguma forma eu iria sobreviver. Eu precisava sobreviver.

Os cílios de Roth tremularam e então se abriram, revelando orbes douradas que brilhavam de alívio. Ele abriu a boca e depois molhou os lábios, mas não falou. Olhamos um para o outro, e naquele momento e naquela cama, presos num abraço apertado, éramos só nós dois e nada mais.

Então ele levantou a mão do meu quadril, colocando as pontas dos dedos contra o meu rosto.

– As marcas das garras cicatrizaram – disse ele. – Agora são só linhas rosadas tênues. Quem arranhou você?

De jeito nenhum que eu ia contar a ele.

No silêncio, ele arrastou as pontas de seus dedos até o meu pescoço, fazendo-me estremecer.

– A corrente deixou uma marca.

– É – sussurrei.

Suas narinas inflamaram.

– Eu vou matar todos eles.

Eu acreditava que ele dizia a verdade. Erguendo um braço, eu envolvi a minha mão em torno de seu pulso.

– Eu não acho que isso seja... necessário.

– Eles fizeram isso com você. – Seus lábios se retraíram. – Acho que é completamente necessário.

Abaixando a mão, eu balancei a cabeça e fiz menção de dizer a ele que eu estava bem, mas na realidade, estava bem longe disso. Sim, eu estava viva e respirando, mas *bem* não estava no meu dicionário.

– E a coisa que o *coven*... nos deu? Eu ouvi Cayman direito? – perguntei, em vez disso. – Agora eles têm direito a alguma coisa?

Uma sobrancelha escura subiu enquanto ele movia o dedo para a curva da minha clavícula.

– Não tem uma grama do meu ser que se importe com isso agora.

Uma risada surpresa me escapou. Parecia seca e rouca.

– Tudo bem.

– Eu vou cuidar disso mais tarde.

E então ele estava olhando para mim novamente, da mesma forma que tinha feito quando abriu os olhos. Percebi que o ar me faltou e os músculos abaixo do meu estômago apertaram. Aquela reação me confundia e até me assustava, porque eu já tinha caído naquele olhar antes e mal consegui sair dele.

Mas ele foi o primeiro a desviar o olhar.

– Quer tentar se levantar?

Limpei a garganta.

– Sim. Quero... quero me limpar.

Isso precisava acontecer. As minhas roupas estavam sujas e grudadas em mim. Só Deus sabia a última vez em que eu tinha tomado banho. Roth me ajudou a sentar depois de expulsar Bambi da cama. Ela rastejou até a cabeceira e ficou observando-nos. Uma vez que eu tinha as minhas pernas dobradas sobre a borda da cama, Roth congelou.

Ele estava de pé, com as mãos nos meus braços, e de repente ele estava de joelhos na minha frente. Minha preocupação aumentou.

– Roth...

– Estou bem. – Ele fechou os olhos enquanto deslizava as mãos para as minhas. – Sinceramente, não sabia se o que as bruxas nos deram ia funcionar. Eu achei que quando você fechou os olhos... – Ele limpou a garganta. – Eu não sabia se você iria abri-los novamente.

Um nó se formou na minha garganta e tudo o que eu podia fazer era apertar as mãos dele.

Ele balançou a cabeça.

– Tudo o que eu conseguia pensar era sobre todas as mentiras que eu te contei e que você ia morrer sem saber a verdade.

Pensei naquelas palavras que achava que tinha imaginado e o meu coração apertou. Abri a boca, mas ele se inclinou. Soltando minhas mãos, ele fez algo que eu nunca esperei.

Roth colocou a cabeça no meu colo, assim como Bambi tinha feito antes, e soltou um suspiro cansado.

Minhas mãos congelaram acima de sua cabeça. Lágrimas brotaram em meus olhos e eu não tinha certeza do porquê. Eu levantei meu olhar para onde um raio de luz do dia fluía sob as cortinas, lançando uma auréola sobre as costas de Roth.

– Quando voltei à superfície e fui ao complexo para falar com os Guardiões, Abbot me encontrou lá fora primeiro, antes de você sair. – Aquilo não era novidade, mas senti que havia mais. – Abbot me advertiu para ficar longe antes mesmo de eu abrir a boca, antes que eu pudesse sequer dizer por que estávamos lá – continuou ele, sua voz calma e plana. – Não da propriedade, mas de você. E, sabe, eu entendia isso. Eu podia entender por que ele não iria querer você perto de mim.

Afinal, eu sou o Príncipe da Coroa do Inferno, não o tipo de cara que é bem-vindo em casa. Particularmente a casa de um Guardião.

Enquanto ele falava, abaixei as minhas mãos para a cabeça dele, deslizando os meus dedos pelo cabelo dele. Uma emoção profunda mexeu no centro do meu peito, apertando a minha garganta.

Roth se inclinou para a carícia como um gato se aconchegando e buscando mais carinho.

— Mas foi mais do que isso. Abbot sabia o que estava acontecendo com você, ou o que poderia acontecer depois do ritual de Paimon. Ele achou que a minha influência ajudaria nesse processo, que eu traria à tona o lado demoníaco em você. E eu acho... acho que ele sabia que eu nunca seria capaz de fazer o que fui enviado pra fazer. Ele não queria você comigo, ele não nos queria juntos.

Instintivamente, eu soube que *juntos* não significava nós dois no mesmo lugar, mas sim algo mais profundo e íntimo. Meus dedos se aquietaram.

— O que... o que ele fez?

Outro suspiro saiu dele.

— Ele me disse pra nem pensar em tentar alguma coisa com você, e no começo eu ri e disse a ele que não ia acontecer. Desde o momento em que fui tirado do poço, eu estava voltando pra você e não porque eu fui ordenado. Não pelo que você acharia. A ameaça de Abbot não significava nada, mas... — Meu peito subiu e desceu bruscamente. — Mas ele sabia... ele sabia como me fazer ficar longe. — A raiva acentuava seu tom agora. — Ele não me ameaçou. Ele ameaçou você.

— Meu Deus... — Eu afastei as mãos dele, colocando-as sobre minha boca. Obviamente eu sabia que Abbot não era um aliado agora, mas mesmo antes disso tudo?

— Ele disse que iria... que iria acabar com você pra te manter longe de mim. — Ao som da minha inspiração acentuada, ele soltou um palavrão sob sua respiração. — Ele estava falando sério, Layla. E eu não estava disposto a arriscar. Aquelas coisas que te disse naquela noite... eu não queria ter dito.

Eu olhei para sua cabeça abaixada, minha boca inquieta atrás das mãos, mas eu não emitia nenhum som. Havia tantas coisas que Roth tinha me dito desde que tinha voltado – declarações vagas que não faziam sentido até agora.

Ele levantou a cabeça, olhando para mim.

– E eu com certeza não te usei pra aliviar o meu tédio, Layla. Nem queria te afastar, mas não queria ser a razão pela qual você se machucaria. Eu não *seria*.

– Ah, Roth... – eu sussurrei. Aquilo... eu nunca esperei que essa fosse a razão pela qual Roth tinha dado um giro de 180° quando o assunto era o que ele sentia por mim.

– Eu queria ficar com você, mas...

Ele tinha tentado me proteger. Um buraco se abriu no meu peito, tão chocante quanto a ferida que agora estava curada na minha barriga.

– Sinto muito. No fim das contas, não deu em nada, mas eu não posso desfazer o que fiz. – Ele inclinou a cabeça para o lado enquanto me observava. – Eu sei que isso não muda a dor pela qual te fiz passar. Eu só queria que você soubesse a verdade e que eu...

Eu fiquei tensa, esperando que ele terminasse o que estava dizendo e perguntando-me se seriam aquelas palavras que pensei tê-lo ouvido dizer antes de eu apagar, mas ele não disse nada. Roth me observou como se nunca esperasse me ver novamente.

E então algo me ocorreu e eu tive que perguntar.

– Zayne... estava lá quando Abbot disse aquelas coisas pra você?

Seus olhos âmbar se agitavam em uma dúzia de tons estonteantes de ouro.

– Isso importa?

– Sim – sussurrei. Importava totalmente se Zayne sabia por que Roth havia se afastado de mim, se ele estivesse sabendo da verdade e não tivesse me dito.

Ele não respondeu por um longo momento e uma onda de apreensão se formou na base da minha coluna.

– Isso não muda nada, Layla. Não realmente, porque independentemente de qualquer coisa, ele... ele teria feito a mesma coisa se estivesse no meu lugar. – Uma quantidade relutante de respeito encheu seu olhar. – Eu sei que sim.

Muita coisa estava girando na minha cabeça. Eu me sentei ali por alguns minutos, absolutamente fora de mim. Meu cérebro estava frito. Completamente.

Roth sorriu um pouco quando se levantou, segurando meus braços.

– Vamos. Vamos pro banho.

Eu estava oficialmente em piloto automático quando ele me levantou. Meu primeiro passo foi um fracasso. Minhas pernas estavam bambas, como as de um potro recém-nascido.

– Estou aqui – disse Roth, sustentando-me. – Sempre.

Sempre. A palavra ricocheteou dentro de mim como uma bolinha de pingue-pongue. Depois de me guiar para o banheiro, ele saiu para pegar roupas limpas no quarto. Era um bom banheiro, grande, com uma banheira enorme e um chuveiro separado. Eu finalmente me vi no espelho. Meus olhos estavam grandes demais no meu rosto pálido. As garras de Zayne deixaram tênues arranhões rosados. Um hematoma da cor de um morango circulava a minha garganta. Tirei a roupa e vi a ferida pela primeira vez.

Estremeci.

O pedaço de pele acima do meu umbigo estava curado, rosado e enrugado. Se eu fosse humana, teria sangrado antes de Nicolai e Dez terem intervindo. Com mãos trêmulas, eu tirei as roupas sujas, todas elas, e liguei o chuveiro. Fiquei debaixo do jato d'água até que minhas pernas começaram a tremer, o que levou apenas alguns minutos.

Toda a sujeira, suor, sangue e coisas que eu nem queria pensar tinham sido lavadas. Sobre pernas instáveis, enrolei uma toalha no corpo e tentei absorver a maior parte da umidade do meu cabelo. Depois de alguns segundos, desisti.

Houve uma batida na porta.

– Você tá coberta?

– Sim.

Roth entrou com uma trouxinha nas mãos.

– É uma calça de moletom minha e uma camisa térmica.

– Obrigada.

Ele olhou para mim e o seu olhar se demorou até que minhas orelhas ficaram rosadas. Passando uma mão pelo cabelo bagunçado, ele se virou e voltou para o quarto.

– Eu vou esperar aqui. Avisa quando você estiver pronta.

Expirando lentamente, eu me vesti com as roupas de Roth e fui imediatamente envolvida pelo seu cheiro. Roth voltou, ajudando-me a mancar de volta até a cama. Estava tão cansada que, quando encostei a cabeça no travesseiro, sabia que não ia voltar a me mexer tão cedo.

Roth sentou ao meu lado e pegou um telefone.

– Vou pedir comida. Você precisa comer.

Eu não estava com fome, mas a oferta era boa. Eu olhei ao redor do quarto espaçoso. Era elegantemente mobilado.

– De quem é esta casa?

Ele afastou o olhar de qualquer que fosse a mensagem que ele estava digitando.

– Sabe, não sei quem era o dono original, mas é propriedade dos demônios hoje em dia. Às vezes venho aqui quando quero fugir da cidade. Cayman também.

Uma grande parte de mim não queria saber o que tinha acontecido com os proprietários originais.

– Onde a gente tá?

Enfiando o celular no bolso, ele esfregou uma mão no peito.

– Estamos rio acima, longe do complexo. Do outro lado, em Maryland. Estamos seguros. Nenhum Guardião vai encontrar a gente aqui.

Pensamentos feios e angustiantes rastejaram pela minha mente e eu sacudi a cabeça.

– Cadê Bambi?

– No momento, ela tá enrolada em volta da minha perna. Achei que você poderia querer espaço.

– Ah. – Eu brinquei com a borda do cobertor. Quando olhei para cima, ele estava observando-me novamente. Perdi o fôlego.

Roth se inclinou sobre as minhas pernas.

– A comida vai chegar em breve. Por que você não descansa um pouco? Eu te acordo quando chegar aqui.

Eu estava exausta, mas o sono seria uma fuga.

– Eu não consigo.

Ele ficou quieto por alguns momentos.

– Você tá pensando em quê?

– Coisas demais – admiti, olhando para o teto. – Não vou poder ficar aqui.

– Você pode ficar aqui o tempo que quiser.

Meus lábios se abriram em um pequeno sorriso.

– Obrigada, mas você sabe... você sabe que eu não posso. Eu tenho que ir embora. Não sei pra onde, mas eu preciso ir pra algum lugar... onde eu não vou ficar perto de pessoas ou de Guardiões. Pelo menos não até eu descobrir como estou infectando as pessoas.

– É só me dizer quando e pra onde você quer ir, e a gente vai.

Meu olhar virou para ele.

– Você não pode ir comigo.

Roth franziu a testa.

– E por que não?

– Suas ordens são para me matar. Se você for comigo, então isso não seria o mesmo que colocar um alvo nas suas costas?

Ele arqueou uma sobrancelha.

– E você acha que eu me importo com isso? Além do mais, tenho bastante certeza de que já desobedeci a ordens diretas do Chefe. E de jeito nenhum que vou deixar você sair por aí sozinha. Uma ova. Você precisa de alguém com você. Você precisa de ajuda.

– Roth...

– Olha, você não vai fazer nada disso sozinha. A confusão que você tá metida é, em parte, minha culpa. Eu não fui honesto com você sobre um monte de coisa – Sua mandíbula se retraiu. – E eu sei que as coisas estão... ruins entre nós. Eu sei disso. Mesmo que você me diga que prefere se esfregar na perna de um Rastejador Noturno do que me perdoar, ainda vou estar ao seu lado.

Eu me ergui nos meus cotovelos.

– Você vai contrariar o Inferno... o seu chefe?

Ele sorriu enquanto dava os ombros.

– Sim.

– Por que você se arriscaria tanto?

Seus olhos encontraram os meus.

– Você sabe o porquê. No fundo, você sabe.

Capítulo 35

Levou mais um dia e meio para o meu corpo voltar ao normal. Durante esse tempo, Roth se tornou um tipo de ajudante. Assim como Cayman. Os dois me mantiveram distraída enquanto me forçavam a ficar de cama.

Acabei assistindo a todos os filmes que existiam do Will Ferrell.

Nós três conversamos sobre o que faríamos dali para a frente.

Pelo que pudemos perceber, eu tinha que estar repetidamente perto daqueles afetados, já que eu obviamente não estive beijando nenhum deles. Isso fazia sentido para aqueles que sabíamos que já haviam falecido, Dean e Gareth, mas não tanto quando se tratava da mulher no Palisades e daqueles que não tinham nome e nem rosto para nós. Muita coisa não fazia sentido, mas quem poderia responder às nossas perguntas?

Foi um alívio ter algum tipo de plano, mesmo que não fosse o mais detalhado ou bem pensado, mas nos momentos tranquilos, quando Roth não estava ou Cayman estava apagado na poltrona reclinável, eu não podia deixar de pensar em tudo o que tinha perdido.

E eu tinha perdido muita coisa.

Mesmo que os Guardiões tenham se voltado contra mim no final, eles ainda tinham sido o meu clã e a coisa mais próxima que eu já tive de uma família. Eu tinha perdido Zayne, mas se eu fosse sincera comigo mesma, sabia que isso tinha acontecido muito antes do beijo fatídico. Na realidade, aconteceu quando eu permiti que um relacionamento entre nós começasse, porque eu sabia como acabaria. Com Zayne se machucando. E agora a nossa amizade e o que tínhamos de mais profundo entre nós tinha desaparecido, e ele devia me odiar, já que eu tinha me alimentado dele. Ele devia estar enojado, porque tinha confiado em mim e eu tinha traído essa confiança em um nível que era bem além de beijar outro cara.

Eu quase o matei.

A dor de perdê-lo não tinha diminuído, e eu duvidava que algum dia diminuiria. Era como perder uma parte do corpo.

E os meus amigos? Sam? Stacey? Eles também estavam fora do meu alcance, e eu nem sabia se também tinha os infectado e eles só não tinham exibido sintomas ainda. Não ter certeza me assombrava. Deus, eram tantos problemas.

Nesses momentos sombrios, como agora, eu queria me enrolar em uma bola e virar algo totalmente inútil. Eu tinha dezessete anos e minha vida, de certa forma, estava praticamente acabada. Talvez eu tivesse uma vida totalmente nova esperando por mim, mas era uma que eu nunca, jamais, tinha planejado para mim.

Roth entrou na sala de estar carregando uma tigela de salgadinhos. Ele caiu no sofá ao meu lado, deu uma longa olhada na minha direção e, em seguida, colocou um punhado do lanche sabor queijo na boca. Só mesmo ele para ser capaz de comer algo que fazia tanta sujeira e ainda conseguir parecer sexy enquanto o fazia.

Maldito demônio.

As coisas... as coisas estavam tensas entre nós. Muito tinha sido dito e muito ainda havia ficado por ser dito. De uma forma ou de outra, ele foi honesto e direto comigo e eu não estava convencida de que aquelas palavras dolorosamente belas que ele me falou tinham sido um produto da minha imaginação. Eu simplesmente não sabia o que fazer com aquelas palavras, se eu deveria confiar nelas ou mesmo permitir que ocupassem um lugar no meu coração. Porque o meu coração e a minha cabeça estavam uma bagunça naquele momento.

– E aí? – perguntou ele, enfiando a mão na tigela e retirando uma porção ainda maior.

Eu dei de ombros enquanto olhava para onde Cayman estava sentado, encarando a tela da TV. Estava passando *Um duende em Nova Iorque*.

Roth me ofereceu o salgadinho. Eu o peguei, jogando-o na minha boca. Migalhas caíram no meu colo. Suspirei. Ele não disse nada e eu sabia que estava esperando.

Eu abracei as minhas pernas e descansei o queixo sobre os joelhos.

– Eu quero ver a Stacey.

Seus lábios o fizeram ficar com uma cara feia.

– Eu não acho que isso seja uma boa ideia.

– Eu preciso ver a Stacey e o Sam. Eu preciso ter certeza de que eu não os infectei – expliquei. Surpreendentemente, Cayman agora estava prestando atenção em nós. – Agora que consigo ver auras de novo, vou saber se eles estão bem ou não.

– Falando em ver auras – Roth começou –, eu quero que você pegue Bambi de volta. Ela pode fazer as suas habilidades ficarem instáveis, mas ela te deixa mais forte.

Eu também queria pegá-la de volta, e talvez eu fizesse isso, mas não até descobrirmos se ela estava causando que minha capacidade de sugadora de almas chegasse a níveis mortais.

– Uma hora vou pegá-la, mas acho que ser capaz de ver almas é importante.

– É, sim. – Cayman se esticou como um gato. – Mas ir ver os seus amigos é idiotice. Os Guardiões, seu *clã*, vão esperar por isso.

Eu me mantive firme.

– Eles podem até estar, mas eu preciso ver Stacey pelo menos. Ela é a minha melhor amiga. Eu preciso saber se eu a machuquei de alguma forma. Eu... não posso continuar sem saber.

Cayman revirou os olhos.

– Às vezes eu me pergunto se você é parte humana.

– Cala a boca – Roth disse a ele, esfregando uma mão na mandíbula. – Ok. Eu entendo. Vamos fazer isso, mas temos que ser rápidos e temos que ter cuidado. E depois temos de descobrir pra onde vamos.

Aliviada, eu relaxei o aperto nas minhas pernas. Se ao menos eu pudesse ver Zayne... mas isso era impossível. Isso nunca seria possível.

Em frente a nós, Cayman suspirou.

– Falando de lugares para ir. Ouvi dizer que o Havaí é bem de boa. Não sei quanto a vocês, mas eu estou precisando de umas férias na praia.

Fomos à casa de Stacey no dia seguinte, uma sexta-feira. Com a mãe dela fora de casa e seu irmãozinho na creche até pelo menos às cinco da tarde, conseguimos nos infiltrar para dentro da casa e esperar por ela lá.

Por infiltrar, entenda-se que eu peguei a chave extra que Stacey deixava debaixo da enorme palmeira no quintal e entramos.

Eu inalei o fraco aroma de maçãs e abóbora, selando aquele cheiro na minha memória. A mãe de Stacey tinha uma mania por aromatizantes elétricos que sempre fazia sua casa cheirar a uma tarde gostosa de outono.

Roth seguia atrás de mim e tive a impressão de que ele estava olhando para a minha bunda. As roupas que ele e Cayman tinham "conseguido" para mim não eram algo que eu normalmente usaria. Vestidos, calças justas que me faziam ter de me deitar para conseguir vesti-las, calças de couro e um monte de segundas peles de mangas compridas.

Hoje eu usava uma calça jeans branca e uma blusa preta que fazia eu me sentir como se estivesse a segundos de tirar a roupa e encontrar o *pole dance* mais próximo.

Olhei por cima do meu ombro e Roth ergueu uma sobrancelha enquanto um lado de seus lábios se curvava para cima.

— Você pode andar na minha frente?

Ele riu profundamente.

— Não nesta vida.

Lançando um olhar rápido para ele, eu me apressei para a sala de estar. Stacey chegaria a qualquer momento e, com alguma sorte, Sam estaria com ela. Tanto eu quanto Roth achamos que seria mais seguro não dizer a ela que eu estava vindo, e dirigimos pelo bairro uma meia dúzia de vezes antes de estacionar a três quarteirões de distância. Roth sentiu que seu Porsche era muito chamativo, então pegou o carro de Cayman emprestado.

Que era um Mustang vintage. Aham, muito discreto.

Sentei-me na ponta do sofá, juntando as mãos.

Roth permaneceu junto à lareira a gás.

— Quer ser safada e se pegar no sofá deles?

Minha boca se abriu.

— Ou podemos transar no balcão da cozinha. — Ele piscou. — Claro, fazer isso nos quartos não só nos faria safados, mas também muito descarados.

Um calor varreu as minhas bochechas, e ele riu.

— Você devia ver a sua cara.

— Você é um pervertido — retruquei, lutando contra um sorriso.

Roth deu de ombros.

– De todas as coisas que alguém poderia me chamar, essa não é a pior delas.

– E provavelmente a mais verdadeira – murmurei.

Ele riu de novo.

Da frente da casa, ouvi a porta da frente se abrir e me levantei. Eu comecei a andar, mas Roth foi mais rápido do que eu. Ele estava na entrada da sala de estar antes de eu dar um passo.

Stacey fez um escândalo no corredor.

– Mas que cara...? Roth, você quase me matou do coração!

– Foi mal – ele murmurou suavemente.

– Onde você esteve? Cadê Layla? Como você...? – Ela parou de falar quando apareceu na porta.

Eu sorri quando a vi, de repente fraca das pernas. Era um alívio... um doce e belo alívio. Sua aura estava lá, como sempre tinha sido, um tom suave de verde. Não era uma alma pura de jeito algum, mas ela estava bem. Eu não entendia como, já que estive em contato constante com ela, mas ela estava normal e isso era tudo o que importava.

Sua mochila bateu no chão quando ela me viu.

– Ah, meu Deus, Layla, por onde você andou? Eu estava tão preocupada! – Ela correu na minha direção, mas eu levantei a mão, afastando-a. Ela parou. – O que foi?

– Não chegue muito perto. Eu... bem, eu não tenho certeza se seria seguro pra você.

Ela franziu a testa quando olhou para Roth e depois para mim.

– Por que não seria seguro estar perto de você? E onde diabos você esteve? Todo mundo tá preocupado. Sam acha que você foi sequestrada por aquele pessoal da Igreja e Zayne tem...

– O que tem ele? – Roth interrompeu, chegando perto de Stacey. Sua voz estava grave. Ele exalava tensão.

Os olhos de Stacey se arregalaram quando ela deu um passo para trás. Ela engoliu em seco.

– Ele passou aqui algumas vezes, perguntando se eu tive notícias de Layla. Só isso.

Meu coração batia contra as minhas costelas como um animal selvagem tentando escapar de uma gaiola.

– Como... ele parecia estar bem?

Ela parecia ainda mais confusa com a pergunta.

– Ele parecia normal. Apenas muito preocupado e chateado. Como eu. – Seus olhos se voltaram para Roth. – O que tá acontecendo, gente?

– Quando foi a última vez em que Zayne veio aqui? – O fato de que Roth não estava se referindo a ele como Pedregulho atestava a gravidade da situação.

– Ele passou por aqui ontem, por volta deste horário. Tem passado por aqui todos os dias desde que...

Roth soltou um palavrão quando se virou para mim.

– Eu disse que era uma má ideia. Precisamos ir embora.

– Espera! – Stacey gritou, batendo o pé. – Ninguém vai embora até que alguém me diga o que tá acontecendo!

– Temos tempo – eu disse a Roth. – Não tem ninguém arrombando a porta agora.

– Sim, agora. – Ele me encarou, os ombros rijos. – Eu sei que você não quer pensar isso e mesmo que eu não ache que ele fosse te machucar de propósito, não posso dizer o mesmo sobre os outros que vão segui-lo. Que provavelmente o têm seguido sempre que ele vem aqui.

– Eu também acho, Roth. Não sou idiota. Eu sei que precisamos sair logo, mas Stacey merece saber o que tá acontecendo.

– Mereço mesmo – disse ela. – Príncipe da Coroa ou não, que tal se sentar e calar a boquinha?

As sobrancelhas de Roth subiram pela sua testa e então ele riu.

– Sorte que eu gosto de você.

– Todo mundo gosta de mim – ela retrucou. Então, respirando fundo, ela olhou para mim. – O que aconteceu?

– Você vai querer se sentar pra ouvir isso – sugeri.

Por um momento, parecia que ela ia discutir, mas finalmente se sentou. Eu fiz um resumo rápido do que tinha acontecido, sem oferecer muitos detalhes sobre as partes da jaula ou da tortura. Eu não queria reviver aquilo. Quando terminei, ela estava pálida e abalada.

– Deus, Layla, eu... eu não sei o que dizer. Eu quero te dar um abraço, mas você vai pirar se eu chegar perto, não é?

Mordi meu lábio.

– Eu não sei exatamente como eu estou infectando as pessoas, mas... tem de ser eu.

Lágrimas inundaram seus olhos escuros.

– Não. Eu me recuso a acreditar nisso. Você não é assim, mesmo que não saiba como isso tá acontecendo.

Eu sorri para ela, realmente querendo abraçá-la.

– Obrigada, mas...

Ela balançou a cabeça.

– Não faz sentido. Por que eu não estou infectada? Ou Sam? Você tá com a gente mais do que com qualquer outra pessoa.

– Não sabemos – disse Roth. – Mas isso é algo que vamos tentar descobrir.

Passando os punhos pelos olhos, ela fungou e depois deixou as mãos caírem no colo.

– O que você vai fazer? Você não pode simplesmente ir embora.

Meu estômago doía.

– Eu preciso ir, Stacey. Pelo menos até descobrir como estou fazendo isso.

– E a escola? Você não vai se formar. Ensino médio, Layla.

– Eu acho que ela sabe disso – Roth respondeu secamente. – Mas obrigado por lembrar.

A boca dela tremia.

– Foi mal, mas isso é coisa muito séria. O que você vai fazer da vida? Como você vai...

– Ela vai ficar bem – disse Roth com firmeza.

Eu suspirei.

– Não sei ainda. Talvez eu possa fazer um supletivo e ter aulas online da faculdade até que eu resolva isso.

Stacey se levantou da poltrona, balançando a cabeça.

– Isso não tá certo.

Não. Não estava.

Ela começou a andar de um lado para o outro.

– Tem de haver algo que a gente possa fazer. Isso não pode ser a sua única...

Roth ficou rígido como se massa de concreto tivesse sido derramada em sua coluna. Ele xingou enquanto girava na minha direção. Eu já estava de pé, porque só uma coisa causaria essa reação.

– O que foi? – Stacey perguntou, olhando em volta.

– Tem um Guardião por perto – respondeu Roth.

As minhas mãos se fecharam enquanto a estática dançava sobre minha pele.

– À que horas você disse que Zayne geralmente vem?

– Por volta desta hora, talvez um pouco mais tarde. – Os olhos dela se arregalaram. – Ele nunca te machucaria, Layla.

– Eu sei – eu disse, e esperava que nós duas estivéssemos certas. Eu não tinha ideia do que Zayne pensaria de mim agora, depois que eu tinha o ferido.

– Um Guardião vai saber que estamos aqui. Ele vai ser capaz de nos sentir – Roth se virou, suas feições aguçando. – Isto vai...

Uma porta foi arrombada e Stacey gritou. Veio dos fundos da casa, a mesma pela qual entramos e trancamos atrás de nós, como se tivéssemos sido seguidos até ali. Mas eu sabia que Zayne era ridiculamente habilidoso quando se tratava de abrir fechaduras. E eu sabia que era ele. O tênue cheiro de hortelã de inverno provocava os meus sentidos.

Repentinamente, Roth estava na minha frente, mas eu passei por ele. Não ia me acovardar ou me esconder. Justo quando meu coração pulou na minha garganta, uma sombra se formou na entrada da sala de estar, e então Zayne apareceu.

Tive a sensação de que se cem pessoas estivessem dentro da sala, ele ainda seria capaz de me encontrar na mesma hora. Seu olhar se prendeu ao meu, e a primeira coisa que notei foi a sua aura. Ela ainda era branca e bonita, mas tinha perdido um pouco da intensidade, como uma lâmpada prestes a apagar. E ele parecia terrível.

Olheiras escuras cresciam sob seus olhos como uma mancha fraca de tinta. A barba por fazer cobria suas bochechas geralmente lisas e havia tensão em sua mandíbula. Será que eu tinha feito aquilo com ele quando lhe tirei um pedaço da alma?

Zayne cambaleou quando deu um passo na minha direção, e foi como se ele não pudesse mais se mover.

– Layla – disse ele, a palavra soando quebrada. Era como um arco estalando. Parte da firmeza em seu corpo escorreu. Seus ombros cederam.

– Você foi seguido? – Roth perguntou.

Tudo o que ele fez foi me encarar, seu rosto pálido e seu peito subindo em respirações profundas.

Um rosnado baixo emanava de Roth.

– Você foi seguido?

Stacey deu um passo saudável para trás.

– Acho que preciso sair do caminho.

Zayne balançou a cabeça.

– Não.

Sua resposta não fez nada para aliviar a tensão de Roth.

– Como você pode ter certeza?

– Eles não têm nenhuma razão pra me seguir – ele disse, e então piscou. – Meu Deus, Layla, eu... eu sinto muito.

Chocada, eu coloquei uma mão contra meu peito.

– Por que você pediria desculpas? Eu te feri...

– Eu sei o que eles fizeram com você. – Ele finalmente olhou para Roth. – O que quer que você tenha feito, seja lá como a ajudou, obrigado. Eu nunca poderei lhe retribuir. Nunca.

Nossa senhora.

Mesmo Roth pareceu um pouco desestabilizado com aquilo. Ele não deu uma resposta espertinha. Tudo o que fez foi acenar com a cabeça em retorno, e então o olhar de Zayne voltou para o meu. Ele balançou a cabeça, e o meu peito apertou.

Uma batida na porta da frente eriçou os pelos ao longo da minha nuca.

– Isso não seria um Guardião, seria? – Stacey perguntou. – Duvido que eles batessem, certo?

Zayne não tirou seus brilhantes olhos azuis de mim.

– Eles não bateriam, mas estou dizendo, não fui seguido. Eles acham... eles acham que ela tá morta.

Os lábios de Roth retraíram, revelando presas. Ele começou a andar na direção de Zayne, e eu sabia que, mesmo Roth entendendo que Zayne não tinha sido responsável por nada, ele queria derramar sangue por isso, qualquer sangue de Guardião.

Estendendo um braço para frente, eu envolvi minha mão em torno do braço dele.

– Não. Você sabe que isto não é culpa dele. Não lute com ele. Por favor.

Ele encarou Zayne como se quisesse pintar um quadro com as entranhas dele. Finalmente, Roth se virou de lado e se inclinou para mim, e quando falou, sua respiração dançou ao longo da minha têmpora.

– Só porque você pediu. Só por causa disso.

Zayne fechou os olhos. A batida veio novamente.

– Hã, eu vou atender a porta – disse Stacey, e então ela gesticulou na minha direção: *constrangedor*.

Roth se soltou.

– Eu vou com você. – Ao passar por Zayne, ele lhe lançou um olhar de advertência. – Não faça eu me arrepender de te deixar respirando.

Um músculo estalou em sua mandíbula, mas Zayne manteve os lábios fechados. Uma vez que Roth e Stacey foram para o corredor, eu soltei minha respiração.

– Eu... eu não sei o que dizer – sussurrei, envolvendo minha cintura com os braços. – Mas eu sinto muito por te ferir. Eu não queria. Eu sei que isso não resolve nada, porque o que eu fiz foi completamente...

– Pare – disse Zayne, e sua voz se partiu. – Pare de se desculpar, Layla. Nada disso foi culpa sua. Você não entende. Tanta coisa aconteceu – Ele parou de falar, dando um passo à frente. – Eu não me importo com o que você fez comigo ou o que aconteceu, mas não é você. Não pode ser.

– Zayne – eu sussurrei, implorando.

– Tem um espectro na casa – continuou ele, e eu pisquei, sem saber se o ouvi direito. – É Petr. Geoff identificou numa gravação não muito tempo depois do que... Deus, do que meu clã... seu clã fez com você... – Ele engoliu densamente e eu jurei que seus olhos ficaram nublados. – Eles acham que você morreu. Nem Nicolai estava muito confiante de que ele levou Roth lá a tempo, mas eu sabia que você não tinha morrido. Eu sentiria aqui – Ele bateu a mão contra o peito. – Eu saberia se uma parte do meu coração se fosse.

Eu respirei fundo enquanto as vozes no corredor se aproximavam, e então Stacey e Roth retornaram. Atrás deles estava um Sam alto e esbelto, e o ar saiu dos meus pulmões como se alguém tivesse me dado uma voadora no peito.

Os meus joelhos tremeram enquanto eu dava um passo para trás e o meu cérebro não queria processar o que eu estava vendo, mas não havia como negar. No meu peito, meu coração se partiu.

Zayne ergueu as sobrancelhas enquanto se focava em mim.

– Layla?

O cômodo girou um pouco. Eu estava vagamente ciente da maneira como Roth estava se movendo, inclinando seu corpo em direção ao meu para que ficasse ao meu lado, mas cada grama do meu ser estava focado em Sam.

Ele ficou no batente da porta e inclinou a cabeça para o lado, sua expressão evasiva e um pouco curiosa. Tudo nele parecia normal. Normal pelos padrões do "novo Sam": seu cabelo artisticamente bagunçado, suas roupas elegantes e a confiança brilhante que ele vestia como uma calça jeans cara de grife. Sam tinha mudado.

Mas não era nada normal.

Seu sorriso se abriu, fazendo os olhos brilharem.

– Layla? Você tá bem?

O tom de sua voz agora era como ter alguém arrastando pregos pela minha pele. Eu respirei e, de repente, meu Deus, de repente eu entendi. Tudo fazia sentido de uma forma doentia. Eu só não tinha conseguido enxergar até agora.

– Eu sei – sussurrei, horrorizada.

A confusão marcou as feições de Stacey enquanto ela cruzava os braços.

– Sabe o quê?

– Ah. – Sam soltou baixinho. – O clareza chegou. Já era hora também, porque eu estava seriamente começando a duvidar da sua inteligência, *irmã*.

Gelo explodiu na sala enquanto Roth começava a entender, e ele rosnou baixo em sua garganta.

O olhar de Sam se voltou para onde Roth estava, mas ele parecia totalmente indiferente à agressividade que emanava do Príncipe da Coroa. Mas eu estava impressionada e, se eu achava que o meu mundo tinha acabado mais cedo, eu estava errada. Agora ele estava esmigalhado em pedacinhos.

Não havia aura ao seu redor. Nada. Assim como Roth e todos os outros demônios, havia apenas um espaço amplo e vazio. Mas com Roth, isso era esperado. Não com Sam.

Sam não tinha alma.

Ah, mas era mais do que isso. Um humano não perdia apenas a sua alma. Ou se tinha uma alma, ou não, e se não havia uma, então a pessoa estava morta, era um espectro. Somente algo desumano poderia esbanjar por aí a falta do brilho da alma. Ou algo totalmente possuído.

Zayne tinha acabado de dizer que havia um fantasma no complexo. Tinha sido Petr fazendo aquelas coisas. Não eu. E as palavras da anciã ressurgiram. Entendemos tudo o que ela disse do jeito errado. O que estávamos procurando estivera bem na nossa frente o tempo todo e tinha sido alguém que sempre esteve perto de mim, que principalmente tinha contato com as mesmas pessoas que eu. Em certo ponto eu até disse isso quando descobri que a mulher no Palisades tinha morrido, que a única outra opção era que o Lilin estava me seguindo, mas eu tinha desconsiderado essa ideia, imediatamente acreditando no pior sobre mim.

O ritual de Paimon tinha funcionado naquela noite que agora parecia há tanto tempo. A chave para o feitiço nunca tinha sido a minha virgindade. Cayman tinha acertado na mosca quando disse que só tinha que ser um pecado carnal. Meu sangue havia sido derramado naquela noite, e tinha queimado através do chão, e havia um casulo no porão da escola, que fazia parte do ritual: meu sangue precisava ser derramado.

Bambi tinha afetado as minhas habilidades, mas só para o bem, agora eu percebia isso. Ela não tinha me feito sugar almas por estar perto de outras pessoas. Ela tinha me ajudado, porque todas as coisas terríveis não tinham sido eu, mas não senti nenhum alívio.

— Todo mundo, incluindo o seu clã e os *amores* da sua vida, pensaram que era você. – Sam riu, e aquela risada parecia a dele. *Era* dele, mas o que estava por baixo da sua pele não era o garoto que eu conhecia. – Até você pensou que era sua culpa. E isso é meio deprimente, na real. Coloca baixa autoestima em um novo patamar.

— Sam – arfou Stacey, pressionando a mão contra o peito. Seu rosto ficou lívido. – Do que você tá falando?

Suas pupilas se espalharam em suas íris, fazendo seus olhos se tornarem dois fragmentos de obsidiana. Suas feições permaneceram as mesmas. Não. Sam não tinha perdido a sua alma. Ele não estava possuído. Era pior do que isso, porque o que estava à nossa frente já não era mais Sam. Já não era há algum tempo.

Sam era o Lilin.

* * * * *

A saga DARK ELEMENTS continua em
A CADA ÚLTIMO SUSPIRO,
por Jennifer L. Armentrout.

*Enquanto isso, continue lendo uma cena bônus
especial sob o ponto de vista de Zayne.*

"Posso?"

Layla tinha realmente fugido de mim.

Olhei para a porta, reprimindo o desejo instintivo de persegui-la. Essa vontade primordial estava ali, inerente, porque era o que Guardiões faziam sempre que algo fugia de nós, mas havia uma razão muito mais forte para aquela necessidade que não tinha nada a ver com o que eu era.

Ou com o que Layla era.

E eu realmente não me importava com o que ela estava fazendo no escritório do meu pai naquele momento.

Ela não tinha realmente fugido de mim, mas ela tinha me deixado, e eu não gostava disso, não conseguia lembrar de um tempo em que ela já tivesse feito isso. Não antes dele, antes de Roth entrar em sua vida.

É, eu não gostava dessa baboseira.

Afastando meu cabelo do rosto, eu expirei pesadamente no cômodo silencioso. A imagem de Layla de sutiã se formou em meus pensamentos com pouco ou nenhum esforço. Como todos os outros segundos do dia desde que a vi daquele jeito.

Deus, ela estava... Ela era linda. Não que eu tivesse de vê-la *assim* para perceber isso. Eu já a percebia assim há muito tempo.

Meu olhar se voltou para o teto.

Levei menos de cinco segundos para chegar do escritório ao quarto dela. Não bati, só abri a porta e lá estava ela. *Timing* perfeito.

Sem o cardigan e as meias, ela estava só de shorts e uma blusinha fina que devia ser contra a lei. O calor inflamou sob a minha pele enquanto eu a olhava, mas não como acontecia antes de eu me transformar. Ah, não, aquele era um tipo diferente de calor, mais quente, mais profundo.

Atravessei a porta, cruzando os braços no peito.

Seus braços se sacudiram como se ela quisesse movê-los.

– O que você quer agora?

O fogo em seu tom não tinha nenhuma censura real. Pelo contrário, ela parecia mais... confusa. Perplexidade pairava no ar ao seu redor, e isso me confundiu.

– Nada – disse, e antes que eu pudesse me impedir, eu caminhei para a cama e me joguei. Esticando-me, eu bati no espaço ao meu lado enquanto meu coração acelerava no meu peito. – Vem cá.

– Zayne...? – A confusão aumentou enquanto ela olhava para mim, lábios rosados se abrindo. – Você tá sendo irritante hoje à noite.

Eu estava.

Sabia perfeitamente disso, mas eu não conseguia... eu não conseguia ficar longe dela e eu estava tão cansado de tentar.

– Você é irritante todas as noites. – Eu dei um tapinha na cama novamente. – Para de agir tão estranha, Layla. – Quando ela não se mexeu, eu ergui as sobrancelhas para ela. – Você vem?

Cinco segundos. Se ela não se mexesse dentro de cinco segundos, eu iria embora.

Layla se mexeu.

Expirando suavemente, ela subiu na cama ao meu lado, e de repente respirar se tornou difícil. Já tínhamos feito isso um milhão de vezes, mas aquela noite parecia diferente. Tudo estava diferente.

Eu precisava clarear a minha mente.

– Short bonito – eu disse a ela.

– Será que você pode não falar nada?

Uma risada suave me escapou.

– Você tá mesmo bem de mal humor hoje. É por causa da massa de biscoito amanteigado?

Ela ficou de lado, e nossas bocas se nivelaram. Raramente ela se permitia chegar tão perto e eu me perguntava se ela sequer percebia o que tinha feito. Olhei para ela e nossos olhares se encontraram e se demoraram.

Sem aviso, pensei na primeira vez em que percebi que o que sentia por Layla era mais profundo do que o que meu pai pretendia, do que todo o clã queria. Aconteceu no dia 23 de março, à noite, enquanto praticávamos técnicas evasivas nas salas no subsolo do complexo. Ela não tinha prestado atenção a noite inteira. Eu sabia que não porque ela se manteve focada na minha... bem, na minha boca enquanto eu explicava. Por um tempo, eu já tinha percebido que ela estava olhando para mim de um jeito diferente, e eu estava fazendo de tudo para não pensar, reconhecer ou lidar com isso, porque eu acreditava que era errado. Não por ela ser meio demônio ou pelo que ela era ou não capaz de fazer, mas porque eu sempre fui responsável por mantê-la segura. E seus olhares nada dissimulados e a maneira como ela ficava vermelha às vezes *não* eram seguras.

Mas depois do treinamento ela fez uma coisa que já tinha feito mil vezes antes. Ela entrelaçou os dedos entre os meus e os apertou, e quando os nossos olhos se encontraram naquela noite, eu nem sabia o que tinha acontecido. Toda a nossa vida juntos passou na minha cabeça em questão de segundos, repetindo a nossa história entrelaçada. E enquanto eu apertava sua mão de volta, não estava pensando em nada além de como aquele pequeno aperto parecia um beijo. E esse sentimento tinha me assustado pra caramba, porque eu quisera isso antes.

Isso tinha acontecido há quase dois anos.

E eu ainda queria aquilo.

Layla se afastou, deitando-se de costas.

Ela sentiu isso entre nós agora? Nossa história? Como nosso futuro estava mudando e como não havia nada que nós, nem meu pai, nem o clã ou ninguém, pudesse fazer? Nada que Roth pudesse mudar? Ou algo tinha mudado, pelo menos para ela?

Imediatamente, o pânico entrou em meu peito. E se *tivesse* mudado por causa dele? E se fosse tarde demais? Por mais que eu detestasse a ideia, parte de mim conseguia entender. Talvez eu tivesse esperado demais. Eu tinha tomado a sua atração como uma certeza imutável – sua beleza, sua bondade, sua fé inabalável em mim. Eu tinha tomado tudo sobre ela como certeza na minha vida.

Minha boca estava seca.

– O que tá acontecendo, Laylabélula?

– Nada – ela disse, sua voz mal era um sussurro.

– Conversa fiada. – Eu me apoiei em um braço, levantando-me para que eu pudesse olhar para ela. Movimento errado. Talvez um movimento certo. Quase não havia espaço entre nós, e enquanto meu olhar flutuava sobre as suas bochechas coradas, segui o rubor até o decote baixo da blusa que ela usava, as pontas dos meus dedos formigando com a necessidade de tocá-la, de...

Eu pisquei e a minha visão clareou novamente, dizendo que eu estava realmente vendo o que eu estava vendo. Não era a primeira vez que eu notava Bambi descansando em um lugar que o familiar demoníaco não deveria estar.

E não foi a primeira vez que me vi com ciúmes do dito familiar demoníaco, e quão perturbado era isso?

Estranhamente, enquanto o meu olhar seguia sobre a curva da cobra, a curva de seu seio, não havia como negar a beleza daquela maldita tatuagem.

– Ela realmente gosta de colocar a cabeça aí, né? – Minha voz era áspera para os meus próprios ouvidos.

– Acho que é macio pra ela. – Seu peito subiu em uma respiração aguda, seduzindo-me ainda mais. – Credo – ela grunhiu. – Às vezes eu preciso...

Eu pressionei a ponta do meu dedo em seu queixo, e uma fome profunda subiu dentro de mim, querendo irromper por músculo e pele. O poder daquele desejo me perturbou.

– Faz sentido. – Eu queria... que Inferno, eu sabia o que eu queria. – Aposto que é um lugar... macio.

Forçando meu olhar para longe, eu me concentrei na corrente e no anel que descansavam contra sua pele corada. Eu abaixei a minha mão, deslizando meu dedo sobre os elos frios.

– Por que você fica com esse colar?

Um momento se passou.

– Eu... não sei.

Mentira. Eu sabia o motivo. Isso a ligava à sua mãe. Também a ligava àquele desgraçado príncipe chato.

Ele não tinha lugar aqui, decidi enquanto seguia o comprimento do colar em torno dos ossos delicados de sua clavícula, até a banda lisa do anel. Parei por um momento, minha pulsação rápida demais.

O que fiz a seguir não foi a coisa mais inteligente do mundo. Eu tinha certeza de que aquela maldita cobra não gostava de mim, mas eu não tinha controle algum quando meu dedo deslizou sobre a pele de Layla e depois em direção à borda da cabeça de Bambi.

Meio esperando que o familiar saísse da pele dela e me mordesse no rosto, fiquei chocado quando Bambi se mexeu, deslizando em direção ao meu toque.

Percebi, então, que eu estava tocando nela, tocando o familiar demoníaco, e a minha pele estava em chamas. Um arrepio percorreu as linhas tensas do meu corpo enquanto eu erguia o olhar para o dela. Aqueles olhos pálidos e assombrosos me fascinavam. Eles tinham esse efeito há muito tempo, e agora eu via algo que nunca tinha visto antes. Um fogo. Eu tracei as narinas da cobra, surpreso com a textura. Aquilo... me confundia também, arrancando um pequeno sorriso de mim. Não era exatamente áspero, mas definitivamente dava para perceber que a cobra estava ali, um indivíduo inteiro, à parte, aderido à pele de Layla.

– Não é como eu pensei que seria. A pele tá só ligeiramente elevada, mas realmente é como uma tatuagem – Senti a necessidade de apontar isso, o que foi provavelmente tão idiota quanto bater a minha cabeça contra a parede, porque eu tinha certeza de que ela já sabia disso. Ela já tinha tocado na tatuagem.

Eu segurei um gemido enquanto *aquela* imagem se formava. Outra que nunca sairia da minha cabeça.

Os cílios de Layla se fecharam e seus lábios se separaram ainda mais. Por Deus e todos os demônios no Inferno, eu sabia que a sua boca tinha de ser a coisa mais doce do mundo.

– Ela gosta disso? – perguntei. Depois de um momento, Layla assentiu. As palavras saíram da minha boca em um instante. – E você?

Seus olhos se abriram rapidamente, e ela me observou enquanto eu seguia a curva do volume de seu seio, até a frágil renda da sua regata.

Eu queria... não, eu precisava ver tudo, tudo o que Layla era agora, mas esperei. Mas o que eu tinha perguntado praticamente colocava todas as cartas na mesa, pensei. Se ela dissesse que sim, então ela devia saber como eu me sentia sobre ela, o que era algo que eu nunca tinha sentido por ninguém antes. Claro, eu conhecia a ponta afiada da luxúria, mas com ela aquela luxúria se misturava com algo muito mais potente.

Mas se ela dissesse não, então eu iria dar o fora dali. Por mais que isso me matasse, eu jurei que iria.

Layla não disse não.

– Sim. – Era um sussurro, mas era como um trovão para os meus sentidos, sacudindo cada célula e órgão dentro de mim.

Eu respirei profundamente, incapaz de esperar. Como uma criança olhando os presentes debaixo da árvore de Natal por semanas, eu não conseguia conter a expectativa. Eu segurei seu olhar, buscando qualquer hesitação quando perguntei:

– Posso ver o resto dela?

Sua boca se abriu, mas não houve som enquanto um longo e torturante momento se passava entre nós, e então Layla assentiu.

Era a manhã de Natal.

Minha mão tremia enquanto eu alcançava a alça da sua blusa, e eu esperava que ela não visse isso. Deslizei a alça até o seu pulso, mantendo meu olhar treinado no que eu estava fazendo, atrasando o que eu queria desesperadamente. Abaixei a outra alça até seu pulso magro, e então lancei uma oração de agradecimento antes de erguer o meu olhar febril.

O ar saiu dos meus pulmões como um soco, e o meu braço de repente parecia fraco, como se não fosse capaz de me segurar por muito mais tempo. Eu segui a linha de Bambi, mas não estava realmente vendo aquilo. Eu estava vendo Layla, memorizando cada belo centímetro quadrado dela na minha mente.

– Layla... – Foi tudo o que consegui dizer.

Nunca na minha vida eu tinha visto tanta beleza como aquela. A tatuagem demoníaca e o céu que era o corpo de Layla faziam uma combinação surpreendente.

Incapaz de me deter, continuei pelo caminho de Bambi, sobre o volume mais doce. Layla se moveu, arqueando as costas enquanto eu deslizava pelo comprimento da tatuagem, todo o caminho até onde a serpente se enrolava em torno da caixa torácica de Layla. Com o jeito que eu a sentia, o som ofegante que ela fazia e a forma como as suas costas se erguiam enquanto empurrava os ombros sobre a cama, eu ia perder a cabeça.

Quem se importava?

Eu já tinha perdido o meu coração e a minha alma para Layla.

Agradecimentos

Layla e seus amigos não estariam aqui sem os incríveis poderes de edição de Margo Lipschultz; Natashya Wilson, editora chefe; Jennifer Abbots, a publicitária maioral e também outra JLA; e a maravilhosa equipe de pessoas, preparadores e livreiros, por trás da série no Harlequin TEEN. Obrigada.

Obrigada a K. P. Simmon por ser o segundo publicitário maioral e à Stacey Morgan por manter minha cabeça em ordem. Para o meu agente incrível, Kevan Lyon. Você arrasa. E Taryn Fagerness e Brandy Rivers, vocês arrasam comigo.

As seguintes pessoas estiveram ao meu lado, de uma forma ou de outra, e eu provavelmente ficaria louca se não fosse por Laura Kaye, Molly McAdams, Tiffany King, Tiffany Snow, Lesa Rodrigues, Dawn Ransom, Jen Fisher, Vi (Vee!), Sophie Jordan e, nossa, eu poderia continuar, mas tenho certeza que isso já está começando a entediar as pessoas.

Por último, e o mais importante, obrigada aos leitores. Sem vocês, nada disso teria sido possível. Jamais.